国家社科基金
后期资助项目

法国文学视域下的寓言认知与寓言母题研究

王 佳 著

Research on the Cognitive Model
and Motifs of Fable from the Perspective of
French Literature

上海社会科学院出版社
SHANGHAI ACADEMY OF SOCIAL SCIENCES PRESS

图书在版编目(CIP)数据

法国文学视域下的寓言认知与寓言母题研究 / 王佳著. -- 上海：上海社会科学院出版社，2025. -- ISBN 978-7-5520-4812-4

Ⅰ. I565.077

中国国家版本馆 CIP 数据核字第 20259E3S40 号

法国文学视域下的寓言认知与寓言母题研究

著　者：王　佳
责任编辑：包纯睿　张晓雨
封面设计：周清华
出版发行：上海社会科学院出版社
　　　　　上海顺昌路 622 号　邮编 200025
　　　　　电话总机 021－63315947　销售热线 021－53063735
　　　　　https://cbs.sass.org.cn　E-mail:sassp@sassp.cn
排　　版：南京展望文化发展有限公司
印　　刷：上海龙腾印务有限公司
开　　本：720 毫米×1000 毫米　1/16
印　　张：14.25
字　　数：252 千
版　　次：2025 年 8 月第 1 版　2025 年 8 月第 1 次印刷

ISBN 978－7－5520－4812－4/I·760　　　　　定价：78.00 元

版权所有　翻印必究

国家社科基金后期资助项目
出版说明

　　后期资助项目是国家社科基金设立的一类重要项目,旨在鼓励广大社科研究者潜心治学,支持基础研究多出优秀成果。它是经过严格评审,从接近完成的科研成果中遴选立项的。为扩大后期资助项目的影响,更好地推动学术发展,促进成果转化,全国哲学社会科学工作办公室按照"统一设计、统一标识、统一版式、形成系列"的总体要求,组织出版国家社科基金后期资助项目成果。

全国哲学社会科学工作办公室

目 录

绪 论 ………………………………………………………… 1

第一章 寓言 ………………………………………………… 13
第一节 寓言体裁的形成与发展 ………………………… 14
第二节 寓言的构成 ……………………………………… 36
第三节 寓言的定义 ……………………………………… 45
第四节 寓言的文学类型 ………………………………… 55

第二章 寓言思维 …………………………………………… 62
第一节 寓言思维的特质 ………………………………… 63
第二节 寓言思维下的寓言定义 ………………………… 68
第三节 寓言之"喻" ……………………………………… 81
第四节 寓言的逻辑 ……………………………………… 87
第五节 叙事结构外影响寓意的因素 …………………… 100
第六节 从寓言到叙事文学 ……………………………… 104

第三章 寓言母题 …………………………………………… 109
第一节 寓言母题的概念 ………………………………… 109
第二节 经典寓言及其寓言母题 ………………………… 121
第三节 寓言母题的类别与共生性 ……………………… 129
第四节 寓言母题与寓言叙事系统 ……………………… 135
第五节 寓言叙事符号系统案例 ………………………… 143
第六节 叙事文学的寓言性 ……………………………… 145

第四章 寓言母题与叙事文学 ……………………………… 154
第一节 格式塔理论对叙事研究的意义 ………………… 155

第二节　17世纪法国文学中的寓言母题 …………………… 159
第三节　18、19世纪法国文学中的寓言母题 ………………… 182
第四节　小说对寓言母题的阐释策略 ………………………… 197
第五节　叙事的整体性与互文性 ……………………………… 202

结　语 …………………………………………………………… 207

参考文献 ………………………………………………………… 213

绪 论

自亚里士多德(Aristote)对悲剧与史诗这两类文学体裁予以系统阐释起,西方学者就开始了对各种文学形式本质的探索。一种体裁的根本性特征是什么?不同体裁之间的差异在哪里?寓言是一种大众喜闻乐见的文学形式,我们似乎可以清楚地判断何为寓言,但似乎又难以准确地说出寓言独有的文学特质。在寓言研究的历史上,很多学者试图给出答案,尝试从书面或口头的寓言文本出发,给出一个经得起推敲的寓言定义。他们之间既有分歧也有共识。传统的寓言定义方式在描述寓言时大多聚焦于表达形式与寓意,没有解决寓言为何能在传承与传播中不断演变,而始终被称为寓言的问题。从传统寓言定义中,我们无法窥探在远古文明时期就已经出现的寓言为何能长久地保持旺盛生命力,也就无法说清寓言体裁的边界在哪里。寓言应该带有某些内在特质,才得以在文学历史的长河中生生不息。

"寓言是一种最活跃的文化现象"[①],寓言扎根于文化,从古至今伴随着人类文明前行。形式与意义作为文本的两面,在寓言中的结合比在其他文学体裁中更显功利性,也更容易成为文化符号。寓言首先是作为信息交流手段出现的,有其表达者与接收者,寓言能够不断传播的关键在于它所传递的隐喻信息是可以分享的思想共识。寓言简洁但并不简单,作为文化概念,大众对其的理解方式与理解结果是较为相似的。寓言因其较好的文化适应性而获得了远超文学边界的社会认同。寻找寓言的本质特征并理解寓言持久活跃于大众视野的根本原因是我们研究的原初目标。

一、选题缘起与研究对象

伊索寓言与庄子寓言都诞生于公元前,在两个差距甚远的文明中孕育的文学体裁却有着诸多相似之处。寓言文学的产生与发展是否是人类文明发展的必然产物?要回答这个问题必须先厘清寓言是什么。据2011年上

---

① 陈蒲清:《世界寓言通论》,湖南教育出版社1990年版,第1页。

海辞书出版社《辞海》的解释:"寓言,文学体裁的一种。以散文或韵文的形式,讲述带有劝谕或讽刺意味的故事。结构大多短小,主人公多为动物,也可以是人或非生物。主题用意在惩恶扬善,多充满智慧哲理。"①该表述对寓言这一文学体裁的形式、内容、文体进行了较为明确的界定。"劝谕或讽刺意味的故事"与"结构大多短小"是寓言体裁公认的基本特征。该定义具有较好的包容性,它兼顾了古今中外对于寓言体裁的一般性认知。汉语中的"寓言"一词最早见于《庄子·寓言》:"寓言十九,藉外论之。"②由此可见,在庄子看来,最好的劝诫、说理不是就事论事,而是借彼喻此,通过联想、比喻等方法实现"藉外论之"。许慎在《说文解字》中对"寓"的注解为"寄也"③,唐代陆德明对《庄子》的评论为"寓,寄也。以人不信己,故托之他人,十言而九见信也"④。中国寓言体裁重视其功能性价值,强调了寓言借他人、他事来劝说的意义内涵。中国古代对寓言的称呼是很多的,寓言在《墨子》《孟子》中被称为"譬喻",在《韩非子》中被称为"储说""说林",刘向在《别录》中将"寓言"写作"偶言",刘勰在《文心雕龙·谐隐》中把寓言归到"隐言"中。在明朝末年,最早的伊索寓言译本名为《况义》,其中"况"指比况,"义"指寓意。而清朝出现的第二个译本为《意拾蒙引》,"蒙引"即寓言,有引导、启蒙之意。由此可见,在文学史上,对作为概念的寓言并未产生意义范畴的共识。我们今天对"寓言"的认知更多是在 1902 年林纾与严培南、严璩翻译的《伊索寓言》(*Aesop's Fables*)出版之后才逐渐明晰的。从此,学术界开始采用《庄子》中的"寓言"一词来称呼寓言故事。《伊索寓言》鲜明的叙事风格丰富了"寓言"一词在汉语中的定义,也依靠其非凡的传播力让大众逐渐接纳了伊索寓言在寓言中的代表性地位。1917 年,茅盾先生借鉴西方"fable"的概念整理编辑了《中国寓言(初编)》一书。至此,"寓言"基本形成了今天我们所接受的《辞海》中的定义。"寓言"一词起于庄子,但最终是糅合了东西方对寓言(fable)的认知共性,才形成了今天普遍认可的"寓言"定义。

在今天的大众文化视野中,"寓言"对应的译文为"fable";而在学术领域,我们也通常用"寓言"一词来翻译"parable"与"allegory"。英文单词"allegory""parable""fable"的定义及文化涉及范围有一定差异。"allegory"的内涵比较丰富,在指涉作品时意义更接近于喻或喻体、比喻或暗喻,是以

---

① 《辞海》,上海辞书出版社 2011 年版,第 5508 页。
② 陈鼓应:《庄子今注今译(下)》,中华书局 1983 年版,第 775 页。
③ 许慎:《说文解字》(注音版),岳麓书社 2006 年版,第 151 页。
④ 郭庆藩:《庄子集释》,中华书局 2013 年版,第 830 页。

一个情节或故事暗示另外一件事,以使接收者理解内容背后的引申义,也可以被理解为作为修辞方法的文本。"parable"曾经专门用于指代《新约》中为传播神或宗教真理而虚构的短篇故事,后来也可以指代具有启示性的故事。"fable"是以散文或诗歌的形式创作的用来暗示一个普遍道德观念或真理的文学体裁,我们说的伊索寓言、莱辛寓言即对应该词。"fable"一词因为伊索寓言广泛而深远的影响力而被烙上了"带有寓意的以动植物为主角的短小、虚构故事"的印记。"fable"的故事文本是属于"allegory"的一种形态,学术界将西方带有隐喻性质的、包括《列那狐传奇》《变形记》在内的长篇叙事作品都界定为"allegory"。反观中国寓言,尽管先秦寓言,尤其是庄子寓言,对中国寓言发展有重要影响,但没有形成如伊索寓言一样的相对确定的创作规范,中国寓言作为体裁更接近于"fable",其文本属于"allegory"的范畴。在本研究中,我们的研究对象是具有显著伊索式寓言(fable ésopique)特征的欧洲寓言故事,我们所使用的"寓言"一词即"fable"的汉语对应。在此基础上的寓言思维研究是从"fable"出发,对文本和寓意的言意关系进行的研究。"寓言思维"概念并不止于"fable",其英文表述为"allegorical thinking"①,它属于一种具有隐喻创造与理解能力的思维方式,涉及包括"fable"在内的隐喻性叙事文学作品。

在回答寓言是否属于一种思维方式的问题之前,对寓言发展历程的研究是必要的。作为叙事体裁的寓言,是否具有一个叙事长度的边界?如果长度边界是模糊的,那么童话、小说是否也可以被视作寓言?作为体裁,它们的差异体现在哪些方面?如果我们承认叙事文学作品都承载着寓意,那么我们是否可以接受传统叙事文学都属于寓言类文学的论断?当我们将伊索式寓言置于共时研究或历时研究中时,我们是否可以找出它们的共性与排他性特征?这些疑问促使我们开启一次系统的寓言研究。

我们将自伊索起的欧洲具有代表性的寓言作品作为寓言认知研究的对象,可以更好地理解伊索式寓言的传承与发展规律。拉封丹寓言是伊索式寓言在欧洲发展史上的一个主要高峰,很好地传承了伊索式寓言,且在同时代及后世产生了重要影响。它使得在文学、文化视域下的法国读者对寓言形成了相对稳定的认知,这是本书后半部分对特定区域特定时期文学作品中的寓言母题(motif)研究开展的基础。对研究对象范围的确定并非排斥中国寓言或印度寓言等其他的重要寓言矿藏,而是从一个较为稳定的、范围更小的研究对象入手更具针对性,且更能获得具有学术价

---

① 法语表述为"pensée allégorique"。

值的结论。这是关于寓言的研究角度与切入点的选择,并不是将伊索式寓言与其他定义方式下的寓言区别开来。尽管作为概念的"寓言",其发展轨迹是"复线式"①的,但包括拉封丹寓言在内的伊索式寓言对西方寓言概念的形成以及对寓言认知的深化都起到了不可替代的作用。伊索式寓言在发展中所保持的形式与内容的稳定性是开展寓言思维及寓言母题研究的重要前提。

本书后半部分将研究寓言中的寓言母题与叙事文学中的寓言母题。研究对象是拉封丹寓言与17至19世纪法国叙事文学作品。寓言母题是具有传承性的母题结构,自伊索寓言起,很多经典寓言中的寓言母题都流传于后世,拉封丹寓言借法国17世纪的文学号召力影响了后来叙事文学的发展,很多拉封丹寓言中的寓言母题也都出现在其他法国叙事作品之中,因此确定研究对象范围能帮助我们更好地解读寓言母题在寓言叙事与其他叙事体裁中的互文关系,也能够更深刻地理解在特定的时代背景、文化环境中相同或相似叙事结构在不同叙事文本中的表达方式。

二、学术背景与研究目标

寓言从诞生到演变为成熟的文学体裁,再到成为大众文化的一部分,经历了漫长的历史过程,但这一古老的文学体裁并未获得与神话、诗歌等其他艺术形式同等的关注,关于寓言如何保持持久生命力的问题并未得到很好的回答。要想理解寓言能够在世界文明史上生生不息地存续数千年的原因,就需要理解寓言故事解读过程中具有共性的思维方式。古今中外,对寓言的研究很多,从定义到结构,从特征到影响,但关于寓言生命力的内在必然性的系统研究比较有限。因此,我们的研究需要借助既有的寓言研究、寓言理论研究、母题研究的相关成果。此外,关于同样诞生于人类早期历史阶段的神话研究的某些理论,对本研究也具有重要借鉴意义。

在我们确定以古希腊、古罗马文明孕育下的西方寓言为研究对象的前提下,我们的首要任务是梳理西方寓言发展史上最为重要的寓言作品,并以此为基础,比较、分析近几百年来西方文献资料及重要文学批评家关于寓言的理论与观点。关于伊索式寓言较为有价值的研究成果包括:莫滕·诺加(Morten Nøjgaard)的《古代寓言》(*La Fable antique*)对古希腊、古罗马时期的寓言进行了深入研究,总结了部分寓言研究理论,也从叙事学角度分析了寓言故事的基本结构。J.-Th.维尔特(J.-Th. Welter)的《中世纪教育性及宗教

---

① 罗良清:《西方寓言文体和理论及其现代转型》,中国社会科学出版社2015年版,第1页。

性文学作品中的例证》(*L'Exemplum dans la littérature didactique et religieuse du Moyen Age*)对中世纪存在于不同文学体裁中的寓言故事进行了系统梳理,并指出了中世纪寓言的功能性价值的传承与变化。在《拉封丹之前的寓言》(*Les Fables avant La Fontaine*)中,欧洲多国寓言研究学者对自欧洲古代到18世纪前的欧洲寓言文学发展状况进行了全面的梳理与总结,部分内容涉及对于寓言本质特征的思考。J.-N. 帕斯卡尔(J.-N. Pascal)的作品《启蒙运动世纪的拉封丹继承者(1715—1815)》[*Les successeurs de La Fontaine au siècle des Lumières（1715－1815）*]对在拉封丹影响之下的启蒙运动时期的欧洲寓言发展进行了全面回顾,对拉封丹寓言所产生的从内容到形式的影响及其原因进行了总结。国内关于西方寓言的研究兴起于20世纪80年代后,其中影响力较大的几部文献包括陈蒲清的《世界寓言通论》,该作对包括中国寓言在内的世界范围内的广义寓言进行了分区域的历时总结,其中部分章节详述了伊索式寓言在西方的发展。罗良清的《西方寓言文体和理论及其现代转型》在《世界寓言通论》的基础上阐释了西方与寓言相关的文艺理论的发展与变化。此外,自茅盾于1919年出版《中国寓言》开始,中国学者对中国寓言的关注也逐渐增多。学术界较有影响力的成果包括王焕镳的《先秦寓言研究》(1957)、陈蒲清的《中国古代寓言选》(1983)、公木的《先秦寓言概论》(1984)等。中国寓言与西方寓言在定义与演化方式上具有明显差异,在此不做展开。

对本研究具有指导价值的西方寓言理论研究成果包括亚里士多德的《修辞学II》、昆提利安(Quintilien)的《演说术原理》,以及戈特霍尔德·埃夫莱姆·莱辛(Gotthold Ephraim Lessing)的《寓言与寓言属性的论述》。亚里士多德与昆提利安诠释了寓言发展早期其在演说中所起到的技术性引证作用,莱辛在《寓言与寓言属性的论述》中对欧洲已有的关于寓言的各种定义进行了梳理与总结。莱辛系统地回顾了18世纪及以前的寓言研究学者德拉莫特、里切尔、布赖廷格、巴妥对寓言本质及属性的描述,提出了自己对于寓言的理解以及对寓言体裁的定义方法。20世纪R.S. 科瓦奇(R.S. Kovacs)所著的《在古代修辞理论与实践中的伊索式寓言》(*The Aesopic Fable in Ancient Rhetorical Theory and Practice*)通过对历史文献的梳理,对古希腊时期伊索寓言的历史地位及文学价值进行了全面的论述。A. 弗莱彻(A. Fletcher)在《符号模式理论》(*The Theory of a Symbolic Mode*)中对寓言的排他性特质进行了归纳,总结了寓言与神话、比喻、传说、笑话、动物故事的相似性与差异性。

叙事学中与母题相关的研究成果也是本研究开展的重要基础。俄国作家托马舍夫斯基(Tomachevski)在其1925年发表的《文学理论(诗学)》中提出了最初的母题概念,给出了母题研究的一些基本方法。弗拉基米尔·普罗普(Vladimir Propp)于同年出版的《故事形态学》中对民间故事的形式进行考察,并从阿法纳西耶夫的故事集中选取了一百个俄罗斯故事进行形态比较分析,从中发现神奇故事的结构要素及其组合规律。普罗普树立了以形式主义方法研究民间故事的范例,批评了传统专注于民间故事的起源和流传的研究方法,转而以形态学方法专注于民间故事的叙事结构。而美国民俗学家斯蒂·汤普森(Stith Thompson)随后发表的《民间故事类型》《世界民间故事分类学》等作品则使母题研究进入了一个全新阶段。汤普森强调母题是一个最小的情节单位,由于该成分有独特的文化内涵,因此能够在传统中长久延续。汤普森在对母题的分类中界定了三类母题:一是一个故事中的角色——众神,或非凡的动物,或巫婆、妖魔、神仙之类的生灵;二是母题涉及情节的某种背景——魔术器物、不寻常的习俗、奇特的信仰等;三是单一的事件,它们囊括了绝大多数母题。汤普森认为,第三类母题因为可以独立存在,所以构成了众多传统故事的叙事基础。汤普森对于母题的界定方式对于我们定义寓言母题与提出其确定方式有重要借鉴意义。

在国内,首倡母题研究法的是胡适先生。胡适是中国引进和译介母题概念的第一人,他是为了研究民间歌谣而将该术语引入了中国民间文学研究领域。他在20世纪20年代初撰文《歌谣的比较研究法的一个例》,对民间文学研究产生了很大影响。顾颉刚研究了孟姜女故事,于1924年在北京大学《歌谣》周刊发表长文《孟姜女故事的转变》,推动了国内民间故事的母题研究。20世纪80年代后,母题研究逐渐走向繁荣。陈建宪出版的包括《神祇与英雄》在内的很多关于母题研究的专著,介绍了国外母题研究的诸多成果,并从一定程度上扩充了汤普森的母题理论。此外,关于中国文学作品的母题研究也屡有佳作,例如吴光正的《中国古代小说的原型与母题》、胡志毅的《神话与仪式:戏剧的原型阐释》等,这些作品对不同文学体裁中的母题所进行的比较研究也给予了我们很大启发。

在寓言研究领域,对寓言的实践与理论研究成果都比较丰富,从文学角度出发对寓言是什么的阐释也比较充分。随着寓言及寓言类文学作品的发展,关于寓言的研究也还将继续。不过,相关细分研究领域里目前还没有以寓言思维及寓言中的叙事母题为主要研究内容的专著。对寓言本质的探究不能够仅仅停留在为该文学体裁给出定义上,作为概念的寓言能被大众文化接纳并成为语言中的常用词,其原因远在作为文学体裁的定义之外。对这一原因的好奇促使我们开启了寓言认知研究之旅。本研究希望从思维方式与寓言故事的传承方式入手来回答这一问题。将寓言作为表达者与接收者的交流介质的研究方法会不同于传统寓言研究。一方面，前人对于寓言作品、文本与寓意关系的研究为我们提供了深入探究寓言本质的基础，另一方面，要找到作为意义内核的寓意传播的内在规律，还必须借助于辞格研究、思维方式研究等寓言研究以外的研究理论。寓言所隐藏的隐喻思维方式存在着广泛性，需要通过对寓言理解路径的研究予以揭示。学术界关于母题的研究成果丰厚，视角也各有不同。寓言的传播与传承必然是依托一个表达单元小于寓言文本的最小母题单元，对这个具有传承完整性的母题单元的探究也是全新的尝试。寓言母题研究并不是颠覆传统母题研究，而是在已有的关于民间故事、神话的母题研究基础上，探寻一种方法，能够清晰表述符合寓言创作与理解规律的最小意义生产单元。这一部分的研究也将印证寓言思维的存在，并为寓言是什么的问题提供新的解读视角。为了在前人研究基础上更好地揭示寓言本质，我们确立了如下研究目标。

目标一：从寓言的传承中寻找稳定性特征与可变性特征。伊索式寓言在西方文明中的发展脉络有迹可循，通过对西方寓言实践的梳理来加深对寓言概念内涵与外延的理解。从具有代表性的伊索式寓言中找到寓言属性中具有传承性与稳定性的因素。

目标二：从寓言文本到寓意的关系中找到隐喻理解的相似思维方式，探寻寓言概念中的独有特征。寓言文本与寓意的关系与修辞中喻体与本体的关系类似，实现寓言理解所运用的思维逻辑也是类似的。因此，以寓言故事为研究样本，借助修辞学研究理论，可以更好地诠释寓言思维的概念，进而推进对于叙事文本与意义间的关系理解。

目标三：通过寓言母题研究，寻找包括寓言在内的叙事作品中从故事到意义阐发的内在逻辑。深化对以母题为基础的叙事中文本设计方式的理解。借助叙事学研究相关理论，以寓言母题为切入点找寻不同体裁的叙事作品之间的共性，揭示叙事构思内在逻辑趋同性背后的原因。此外，对寓言母题的辨识与叙事文本中寓言母题系统的建构方式也将是研究的关注点。

三、总体思路与研究策略

基于上述研究目标，我们的首要任务是以历时研究的方法梳理西方寓言的发展历程。历史上的经典寓言作品都是寓言发展历史阶段的见证，从某个具体时代的寓言作品出发来定义寓言存在局限性。寓言文学发展至今,经历了哪些演变,有哪些特质在变化中被保留、沿袭?这些问题的答案只能在对于寓言的历时研究中获得。今天大众所熟知的西方寓言比较有限,有伊索寓言、拉封丹寓言、克雷洛夫寓言等,但实际上西方寓言早在伊索其人出现前的几百年就已经存在,更有学者认为早在苏梅亚尔人时期,就已有寓言创作。伊索寓言的广泛流传令中世纪欧洲的寓言模仿者绵延不绝,在17世纪的法国,当拉封丹为寓言体裁赋予新的内涵与活力之后,寓言创作又迎来了新的高峰,直到21世纪的今天,欧洲文学爱好者依然在延续寓言创作的道路上前行。重新梳理寓言文学的发展历史是回答寓言是什么这个问题的基础,对于我们更好地认知寓言的本质有着重要意义。

从对伊索寓言及伊索式寓言的研究中会产生如下疑问:以某个寓言家的作品为参照来定义寓言是否合理?离开了伊索式寓言中的动植物主人公、虚构情节以及故事简短等特征,叙事文本是否还具备寓言性?读者将某一类叙事文本认定为"寓言"的依据在哪里?我们研究的第二步是通过总结寓言从文本到寓意实现的路径及内在规律,来阐释寓言是特定叙事结构在一种思维形态下的文字投影,我们将这种思维形态称为寓言思维。寓言思维是人类共有的一种思维方式,它的存在保证了虚构文本能够将其所承载的寓意从作者顺利地传递给读者,从表达者传递给接收者。如果寓言如亚里士多德所说是一种例证形式,那么它就相当于一种辞格,作为整体的寓言与隐喻十分类似,理解隐喻的发生逻辑就能理解从寓言到寓意的路径。从寓言思维的角度,我们就更容易理解作为体裁的寓言与其他文学形式的相似与不同。对寓言定义的思考对我们建立寓言思维的概念是十分重要的。寓言的传播有其特殊性,这与其最初作为说理工具的地位密切相关。在研究中我们还将梳理以莱辛为代表的众多学者对寓言定义见解的异同。在众多定义中,已有前人在其对寓言的描述中暗示了寓言思维的存在,解析这些定义对于我们重新认识寓言至关重要。

寓言故事中让寓言生生不息、历久弥新的是寓言中反馈生活经验的那些稳定而持久且具有隐喻性的故事梗概,它们形成了寓言母题。本研究的第三步是探索自伊索起,寓言中那些得以流传的经典寓言母题。从传统研究的"母题"概念引出"寓言母题"概念是有必要的,寓言之所以传播广泛,所依靠的大多不是寓言文本,而是抽象化的故事核心结构。我们所耳熟能详的寓言大多只是以故事核心情节的形式被记忆或传播,寓言家的个性几乎不构成影响因素。"母题"的概念源于神话与民间故事研究,我们所关注的寓言母题是由多个最小叙事单元组合而成的、能够产生最简寓意的表述单元,也就是能够形成一个从故事内容到某种具有完整性的反思的隐喻过程。寓言母题的甄别对于寓言本质的认识具有重要意义。寓言母题与文本的融合方式不尽相同,一则寓言即一个寓言母题的表达系统。对该系统的呈现需要在母题归纳、分类的基础上,总结、筛选影响寓言母题与文本融合的关键要素,如寓意类别、叙事真实性、叙事类型等。寓言母题系统将让我们看到一种文学构思的基本思维模型。建立寓言母题符号系统将为我们揭示寓言这一极简叙事文学中寓意的生成规律。

寓言母题概念的建立,其实为我们提供了文学中隐喻研究的一个新视角。我们可以在寓言之外寻找寓言母题的痕迹,既然寓言思维为人类共有,那么它就不会仅仅在寓言中发挥作用,它应该可以出现在一切叙事文学创作过程之中。格式塔心理学理论也支持在文学审美活动中将审美对象视作一个整体,当我们从整体去看待各类叙事作品,我们就一定会探究故事中的整体伦理观与因果必然性,而最终抵达不同叙事结构之间的共性。本研究最后将通过寓言母题研究来揭示蕴藏在叙事文学作品中的叙事相似性。诸如《狼和小羊》《农夫与蛇》《龟兔赛跑》这些寓言故事中的寓言母题在戏剧、小说等叙事作品中广泛存在,它们之间对话性的基础是其母题的自身结构。

笔者长期从事法国文学研究,也怀有借助寓言思维与寓言母题研究的成果深入探寻法国寓言作品与其他叙事作品之间的共性特征的愿望。因此,我们在第四部分中以寓言母题为规尺,对拉封丹寓言与法国17世纪至19世纪部分经典叙事作品间的结构共性进行案例研究。这一部分研究将深化我们对于法国叙事文学发展的规律性认识,也将帮助我们更好地理解文本相似性特征背后的原因。

总体上看,寓言母题研究实际上就是对包括寓言在内的叙事文学寓言性的产生根源及产生过程的研究。文本背后的意义是表达者与接收者基于某种伦理共识相向而行的结果,寓言思维推动了共识的产生,而寓言母题则是这种共识内容的一部分。叙事文学虽不能都算作寓言,但很大一部分都具备寓言性。我们从寓言研究开始,通过寻找寓言产生功能性价值的方式与路径探寻叙事作品之间存在的广泛共性。本研究最终将让我们重建对寓言体裁与寓言概念的认知,并对寓言与其他叙事文学体裁的关系以及其在叙事文学中的地位有更为深入的理解,进而为叙事文学研究提供新的路径。

四、研究意义与学术展望

在已有的关于寓言作品、寓言体裁的研究基础之上,我们进一步拓展寓言研究视域,构建新的寓言研究视角是基于以下几点考虑。

第一,对寓言体裁深入认识的需要。伊索寓言以及在继承与模仿中发展的伊索式寓言如今已经传播到世界各地。从东方文明的视角重新关注由西方文明孕育发展而来的伊索式寓言，在东西方文明交流互鉴的今天有特别的意义。"寓言"一词的使用早已超出了它原有的概念范畴，以寓言发展为研究起点，借助相关领域的研究方法对寓言本质与内在规律性进行再研究是十分必要的。18世纪以来，西方寓言研究理论众多，但在西方寓言文学中，通过对寓言概念进行内部聚焦而得出的寓言定义，只能用来描述寓言形式自身，这对于理解作为概念的、能够跨文化传播的寓言还不够。寓言思维研究与寓言母题研究都是为了更好地让我们认识寓言。对寓言母题的研究是对寓言思维研究结论的证实。更充分地理解寓言概念也将帮助我们更全面地理解作为文学体裁的寓言。

梳理寓言发展史、探索寓言定义，都是为了找出寓言间存在的共性。寓言间的共性是寓言思维发生作用的必然结果，而寓言母题是共性的表现形态。我们研究寓言母题首先是找寻寓言故事中那些稳定的叙事结构。确定寓言母题是寓言创作活动初始阶段的任务，伊索以后大量西方寓言家的创作都是在对既有母题的沿袭基础上进行的创新性实践。因此，寓言母题研究是寓言创作思维起点的研究，是对叙事文学内生共性的研究。此外，寓言母题会随时间的变化而不断繁衍。从寓言母题的角度能够更好地总结西方寓言发展的相似性与差异性，也为我们研究东方寓言的发展规律提供借鉴。同时，提炼寓言故事的原初形态也是对叙事本质的探究，它将有助于我们更好地理解寓言与其他叙事体裁的相似与不同。

第二，对母题研究在叙事学研究中地位的重新认识。我们希望研究成果能够成为既有母题研究理论有意义的补充。母题研究所涉及的领域较多，有从神话母题入手、有从民间故事母题入手。汤普森在所建立的母题索引中将寓言与民间故事置于一类，并未考虑寓言的某些特性。如果从寓言思维的视角出发，所提炼出的寓言母题应该有更为抽象的表述。寓言母题研究法是对传统母题研究方法的补充，为作品言意关系的研究提供了新的切入点，同时提供了一个新的叙事学研究视角。普罗普在研究民间故事时指出："就像河流将汇入海洋，故事研究最终将通达那个一直都存在着的问题，即世界上故事的共性。"[1]如果拉封丹寓言中还有华丽的辞藻和不同文体风格的尝试，那伊索寓言中的寓言故事可以算作一种最简叙事文本形式。寓言中的母题易于辨识，以寓言文本为研究对象更易于发掘母题与叙事之间的相互关系。母题是叙事的起点，对母题的研究是对叙事初始逻辑的研

---

[1] Propp, Vladimir, *Morphologie du conte*, Paris: Editions du Seuil, 1965, p.27.

究。创作者根据母题表达的需要在一系列叙事要素中进行取舍。通过构建基于母题的符号系统来描述对叙事要素的选择活动,有助于理解有目的叙事的发生过程,进而更好地认识叙事规律。

大多数叙事学研究所关注的是叙与事之间的关系,不过对于创作者,在谋划所叙之"事"前会对作品将涉及的寓言母题或与之相似的结构有一个初步设想,并在整个叙事过程中予以落实。它并不是具体情节的设计,而是对文本意义总体方向的持续关注。传统叙事学对于叙事策略与叙事方法的研究都有一个大前提,即作者会持续聚焦叙述产生的效果与意义。以在叙事作品中出现频率较高的寓言母题"善伪装者得利"为例,寓言作者或者寓言类叙事的作者始终处于对"什么样的伪装""如何伪装""如何得利""利的质与量""利的伦理后果"等问题的持续关注中,才会有针对性地去设计叙事中的语言表达。因此,叙事学研究不应忽视故事设计的初始阶段。对寓言母题在寓言作品中与在其他文学作品中的表现方式异同的研究也是叙事学研究的一个重要部分。从寓言母题的角度重审叙事作品之间的共性与传承性也是对寓言故事持久生命力根源的诠释。

第三,对作品经典性成因研究的意义。从17世纪法国寓言经典到19世纪法国经典小说,它们能够被广泛认可与接受的原因有许多,但叙事作品的久远流传都离不开其核心叙事结构所带给大众的伦理性启发意义,而从故事核心结构去探寻作品经典化成因的研究是十分有限的。将寓言母题研究与传统研究方法结合将有助于我们更好地理解某些文学作品为何能够成为经典。《农夫与蛇》中"忘恩负义"这样的经典寓言母题不仅仅以寓言故事为载体传播,在其他叙事体裁的作品中也不断被演绎。从寓言思维的视角出发,我们可以发现传统研究方法看不到的某些关联。第四章中对某些经典文学作品的个例研究是对第二、三章研究理论成果的检验。寓言母题的独有特征决定了其批评方法更为关注叙事构思的原始形态以及叙事与意义的相互关系,而不仅是文本中的相似片段及相似主题。任何时代的叙事文学作品从本源上讲,都离不开超时间性的人类共有思维。因此,将寓言作品中保留着原初形态的寓言母题用于其他叙事文学作品的批评是对文学本质共性的探究。虽然我们的研究仅以特定历史阶段的法国文学为例,但我们研究所涉及的寓言母题大多具有超时间性和跨文化性特征,因此所获得的对于文学经典性成因的结论也具有广泛适应性。

寓言是叙事文学大家庭中的一员,对寓言尤其是经典寓言作品的深入研究也是希望激发学界对于叙事目的与叙事意义研究的重新关注。当叙事小说逐步被后现代浪潮浸染,当"作者已死"的观点驱赶着传统文学审美的转向，我们需要重新关注基于意义与目的的文学创作。直至今日，能够真正成为文学经典的叙事作品大多具有清晰的叙事脉络与发人深省的故事立意，这也解释了为何经典叙事作品中的主人公与故事情节能给我们留下深刻的印象。对于经典叙事作品的定义虽然因人、因时代而异，但大众对经典的某些共识是一致的，其中就包括了对寓言母题或与之相似的母题结构的认可，因此寓言母题研究可以推广至更广泛的经典文学研究领域。

  寓言在东西方有着并不相同的发展轨迹，但经典寓言故事、寓言母题在融入不同文明或文化的过程中褪去了国别色彩，对寓言的研究既要考虑其历史脉络也不能忽视产生其趋同性的根源。大众不会像知道《悲惨世界》是法国作品一样知道《乌鸦和狐狸》《龟兔赛跑》的故事曾属于哪国，在全球化浪潮的席卷下，寓言早已成为人类文明的共有财富。一方面，我们希望站在跨文化的视角，窥探法国寓言、西方寓言的独有特质，理解寓言在不同文明中传承与传播的相似与不同，进而获得关于寓言更全面、更立体的认知；另一方面，我们期待揭示这些参与各国话语体系建构的寓言故事的内在共性，以及寓言具备跨文化生存能力的内在原因。不论在东方还是西方，今天"寓言"之内涵都已远不止一种文学体裁，我们需要一场对寓言共性重新认知的旅程。作为寓言研究的探索者，我们希望能够抛砖引玉，为后来者拓展更广阔的研究疆域提供思路。

第一章 寓　　言

很少有一种文学体裁，能像寓言这样，在历史长河中保持惊人的连贯性，从苏美尔人开始，直到今天。它从一种文学到另一种文学，从一种语言到另一种语言，不断产生着各种变化。永远相似，又永远不同，它从不同的宗教、哲学、文化中汲取养分，并成为它们的表达方法。①

寓言是古老的，它已有数千年的历史；寓言又是年轻的，它时至今日仍受大众喜爱。东西方历史上的许多寓言在问世后就不再属于寓言家本人，而是在不断被使用和传播中逐渐成为大众文化的一部分，进而获得持久的生命力。寓言的悠久历史及略带神秘色彩的发展历程使得不同时代的研究学者都不得不面对这样几个问题：寓言是如何产生的？寓言是怎样成为一种文学体裁的？如何赋予寓言一个恰当的定义？仅从法国文学来看，今天流传最广的拉封丹寓言为我们提供了很好的研究样本，它对近现代欧洲寓言的发展产生了巨大影响，也让我们见证了作为文学体裁的寓言是如何进入上流文学的。然而，拉封丹寓言只是伊索式寓言在数千年发展历程中的一次绽放，要系统、全面地理解西方寓言，我们必须将寓言研究的范围扩展至欧洲。欧洲文明发源于古希腊与古罗马，古希腊时期流传甚广且影响深远的伊索寓言为定义寓言提供了最主要的借鉴。近几百年，寓言在发展中逐渐有了更为丰富的故事内容与更加优雅的文体风格，但寓言作为概念留给西方世界的印象依然是建立在伊索寓言之上的。伊索寓言故事简短且十分重视对动物或其他非人主人公的运用，这就使得寓言有了区别于其他文学形式的天然辨识度。拉封丹寓言继承和发扬了伊索寓言，也让一些伊索寓言成为后世大众耳熟能详的经典。寓言故事在模仿与改编中发生了或多

---

① Adrados, Francisco Rodriguez, *Historia de la fábula greco-latina*, tome I, Madrid: Universidad Complutense, 1979, pp.11-12.

或少的变化,但这些变化并未影响其寓意相对稳定的传播。寓言所保持的"惊人的连贯性"既是内容层面的,也是寓意层面的。

第一节　寓言体裁的形成与发展

纯虚构的叙事能够被称为寓言,所依赖的是融入寓意的虚构故事。爱弥儿·尚伯利(Emile Chambry)认为寓言与童话故事的差异在于"作者为了让故事有用,给叙述加入了寓意"。寓言的叙事以实现寓意为目的,其故事是创作者所设计的。从词源上看,寓言"fable"一词来自拉丁文"fabŭla",意为"无历史依据的叙事,虚构叙事"①,而"fabŭla"演变于拉丁文动词"fari",意为"说话"。"fabŭla"在拉丁文中是与"historia"一词相对的,后者所指的是"历史上真实发生的事件"。在古代欧洲,人们更多地将寓言理解为虚构而神奇的故事,寓言概念还不具备其作为文学体裁的严肃性,也不存在寓言的创作规范。正是在一种让想象自由驰骋的随意性中,寓言故事与其他民间文学一同诞生。在具有影响力的寓言家与寓言作品出现之后,寓言才逐渐成为被大众认可的文学体裁。

西方文学史上进行过寓言创作尝试的文人众多,寓言作品数量惊人。不过,从内容与叙事风格上看,大部分寓言作品都受到伊索、菲德鲁斯、拉封丹三位寓言家的影响,他们分别代表了寓言发展的三个重要阶段。带有传奇色彩的伊索为寓言创作勾勒了原型,是欧洲寓言文学的鼻祖;菲德鲁斯用拉丁文在古罗马时期继承和发扬了伊索寓言,使其具有了一定的文体风格,并借古罗马与拉丁文的影响力让寓言有了更广大的受众;拉封丹让寓言摆脱了传统寓言风格的束缚,赋予了文本更高的美学价值,寓言体裁也从此进入主流文学。他们所留下的寓言作品是今天西方学术界阐释寓言概念的重要参考。

一、寓言的雏形

今天我们所熟知的伊索寓言并不是最古老的西方寓言,寓言也并不是作为文学体裁而进入大众视野的。在早期人类的语言交流中,出于说服对方的需要,人们在对话中使用寓言故事。作为一种带有寓意的简短虚构叙事体裁,寓言早在美索不达米亚的苏美尔地区就已经出现。一千多年后,流

---

① Gaffiot, F., *Dictionnaire abrégé Latin-Français*, Paris: Hachette, 2001, p.245.

传到亚述地区以及福里吉亚地区,也就是伊索生活的地区。在约公元前七百年,赫西俄德(Hésiode)就在其所创作的史诗《农作与时日》中使用了寓言故事"夜莺与鹰"(Rossignol et de l'Epervier),这是公认的西方最古老的寓言。尽管它已经具备了后来伊索寓言的基本形态:以动植物为主人公的简短虚构故事,也有显而易见的寓意指向,但该寓言并未独立成篇,只在叙事中作为故事人物说理的工具而出现,因此还不能算是一种文学体裁。

> 现在我来给智慧的国王们讲一个故事:
> 以下是鹰对斑纹夜莺说的话,
> 在鹰用有力的爪子将夜莺抓到空中,悬于云端时。
> 它十分可怜,呻吟着,身体已被钩形爪刺入,鹰突然对夜莺说:
> "可怜虫,你叫啥?你属于比你强大得多的对手。
> 我带你去哪就是哪,尽管你是优雅的歌手,
> 我随心意决定你是我的食物或是还你自由。
> 面对比你强大的,抵抗是愚蠢的:
> 他不仅无法获胜,在忍耐之余,还徒增了羞辱。"
> 鹰说完,展开翅膀,快速地飞向天际。①

该寓言是诗歌叙事中引入的一个故事,赫西俄德用鹰和夜莺来比喻贵族和平民之间的关系,其目的是影射国王如何虐待平民,社会公正遭到怎样的破坏。寓言揭示了平民的悲惨遭遇,控诉了贵族的专横与残暴,也借此暗示国王们最终将被比其更强大的神所惩罚。故事是叙事者在讲述故事的过程中作为例证而引入的,是叙事者说理的工具。以鹰和夜莺的对比来隐喻强者与弱者形成了最古老的寓言人物关系结构。这种对立结构是西方传统寓言最常见的结构。寓言巧妙地避免了用直白的话语刺激叙述对象,而以一个类似比喻的表达方式实现意义的传递。由此,西方动物寓言的最初形态已现轮廓。

抒情诗中最早出现的寓言是阿尔歇洛克(Archiloque)的"狐狸和老鹰",该则寓言也出现在伊索寓言之前。不过相关记载都是后人留存的一些文本片段。寓言讲述的是老鹰和狐狸成为朋友,但是老鹰让自己的孩子吃掉了狐狸的幼崽,狐狸请求宙斯帮助,宙斯帮助狐狸而惩罚老鹰的故事。寓言极有可能在暗示诗人因为心上人的父亲收回了将女儿许配给他的承诺,借讲

---

① Hésiode, *Les travaux et les jours*, trans. Paul Mazon, Paris: SBL, 1928, pp. 93–94.

述该寓言来警告其毁约的行为会遭受惩罚。和"夜莺和鹰"的故事一样,该寓言也是叙事者说理的工具,老鹰和狐狸也构成了对立的结构关系,通过比喻性的故事,完成有效信息的传递。不过,这则寓言的民间起源可能要早得多,可追溯到苏美尔时期,相对可靠的猜测是从两千多年前美索不达米亚的史诗《爱塔纳》(Etana)中"鹰和蛇"的寓言改编而来。因为缺乏书面记载,这些猜测也难以获得证实。不过,这至少说明寓言作为口头文学的一种形式,其出现时间远在古希腊时期之前,是人类最古老的智慧体现。

这一时期,除了诗歌,散文中也开始有了寓言的身影。埃斯库罗斯(Eschyle)的戏剧《阿伽门农》(Agamemnon)中就已经出现了以"忘恩负义"为母题的寓言故事。寓言大意是,一个人收养了小狮崽,狮崽长大之后将家里圈养的家禽全都吃掉。这可能是最早的"农夫与蛇"的故事。该故事用来暗示在特洛伊战争中带走海伦将会带来巨大风险。这一时期的讽刺剧中最早的寓言有索福克勒斯(Sophocles)在《白痴》(Idiot)中的"驴子与蛇"的寓言。喜剧中的寓言基本都留存于阿里斯托芬(Aristophane)的作品中,《马蜂》(Les Guêpes)共引用了四篇寓言,其中有两篇属于伊索寓言风格。这一时期的史书中也有寓言故事。古希腊历史学家希罗多德(Hérodote)在记录米堤亚战争时,有引述一则波斯国王讲给爱奥尼亚及伊奥利亚派来的代表听的关于吹笛子的捕鱼者的寓言故事,故事中捕鱼者起初试图用笛声来捕鱼,后来没有成功,改用了渔网,那些不愿意在笛声中起舞的鱼,最后不得不在渔网上蹦跳。借此,波斯国王警告来使别有太多奢望,否则后果只会更糟。寓言最后用"跳舞"一词讽刺在被渔网捕起之后别无选择的鱼,这一一语双关的修辞策略与拉封丹寓言《知了和蚂蚁》最后蚂蚁对知了的嘲讽十分类似。此外,该则寓言也契合了时代背景。捕鱼者与鱼分别代表了陆地国家波斯与海洋国家希腊,而捕鱼则暗示战争。寓言从部分到整体都很好地融入了历史故事,十分巧妙。嘉里马克(Callimaque)的格律诗中也有寓言,其中最著名的是"月桂树与橄榄树",这被视为最早的植物寓言。诗人自比月桂,认为自己是谦虚的辩论者,而对手是橄榄,傲慢、不可一世。该寓言在当时并不是希腊常见的寓言形式。首先,使用了植物作为主人公;其次,寓言叙事很长,且带有一些东方文化的色彩。此外,柏拉图的《斐多篇》(Phéton)也使用了寓言故事。柏拉图以将死的苏格拉底的口吻道出寓言,借以暗示其关于死亡的哲学。而在亚里士多德的文艺理论著作《修辞学》(Rhétorique)与科学论著《气候学》(Météorologique)中,也都出现了寓言故事。其中,《修辞学》中列举的寓言故事是为了解释寓言体裁。

由此可以看出,古希腊时期的寓言已经作为一种思想表达方式被大多数文学家所接受,只不过它们大多以"犹抱琵琶半遮面"的方式登场。在以上文学家的笔下,寓言可以作为"曲言"表达出现在各种文学体裁中。这个时代的寓言离成为一种文学体裁还相去甚远,只能被认为是一种类似于"比喻"的表达形式,是镶嵌于其他叙事作品中的点缀。

二、伊索寓言与伊索式寓言

伊索寓言出现于古希腊时期,伊索被誉为寓言之父,但围绕伊索与伊索寓言的疑问依然很多。弄清楚这些问题首先要厘清两个概念:一是伊索的寓言,伊索是否真实存在依然存疑,伊索寓言也未必是伊索本人所创作;二是伊索式寓言,即后人汇编及模仿的具有某些这一时期寓言共性的寓言作品。今天我们所阅读的伊索寓言并不是伊索的手稿,也不是伊索口述寓言的记载者,甚至不是最早的将伊索寓言收录成集的文本的复印。伊索是一个带有传奇色彩的历史人物,今天我们俗称的"伊索寓言"实际上是伊索式寓言,伊索寓言全都是伊索去世后两百至八百年间的后人整理出版的。以寓言集形式汇总伊索寓言的作家很多,每个版本之间都存在一些差异。今天市面上伊索寓言出版物也并不都是统一版本的翻译,有些故事相似却存在显而易见的不同,所收录的故事数量也不尽相同。今天已知的最早出现的伊索寓言是在公元前4世纪(即伊索所生活年代之后的两百年),由泰奥弗拉斯特(Théophraste)的学生德梅蒂奥·德·法雷尔(Démétrios de Phalère)编撰的伊索寓言集。寓言集收录的是古代流传下来的各类伊索式寓言,但法雷尔编撰寓言集的目的不是记载寓言体裁的文学作品,而是将其作为演讲或修辞的参考文集,可以说是一种工具书。而影响力最大的伊索寓言集名为《奥古斯塔那》(Augustana),共包含有500篇寓言。尚伯利在重印版中保留了358篇,其中今天仍耳熟能详的包括《狼和小羊》《乌龟和兔子》《狼和狗》等。

伊索其人是否存在、伊索是否创作了伊索寓言的问题也许在今天看来并不那么重要,但对于理解古希腊时期民众与寓言的关系是有意义的。伊索没有留下寓言手稿,关于伊索其人的历史记载也十分模糊。从可以找到的文献资料来看,历史学家希罗多德在其所著的《历史》(Histoires)一书的第2卷第134章中,谈到金字塔由米塞利诺斯(Mycérinos)国王修建。为了驳斥一些认为金字塔是为洛多庇斯(Rhodopis)修建的观点,他指出,"她是寓言家伊索的伴侣,而伊索是亚德蒙(Iadmon)的奴隶"[1]。赫拉克利德·德·

---

[1] Esope, *Fables*, trans. Emile Chambry, Paris: Les Belles Lettres, 1927, pp.9-10.

蓬(Héraclide de Pont)在其作品中也提到过："伊索是因为偷窃金杯而被杀死。"①普鲁塔克(Plutarque)的作品中也提到了伊索的死因。不过希罗多德是在伊索生活时代之后的两个多世纪后提及伊索的，因此也存在杜撰的嫌疑。而其他人的注解就更晚，难有说服力。综合相关资料，尚伯利在1927年编撰的《伊索寓言》中对伊索是否存在进行了如下总结："在公元前6世纪，希腊有人名为伊索，他因为创作并吟诵寓言而出名。他可能与著名的萨米恩·亚德蒙的奴隶洛多庇斯一起生活，后在德尔菲(Delphes)城被暴力伤害而亡。德尔菲城民为伊索的死向亚德蒙的孙子进行了赔偿。"②根据历史资料，可以大致确定的是伊索应该确有其人，但伊索可能并非创作寓言的文学家。在伊索寓言中，有不少篇目会提到伊索与希腊百姓的交谈，以及民众对伊索的崇敬之情。即便伊索寓言不全是出自伊索，伊索也至少是懂得如何在交流中使用寓言的智者。

在阿里斯托芬生活的年代，伊索是雅典城邦响亮的名字。喜剧作家甚至将伊索放在自己的喜剧作品中，如同伊索在这个时代获得重生。每个领域都离不开与伊索相关的话题。在作品《马蜂》中费洛克雷恩(Philocléon)这样说："在这些诉讼者中，一部分给我们讲寓言，另外的则讲出自伊索的诙谐的故事。"③传记作家们也并不关心伊索的奴隶身份及来历，将他塑造为雅典城的市民。著名的雕塑家利西普斯(Lysippe)还为其竖立了雕像。他此时已经不仅仅是希腊人民的寓言家，而已成为人民心中的语言大师，通过故事重构世界，启迪心灵。伊索寓言在欧洲的影响力是惊人的，17世纪法国"太阳王"路易十四于1677年修建凡尔赛宫花园的迷宫时，在所有39座喷泉台上都刻有一则浓缩版的伊索寓言。而喷泉入口处有爱神和伊索的雕像。古希腊的寓言智慧需要一个缔造者，就像《伊利亚特》《奥德赛》需要荷马，作为寓言大师的伊索，其象征意义大于实际意义，而古希腊人民对于伊索的崇敬也反映了寓言在这一时期是深受市民喜爱的一种语言表达形式。虽然伊索寓言并非最早的人类寓言，但它形成了后世对寓言的最初认知。

作为后人膜拜的寓言鼻祖，伊索已化身为寓言界的"荷马"。伊索作为寓言家的代表，是既模糊又具体的。模糊是因为我们关于伊索本人的记载实在太少，即使是在伊索死后的古希腊，人们所追捧的也只是一个虚构大于真实的语言大师，最重要的是我们无法认定哪些寓言是伊索本人所作。而

---

① Esope, *Fables*, trans. Emile Chambry, Paris: Les Belles Lettres, 1927, p.10.
② Esope, *Fables*, trans. Emile Chambry, Paris: Les Belles Lettres, 1927, pp.16–17.
③ Esope, *Fables*, trans. Emile Chambry, Paris: Les Belles Lettres, 1927, p.28.

具体的一面存在于文本之中，伊索寓言对后世的影响是深远的，归纳伊索寓言的风格即让我们窥得西方寓言的基本设计理念，并理解"伊索式寓言"的内涵。寓言构成中几个最为关键的要素在后世成为寓言文学的金科玉律：一是故事虚构。大多是动、植物主人公。二是叙事简短。故事常常只有一个由两个主人公完成的动作。寓言在古希腊时期，要作为"例证"存在，精准、高效是其必不可少的特质。三是寓意明晰。寓意从故事的人物关系及事件中即可获得。纯虚构与简短的特征使得抵达寓意的路径并不复杂。尽管对有些寓言的理解需要建立在熟悉时代背景的基础上，但这并不妨碍后世的读者从符合自身时代的角度来理解寓言。以上三点奠定了伊索寓言作为寓言典范的根基，以此为标准，对是否属于伊索式寓言的判断十分简单。

  黄鼠狼抓住一只鸡，想找一个说得过去的理由来吃掉它。于是，黄鼠狼指责鸡夜里唱歌，影响了人们睡觉。鸡解释说，这么做是对人们有用的，因为这可以让人们醒来，并想起自己的日常工作。于是，黄鼠狼又找到了新的控诉鸡的理由，指其与母亲和姐妹们的关系破坏了自然法则。它回答道，这样对主人是有好处的，因为母鸡就可以生更多的蛋。黄鼠狼大声说："行吧！你再漂亮的辩解也都是白费，我可不会让我因为这些而饿肚子。"于是，黄鼠狼将鸡吃掉了。①

该则寓言是典型的伊索式寓言风格：故事为动物赋予某种性格特征，通过动物间的语言与动作互动来暗示某种生活哲理。比起精美韵文编织出的史诗，伊索式寓言难登"大体裁"之列。不过，简洁、易懂的特性却让寓言在乐于追求宏大叙事的文学界谋得了一席之地。伊索寓言问世后在民间收获了大量爱好者，极其广泛的群众基础也使得寓言的流传从未中断。后人所铭记的不是伊索其人，而是一种伊索式寓言风格：精练的故事中能以小见大，激发共鸣。伊索寓言留下的寓言创作理念并没有因为文明的更替而剧变或消亡，反而在时间的洗礼之后愈发清晰。

三、承前启后的菲德鲁斯寓言

比起带有神秘色彩的伊索，生活在奥古斯都时代的寓言家菲德鲁斯的贡献更有据可考。古罗马时期，文学爱好者很快就发现了古希腊留下来的

---

① Esope, *Fables*, trans. Emile Chambry, Paris: Les Belles Lettres, 1927, p.8.

寓言作品。包括贺拉斯在内的很多古罗马文学家的作品中都有对伊索寓言中故事的借用。菲德鲁斯用拉丁文创作了一百多篇寓言故事，其中四十多篇是受伊索寓言启发而作。他在其寓言集中明确指出："伊索式体裁就是榜样，我们只应该找到他寓言中的目标：校正人们的谬误，激励人们去模仿。"①为此，菲德鲁斯也十分谦逊地表达了自己寓言创作的模仿性："因此，我将用心地跟随这位弗吉亚老人（伊索）的步伐……"②菲德鲁斯在作品集中翻译、改写、扩充了法雷尔和狄奥庞波（Théopompe）等作品中的部分伊索寓言。文体方面，他虽然未对伊索式风格做太多改变，但更为重视叙事的文学性，让人感受到某些拉封丹式寓言的优雅。夏尔·巴妥（Charles Batteux）对其评价甚高："伊索寓言的特征……就是纯粹的简洁，这是一个对自己严苛的哲学家，他执着于效用与真理。而菲德鲁斯……却相信这一文体应该拥有优雅、精致。"③在巴妥看来，菲德鲁斯的寓言在美工上甚至并不输给拉封丹，这一评价虽然有很强的主观色彩，但也足以说明菲德鲁斯在创作中有更多的审美考虑。菲德鲁斯虽然是伊索寓言的众多模仿者之一，但他将希腊寓言置于罗马社会的背景中，使其具有了现实性价值。莫滕·诺加认为："菲德鲁斯，这个'忠实'的翻译者，从某种意义上看，这并不影响他成为古代寓言家中最特别的一位，因为他将寓言放在了社会伦理学的视角下，为旧的图景赋予了一种新的且是唯一的功能。"④诺加所指的社会伦理学视角或许是菲德鲁斯寓言与伊索寓言最大的不同，他通过叙事方式的变化将故事的现实性价值植入文本。我们以在伊索寓言与菲德鲁斯寓言中都出现的《青蛙请立国王》一则为例。

伊索寓言：

  青蛙们厌倦了无政府状态的生活，向宙斯派去使者，向他请求赐予一位国王。宙斯觉得他们如此单纯，就派了一块木头到沼泽里。青蛙们起初十分惧怕，钻进泥塘深处。随后，因为发现木头没动，他们都钻了出来，不屑一顾地跳到他的背上，蹲坐在上面。有这么一位国王，感觉是一种羞辱，他们又找到宙斯，向他要求换一位国王，因为前一位无所作为。失去耐心的宙斯给他们派去了一条水蛇。水蛇将青蛙们抓来吞吃了。

  这则寓言告诉我们：较之糊涂或心术不正的君主，还不如被无所

---

①② Phèdre, *Fables*, trans. E. Panckoucke, Paris: Philippe Renouard, 1928, p.63.
③ Batteux, Charles, *Principes de la Littérature*, Genève: Slatkine Reprints, 1967, p.116.
④ Nøjgaard, Morten, *La Fable antique* (*Tome II*), København: Nyt Nordisk Forlag Arnold Busck, 1967, p.23.

作为的平庸君主统治。①

菲德鲁斯寓言：

当雅典人因为法律昌明而安居乐业时，过度的自由扰乱了政府的管理，放肆的举动打破了旧的束缚。与一群捣乱者共谋，庇西特拉图篡夺王位。雅典人为可悲的奴隶制感到悲哀，并非庇西特拉图太残忍，而是因为人们没有习惯，所以显得枷锁太过沉重。因为他们的抱怨，伊索讲了这样一则寓言：

"青蛙们自由地在沼泽里玩耍，大声地请求朱庇特为他们派一位国王，有能力治理他们的混乱状态。众神之父笑了，给他们扔去一块木条，木条突然降落池塘，发出巨大声响，吓坏了这群腼腆的民众。因为在淤泥中生活太久，一只青蛙轻轻地把头扬出水面，察看这位君王，然后叫来他的同伴们。很快他们就不再胆怯，开始随意游动起来，青蛙们再无尊重之意，跳上'无动于衷'的木头。

在以各种方式羞辱他之后，他们又向朱庇特派去使节，向他请求赐予另一位国王，因为之前那位毫无用处。

他给他们派去一条水蛇，他锋利的牙齿，将他们一个一个咬死。

想设法逃生都是徒劳，他们太弱小，恐惧淹没了喊叫。

那么，他们偷偷地请墨丘利求朱庇特原谅他们，但神的回复是：

'既然你们不想要保留你们的好国王，那现在就只能忍受暴君了。'"

伊索补充道："你们也是一样的，我的公民朋友们，忍受那些不快乐吧，否则等待你的会更糟。"②

对于相同的内容梗概，菲德鲁斯使用了更多笔墨来陈述故事背景，将故事置于更为具体的时空环境，虚构、怪诞的故事情节与现实背景融合，所引发寓意联想的路径有别于伊索寓言。从叙事学角度看，菲德鲁斯采用"外故事叙事层—异故事叙述者"③的叙述策略，以伊索的口吻讲出故事。鉴于伊

---

① Esope, *Fables*, trans. Emile Chambry, Paris: Les Belles Lettres, 1927, p.8.
② Phèdre, *Fables*, trans. E. Panckoucke, Paris: Philippe Renouard, 1928, pp.7 – 9.
③ 根据热奈特的叙事学理论，叙述行为分为四类——外故事叙事层—异故事叙述者(extra-hétérodiégétique)、外故事叙事层—同故事叙述者(extra-homodiégétique)、内故事叙事层—异故事叙述者(intra-hétérodiégétique)、内故事叙事层—同故事叙述者(intra-homodiégétique)，参考 Gérard Genette, *Figure III*, Paris: Seuil, 1972。

索在寓言领域的威望,叙述的第一部分铺垫以及结尾在道出寓意前强调"伊索补充道"都是衬托菲德鲁斯作为故事记录者的地位,进而让最后的建议显得客观且更具说服力。从修辞的角度看,菲德鲁斯寓言中可以看到更多的形容词和描述性定语,故事产生了更丰满的画面感,将青蛙的轻浮、自负及悲惨结局描述得较为形象,寓言获得了更丰富的艺术价值。最后,借伊索之口道出的箴言并未停留在君王选择的事件本身,而是将读者引向一个具有哲理性的结论。

以上两则寓言的差异具有一定代表性,但大多数菲德鲁斯寓言对伊索寓言的模仿还是多于创新。不论如何,菲德鲁斯的创作尝试已经对传统寓言创作风格提出了挑战,也引发了文学界对于寓言传统地位的疑问:寓言是否只是为辩论提供"例证"的工具?寓言是否能够成为独立的文学体裁?"在整个文学创作活动中,菲德鲁斯关注的核心是'表达的自由',正如我们多次在章节的序与跋中看到的一样。"①菲德鲁斯寓言的出现是寓言成为真正具有美学价值的文学体裁过程中的重要一步。

生活在古罗马时代的菲德鲁斯是寓言文学史上承前启后的重要寓言家,他对包括拉封丹在内的很多文艺复兴之后的欧洲寓言家影响巨大。菲德鲁斯寓言在继承古希腊寓言衣钵的同时,借拉丁文的文化影响力成为寓言文学随后数千年里在欧洲土地上传播的指路灯塔。

四、贺拉斯寓言的说理艺术

罗马帝国时期的著名诗人、批评家贺拉斯也是寓言创作的爱好者。其代表作《诗艺》深刻影响了后来西方的文艺理论。贺拉斯并未留下寓言集,寓言故事多出现于他所创作的《讽刺诗》(Satires)与《书札》(Épîtres)中。与其说贺拉斯喜爱寓言,不如说他的创作需要寓言。他在两部作品中,都采用了"交谈"式表达风格,寓言是一种委婉表达思想的方式,作者通过寓言直接与文本阅读者交流,向其传递思想。贺拉斯寓言的叙事风格与伊索寓言类似,语言接近口语。讽刺诗与书信中的寓言故事增强了诗歌的对话性。

贺拉斯在作品中反复强调寓言的艺术是道出诗歌的伦理思想,而诗歌本身就可以成为寓意或者是寓言评论的载体。在《书札》的第一卷第七篇中,梅塞纳(Mécène)要求贺拉斯回到罗马帮助自己,二人深厚的友谊让梅塞纳觉得贺拉斯应该接受自己回城的邀请,但最后贺拉斯选择了拒绝。贺

---

① Gomez, César Chaparro and Naudin, Alexandre, "La Fable latine entre exercice scolaire et oeuvre littéraire", *Le Fablier: Revue des Amis de Jean de La Fontaine*, No.18, 2005, p.20.

拉斯为了婉转地表达自己拒绝的理由,在文中讲述了"肚子长大的狐狸"的寓言故事。故事大意是:瘦小的狐狸因为身材小,所以钻进了装种子的筐里,吃饱后,肚子大起来,无法从筐里出来,最后黄鼠狼对他说:"如果你想从那儿逃离,你就必须再变瘦,以适合于你很瘦的时候进来的那个洞口。"①贺拉斯并未解释其寓意,只是说道:"如果寓意用在我身上,那我会放弃一切……"②他以此告知对方自己无法适应罗马这样复杂的大都市,更喜欢待在小城市。在下文中,贺拉斯详细说明了自己不是愿意用自由去换取财富的人。寓言故事融于说服性陈述中,尽管故事是虚构的,但让读者觉得有趣而亲切,思想也更容易被对话者所接受,拒绝的口吻也因此显得柔和。叙事手法延续了伊索寓言的风格,也保持了信函中语言朴实的前后一致性。寓言在反映真实的过程中,通过凸显一些细节让寓意更具针对性。该则寓言所强调的是利益对人的改变使其无法回到过去,吃饱的狐狸是贺拉斯害怕的模样,而言语描述不如寓言人物形象令人印象深刻,寓言成为说服朋友的有效工具。贺拉斯另外一则为后人所熟知的寓言是"城里的老鼠与乡下的老鼠"③,故事内容对于读过拉封丹寓言的人都不会陌生,寓意与"长胖的狐狸"有相似之处,但更加突出了作者对于无拘无束生活的执着。该寓言有更强的哲理性,暗示了在人生选择问题上的个人偏好。贺拉斯也借该寓言告诉对话者,不能因为友谊以及自己的期望而忽略了朋友的个性。

贺拉斯的《诗艺》《讽刺诗》《书札》中一共出现了 14 则寓言,均为伊索式动物寓言,共有 8 则曾出现在伊索寓言集中,5 则曾出现在菲德鲁斯寓言中,尽管情节并非完全一致,但整体轮廓保留了伊索式寓言的风格。因为贺拉斯寓言并非独立成文,所以时而是完整的故事,时而只是一句诗中引用的寓言片段,甚至只是一个动物比喻,这一类寓言难以在古希腊、古罗马文明中找到源头,但它传递的思想是明确且易于辨识的。

贺拉斯向读者呈现了寓言适用于交流的一面,将寓言转化为论据,在娓娓道来的故事中展现隐喻叙事的艺术魅力。偏爱寓言形式与几位大寓言家的身份不无关系。不仅仅伊索是战争中被俘虏的奴隶,菲德鲁斯也是奥古斯都释放的战俘,而贺拉斯则是被释放囚徒的儿子。寓言家多为奴隶身份这一现象其中固然存在偶然性,但贺拉斯对寓言的巧妙运用证明了寓言是打破因身份差异而产生交流困局的良方。比起伊索和菲德鲁斯,贺拉斯更

---

①② Horace, *Epitres*, trans. François Villeneuve, Paris: Les Belles Lettres, 1967, p.69.
③ Horace, *Oeuvres* (*t.I Odes et Epodesm*, *t. II Satires*, *t. III Epître*), trans. F. Villeneuve, Paris: Belles Lettres, 1929 – 1934, pp.79 – 117.

看重寓言的实际效果。委婉的表达方式能够让交流者更愿意接受自己的观点，从而避免直接的思想冲撞。贺拉斯对寓言的灵活运用再次确认了寓言在古罗马时期的文学定位，在说理叙事中嵌入虚构寓言故事成为贺拉斯独特的文学创作风格。

五、从中世纪到文艺复兴

从古罗马衰亡到文艺复兴前的欧洲在强大的教会影响下，文学发展活力不足，宗教迷信的盛行使得文学成为神学的附庸。文人的创造性被社会制度压抑，留下的传世经典并不多。这一时期的寓言作品以对伊索寓言或是古罗马寓言的抄袭与模仿为主，其引用目的在于教授一种修辞方式，因此寓言家的名字与寓言本身的个性显得并不重要。影响中世纪的古代寓言家除伊索、菲德鲁斯外，还有巴布里乌斯（Babrius）与亚微亚奴斯（Avianus）。关于巴布里乌斯的信息十分有限，他可能是一个出生于公元1世纪或2世纪、受希腊文化熏陶的古罗马人，生活在今天的叙利亚境内。巴布里乌斯寓言以希腊文写成，在寓言集中赞赏了伊索，也肯定了他作为寓言鼻祖的地位，阐明了自己的寓言创作将以伊索寓言为模板，并在文体风格上有所创新。在拜占庭帝国时期，巴布里乌斯寓言广为流传，成为教学篇目。从公元5世纪到公元14世纪，他的寓言被传承和改写，尤其在10世纪到12世纪之间。巴布里乌斯寓言是经院教育的重点，学生要学会解读寓言，借助寓言表达思想，在寓言和现实间建立联系，以及提高语言运用的技巧。拜占庭帝国时期巴布里乌斯寓言流传较广，但作者姓名在传播中逐渐被遗忘。与之相关的手稿只有三份流传至今，三份手稿中也只有三篇内容一致的寓言，由此可见手稿在传抄的过程中发生了很多疏漏。在拜占庭帝国时期，可以找到很多引用巴布里乌斯寓言片段的词典，例如公元9世纪的佛提奥斯（Photios）编撰的《词汇》一书中，就出现了很多对巴布里乌斯寓言的引用。在继承前人寓言创作理念的同时，寓言改编也未曾停歇，对巴布里乌斯寓言的改编以及运用深入文学作品的方方面面。到公元13世纪后，因为一些姓名引用错误以及模仿者众多，巴布里乌斯的名字逐渐被人们淡忘和忽略。

生活在公元5世纪的亚微亚奴斯以拉丁文创作了42篇诗体寓言，其寓言创作受到巴布里乌斯以及菲德鲁斯的影响。亚微亚奴斯对寓言的主要贡献在于以二行韵律诗的形式改写寓言。他的作品易于上口，在欧洲有一定的名气，知道他的人甚至比知道巴布里乌斯的人更多。生活在12世纪法国的玛丽·德·弗朗士（Marie de France）是最早的法语女作家，也是最早用法语创作寓言的作家，她的寓言主要是对古代寓言的模仿，以动物寓言为主。

在中世纪的法国,用法语进行文学创作并非主流,法语在欧洲中世纪的地位是很低的,弗朗士的寓言也并未受到更多关注。不过弗朗士在寓言集中一再强调寓言的例证性,可见其对亚里士多德观点的认可,也证明了寓言在这一历史时期依然未成为独立的文学体裁。此外,中世纪除寓言集外,在传记、小说、历史典籍,甚至是医学、词汇学、百科全书中都有寓言的出现。寓言的广泛使用一方面说明寓言受到越来越广泛的关注,但另一方面证明了其依然未能摆脱作为思想表达中的说理"例证"而存在的局面。

值得一提的是,中世纪法国一部以动物为主角的韵文讽刺诗《列那狐传奇》对后来的寓言发展起到了借鉴作用。作品创作于12世纪后半期到13世纪中叶,由不同作者创作完成,讲述的是关于狐狸列那的故事,故事将动物人格化,用动物之间的故事来影射人类社会,反映了市民阶层的世态人情及阶级矛盾。列那狐与不同动物的斗争反映了市民同贵族间的对立,赞美了勤劳勇敢的人民,讽刺、批判了贪婪、愚蠢的统治阶层。该体裁的术语"fabliau"与寓言"fable"一词同词根,都来自拉丁文"fabǔla",反映了二者的相似性——虚构且带有寓意的故事。与伊索式寓言对比,该作也具有以动物为主人公、通过拟人的手法让动物主人公具有社会属性及鲜明的性格特征、为故事赋予讽刺现实的意义等特点。除韵文特征外,二者主要区别在于寓言中的寓意简明且以篇为单位完成,而韵文讽刺诗故事性更强、人物关系更复杂、寓意也更为隐晦。该作品以法语撰写并取得成功对中世纪及文艺复兴以后的法语文学创作产生了深远影响。《列那狐传奇》不属于伊索式寓言,却是寓言类文学中的典范,对寓言创作风格的革新产生了积极意义,也引发了文学家对于寓言体裁边界的思考。

始于意大利的文艺复兴促使人文主义思想引领下的文学思潮席卷欧洲,在对古代文字的发掘中,文学家们发现了很多在中世纪断层的艺术形式并加以发扬,对古代戏剧、史诗的模仿与创新层出不穷。但这一时期寓言并未受到足够的重视,这主要有两方面原因。首先,寓言并非诗歌、悲剧等重要的文学形式,受到的关注度并不高;其次,中世纪的寓言作品基本上是对古代寓言的模仿与沿袭,因而受到复兴古代文学的思想冲击较小。这一时期的寓言依然保留着两方面特征:一是模仿伊索寓言,二是在其他艺术形式中作为例证被引入。文艺复兴时期的法国作家吉尔·科罗泽(Gilles Corrozet)是最早通过法语将伊索寓言以诗歌形式翻译出版的作家,其作品集于1542年出版。5年后,纪尧姆·豪登(Guillaume Haudent)的寓言集在鲁昂出版。这一时期的寓言与中世纪寓言的主要区别在于寓意中的观点具有更浓厚的地域特征与时代性。欧洲文学领域对寓言重燃热情是在17世纪拉封丹寓言问世以后。拉封丹寓言彻底改变了寓言作为附属文学形式的发展窘境，也形成了一种新的创作风格。寓言作为具有艺术价值的文本出现是有深刻社会根源的。

六、跃入主流文学的拉封丹寓言

1635 年法兰西学院的建立为文人放弃屹立千年的拉丁文而选用法文进行创作铺平了道路，路易十四时期奢华的宫廷生活带来了宫廷文学的兴盛。在古典主义思想熏陶下的宫廷诗人拉封丹用法语让寓言这一朴实而神秘的文学形式进入主流文学之列。17 世纪的法国文学界不仅痴迷于用法语模仿古人，还逐渐提升对文本美学价值的关注。这个时代的读者有一个共识，即"'创作'与其说是'创造'（神的行为），不如说是'复现'。复现不一定是重复，而是以一种新的、意想不到的形式，用具有启示性的文字表达从远古开始被人们以不同形式说过、叙述过的内容"①。在此背景下，拉封丹满足了法国社会对于用法语完成对古代寓言继承式创新的期待，为作为文学体裁的寓言带来了属于新时代的活力。

拉封丹寓言在内容上主要继承与模仿了包括伊索与菲德鲁斯在内的古代寓言家，在文体风格上，为寓言文学带来了全新的面貌。1668 年出版的《寓言集》第一卷的标题《寓言选，诗歌体》②就已经表明了拉封丹要"将一个小体裁变成艺术作品"③的决心。相较于大多呈现静态画面的伊索寓言，拉封丹寓言更看重叙事中的戏剧化效果，这一差异在某些同题材寓言，如拉封丹寓言《四肢和胃》与伊索寓言《胃和脚》中颇为明显。"拉封丹的艺术就像是持续性的图景暗示……他使用的修辞不是从图景到观点，而是从观点到图景……"④拉封丹的叙事能够留给读者具有流动性的意象，使得作品更接近于戏剧、小说等文学体裁。除自由诗体的创新外，带有古风的马罗体也被采用；17 世纪浓厚的戏剧创作思想渗入了拉封丹的寓言创作，喜剧风格与悲剧风格都能很好地与虚构故事融合。西方寓言行文简短的创作习惯在拉封丹寓言中已经不再具有约束力。拉封丹寓言的叙事长度差异巨大，最短的《狐狸与葡萄》只有 8 行，最长的是《米莱的女儿们》，其长度达到 562 行。寓意层面，既有如《青蛙力争同牛一样大》中指向性较强的寓意，也有

---

① La Fontaine, Jean de, *Fables*, Paris: La Pochothèque, 1985, p.20.
② Népote-Desmarrés, Fanny, *La Fontaine, Fables*, Paris: PUF, 1999, p.11.
③ Mesnard, Jean, *Précis de la littérature française*, Paris: PUF, 1990, p.241.
④ Bassy, A.-M., *Les fables de La Fontaine: Quatre siècles d'illustration*, Paris: Promodis, 1986, p.57.

如《老鼠和牡蛎》中具有多隐喻层次的复合寓意。拉封丹在《寓言之力》中说道："这些诗有时竟敢摆出伟大的姿态，/会不会让您把它看成是冒昧轻率？"①可见，拉封丹对寓言被主流文学接纳充满期待。拉封丹寓言的问世受到了包括法兰西学院在内的各方面的肯定，法国文学界甚至在法语词"fabuliste"（寓言作者）外，又用了一个全新词语来肯定拉封丹的寓言成就——"fabulier"（寓言家），②拉式寓言风格让欧洲寓言发展站上了新的台阶。

与前文中列举的伊索与菲德鲁斯的《青蛙请立国王》不同，拉封丹将该故事演绎为优雅的诗篇：③

青蛙要求立国王

青蛙们对民主政体已经感到厌倦，
由于他们吵闹不休，
朱庇特就使他们隶属于君主政体，
给他们从天而降下一位极其平和的君主，
不过这位国王下降时发出了巨大的声响，使得沼泽里的水族，
这些相当愚蠢、胆怯的老百姓，
有的钻进草里，有的躲进芦苇，
有的藏到水底，
有的干脆就钻进了洞里。
他们认为他是个新的巨人，
过了很久还不敢来瞻仰他的龙颜。
然而国王只是根小小的梁木，
他的尊严吓唬住了
那第一个离开洞穴
冒险前来见他的臣民。
这只青蛙一点点地接近了他，颤抖着，
另一只跟了上来，另一只也学样，
后来终于来了一大帮。

---

① 译文"伟大的姿态"的法语原文为"air de grandeur"，暗含了"大体裁风格"之意。译文摘自［法］拉封丹：《拉封丹寓言全集》，钱春绮、黄杲炘译，湖北教育出版社 2007 年版，第 271 页。
② Népote-Desmarrés, Fanny, *La Fontaine*, *Fables*, Paris: PUF, 1999, p.6.
③ La Fontaine, Jean de, *Fables*, Paris: La Pochothèque, 1985, p.157.

大批青蛙最后和国王混得相当熟,
他们甚至跳到他的肩头上。
王上比较容忍,他很平静,始终不作声。但不久朱庇特又被青蛙吵得脑袋发晕,
这些百姓说:"请给我们一位会动的国王吧!"
于是众神之王就给他们派来一只飞鹤。
她杀他们,嚼他们,
高兴的时候就把他们囫囵吞下去。
青蛙立刻叫苦连天,
于是朱庇特给他们的回答也很快:"怎么啦?
你们的意思
是想要我们受你们的制约?
你们本该保持你们原来的政体,
既然没有那么做,那你们就该
对第一位温和宽厚的国王感到满意才是。
现在你们还是对这位国王感到满意吧!
否则怕还会碰到一个更坏的。"

——拉封丹《寓言集》

该寓言在故事设计上与伊索及菲德鲁斯同题材寓言有诸多相似之处。在寓意层面,该寓言倾向于就事论事,没有对故事展开发散式联想,更接近伊索寓言。在故事内容上,拉封丹继承了古罗马的神话系统,尊朱庇特为"众神之王",故事最后也以朱庇特的回答结束,与菲德鲁斯寓言更为相似。在文体层面,将故事诗歌化增加了寓言的节奏感。尽管在拉封丹之前也有不少将寓言诗歌化的创作尝试,但他们不过是将故事写成韵文,比较呆板。而拉封丹的自由诗体,让故事具有了活泼的氛围。此外,描写性语言让故事有了更强烈的舞台效果,故事人物鲜活、真实、富有趣味:"有的钻进草里,有的躲进芦苇,有的藏到水底,有的干脆就钻进了洞里。"该句与"一点点地接近了他,颤抖着,另一只跟了上来,另一只也学样,后来终于来了一大帮"形成对比,形象、生动。最后的结局延续了之前的排比式风格,营造出强烈的心理反差,戏剧效果明显。

另外一则寓言《乡鼠与城鼠》和贺拉斯在《讽刺诗》中讲述的寓言故事内容无太大差异。拉封丹寓言中对故事场景的描写更为细腻。故事前面部分的铺垫留给读者想象空间:"在土耳其的地毯上,/已经放好了餐具,/两位

朋友的盛宴,/我留给你们自己想象去。"①而戏剧性的转折忽然而至:"城里老鼠急忙退席,他的伙伴紧紧相随。"②拉封丹将这种享用奢华的幸福与提心吊胆的苟且之间的矛盾描绘得十分生动,以至于最后乡鼠的选择显得顺理成章。比起贺拉斯式的自嘲,拉封丹寓言更像是传播一种价值观。第一人称对白被置于故事的最后,牵引读者参与人生选择的思考。由此,可以看出拉封丹寓言的文体考量绝不仅仅是为了迎合上流社会的文雅之风,寓言的内容、文体、寓意三者构成相互融合的整体,巧妙的叙事使得寓意表达流畅而深刻,读者在艺术欣赏的过程中更加主动地参与寓意的建构。

当然,我们也应该看到,拉封丹依然还是西方文明孕育下的寓言传承者。在拉封丹的动物寓言中,希腊人认可的一系列属于动物的特质都被保留,比如狮子的威严、狼的凶残、狐狸的狡猾、蚂蚁的勤劳、知了的好逸恶劳,从而形成了一种天然的文化约定,似乎这些动物与生俱来就拥有这些性格特质。除人物性格外,人物之间的针锋相对、具有童话气质的剧情设计,也都得以继承。那些古代寓言的风格,如轻松与戏谑中的严谨、受到克制的想象、幼稚中的理性也都在拉封丹寓言中保存完好。拉封丹寓言并不是另辟蹊径的革命,而是在继承与延续中的创新。这一尝试满足了时代文人的需求,作品问世后迅速被欧洲主要的上流文化圈所接纳。

尽管寓言并未因为拉封丹而成为法国文学界认可的大体裁,但拉封丹让作为文学体裁的寓言有了更为清晰的轮廓和更为丰富的内涵。17 世纪是法国古典主义发展最为充分的时期,而古典主义所倡导的在理性的指引下让文学产生教育价值与带来乐趣的思想,在拉封丹寓言中得到了最好的诠释。拉封丹寓言被上流社会的贵族文人所追捧,成为 17、18 世纪文学沙龙的必备读物。自 18 世纪以后,大部分欧洲、美洲国家对寓言的重视都受到了拉封丹寓言的影响。文学爱好者因为伊索而了解寓言,因为拉封丹而喜欢寓言。伊索与拉封丹给予了我们截然不同的寓言体验。亚里士多德对寓言的定位以及伊索被公认的奴隶身份,使得寓言在两千多年的时间里被视为一种自下而上的思想对话中必不可少的文学修辞,而拉封丹的贵族身份以及他在《寓言集》中开宗明义地表达作品是献给幼年王储的创作动机,让我们感受到寓言故事可以成为自上而下的育人感化方式。自拉封丹以后,寓言有了新的文学身份,欧洲寓言创作也迎来了新的时代。18、19 世纪是欧洲寓言文学的高峰,包括法国在内的欧洲各国,都涌现出许多优秀的寓言作品,拉封丹寓言的传播拓展了新时代寓言家们的视野,寓言的创作风格

---

①② La Fontaine, Jean de, *Fables*, Paris: La Pochothèque, 1985, p.49.

也日益丰富。寓言文学的加速发展也激发了文学评论者关于寓言体裁定义的再思考。

七、拉封丹之后的寓言

自拉封丹寓言问世以后，18、19世纪的寓言在欧洲得到迅速发展，各国创作的寓言作品数量惊人。1759年，德国作家莱辛发表的《寓言集》是德国比较有影响力的寓言作品集，后世流传甚广。寓言主题一半取材于古代，一半为创新，莱辛很好地将古代寓言故事与德国的社会现实紧密结合，讽刺和批判了一些社会现象。作为文学理论家，莱辛对寓言这一文学形态进行了深刻思考，他犀利地质疑法国学术界给出的寓言定义，并在作品中全面阐释了自己对于寓言体裁的定义与理解，对后世重新认识寓言有重要借鉴意义。1792年法兰西学院院士让-皮埃尔·克拉里斯·德·弗洛里昂（Jean-Pierre Claris de Florian）发表的寓言被认为是拉封丹之后法国最好的寓言。寓言故事从内容上尽可能避免了与拉封丹寓言的重复，不过依然能在作品集中看到对伊索寓言等古代寓言的模仿痕迹。弗洛里昂的寓言创作成就受到法国文学界的认可，部分寓言传播甚广，但在大众文化中的影响力与拉封丹寓言还有不小距离。19世纪初，俄罗斯作家伊万·安德列耶维奇·克雷洛夫（Ivan Andreyevich Krylov）笔下的寓言也是通过朴实幽默的故事来完成对社会怪象的讽刺。克雷洛夫幼年就十分喜爱拉封丹寓言，早期的寓言以改编伊索寓言与拉封丹寓言为主，沿袭了拉封丹寓言的诗歌化创作风格。有些他模仿拉封丹风格而创作的寓言被译为法语后在法国受到了许多寓言爱好者的追捧。

不难看出，拉封丹寓言的影响在18世纪以后的欧洲是巨大的。拉封丹寓言是西方寓言发展史上的转折点，它不仅让伊索式叙事传统得以更好延续，还让美学特征逐渐成为寓言作品的内在需求。20世纪，随着拉封丹寓言进入法国中小学教材，其在法国的影响力也得以进一步增强。法国作家让·阿努伊（Jean Anouilh）与法兰西学院院士勒内·德·奥巴尔迪亚（René de Obaldia）的寓言故事都具有明显的拉式寓言痕迹。在著名作家弗朗索瓦丝·萨冈（Françoise Sagan）与雷蒙·格诺（Raymond Queneau）作品中都能看到对拉封丹寓言《知了和蚂蚁》的滑稽模仿。即便在2015年的杂志《寓言家》中，伊索式叙事与拉封丹式文体相结合的寓言风格依然占据半壁江山：

啄木鸟与狮子

兽中之王不加区别地吞噬，
如果不是国王，肯定被当作贪吃鬼。

一天,他正在滥吃之时感到窒息,
因为一根刺卡在了喉管。
巫师惺惺作态,医生高谈阔论,
教士诵文祷告,一切都无济于事。
而国王已生命垂危,他承诺万金,
赏赐给能帮助国王摆脱劫难的人。
啄木鸟前来欲去除卡刺,
因为在喉管深处,所以将头伸入、打探。
他发现了异物,他用嘴将其叼出。
国王又能好好呼吸,大家欢呼鼓掌。
骄傲的啄木鸟,做起发财的美梦。
在他的脑海里,金币都在舞动。
他已经感觉到自己是侯爵、公爵、伯爵,
国王一声咆哮,摧毁了所有的幻想:
"这已经足够了,进入我的喉管,
你能出去,而没被咬碎。
你难道还想为这微不足道的努力获赏,
你应该为还活着而欢欣鼓舞。"
寓意:
大人物的承诺不会兑现。
他们许下月光为自己摆脱困境。
就像月光相信自己是真的。
——纳盖-拉迪盖(Naquet-Radiguet)

从故事选材到寓意设计,纳盖-拉迪盖所继承的是伊索式动物寓言的衣钵,而从文体特征上看,寓言的叙述长度、叙事节奏、情节安排,甚至是韵律设计,都有明显的拉式寓言风格。从21世纪回看拉封丹之后的寓言文学,不得不承认拉封丹已经将寓言文学带到了作为体裁的文学形式的顶峰。拉布里奥尔甚至认为:"看起来是他创造了这一体裁,他让这一体裁如此闪耀,以使得前人的光芒变得暗淡,并使后人对寓言革新的愿望变得徒劳与可笑。"①当然,必须承认,拉封丹寓言在欧洲的影响是与法语以及法国文化的对外影响一同产生的。路易十四称霸欧洲后的一百多年里,欧洲各国宫廷

---

① Labriolle, *Fable*, Paris: Encyclopaedia Universalis, 1980, p.877.

争相学习法语,俄罗斯贵族甚至以说法语为荣。在这样的文化背景下,拉封丹寓言也借法国对外影响力的不断增强而获得了越来越多的追逐者与模仿者。

八、叙事的沿袭与创新

从西方寓言发展的历史看,一些经典寓言故事在不断被改写与模仿中仍然保留了最核心的构成要素。自文艺复兴以来,作家在各种体裁中都有对古人模仿的尝试,然而只有在寓言体裁上的模仿相似度最高。部分文艺复兴后创作的寓言中的核心故事结构几乎与伊索寓言一模一样。即便是今天,寓言家们也依然坚守着某些古希腊时期就已经确立的创作规则,延续着对寓言体裁功能性价值的认同。这一方面说明人类文明早期所留下的寓言叙事模型难以超越;另一方面说明,部分寓言中的母题是被人类文明所持续关注的,具有超时间性特征。

以动物为主人公的寓言故事大多属于模仿大于创新的一类。《知了和蚂蚁》是拉封丹《寓言集》的开篇寓言,也是作品集中最具影响力的篇目之一。该则寓言通过讲述勤劳与懒惰的人最后会面临的不同结局,来揭示"人要学会未雨绸缪"的寓意。《知了和蚂蚁》的故事结构让每个时代的寓言家们都抱有浓厚的兴趣,不论是菲德鲁斯还是拉封丹,或者是不同时代的伊索寓言的改编者,都很好地把握了寓言故事中可变要素与不可变要素的关系,改变故事形态的同时,保留其能引发寓意的核心部分。

伊索寓言的编撰者们因搜集故事的时间和渠道有所不同,所以在故事内容及叙事细节上存在差异。在尚伯利版本的《蚂蚁和甲壳虫》与丹尼尔·洛伊查(Daniel Loayza)版本的《蚂蚁与金龟子》中,与蚂蚁相对应的故事主人公身份略有不同,其寓意之间也存在微小的差异。

> 夏季,一只蚂蚁在田间来回不停,将小麦和大麦的种子带到储存的地方以备冬季取食。一只甲壳虫看到它,对它如此勤劳感到惊讶,其他动物都放下劳作,享受美好时光,而它居然还在工作。那时,蚂蚁没有回应它。后来,冬天来了,雨水浸湿泥土,饥饿的甲壳虫向蚂蚁讨要食物。蚂蚁回复它:"甲壳虫啊,如果你在我辛苦劳作的时候也在工作,而不是嘲讽,现在你也不会缺乏食物啊。"对于人是一样的,他们在富足的时候并不关心未来,当时局变化,他们就只能陷入无尽灾难。[①]

---

① Esope, *Fables*, trans. Emile Chambry, Paris: Les Belles Lettres, 1927, p.106.

洛伊查的版本是这样的：

> 夏季的一天，一只蚂蚁在田间散步，将小麦和大麦的种子带到储存的地方以备在糟糕的季节取食。金龟子看见后十分惊讶，其他动物都忘记了工作，享受生活，而它却还在工作。当时，蚂蚁没有说什么。后来，冬天来了，雨水浸湿泥土，饥饿的金龟子来找蚂蚁，希望得到一些食物。蚂蚁回答道："哦，金龟子啊！如果在我工作的季节，你不是指责我，而是去工作，你今天也不会缺乏食物啊。"同样的道理，如果谁在富足的时候不思考明天，当季节变化的时候，就会遭遇困境。①

两个版本的故事内容及主人公不同，但寓意几乎一致。蚂蚁最后的回答也十分相似。从最后的叙事者旁白来看，故事的寓意重心在于对"缺少远虑者"的批评与警告，故事中的蚂蚁是叙事者的化身，或者仅仅作为故事的背景人物出现。这一点在拉封丹寓言中则不同，《寓言集》中的《知了和蚂蚁》不仅以韵律诗的形式提升了叙事的审美价值，还通过更丰富的叙事内容拓展了寓意空间。

> 整个夏天
> 知了都在歌唱。
> 当秋风到来的时候，
> 她深深感到缺粮的恐慌。
> 她没有储存任何一点
> 苍蝇和虫子，
> 这样她就来到邻居蚂蚁家
> 叫苦去了。
> 她请求借给她
> 一点儿食粮，
> 能勉强维持到明年春季到来的时光。
> "我会还你的，"她对她说，
> "在八月之前，连本带利，
> 我用我的信誉来担保。"
> 但是蚂蚁不肯出借东西，

---

① Esope, *Fables*, trans. Emile Chambry, Paris: Les Belles Lettres, 1927, pp.128-131.

这是他小小的一点不足之处。
"天热的时候你在干吗?"
她对这位借贷者这样说。
"你别见怪,夜以继日,
不论遇见谁,我都向他们歌唱。"
"啊,你一直唱着歌?我太高兴了,
好吧,那现在你就跳舞吧!"

——拉封丹《寓言集》

该则寓言与之前寓言最显而易见的区别是韵律诗形式的使用,诗体叙事为故事增添了审美乐趣。拉封丹在轻快的韵文中,通过以"交流""食物""金钱""活动""情感"等义素为中心的词场,构建出两个完全对立的价值系统:勤劳—懒惰、谨慎—马虎、本分—夸张、自食其力—寄生于人。尽管拉封丹并未以叙事者口吻给出行为方式的建议,但通过最后两句中对"唱歌"与"跳舞"的讽刺,已经将动物之间的社会关系毫无偏差地投射到他所生活的宫廷之中。在研究中我们发现,该则寓言中流传甚广的最后两句对白并不完全由拉封丹原创,巴布里乌斯寓言中的《知了和蚂蚁》已经具有了明显的对话特征:

冬天,蚂蚁从洞穴中将夏天搜集的食物拿出来暴晒。一只快饿死的知了向它求助,希望给它一点食物,不至于饿死。"你夏天在干吗?"蚂蚁问道。知了回答:"我没有闲逛。我的时间都用于歌唱了。"蚂蚁笑了,并收起种子,反驳道:"你夏天唱歌,冬天就跳舞吧!"①

拉封丹的创作很有可能参考了该版本。尚伯利、洛伊查版本最后的叙事者旁白都讽刺了好逸恶劳者,并建议不要成为这样的人,寓言故事均以蚂蚁的讽刺对象为中心构建。而拉封丹寓言中,蚂蚁与知了构成了二元对立关系,知了的语言风格显示了其自我中心的主体意识,表达方式彰显了其并不普通的社会身份,对知了的嘲讽与对蚂蚁的赞颂是平行勾勒的,知了的形象因为蚂蚁的犀利回击而显得更加鲜明。在菲德鲁斯寓言中,虽然没有故事内容相同的寓言篇目,但《蚂蚁与苍蝇》中蚂蚁的回答可能对拉封丹寓言

---

① Babrius, *Fables*, *Babrius et Phèdrus*, trans. Perry, Cambridge (Mass): Loeb Classical Library, 1965, p.183.

中的主人公平行关系构建产生启发。故事核心部分如下：

　　……蚂蚁说：可能吧，能列席众神的宴会确实有荣光，但必须是作为宾客，而不是寄生虫。你留在祭台之上，但大家如果发现了你，就会将你赶走。你说的国王，以及与女士突然的面礼，简直是有病！你在夸赞一些因为廉耻而应该遮掩的事。你游手好闲，凭本能行事，其实一无所有。而我不断为了迎接冬天用心地积攒谷物，我看见你，沿着墙壁，以糟糕的垃圾为食。夏天，你醉生梦死，冬天，你为何一言不发？当寒冷抓住你并杀死你，我却能平安回到我的住所，拥抱丰富的物资。瞧，这就足以打败你的傲慢了。
　　这则寓言让我们看到了两种不同的性格：一个喜欢炫耀虚假的优点，另一个则拥有闪光的美德。①

　　该寓言将两种性格对立，在赞赏勤劳、朴实的同时对傲慢、懒惰予以批驳。这种以对照的方式呈现两种极端性格特质的故事构思策略与拉封丹的《知了和蚂蚁》是一致的。拉封丹寓言并不只是对伊索寓言的模仿，它融合了伊索寓言与菲德鲁斯寓言中的元素，嘲讽知了与褒奖蚂蚁在几个来回的对话中完成，由此构建的寓意则强调了对于二者的取舍建议，这比起单纯讽刺懒散、好逸恶劳的行为有更好的教育效用。
　　以上列出比较的几则寓言中，与蚂蚁对应的动物并不相同，有知了、甲壳虫、金龟子、苍蝇等。这些不同并没有影响我们将它们视为同一母题的寓言，这种判断是以寓言故事中隐藏的某些稳定不变的要素及相互关系为基础的。首先，故事中的蚂蚁与另一主人公都分别只是符号代码，它们代表了两种性格特质，这一点在拉封丹寓言中交代得最为清楚。两种性格特质是动因，其所产生的行为方式截然不同，最后导致的结果也完全不同。几则寓言中的叙事目的都是呈现出由因到果的全过程，相似性明显。当然，蚂蚁最后的驳斥内容会对寓意表现产生某些影响，但从总体上看，它并不会改变故事寓意的核心部分。故事中，不论是知了还是金龟子，甚至是蚂蚁都能够被替换，只要能够构建以两种既定性格特征为基础的对立思维方式，我们就可以将它们归纳为相同的叙事结构，属于同一母题。在以上分析的寓言中，母题的核心是"勤勉"与"享乐"两种对立思维方式所导致的两种不同结局。以此为中心，叙事手段的改变不会使寓意

---

① Phèdre, *Fables*, trans. E. Panckoucke, Paris: Philippe Renouard, 1928, p.172.

联想偏离太远。析出寓言中的母题为寓言的叙事研究提供了新的思路，后面章节将详细探讨。

第二节　寓言的构成

　　大众对寓言概念的理解大多依靠直觉与经验。读懂一则寓言的过程即构建寓意的过程，而这一过程的发生是通过对寓言内容有效信息的提取并借助理性的联想而实现的。具有广泛影响力的寓言大多以易于理解的叙事结构为依托，而寓言的口头传播更是依靠对寓言主要结构的复述来实现。伊索式寓言已经被时间证明其叙事逻辑及叙事结构是易于传播的，其叙事结构中的某些共性特征使得这一类型的寓言在西方文化传承中一直保持着旺盛的生命力。

一、寓言的构成部分

　　从总体上看，一篇伊索式寓言大体上由三部分构成：一是引导部分，该部分以描述性语言介绍故事背景及交代人物所面对的情形；二是情节主体，该部分通过叙述性语言记录人物在矛盾发生时的选择行为；三是故事结局，该部分以呈现主人公完成选择后的结果或者以主人公具有启发性的直接引语结束故事。引导部分是叙事的铺垫，对于让读者迅速进入一个完全不真实的场景十分关键，需要创作者在有限的文字空间有所取舍地完成介绍。在《狐狸与被选为王的猴子》中，"一只猴子，因为在群兽的大会上表演了舞蹈，所以获得他们的信任，被他们选为国王"[1]。一句话中交代了三个背景信息：动物们所形成的是一个君主制社会；猴子表现欲极强，却没有展示足以服众的能力；国王是大家选出的，虽具有代表性但容易受到质疑。在此背景下，狐狸接下来的行为也就顺理成章。在《捕鱼者与金枪鱼》中，"捕鱼者去捕鱼，花了很长时间，什么也没捕到。坐在船上，因为泄气而打算放弃"[2]。该内容是寓意思想"那些艺术拒绝给予我们的，生活的偶然会慷慨赠予"[3]能从故事中析出的大前提。"很长时间""什么也没捕到""泄气""放弃"这几个关键词缺一不可。另外，对于有些叙述紧凑、直接以主人公活动开始的寓言，它的引导部分是主人公的初始行为，该行为是对故事矛盾冲突发生背

---

[1]　Esope, *Fables*, trans. Emile Chambry, Paris: Les Belles Lettres, 1927, p.20.
[2][3]　Esope, *Fables*, trans. Emile Chambry, Paris: Les Belles Lettres, 1927, p.13.

景的交代。例如,《黄鼠狼与母鸡》①中的第一句"一只黄鼠狼得知农场的母鸡生了病,扮作医生,带上一些文艺器具去拜访她"属于故事的引导部分。虽然该句中包含了故事主人公的部分行动,但其发生在故事矛盾冲突出现之前,提供了三个诱发矛盾的信息:第一,引导部分。故事人物之间是敌对关系,黄鼠狼是攻击者,且攻击的机会已经出现。第二,情节主体。情节主体的长短有较大差异,短则一句,长则数段。主体部分通过有指向性地呈现矛盾冲突,铺垫出一个可以预测的结局。寓言《没有见过狮子的狐狸》为了使故事达成最后狐狸敢于接近狮子甚至与狮子交谈的结局,记录了狐狸两次遇见狮子的反应:"因为是第一次见到,他十分害怕,差点吓死。第二次见到时,他还有点怕,但已经不及第一次。"②寓言《杀人犯》中,为了引出杀人犯被鳄鱼吃掉的结局,故事交代了他遇狼后逃脱,又遇龙后逃脱,最后还是无法避免被上天惩罚的命运。主体部分叙事的铺垫是对结局发生必然性的一种强化。第三,故事结局。故事结局是寓言导向寓意的关键部分,寓言结局的设计以及语言使用对于寓意有效且艺术性地传递给读者十分重要。我们耳熟能详的拉封丹笔下的《知了和蚂蚁》中,最后蚂蚁的回击"歌唱?我太满意啦。/你呀,现在跳舞吧!"被不断复述和引用。伊索寓言中类似的结局设计也并不少,寓言《人和陪他旅行的狮子》的最后"如果狮子会雕刻,你会看到人在狮子利爪之下"③,对故事结局的总结同时是寓意提炼的过程。寓言《人与狐狸》④中,"报复过度会反伤自己"既是故事结局,也是寓意的核心。

  寓言的这三个部分构成了有机整体,故事的完整性是保证寓言被理解的前提。在某些短小的寓言中,故事引导部分或者结局可能只有一句甚至是半句,但不可或缺。三个部分共同完成了一个逻辑连贯且完整的叙事,寓言的叙事有效性是产出寓意的必要条件。1928年出版的菲德鲁斯《寓言集》收录了一些不完整的寓言,如《狮子国王》这一寓言仅包括引导部分与不完整的情节主体,因此无法推导出寓意。寓言故事的完整性反映的是思维过程的完整性,以寓言为媒介的交流双方必须共同分享具有完整性的故事,才能实现寓意的共鸣。因此,小说叙事的相关技巧是不适用于寓言叙事的,寓言叙事是以寓意传递为目标的程序化叙事,叙事手法是为寓意表达而服务的。此外,寓言文本中出现的叙事者旁白并不属于寓言构成的必要部

---

① Esope, *Fables*, trans. Emile Chambry, Paris: Les Belles Lettres, 1927, p.9.
② Esope, *Fables*, trans. Emile Chambry, Paris: Les Belles Lettres, 1927, p.23.
③ Esope, *Fables*, trans. Emile Chambry, Paris: Les Belles Lettres, 1927, p.29.
④ Esope, *Fables*, trans. Emile Chambry, Paris: Les Belles Lettres, 1927, p.28.

分,大多数西方寓言集中都存在不包括叙事者旁白的篇目。叙事者旁白是寓言叙事的偶发性内容,有时具有寓意强化功能,但有时会限制寓意的解读空间。而对于口头传播的寓言故事,叙事者旁白通常是寓言故事表达者根据自己意愿而进行的演绎。

二、寓言的核心要素

在常见的叙事核心要素中,人物与动作属于寓言故事的基本要素,也存在部分寓言只有对人物的描述性语言,而没有具体性动作。除此之外,时间、地点等其他要素都属于补充性要素,根据寓意需要出现。

(一) 人物

仅从西方寓言的标题便可以看出寓言故事所涉及的人物数量多、范围广。伊索寓言与拉封丹寓言中,标题中出现的主人公数目远超过篇目数。人物是故事演绎的推动者。"寓言中的人物可以被定义为一种能力的空间性表达"[①],故事主人公大多脱离时空背景,不具有完整的人的复杂性,拟人化的动物主人公大多是具备完成必然性任务的显性符号,是"寓言能力的载体"[②],是一种关系寓意解读的寓指。因此,寓言故事中人物的选择必须与寓意需要相结合。在动物寓言中,常见的动物主人公包括狮子、狐狸、狼、驴子、猫、老鼠、猴子等。每种动物的性格特征对于故事发展都至关重要:狮子的威武和霸道、狐狸的聪慧与狡黠、狼的冷酷与凶残、驴子的木讷与执着、猫的灵活与任性、老鼠的卑微与弱小、猴子的滑稽与自负等。这些特征与动物的天然属性存在某些关联,但也很大程度上是地域文化特征的体现,例如,鼠与猴在西方文化与中国文化中的内涵存在差异,在西方寓言中出现更多的是带有中性色彩的老鼠和贬义色彩的猴子。

不过,动物的天性特征与文化内涵也未必是寓言家的必然选择。有时,狮子会显得软弱无能,驴子也偶有聪明的表演,蛇在不同寓言中的性格特征差别更大。寓言故事人物的设定是根据寓意表达需要决定的,一个故事能产生合理的寓意,需要各个不同要素之间的相互协调。在人物与事件的关系协调中,事件是第一位,人物特征是第二位,人物为故事结构服务。不论是人还是动植物,都在展现某种特定关系中的结构意义,也就是他们在既定结构关系中的相对位置。这种结构关系又分为自然关系、社会关系、天人关

---

① Nøjgaard, Morten, *La Fable antique* (Tome I), København: Nyt Nordisk Forlag Arnold Busck, 1964, p.284.

② Nøjgaard, Morten, *La Fable antique* (Tome I), København: Nyt Nordisk Forlag Arnold Busck, 1964, p.285.

系。自然关系首先以丛林法则为基础,通常是以两个动物形象表现,故事通过表现强者欺凌弱者的客观现实引导读者理解并接受客观世界的真实面貌。自然关系还包括善恶关系,恶的表现往往是忘恩负义或者见利忘义,在表现自然关系时,动物的选择往往会考虑它们在生物链中的相对位置,例如狼与羊、老鹰与野兔。社会关系是基于社会阶层而出现的关系,以奴隶社会或封建社会为参考,包括君王与臣民的关系、君王之间(不同国家)的关系、臣民之间的关系等。为表现这些阶层关系,动物主人公的选择主要考虑动物的文化象征属性,比如,狮子代表威严的国王,猴子代表自作聪明的权贵,狐狸代表心机颇深的大臣等。天人关系往往是表现现实世界的不可抗力。希腊或罗马神话中的神往往成为寓言故事发展中的不可抗力。例如不同版本的《青蛙请立国王》中的宙斯或朱庇特,寓言家借助想象中的神来道出其认为的真相。寓言《褡裢》中,朱庇特并不是故事的必要人物,但是他的登场让最后道出的寓意具有了某种神秘色彩,对人劣根性的揭示更为深刻。

　　大多数寓言故事都以结构关系的建立为首要目的,参考自然属性与文化要素而进行人物选择。总体上看,寓言作品对主人公的选择有时也具有一定的随意性,这种随意性不能影响既定的寓意实现方向。在《狼和小羊》的故事中,狼和小羊是可以由狮子和马来代替的,不过狼和小羊不能相互调换位置,这会导致寓意方向与最初设计完全不同。强和弱是该则寓言中有秩序的相互结构关系,在选择主人公时要优先考虑。此外,寓言人物选择还需要考虑寓言创作当下的社会接受习惯,例如,西方寓言中没有老虎,猫与蝙蝠大多不受喜爱,古希腊寓言以宙斯为主神,而古罗马寓言中则是朱庇特。对于那些能够长久流传的寓言,主人公的形象甚至具有了和寓言故事一样的隐喻价值。例如,《知了和蚂蚁》中的知了、《乌鸦和狐狸》中的狐狸等。

(二) 动作

　　寓言故事中的连续动作是寓意达成的推动因素。通过简练语言描述的连续动作都是叙述者的精心设计,动作与动作之间的关系紧密、稳定。在诺加看来,连续的动作是一种"动作链,其中的每一个动作紧接着前一个动作构成一个渐进式系列,每一个独立的元素都是前一个元素的物理性结果"[1]。寓言《鹿和葡萄树》[2]中,鹿与猎人的动作环环相扣,直到鹿死前的直接引语,构成故事的最后一个动作。动作间的"渐进式系列"关系让故事

---

[1] Esope, *Fables*, trans. Emile Chambry, Paris: Les Belles Lettres, 1927, p.48.
[2] Nøjgaard, Morten, *La Fable antique* (Tome I), København: Nyt Nordisk Forlag Arnold Busck, 1964, p.201.

结局的发生具有可预知性。最后一个动作即故事的结尾,是寓意理解的关键。出于对故事完整性或审美的考虑,"动作链"中也存在一些无效动作,它们不对寓意产生直接影响。在《乡鼠与城鼠》中,关于老鼠用餐前与用餐经过的描述比较多,主要目的是烘托老鼠在用餐中的感受,其中有些动作则属于无效动作。此外,还有一种情形是所有连续动作的组合构成一个更加抽象的意义表达。在寓言《杀人犯》中,读者需要建立几次脱险与最后被鳄鱼吃掉的动作之间的对应关系,才能引发寓意联想。几次脱险动作分开来看,都不能构成完整的有效动作。

除了"动作链"引导思维向寓意靠近的常见形式,西方寓言中也有通过给出描述性意象引出寓意的故事。这一类故事叙事更为简洁,且推动故事发展的并非连续动作,主人公自身已经具备产生意义联想的特征,如拉封丹寓言《多头龙与多尾龙》。寓言所描述的故事意象是寓言家已经设计完成的静态寓指,它与寓意之间关联更为紧密。但这类寓言由于故事性相对较差,因此传播力较弱。今天我们所熟悉的伊索寓言几乎都是以"动作链"为依托的,可见此类寓言更受读者青睐。

从动作叙述的时态选择来看,寓言故事以过去时(法语中为简单过去时)为主,并辅以与之相配合的时态。常见的童话故事大多使用过去时,通常以"很久很久以前"开场,为虚构故事营造一种真实性氛围,而以动物主人公为主的寓言故事并不具有真实发生的可能。自伊索寓言起,在寓言中使用过去时可能包含了寓言家想表达的"故事是由曾经的智者道出"之意。对于呈现一种客观规律或生活哲理而言,现在时似乎更为合适,但以口头文学为起源的西方寓言用过去时叙事能够突出故事的可发生性,并为故事增添神秘色彩。在伊索式寓言中,与第三人称过去时叙事相配合使用的是故事主人公的直接引语,尤其在道出故事最后结局时使用较多。尚伯利版本的《伊索寓言》所收录的358篇寓言中,在叙述者旁白前以主人公直接引语结束故事的寓言占261篇。一方面,直接引语将读者对故事发生在很久之前的感受拉回到当下,让接收者感同身受,如《农夫与冻僵的蛇》结尾中农夫死前的独白。另一方面,它也借主人公之口直接向接收者道出寓意,如《农夫不和睦的孩子们》最后:"你们也一样,我的孩子们,如果你们团结,在敌人面前是战无不胜的,如果你们不和,就将很容易被战胜。"①拉封丹寓言对直接引语的使用比例则更高,拉式寓言的主人公对话的戏剧性效果也更强,虽然其中一部分对话并非直接导向寓意的有效动作,但它们能增强有效动作的

---

① Esope, *Fables*, trans. Emile Chambry, Paris: Les Belles Lettres, 1927, p.41.

合理性与叙事的生动性。

（三）非必要要素

时间与地点都属于寓言故事的非必要要素，一般服务于叙事的完整性。时间表达主要通过时态选择完成，有效动作的连贯性使得故事的时间跨度较短，时间信息大多可被省略或替换。寓言故事中最常见的时间信息是"一天"，如伊索寓言《青蛙医生与狐狸》、菲德鲁斯寓言《豹子与牧羊人》。部分寓言出于情节需要，有明确的时间标记或较大的时间跨度，如《知了和蚂蚁》。故事中的夏季与冬季是凸显知了和蚂蚁性格的必要条件。在有些寓言中，为了交代故事是由伊索或者某位智者道出，可能会提及故事发生的相关时间信息，但这一信息对于寓意的产生没有直接效用，如菲德鲁斯寓言《太阳与青蛙》。

地点是动作发生的环境。在寓言体裁中，地点信息也是服务于寓意的，如《乡鼠与城鼠》。地点一般是抽象的地理位置，只为故事提供无须细化的标记，而与现实具体位置并无关联。伊索寓言《狮子与海豚》中出现了海滩与水，这里的水（eau）指的是海水，该词在寓言中共出现了两次，但"大海"一词并未出现。"海"或者是"水"对于寓意并不产生直接影响，也就没有进一步说明的必要。

叙述者旁白是故事整体之外的非必要因素。在口头传播与文字传播这两种寓言传播途径中，情况有所不同。对于口头传播的寓言故事，叙述者是不断变化的，除了稳定的故事构架，旁白还具有一定偶然性且无法被稳定转述。文字记载的寓言故事则分为两种情况：古代寓言因其受重视程度较低，文字传抄者大多比较随意，时常会将旁白内容漏抄、抄错位置，甚至往往根据自己的理解为寓言增加旁白，这些旁白大多不是寓言创作者的思考；而近几百年来有据可考的寓言文本，由寓言家书写，其旁白可被视为寓言故事的导言或者是寓意的延伸，它为读者理解文本在具体语境中的寓意考量提供了途径。例如拉封丹在《出售智慧的狂人》的篇首写道："别走近狂人身旁而跟他们距离不远，我不能给你一句更加明智的忠言。"[1]拉封丹借叙述者之口，引出故事，给出规诫。《驿站马车和苍蝇》的篇尾："有些人就是这样，表现得非常热心，/什么事情都要来插手。/好像处处少不了他们，哪儿都让人讨厌，应该把他们赶走。"[2]作者的思考与故事内容相呼应，形成寓意的延伸。对于有据可考的文本，有时必须将旁白置于叙述者所处的时代背

---

[1] Esope, *Fables*, trans. Emile Chambry, Paris: Les Belles Lettres, 1927, p.543.
[2] Esope, *Fables*, trans. Emile Chambry, Paris: Les Belles Lettres, 1927, p.401.

景才能理解。《人和自己的像》最后："至于那水沟,人人都知道,／这就是那本《箴言集》。"①这里提到的《箴言集》是 17 世纪法国作家拉罗什富科(La Rochefoucauld)的代表作,此处旁白为寓言故事与同时代的其他文学作品建立关联,强化了寓言的现实意义。拉封丹及之后的寓言故事中,叙述者旁白不再千篇一律地出现在文章结尾处,而是根据内容的需要,在寓言篇首、篇中或者篇末出现,其设计首先考虑的是旁白内容对文本产生的功能性价值。

拉封丹在《寓言集》中创造了一种叙述者旁白间独特的互文性关系,为寓言故事集营造出一种寓意呼应的氛围。就寓言故事而言,《寓言集》中旁白的互文关系有两种类型——演绎型和拓展型。演绎型的特征是对之前寓言中展现的寓意予以解释,并细化其内涵。例如,在《狼和小羊》中"强者总归最有道理"②的逻辑在《患黑死病的动物》中变得更为具体："看你是有权势的人还是个穷鬼,／法院的判决就会定你是白还是黑。"③这两句话更加直截了当地揭示了封建制度下的弱肉强食法则。拓展型旁白则对之前寓意思想的实现方式或实现途径予以说明,给出方法论方面的建议。在《狐狸和鹳》中："骗子,我为你写这篇东西：同样的下场也在等着你。"④而在《埋金者和他的朋友》的篇末："让骗子上当,也并非困难的事情。"⑤在呼应前篇的同时,补充了"要敢于和骗子斗争"的建议。旁白在拉封丹的寓言语篇间相互呼应,既明确了叙事者立场,也让原本孤立的寓言故事有了与现实的关联性,对阅读者理解寓言起到有效的引导作用。

不论是哪种类型的旁白,都是以寓言故事本身或故事内的人物立场为基础而延伸出的生活思考,是叙述者在作者和读者间搭建的沟通桥梁,都具有对话性特征。叙述者的旁白是寓言故事艺术性加工的一部分,也是提升寓言美学价值的重要手段。

三、寓意类型

寓意是寓言表达者与接收者基于思维方式的默契所形成的关于文本的潜在意义共识,它并不是寓言文本的构成部分。不过,寓意是寓言体裁的应有之义,寓意由寓言故事生产,受叙事行为影响。对于寓言创作者,出于对寓意内容以及表达效果的考虑,会在不同叙事策略中进行选择。叙事的侧重点变化或者结构调整将对寓意生产带来重要影响。

---

①② La Fontaine, Jean de, *Fables*, Paris: La Pochothèque, 1985, p.55.
③ La Fontaine, Jean de, *Fables*, Paris: La Pochothèque, 1985, p.379.
④ La Fontaine, Jean de, *Fables*, Paris: La Pochothèque, 1985, p.75.
⑤ La Fontaine, Jean de, *Fables*, Paris: La Pochothèque, 1985, p.599.

不论东方还是西方寓言,其寓意多是以人为中心,也涉及社会与文化,因此寓意的类别特征十分明显。传统意义上叙事凝练的寓言故事,其常见的寓意可分为四类:一是生存规则。以具体的案例客观展现基于丛林法则的生存规则及社会规则,引导读者思考自身在社会中的生存方式。二是人性剖析。通过人物活动树立善恶榜样,为读者提出具体生存建议——鼓励读者成为一类人,而避免成为另一类人。三是生活哲理。通过故事中的人物或事物之间的相互关系,阐明一种思考问题的方式。四是社会讽喻。利用寓言角色或其行动的启发性特征,间接表达自己对社会现象或政治制度的观点与态度,通常为嘲讽与不满。

第一,生存规则。这类寓意是向读者呈现世界的面貌及社会的规则,而不是建议学习故事中的人物,因此这类寓言多为陈述性。伊索寓言《黄鼠狼与鸡》的寓意可以用拉封丹寓言中的"强者的逻辑永远都是对的"来进行总结。在强权凌驾于法律之上的社会里,弱者的辩解都是无力的,不论理据多么充分,也无法改变自身命运。在寓言《熊与狐狸》中,熊生性吃人,却以不吃尸体为由为自己辩护,最后由狐狸道出真相。恶人往往精于掩饰罪行,这是值得警惕的社会现实。这类寓言并非让我们以故事主人公为榜样,而是通过呈现真实而引发反思。这一类寓言故事的叙事大多比较简单,易于被受众理解。

第二,人性剖析。这类寓意大多包含对行为方式的建议,有的清晰易辨,有的比较隐晦。读者需要在对主人公的善恶进行判别后找到应该模仿或远离的生活态度或处事方法。《狐狸和龙》揭示了不切实际的幻想往往带来灾害性后果,暗示不要成为狐狸这样的人。《芦苇与橄榄树》的寓意是顺势而为的人能更好地活下去,不要做对抗生活的人。该类寓言与呈现生存规则的寓言较为接近,故事也并不复杂,叙事强调主人公的性格特征,并通过故事结局暗示该特征的利弊,通过正反两面的人物榜样引导读者。

第三,生活哲理。这类寓意鼓励人们用辩证思维看待生活。《小偷与鸡》揭示了一个事物的好与坏取决于看待事物的视角,伤害坏人有时会产生有利于好人的结果,对一件事产生的效果要有全局意识。《两只鸡与老鹰》通过引入老鹰来结束两只鸡的争斗,暗示了祸福相依的道理。自负的人可能遭遇灾难,谦虚的人可能获得庇佑。《山羊与牧羊人》告诉我们"错误太大是无法掩盖的"。这一类寓言中的故事相对复杂,寓意提炼需要参考更多的相关信息。《小偷与鸡》的故事中引入了"好人",而"两只鸡"的故事引入了老鹰,山羊和牧羊人的对话中引入了牧羊人的主人。故事人物的增加即观察视角的增加,也为故事营造了更浓厚的社会气息。这类寓意将引导寓言接收者优化理解世界的方法与态度。

第四,社会讽喻。以讽刺为目的的寓言故事在拉封丹《寓言集》中比较多见,伊索寓言因其编撰者脱离寓言创作年代太远,往往难以还原具体时代背景。在尚伯利的《伊索寓言》中,进行社会讽喻的寓言主要是针对一些非具体性的现象。寓言《马与驯马人》刻画了一种虚伪、算计的社会风气,讽刺了社会上那些假装爱戴百姓却无时无刻不在剥削、算计的权贵。尽管叙事者旁白中没有明言是针对谁而写,但马与驯马人的地位之别已经明确了讽喻对象。寓言《狐狸与猴子争论贵族身份》中,猴子看到墓地说,这些都是父亲过去的奴隶,但这样的自我褒奖是无法被证实或证伪的。故事斥责了那些精于编造谎言的当权者,也揭示了贵族身份往往名不副实。这一类寓言中,被讽刺者虽为强者,但作为故事背景出现,而弱者往往借助直接引语来传达创作者的讽刺态度。如《马与驯马人》中马的回应"如果你真的想看到俊俏的我,就不要卖掉用作我粮食的大麦"①,以及《狐狸与猴子争论贵族身份》中狐狸的嘲笑:"没有人能够站起来拆穿你。"②叙事止于此,凸显了讽刺的口吻。

四、寓意在故事之前

在叙事结构总体相似的前提下,叙事策略的细节调整往往带来意义呈现的变化。寓意虽不是寓言文本的构成要素,却是寓言的必备特征。因此,寓言故事即便再短小,其叙事的细节设计也显得十分重要。寓意并不是一个封闭场域,从叙事到寓意的路径会因为接收者的不同而不同,与接收者的环境与认知水平有一定关联。寓意并不完全反映创作者的初衷,但创作者需要先完成完整的寓意构思再开始故事设计。读者从寓言故事中提取寓意的过程实际上是寓言家创作寓言过程的逆向。"以词典为据,'寓言'的第一条释义为:'我们可以从中提取寓意的短小故事。'我们很快便会在脑海里产生一种反对声音:事实上,寓言创造的真正过程是与此相反的,应该是故事来源于寓意。对于寓言家而言,是先有寓意——'强者的道理永远都是对的'或者'任何拍马屁的人都是靠听他的人而生存的'——仅在此之后才有寓言家想象的故事,通过图景化载体让格言、训诫、论点以更加引人注目的方式呈现。"③从古希腊时期寓言被视为"例证"开始,寓言创作者便都带着

---

① Esope, *Fables*, trans. Emile Chambry, Paris: Les Belles Lettres, 1927, p.63.
② Esope, *Fables*, trans. Emile Chambry, Paris: Les Belles Lettres, 1927, p.20.
③ Simon, Claude, *Discours de Stockholm*, Paris: Minuit, 1986, p.16.

明确的引发寓意共鸣的使命感来设计寓言故事。尽管其他文学体裁大多也是有目的的文字创作活动，但对于史诗、小说、戏剧等其他体裁而言，作为介质的文本是无法让读者反馈出几乎与创作者构思一致的意义的。借用传播学术语，寓言是受到传播噪音干扰最小的文学体裁。寓言家与读者通过寓言完成的有效信息共享是优于其他文学体裁的。表现寓意"强者的道理永远都是对的"的故事在包括伊索、拉封丹在内的大多数寓言家的作品中都有出现，尽管所选择的主人公略有不同，故事设计存在差异，但核心情节大多为"A 欲欺凌 B—B 向 A 辩解—A 置若罔闻完成欺凌行为"；而对于"任何拍马屁的人都是靠听他的人而生存的"寓意，与之相适应的核心情节一般都是"A 向 B 展现某物—对该物感兴趣的 B 向 A 展开有目的性的恭维—A 在喜悦中将某物给予 B"。寓意对于寓言故事结构具有决定性影响，寓意限制了故事叙事总体轮廓的自由度。

与此同时，西蒙也指出了寓言故事通过"更加引人注目"的方式呈现格言、训诫及论点，寓言故事对寓意效果具有增强作用，而增强作用的实现及效果与寓言家的创作个性紧密相关。在前面章节中，我们比较过不同寓言家关于相同主题的不同表达。拉封丹寓言中的《知了和蚂蚁》《乡鼠与城鼠》对主人公的描述较之前同主题寓言更为丰满，这对于故事能产生"更为引人注目"的效果是有建设性作用的。创作者能够将预先设定的寓意主体传递给接收者，但接收者限于文本表达方式及自身理解水平，其最终所领悟的寓意并不会与创作者的预设完全一致。因此，寓意虽孕育于寓言之前，但最终是寓言文本的产物。

当今大众所普遍喜爱或接受的寓言大多具备口头流传的特征。部分经典寓言的传播几乎不受国家、时代的限制。与"一千个读者心中有一千个哈姆雷特"不同，经典寓言的接收者对于其寓意的理解趋于一致。由此，我们有两个推论：其一，一定存在一种稳定的人脑思维系统，它保证了对寓言故事的理解在任何地域、任何时代都以相同或相似的方式实现；其二，部分经典寓言故事结构反复出现在不同寓言家的作品中，且与不同文化相融，这说明某些母题结构因揭示了一些人或社会的固有规律或基本特性而具有超时间、跨文化的特征。关于寓言思维与寓言母题，我们将在后面的部分展开详细论述。

第三节　寓言的定义

寓言结构中的要素并非寓言体裁所独有，因此不能将其作为寓言体裁的定义依据。通过对寓意的鉴别来判断文本是否属于寓言有其合理性,但对寓意的界定存在很强的主观色彩。寓言是一种看似一目了然却难以准确定性的叙事体裁。找出寓言固有的特征是理解寓言本质的前提。文学批评者对于寓言的思考几乎贯穿整个寓言发展的历程。自古希腊起,对寓言的认知与理解也在不断地变化之中。作为一种古老的文学形式,古代和现代的寓言创作以及对寓言的认知存在巨大差异,以怎样的文本标准来定义体裁的问题也从未形成共识。亚里士多德在《修辞学》中关于寓言作为例证形式存在的表述可能并不被寓言爱好者所熟悉,但他的观点对文艺复兴以前数千年的寓言创作有指导意义。在法国,自拉封丹出现以来,对寓言定义的思考不断增多,随着寓言形式的丰富,差异明显甚至针锋相对的观点不断涌现。以今天的艺术标准来看,寓言似乎不再拘泥于简短叙事,很多有深刻隐喻的叙事文本都可以被称为寓言。对寓言的定义既不能忽视它出现的原因,也不应该以静态的观点否定它的不断变化。批评家给出的每种定义都受到时代背景与自身经历的限制,但都为我们获得更全面、客观的结论提供了依据。

一、亚里士多德的"例证"说

从亚里士多德的论著中可以看出寓言在当时文化环境中的地位。在其分析文艺理论及文学体裁特点的著作《诗学》中并没有对寓言的描述。关于寓言的介绍出现在阐释修辞理论与修辞方法的《修辞学》中。他指出,通用的论证法分为两类,即"例证"与修辞式推论,而"例证"分为两类:"一类是从前发生的事情,另一类是演说者虚构的事情,后者又分为比喻和寓言,例如伊索寓言和利比亚寓言。"①以虚构故事完成具有说服功能的寓言是作为通用的或然式证明法而存在的。"寓言最易用于政治演说,历史上相似的例证很难找,杜撰一则寓言却是很容易的事。"②亚里士多德所反复强调的是寓言具备的高效说理价值。

亚里士多德举了斯忒西科洛斯和伊索的两个例子。当希墨拉人挑选法拉里斯为大将军,准备给他一个卫队的时候,斯忒西科洛斯讲了这样一则寓言:"有一匹马独占一块牧场,一只鹿跑来践踏草地;马想向鹿报复,便问某个人能否帮助他惩罚鹿。那人回答说,他能帮助,只要马能带上嚼子,让他拿着枪骑在它背上。马同意了,于是那人骑在马的背上;但是马不但没能报

---

① Aristote, *Rhétorique*(*Livre II*), trans. Médéric Dufour, Paris: Les Belles Lettres, 1960, p.104.
② Aristote, *Rhétorique*(*Livre II*), trans. Médéric Dufour, Paris: Les Belles Lettres, 1960, p.106.

复,反而成为那人的奴隶。"①而另外一则是伊索在萨摩斯为一位正要被判处死刑的民众领袖辩护时所讲:"一只狐狸在过河的时候被冲进石洞,钻不出来,吃了不少苦头,还有一大群虱子贴在身上。一只刺猬东飘西荡,看见他,可怜他,问他要不要把虱子除掉。狐狸拒绝了,刺猬问他为何拒绝,他回答说:'它们已经喝饱了我的血,现在只喝一点点。要是你把它们除掉,别的虱子就会前来,它们正在挨饿,会把我剩下的血喝光。'"②

亚里士多德将寓言确定为演讲"例证"的一种形式,是为了完善与优化修辞术。"既然修辞术的目的在于影响判断……那么演说者不仅必须考虑如何使他的演说能证明论点,使人信服,还必须显示他具有某种品质,懂得怎样使判断者处于某种心情。"③寓言只是复杂的修辞术中的一个环节,对于演说者,妥当的寓言运用不仅能证明论点,也可以影响交谈者的心情,进而达到交流的效果。亚里士多德所强调的是寓言的功能性特征,它是作为表达者的重要语言工具而存在的,这一观点对于其弟子看待寓言及使用寓言的方式产生了很大影响。这一时期,包括法雷尔编撰的《伊索寓言集》在内的很多寓言作品都逐渐成为为演讲与辩论提供"例证"的资料。此后,所有的古希腊演说家都将寓言作为教学中的重点,以提升学习者的表达技巧。寓言在古希腊时期还并不具备文学性特征。

古希腊、古罗马时期,在教授修辞的学校里,儿童不仅会背诵寓言,还会创作寓言。人们创作寓言是很常见的事。寓言创作有两种方式:一是为已有的叙事赋予寓意,二是为已有的寓意编撰一个故事。这时人们所创作的寓言有其定义、规则以及确定的模板。古代圣贤创作寓言的首要目的是掌握让一个极简叙事融入更大叙事整体中的能力,让寓言成为故事人物的有效说理工具。

亚里士多德之后,昆提利安在《演说术原理》中指出寓言属于"例证"形式。在他看来,"例证与线索、论据一样用于作为演说者论述中的技术性引证",而寓言属于"例证"形式的一种,昆提利安尤其强调寓言"通常会对那些野蛮、缺乏文化的思想产生影响,他们会纯朴地聆听寓言,被寓言带来的乐趣吸引,自然地相信让他们着迷的那些话语"。④ 在亚里士多德对寓言的

---

① Aristote, *Rhétorique（Livre II）*, trans. Médéric Dufour, Paris: Les Belles Lettres, 1960, pp.104－105.
② Aristote, *Rhétorique（Livre II）*, trans. Médéric Dufour, Paris: Les Belles Lettres, 1960, p.105.
③ Aristote, *Rhétorique（Livre II）*, trans. Médéric Dufour, Paris: Les Belles Lettres, 1960, p.59.
④ Quintilien, *Institution oratoire（Tome V）*, trans. Jean Cousin, Paris: Les Belles Lettres, 1978, pp.167－168.

诠释基础上,昆提利安进一步说明了寓言是如何实现其说服功能的。

"例证"的观点也受到菲德鲁斯的认可,在《寓言集》第二卷的序言中,他就谈道:"伊索的体裁,就是例证,我们从中能找到的只有寓言的目标:纠正人们的谬误,激励人们效仿。"①尽管菲德鲁斯也在序言中提到了寓言本身的娱乐性,但并未在寓言创作中偏离亚里士多德所勾勒的轮廓。寓言作为"例证"形式的观点在中世纪也一直被沿袭。12世纪的寓言家弗朗士的102篇寓言中有26篇使用了"举例"(par essample)的表述。"例证"(essample)一词共被使用了40次,用于指代寓言,而"寓言"一词仅仅出现了8次。在学者J.Y.迪耶特(J.Y. Tilliette)看来,"中世纪的'例证'不是'为了说服而进行的叙事',而是'一种说服的方式借助了叙事的形式'"②。这一总结阐述了寓言中叙事与说服之间的辩证关系,也指出了"例证"说的本质特征:"例证的定义,不是它的内容——任何简短的叙事都有潜在的成为例证的可能——也不是它的插入(文本的)方式,而是它的功能性。"③寓言的创作,以说服为目的,以叙事为手段,最终使其获得例证的功能。在寓言获得充分的美学价值之前,关于寓言定义的认知是以亚里士多德的观点为基础的。

自17世纪法国的拉封丹寓言问世后,寓言是什么的问题再次受到学界关注,人们在关心寓言作为"例证"的存在方式外,也开始关注文本中的叙事与修辞如何服务于寓言的功能性价值。寓言作为文学形式在继承中不断创新,17世纪以来的欧洲寓言与古代寓言的样貌已有一定距离,但亚里士多德的寓言"例证"说依然是寓言研究学者的重要参考。

二、寓言定义的争论与共识

文艺复兴之后,欧洲寓言家或寓言研究学者都试图为寓言给出可以准确描述其内容及形式特征的定义,学术界形成了某些共识。在1695年法兰西学院编撰的词典中,词条"fable"共有四条释义,仅第一条阐释了寓言的内涵:"伪装的事物,其杜撰的目的是教育或娱乐。'古老寓言''道德寓言''神秘寓言''伊索寓言''菲德鲁斯寓言''在寓言的掩饰下''寓言的寓意'。"④该释义并未将寓言描述为一种文学体裁,但指出了寓言的两个特

---

① Phèdre, *Fables*, trans. E. Panckoucke, Paris: Philippe Renouard, 1928, p.63.
② Tilliette, J.Y., *L'exemplum rhétorique: questions de définition*, Paris: Nouvelles Perspectives, 1968, p.65.
③ Tilliette, J.Y., *L'exemplum rhétorique: questions de définition*, Paris: Nouvelles Perspectives, 1968, p.47.
④ *Le Grand Dictionnaire de l'Académie française*, 1695, p.256.

征：一是虚构性，经由想象杜撰完成；二是目的性，教育或娱乐。1695年，拉封丹寓言已经在法国发表，将娱乐性作为特征置入词条的释义说明了其对寓言文学发展变化的关注。在2016年版的《拉鲁斯词典》中，"寓言"一词的第一条释义如下："譬喻性的简短叙事、诗歌或散文，包含道德训诫。"①该释义已经指出了寓言作为文学体裁的特征及必要条件，与1695年词典相比，该释义增加了"简短""譬喻性"两个特征，对寓言作为文学体裁的存在方式给出了更为清楚的描述。

对寓言的认知理解是随着寓言作品的不断丰富而日益成熟的，尤其是在以拉封丹为代表的17、18世纪寓言家涌现以后。18世纪德国寓言家莱辛在《寓言与寓言属性的论述》②中对欧洲已有的各种关于寓言的定义进行了一次总结梳理。尽管莱辛本人的观点存在局限性，但对我们理解寓言定义有重要启发意义。莱辛在该著作中分别谈到了德拉莫特、里切尔、布赖廷格、巴妥等寓言家对寓言属性的描述。不过，他对这些已有的定义并不满意，而倾向于从言意关系与思维路径的角度来定义寓言。

法国寓言家安托万·霍达尔·德拉莫特（Antoine Houdar de La Motte）给出的寓言定义是："一个动作寓指伪装下的教诲。"③（"allégorie"一词有比较复杂的文化内涵，其释义为借助连续隐喻表达的一般性或抽象性观点的描述或叙事。④ 这是一种指向性明确的表达形式，可参考的中文翻译包括寓意、譬喻、寓意画等。该词也被用来指代广义寓言。为适应第二部分的观点阐释，在参考语言学术语"能指""所指"的基础上，我们借助"寓指"翻译该词。）在莱辛看来，动作寓指可以是一个具体动作，比如一位王子在新占领的地方站稳脚跟，派信使问父亲接下来该做什么，信使找到其父亲时，他父亲正在田间，用棍子将罂粟花中最骄傲的头打下来，并对信使说，去告诉他我做了什么。儿子明白了父亲的用意，处死了冈比亚的主要头领。故事中有具体的动作，但父亲的暗示算不上寓言。因此，动作寓指的表述不够严谨。此外，莱辛也并不认可寓指这一表述，寓指之意是在寓言文本字面意义之外，如果寓言的动作是一个寓指，那它就应该不会表达出它看起来要表达的意思。只有在寓言有与自身所述故事相似的真实事件对照时，才能被称

---

① *Le Petit Larousse*, Paris: Larousse, 2016, p.482.
② Lessing, Gotthold Ephraïm, *Fables et dissertations sur la nature de la fable*, trans. Antelmy, Paris: Vincent et Pankouke, 1764, p.191.
③ Lessing, Gotthold Ephraïm, *Fables et dissertations sur la nature de la fable*, trans. Antelmy, Paris: Vincent et Pankouke, 1764, p.115.
④ *Dictionnaire universel*, Paris: Hachette, 2008, p.42.

为寓指。莱辛的这一观点并非寓言研究的主流观点，关于寓指的界定问题，我们将在下一章中详细讨论。此外，莱辛认为该定义中的"教诲"一词意义过于宽泛。古代神话或是哲学作品都可以产生教诲性，但它们并不是寓言。亨利·里切尔（Henri Richer）对寓言给出定义："一首包含被寓指图景隐藏训诫的小诗。"①莱辛认为，诗歌的定义是不准确的，"训诫"和德拉莫特提出的"教诲"概念一样不够精确，并且"训诫"是规定该做和不该做的事，寓意往往不在此之列，寓意是告诉我们一些由经验总结的道理。至于"寓指图景"的表述也显得随意，图景的概念是静态的。画作、图景是可以给我们包含道理的寓意，但那不是寓言。"隐藏"也不应该是好的寓言该有的状态，好的寓言中的寓意应该是一目了然的。

18世纪瑞士作家布赖廷格（Breitinger）给出的寓言定义是："一个由像它性动作完成的图景化寓指所伪装的教诲。"②"伪装"一词和"隐藏"一样，也受到了莱辛的批判，很多谜语就伪装了真理，毕达哥拉斯（Pythagore）的格言也隐藏了道德性教诲，但它们并不属于寓言。寓言中的寓意应该是易于辨识的，不需要处于被伪装的状态。至于法国文学家夏尔·巴妥对寓言的定义"包含一个寓指化动作的叙事"③显得十分简洁。巴妥解释了"动作"一词，他认为，动作是包含有意图与选择的事件，动作中有选择有结果，是个体运用理智的活动。不过，莱辛指出大部分寓言都不符合这样的关于动作的定义，认为巴妥混淆了史诗与戏剧中的动作与寓言中的动作。他举了两个例子：一是两只公鸡打斗，被打败的藏了起来，胜利的跳到屋顶并拍打翅膀歌唱，突然，一只老鹰逮住它将它吃掉了；二是一只鹿在清澈的泉水中自我欣赏，发现鹿角很美，但腿太瘦小，而当危险来临之时才知道，瘦小的腿让它可以快速奔跑，而美丽的鹿角却成为障碍，影响它在丛林中逃生。这两个故事显然都属于寓言，但按照巴妥的标准，这中间并没有他所定义的包含"意图与选择"的动作出现。

在伊索与拉封丹谁的作品在寓言领域更具代表性的问题上，莱辛更倾向于伊索。"寓言是为了让我们窥探道德真相，因此应该让我们的思维能够一眼就看全整体，它就应该足够简短。"④他指出一切文体美化都是不必要

---

① Lessing, Gotthold Ephraïm, *Fables et dissertations sur la nature de la fable*, trans. Antelmy, Paris: Vincent et Pankouke, 1764, p.134.
② Lessing, Gotthold Ephraïm, *Fables et dissertations sur la nature de la fable*, trans. Antelmy, Paris: Vincent et Pankouke, 1764, pp.147–148.
③ Lessing, Gotthold Ephraïm, *Fables et dissertations sur la nature de la fable*, trans. Antelmy, Paris: Vincent et Pankouke, 1764, p.152.
④ Lessing, Gotthold Ephraïm, *Fables et dissertations sur la nature de la fable*, trans. Antelmy, Paris: Vincent et Pankouke, 1764, p.260.

的,都是"无意义"的延伸。寓言以具有典型特征的动物形象作为主人公,就是因为其便捷性以及一目了然的文化内涵。但是如果增加叙述,就会影响这一效果。伊索寓言简洁和精确的表述已经足够到位,以至于构建了一种寓言规则,而具有个性文体的渲染必然损害寓言的表达。对于寓言的定义,莱辛更看重寓意对于具体事件的现实指导意义,因此,他给出的寓言定义是:"我们将一个一般性道德建议与具体事件相联系,并赋予该事件现实意义,当我们能在为此而编撰的虚构故事中凭直觉发掘该一般性建议时,这个虚构的故事便是寓言。"①这一表述避免了他所认为的在其他寓言家定义中存在的问题,比如"一个动作""隐藏""图景"等,但从总体上看,这只是对寓言产生寓意效果的描述性介绍,并未触及寓言的排他性特征,因此,该描述是否适合作为一种文学体裁的定义还值得商榷。不过,在这一定义中,莱辛提及了通过寓言故事完成交流的双方,使用了两次"我们",分别指代寓言创作者和寓言接收者,二者的交流媒介是寓言文本,而交流顺利发生的关键要素是"直觉"。在莱辛看来,"直觉"的存在是寓言传播与传承的必要条件,因为创作者预判了接收者具有同样或相似的"直觉",才敢于用动物、植物,甚至是不存在的事物来展开叙事。寓言创作与理解中的"直觉"从何而来?"直觉"如何产生效用?"直觉"是否属于一种思维形式?这些与"直觉"相关的问题有助于我们从新的视角重新认知寓言。

在莱辛所驳斥的所有关于寓言的定义中,我们认为巴妥的观点对把握寓言本质性特征的贡献最大。作为文学理论研究者,巴妥在《文学的原则》中分析了史诗、抒情诗、戏剧、寓言等多种文学体裁,其观点具有较高的理论价值,且经得起驳斥。他对寓言的定义是:"寓言是包含一个寓指化动作的叙事,通常由动物完成。"②这一描述性定义显然是以伊索式寓言风格为基础确定的。如果以莱辛的方式来理解"动作"一词,就会产生谬误。在西方文艺语境中,"动作"(action)一词来自史诗与戏剧创作,但意义并不完全一致。这里所说的"动作"指的是一个完整的,能产生寓指化效果的最小意义表达单元。巴妥认为寓言的叙事必须符合三个特征:"简短、清晰、像真的"③。"简短"是指任何"无效的""无关的"信息都不应该出现在寓言中,"清晰"是指从故事到寓意的过程不应该出现"歧义"或"失序"的状态,而这里说的"像真的"借用了17世纪戏剧研究领域的词汇,它当然不是指故事接

---

① Lessing, Gotthold Ephraïm, *Fables et dissertations sur la nature de la fable*, trans. Antelmy, Paris: Vincent et Pankouke, 1764, p.191.
②③ Batteux, Charles, *Principes de la Littérature*, Genève: Slatkine Reprints, 1967, p.109.

近真实,而是"它包含了真理中的所有特征;当时间、机遇、便利性、地点、人物安排、性格特征都指向一个动作的完成,当一切都是根据自然规律并以叙述对象的观点为指引而展现的时候"①。由此可见,巴妥所说的"像真的"是读者经由理性思维对故事中的主人公及相关背景进行投射式关联后获得的一种"合理性",这种合理性必须指引我们接近真理,否则故事便"不像真的"。巴妥还认为寓言的动作应该具有"唯一性"②,是向一个靶心的合力,这个靶心就是寓言的寓意。动作的唯一与寓意的清晰是因果关系,如果叙事比较复杂,不能指向明确的寓意,则不应该将该叙事认定为寓言。此外,巴妥还谈到了寓言应该产生的效果:"寓言的文体应该是简洁、亲切、有趣、优雅、自然,甚至有些天真的。"③为此,他简要地比较了伊索寓言、菲德鲁斯寓言与拉封丹寓言,肯定了趣味性、美学价值对于寓言的重要性。总体上看,巴妥对于寓言的定义是比较全面的,以伊索寓言为基础,结合寓言发展中出现的新特征,确定了寓言作为文学体裁的一般性轮廓。

  在为寓言给出定义的过程中,我们一定会面临这样的矛盾:对寓言特征的细节考虑得越完善,给出的定义适用范围就越窄。我们面对的是几千年前至今的所有寓言,它们在传承与变异中前行。如果要试图反映整个寓言发展史中其蕴含的一般性特征,选择尽可能简练的描述方式是最行之有效的。在帕特里克·丹德里(Patrick Dandrey)看来,寓言这样一种"谦卑的小体裁能够在时间和空间的广度上拓展,要归功于它定义的简洁"④,"其中那些不变的要素限定了其最简定义,使它具备了一种适应的柔韧性、可变化性、形态及使用意图的可塑性,使其得以在文化,甚至是在文明中穿越时代"⑤。丹德里所说的定义,应该不是文字表述的定义,而是我们大脑中存在的寓言概念,它的稳定性保证了寓言体裁能持久存在。

  丹德里为寓言给出的定义是:"简洁的寓指化叙事,它将道德真实与社会真实编码于图景。"⑥该定义与巴妥的定义是比较接近的。"编码"与"图景"的表述有助于我们从思维角度理解寓言。丹德里并不认可一种固化的寓言定义。在他看来,如果伊索寓言、拉封丹寓言有一脉相承的固化特质,那我们是如何轻而易举地从赫西俄德、贺拉斯的作品中识别出寓言的呢?

---

① Batteux, Charles, *Principes de la Littérature*, Genève: Slatkine Reprints, 1967, p.109.
② Batteux, Charles, *Principes de la Littérature*, Genève: Slatkine Reprints, 1967, p.110.
③ Batteux, Charles, *Principes de la Littérature*, Genève: Slatkine Reprints, 1967, p.111.
④ Boivin, Jeanne-Marie, Cerquiglini-Toulet, Jacqueline and Harf-Lancner, Laurence, *Les Fables avant La Fontaine*, Genève: Librairie Droz, 2011, p.9.
⑤⑥ Boivin, Jeanne-Marie, Cerquiglini-Toulet, Jacqueline and Harf-Lancner, Laurence, *Les Fables avant La Fontaine*, Genève: Librairie Droz, 2011, p.10.

对寓言的识别"更多的不是以美学理论为参考,或是以体裁预设的寓意为参考,而是以其与一代又一代跨越不同文化甚至文明界域传播的巨大虚构语料库之间存在的默契关系为依据"①。现实中对寓言的判定更多是"经验性"②的,这一观点实际上是对寓言定义绝对化的不认可,也暗示了我们判定寓言更多依靠的是一种莱辛所说的"直觉",这种"直觉"是在生活经验与文本经验的基础之上产生的。

三、作为体裁的寓言

在 J.-M.舍弗(J.-M. Schaeffer)看来,寓言是一种"独特的叙事结构,它为自身附加了一种被超验解读的可能性"③。独特的叙事结构以一种看似没有特殊性的叙事轻而易举地让我们可以判别出它的体裁。究竟是我们关于文本"寓言性"的观念预判了寓言体裁的范围,还是先入为主的经典寓言故事引导了我们对这一体裁的认定?"超验解读的可能性"让寓言体裁具备了神秘色彩,也让研究者对寓言的定义存有持久的疑虑。

文学作品与文学体裁之间是一种怎样的关系?这一问题的答案关乎我们将以何种视角定义寓言。文学作品的出现先于体裁概念的提出,但自有体裁概念起,对体裁的认知与理解也影响着文学创作。对此,学术界存在着两种截然不同的观点。第一种观点认为,体裁对文学创作的发展具有决定性作用。持该观点的评论家认为作家的创作会下意识地受到体裁的支配。这一思想支配具有持久性。体裁是创作预设的前提,作家的创作自由是受到体裁限制的。以此为基础,体裁的定义应该清楚明了。寓言创作者在创作过程中受到伊索的寓言风格以及亚里士多德关于寓言描述的影响,而将内容与叙事限定在某个范围内,这才使得寓言在两千多年里都维持着相似的模样。第二种观点认为,文学作品决定了体裁。任何作品都是体裁完整概念的构成部分。这种观点否定了艺术家受到限制,肯定了作品只代表作者本人。体裁的内容不取决于孤立作品的结构形态,而取决于一个时代整体意识中的概念。体裁是一个共时概念,不可能反映时代变化。一个时代的作家、创作手法、用语习惯和这个时代的其他作家相互关联、互构整体,一个时代对于一种文学体裁的青睐源自这个时代的文学氛围与文化习惯。在这一观点的影响下,对不同时代相同体裁的作品进行比较无太大意义,因为

---

①② Boivin, Jeanne-Marie, Cerquiglini-Toulet, Jacqueline and Harf-Lancner, Laurence, *Les Fables avant La Fontaine*, Genève: Librairie Droz, 2011, p.13.

③ Schaeffer, J.-M., "Aesopus auctor inventus", *Poétique*, No.63, 1985, p.357.

跨时空体裁研究中变量太多,难以把握。总体上看,前一观点更占优势,它反映的是体裁本质论,体裁本质是独立于时间和空间的,正如一些古老的哲学观点所指出的:"体裁是本体,文本是偶发性的。"① 这一观点指引下的历时研究将会引发对不同时期作品的比较与排序,进而发掘出由某个作家所代表的该体裁的最优形态。布鲁内蒂尔(Brunetière)根据达尔文进化论提出任何文学体裁都有一个起步、成熟、衰竭的过程。② 在勒福罗(Levrault)看来,拉封丹寓言就是寓言体裁的巅峰形态。③ 拉布里奥尔(Labriolle)甚至认为:"拉封丹统治了一种体裁,就像是他创造了这一体裁一样。他让体裁变得灿烂夺目,不仅令在他之前的寓言的光芒变得暗淡,也使得那些后来期望革新寓言的努力显得徒劳与滑稽。"④如果拉封丹寓言是该体裁最优形态的参照物,那么菲德鲁斯寓言、巴布里乌斯寓言,甚至是伊索寓言都因存在各种不足,只算是匮乏态的寓言。这样的观点自然会受到诸多质疑,毕竟所谓"巅峰形态"的认定主观性太强。如果寓言之间有了优劣之别,那对寓言定义的参照样本就会局限在某个或某几个作家之上,而这也是不合适的。和很多文学体裁的发展不太一样,伊索寓言,或者说伊索式寓言是后世寓言发展的根基,甚至可以说伊索寓言本身就是一种寓言定义,即便拉封丹寓言让这一体裁获得了更广泛的关注,但论影响力,伊索应该还是在拉封丹之上。在对于寓言体裁及其定义的研究中,我们既要肯定寓言的演进、变化对寓言定义的影响,也不应该忽视体裁最初所沉淀下的文化约束力。伊索和拉封丹之间,可以有更受喜爱的作家,但不应该有优劣之别,把握体裁的关键首先是把握它恒定不变的部分。

对文本和体裁的关系应该辩证来看,以孤立的文本或作家来认定一种文学体裁并不客观,但过于开阔的视野也会让我们对体裁的定义陷入僵局。哪些要素属于寓言中恒定不变的部分?"简短""动作唯一性""寓意明确",这些要素在许多学者的定义中出现过,但它们未必符合拉封丹寓言或者18世纪后新风格的寓言。回到体裁概念设定的初衷,是将具有相似性特征的文本汇聚到一起,从而更便于进行一些结合文本与结构的文学研究。体裁并不决定文本是否适合自己,那是文学史研究者的任务。体裁给出一个框架、一个概念、一种展开研究时的思维方式,寓言是什么最终还是我们看待

---

① Nøjgaard, Morten, *La Fable antique* (Tome II), København: Nyt Nordisk Forlag Arnold Busck, 1967, p.19.
② Brunetière, F., *L'évolution des genres dans l'histoire de la littérature*, Paris: Hachette, 1986, p.20.
③ Brunetière, F., *L'évolution des genres dans l'histoire de la littérature*, Paris: Hachette, 1986, p.19.
④ Labriolle, *Fable*, Paris: Encyclopaedia Universalis, 1980, p.877.

文本方式的问题,是一个认知视角问题,如果我们从具体的文本中跳脱出来,从寓言被我们感知、认可的思维活动角度入手,或许可以有新的收获。这也是我们需要进一步研究寓言思维与寓言母题的原因。

第四节 寓言的文学类型

陈蒲清认为寓言是一种具有"边缘性"①特征的文学体裁,它"既是民间文学也是作家文学""既是儿童文学,又是成人文学"。但如果将它们确切地归入一类又是不够全面的。寓言以一种最为平民化、最具亲和力的方式带领我们进行关于规律与自我的反思,寓言从诞生的第一天起,就是人类的朋友。在漫长的岁月里,曾是民间文学的寓言故事逐渐演化为被统治阶层认可的文学形式;在文艺复兴后,寓言创作与交流一度成为宫廷文化的一部分;在教育平民化的时代到来后,传递积极、乐观意义的寓言化身为儿童文学,并受到了家长及儿童读者的喜爱。寓言不是特定时代的产物,但寓言在不同时代有不同的文学身份,由此而产生与之相适应的表达形式。这不仅证明了寓言具有良好的适应性,也说明了仅在特定时代或文化背景中定义寓言是片面与狭隘的。

一、寓言与民间文学

"传统的寓言故事即寓言的经典形式是至今仍受大众喜爱,并进行大力创作的文学样式,其中的一个重要原因是它的民间性和通俗易懂的劝诫功能是其他文体难以企及的,这也是其形式所特有的。"②文学的产生与发展与社会需求密切相关,寓言也不例外。任何文学的历史演变都有两种可能的路径:一类是统治阶层基于思想统治或文化消遣的目的而借助主流语言文字进行的文学创作,这种作品因为传播于宫廷及上流社会,在当时受到认可,大多能较好地流传于后世;另一类则在被统治阶层中孕育产生,往往出于社会生活的交流需要,这种作品在古代主要以口头形式传播,后由文人以书面形式记载并得以保留。两条路径代表了两种文学发展方式,这种差异对于我们定义这一文学体裁产生了十分重要的影响。从源头上看,寓言是

---

① 陈蒲清:《世界寓言通论》,湖南教育出版社1990年版,第34页。
② 罗良清:《西方寓言文体和理论及其现代转型》,中国社会科学出版社2015年版,第33—34页。

否来自民间？这看起来是毫无争议的事情。寓言故事的雏形大多来自生活经验、谜语、民歌等。尽管古希腊是文学艺术的摇篮，但寓言在当时并非高雅的文字艺术，也不被社会精英所关注。一般来说，我们习惯认为公元前4世纪以前的寓言是民间文学，但这一观点要找到史料支持比较困难。从公元前8世纪到公元前4世纪的希腊文学虽然也有散文，但大部分都是诗歌体裁，其中一部分以文字形式被保留，而这些文学作品几乎是通过口头形式传播的。这一时期的文学已经根据文本形式形成了一些相对稳定的体裁。体裁的形态由很多因素决定，包括创作对象的要求、社会环境等。荷马式的英雄史诗歌颂的是英雄的丰功伟绩，作品原是用来献给少数贵族的。抒情诗反映的是群体内的现实生活状况，常常是在一个家族或者贵族社团内部流传，在贵族晚宴时或晚宴后被吟诵。而宗教赞美诗一般在正式的宗教仪式等场合表演。自公元前5世纪起，包括悲剧、喜剧在内的戏剧演出向市民开放，是普通节日与宗教节日的表演项目。这一时期的寓言还没有独立于其他文学形式，它们大多是在吟诵和交流的过程中作为例证被演说者直接引用或被演说者讲述故事中的人物所引用，而这些寓言故事在被文字记录以前则是演说者从民间搜集而来的。

　　古希腊的文艺理论没有认可寓言作为文学体裁的地位，这反映了当时的寓言还不具备独立存在的文学价值，也客观上证明了寓言自身的灵活性和适应性，它能以多种形式在不同文字环境中出现。抛开学术性定义，我们可以抓住的寓言特征包括：其一，它通常是一个故事，主人公一般不是人，可以是动植物、非生物，但是它们的语言、行为和人完全一样，主人公之间构成某种矛盾关系；其二，故事结局大多是看似会胜利的一方遭遇了失败或嘲讽；其三，内容中有明显或隐藏的背景信息，与虚构叙事相呼应，对寓意形成有引导性；其四，故事中的各部分构成要素基本具有可替代性，接收者因此更容易展开寓意联想。创造寓言与传播寓言只需要把握这些表面特征即可，所以适合寓言生长的土壤是十分肥沃的。寓言的这些特征更接近于散文或市民文学，是大众集体智慧的成果。不过，即便寓言有广大的群众基础，可以归入民间文学之列，也不代表其不被上流社会接纳。"从文化概念看，人民不是一个同质的整体，相反，它表现出十分复杂的层级。"[①]寓言源自民间，但它并不只在普通百姓中传播，将其与通常被视为"非民间文学"的贵族文学、宗教文学、精英文学等对立并不可取，社会阶层的对立不会构成

[①] Gramsci, A., "Osservazioni sul folklore (1931-1935)", in *Leteraturae vita nazionale*, Torino: Einaudi, 1950, p.125.

文学传播的阻碍。寓言故事早期大多在书面文学以外的世界生长，以口头文学的形式被创造、传播，而后它们以作品人物的口述形式出现在古希腊，甚至后来的古罗马文学作品中。当公元前4世纪古希腊的演说家、哲学家、亚里士多德的学生法雷尔将一些寓言故事编撰成集时，两条路径就已经交汇到一起。寓言体现的是一种沟通的艺术，在一切交流场合，包括文学、信息沟通中都可以使用，在贵族晚宴后的诵读中，寓言往往是不会缺席的。在文艺复兴以后，寓言的使用领域日益广泛，在沙龙文化兴起后，成为沙龙文学交流的必要形式。

总体上看，寓言在民间文学中产生，因其较好的适应性被包括贵族文人在内的文学家所喜爱。自古希腊起，寓言既以民间文学的形式继续传承发展，也逐渐融入主流文学体裁之中，成为表达者不可或缺的语言工具。而后，在社会阶级交流的过程中，上流社会的文人不断吸纳来自民间的新鲜素材，使寓言故事自我更迭、与时俱进，最终成为一种独立的文学体裁。

二、寓言与贵族文学

所谓"贵族文学"并无学术上的严格定义，只是一个具有文化内涵的共识。在文艺复兴后的欧洲，它一般是指由贵族创作的以贵族文化为基础、符合贵族审美的文学作品。寓言从市民文学跃入贵族文学之列的标志性事件是拉封丹寓言的问世。在17世纪法国封建文学的大背景下，拉封丹寓言的成功与贵族审美的提升、沙龙文学的盛行密切相关。寓言并不是拉封丹最为青睐的文学体裁，他创作寓言的初衷是希望借助法语的精美包装让这一古老的文学形式为宫廷读者带来欢乐。他出身名门，所受到的是贵族式教育，所结交的文友及主要社会关系都在贵族阶层。他笔下的许多寓言故事已经不再仅仅立足于欧洲市民的大众文化背景，而是来自广博的知识体系与开阔的文化视野。他笔下寓言故事的发生地点从宫廷到大自然，从东方到西方，故事主角覆盖生物、非生物，至于那些古希腊神话中出现的神也不再居高临下，常常成为故事的配角。这些在今天看来较为平常的事在当时不是民间文学创作者敢于尝试的。"在17世纪，有两件事是诗人几乎不能触碰的：写神和写动物。"[1]而拉封丹寓言"将诸神人性化，甚至让它们变得滑稽可笑"[2]。在《寓言集》中，从动物到神，各类型主人公悉数登场，根据需要扮演各自的角色。从寓意中也可以看到拉封丹对时代哲学思想的兼收并

---

[1] Hippolyte, Taine, *La Fable et ses fables*, Lausanne: L'Age d'Homme, 1970, p.103.
[2] Collinet, Jean-Pierre, *Le monde littéraire de La Fontaine*, Paris: Slatkine Reprint, 1989, p.161.

蓄:有对蒙田主义的继承,对伽森狄主义的认可,对笛卡尔主义的否定,对伊壁鸠鲁主义的赞同以及对斯多葛主义的反对。这些碎片化的哲学观点所折射的是思想碰撞的火花,是社会文化精英对哲学反思的结果,因此,读者的文化基础决定了其对作品的理解方向与程度。从另一角度看,《寓言集》中的献词已经确定了叙述对象,将作品包装成贵族之间的文字礼物。尽管故事都收录于《寓言集》,但《寓言集》中的故事是否全都可以归为寓言并无定论,有些内容较长、难以提炼寓意的文本更像是韵文讽刺故事或童话。而这一现象也说明了拉封丹并不满足于古老文明成果的法语译者角色,他希望将带有阶级立场和时代审美的内容融入文本,创造属于他自己的寓言风格。

《寓言集》第一卷于 1668 年在巴黎出版,能够在竞争激烈的巴黎文学市场出版作品已经说明了作品集有一定的贵族受众。从 1642 年开始,拉封丹结交了包括福盖(Fouquet)总监亲信保尔·佩里森(Paul Pellisson)在内的许多文学界好友,进而成为文学沙龙的常客。这个文学圈就成了拉封丹最早的寓言读者群。在上流社会获得好评的《寓言集》所征服的并不是布瓦洛(Boileau)、皮埃尔·高乃依(Pierre Corneille)这样的作家,更多的是那些有一定文化素养,并乐于附庸风雅的有身份者,包括很大一部分女性读者。这一现象与同时期的作家拉罗什富科的《箴言集》受到极大欢迎颇为相似。不难看出,干练的文字在当时易于被贵族接纳。与此同时,突出趣味性的拉封丹寓言更是吸引了大量上流社会的女性读者。拉封丹寓言在法国的成功使得欧洲各国越来越多的宫廷诗人开始了寓言创作的实践。

拉封丹寓言的出现是欧洲寓言发展的一个分水岭,它很好地兼顾了民间文学、贵族文学的双重身份。寓言故事取材古代,很多故事篇目都以民间故事的形式流传,他出身贵族,深谙贵族文学的创作理念与贵族们的艺术期待。自拉封丹以后,寓言在欧洲不同阶层的传播都不断加速。随着封建社会的解体、贵族阶层的消亡,寓言文学逐渐走入千家万户。而寓言故事易于传播、具有趣味性等特征使其教育功能被教育学家发现,进而成为儿童文学的一部分。

三、寓言与儿童文学

从寓言创作的历史来看,早期的寓言与儿童文学并无关联,文艺复兴之后,开始涌现献给贵族子女的作品。19 世纪,随着教育学理论的发展,儿童文学的概念逐渐形成,寓言开始被儿童文学所吸纳。寓言作为体裁进入儿童文学是有其必然性的。寓言不仅仅包含着容易吸引儿童且充满趣味的小故事,它的最大价值还源于对复杂思想或生活经验的简化表达,寓言扮演着儿童启蒙教师的角色。童年是人生观、价值观形成的重要时期，儿童在心智领域具有未完成性和很强的可塑造性。儿童教育是"立人"教育，因此，让儿童阅读文学作品的核心目标是为其建立道德框架。欧洲中世纪的"原罪说"认为儿童虽然弱小，但并非无罪，他们存在着天然的道德短板，必须严格教育，才能将其塑造为人。卢梭在教育论著《爱弥儿》中写道："我们生来是愚昧的，所以需要判断的能力。我们在出生的时候所没有的东西，我们在长大的时候所需要的东西，全都要由教育赐予我们。"[1]道德教育的目的不仅仅是为个体建立外在的行为规范，更期望个体能成长为良善、有益于社会的人。培养、教育个体既是个体适应社会生活的手段，也是保障社会秩序正常运转的途径。教育学家们制定的教育方式与手段、确定的知识结构与知识范围，都是为了使个体发展成为符合社会需要的正直、善良、有责任感的成人。基于这样的目标，才有了儿童文学。儿童文学未必只是自觉的艺术创作，它也可能是自发创作活动的结果，但因其蕴藏着教育未成年个体的价值，而后被归入儿童文学之列。

　　陈伯吹在《护卫儿童文学的纯洁性》中明确提出"文学的高贵处，不仅在于让读者全身心地获得美的享受，更重要的，在于以先进的思想启示人生道路，促使人做出道德范畴内的高尚行为，推动社会前进"[2]。聂珍钊指出："儿童文学是儿童成长的教科书，发挥着引导儿童道德完善的作用。"[3]儿童文学虽然兼具美学与教育意义，但最重要的仍然是对儿童价值观的塑造，通过与儿童认知力相适应的叙事来唤醒儿童心中已存但还未燃烧的对真、善、美渴望的火种。儿童文学并非刻板的道德训诫，而是启发性的交流。很难想象，一个拒绝接受儿童文学教育和洗礼的个体，会在成人文学的世界中得到享受。儿童文学与成人文学是一脉相承的，绝大多数得以流传后世的儿童文学都包含着成人文学的重要价值内核，它们之间共享的是相似甚至相同的伦理母题。

　　儿童文学是儿童心理成长过程中不可或缺的部分，但儿童文学并非全都如冰心的作品那样，专门为儿童而作。儿童文学创作在19世纪成为自觉以前，大多是自发性的，很多儿童文学经典都是在岁月洗礼后，被大众追认的。其中就包括了拉封丹寓言与佩罗童话。童话和寓言是儿童文学中公认的最适合作为道德教育的文字工具，其中的道德隐喻是其教育功能发挥的

---

[1] Rousseau, J.J., *Emile*, *Livre I*, Paris: Gallimard, 1969, p.8.
[2] 章红：《儿童文学观演变之评述》，《学前教育研究》1996年第4期，第20页。
[3] 聂珍钊：《文学伦理学批评导论》，北京大学出版社2014年版，第268—269页。

基础。而其中的道德隐喻是基础、浅显的意义单元，适合未成年人阅读。我们必须承认拉封丹寓言与佩罗童话中也有许多内容无法被心智尚未成熟的儿童理解，一些故事的深层寓意对于成人而言也未必明显易懂，但这并不影响这些故事作为简易教育材料而存在。例如，《知了和蚂蚁》的故事包含了对法国17世纪宫廷腐朽生活的讽刺，但儿童读者完全可以只从表层意义中收获"勤勉"与"享乐"的寓意。大多数所述故事就表层意义而言，都指向积极、正面的极简隐喻，而这种隐喻适合儿童理解接受，并在潜移默化中被纳入其道德体系。从根源上讲，正是由于这些寓言故事承载了具有超时间性的、跨越文化阶层的寓言母题，才逐渐演变为经久不衰的儿童文学教育范本。

西方寓言大多叙事方式简洁，而寓言中的拟人与夸张具有趣味性，天马行空的想象符合儿童"泛灵论"的思维特征，动植物的语言与行为容易激发儿童的好奇心，吸引他们阅读。此外，寓言大多涉及关于人自身各方面思考的基本内容，易于激发共鸣。寓言故事中有简单、清楚的强弱关系与善恶关系，虽然缺少足够的人物性格铺垫，儿童未必能够依据已有的认知体系完成对主人公的立场判断与故事结局的归因分析，但寓言中的美丑善恶被线条化、夸张化，儿童更容易通过共情来选择立场，选择自己所认可的人或行为。儿童的选择更多是依据谁唤起了他的同情，谁激起了他的反感，而不是道德的正确与否。寓言故事的教育价值并非立竿见影，而是启发式的。它通过兴趣引导，激发儿童对作品主人公的模仿行为。在儿童心理研究者看来，儿童在道德抉择中面临的问题不是"我想做一个好人吗"，而是"我想成为像谁一样的人"。寓言故事中的主人公为读者提供了行为样本，不论是积极的还是消极的，都成了无形的参照物。寓言中的母题结构虽然明确，但儿童还不具备总结知识的能力，他们更多的是通过模仿来提升自我、检验知识。亚里士多德说："从儿童开始，模仿就是人的天性，人比低等动物优越就在于此，人是世界上最善于模仿的动物，最初就依靠模仿学习。"[1]当儿童的模仿获得结果的检验之后，寓言母题也就最终作为基本意义指导单元留在个体知识系统之中。

寓言故事的结局大多会引发关于行为方式的联想，如："他张开大嘴，那干酪随即落掉。"[2]"野猪家和鹰家就此灭门，／他们一个接一个地死掉，／让

---

[1] Ingram, Bywater, *Aristotle on the Art of Poetry*, Oxford: Oxford at the Clarendon Press, 1920, p.31.

[2] La Fontaine, Jean de, *Fables*, Paris: La Pochothèque, 1985, p.31.

猫家老小个个吃个饱。"①这些故事结局让儿童读者可以迅速完成"要成为什么样的人"和"不要成为什么样的人"的价值判断,进而形成选择倾向性。对于大部分具有因果关系的寓言母题,儿童理解过程中所形成的正向思维来自对某种可预知结果的期待或担忧。正因如此,寓言作为儿童教育的工具是十分合适的。

　　古希腊的寓言创作者并未考虑寓言故事对于儿童教育的价值,伊索寓言中的几百个故事是交流中用于说服交谈者的工具。几千年来,寓言故事的内核变化甚微,但后人对寓言的认识却不断拓展。教育学家从这些可能有深刻内涵但看似简单的虚构故事中,发现了它们作为工具培育道德、启蒙心智的功能,并在全民教育的时代将其置于儿童教育课本之中。寓言进入儿童文学使得寓言的伦理学价值被充分发掘,寓言在人类文学史上的地位也随之达到了新的高度。

---

① La Fontaine, Jean de, *Fables*, Paris: La Pochothèque, 1985, p.164.

第二章 寓言思维

在大多数关于寓言的定义中,"带有寓意的叙事"是研究者们的基本共识。18世纪德国著名寓言作家莱辛认为,要是我们把一句普遍的道德格言引回到一件特殊的事件上,把真实性赋予这个特殊事件,用这个事件写一个故事,在这个故事里大家可以形象地认出这个普遍的道德格言,那么这个虚构的故事便是一则寓言。莱辛用通俗的语言还原了寓言家创作寓言故事的准备过程,这个从寓意酝酿到文本设计的过程实际上是一个思维活动的过程。在欧洲以外的不同文明中,寓言故事普遍存在,中国寓言故事虽然在风格上与西方有显著差异,但创作者设计能够将叙事引向寓意的结构的思维过程是一样的。在东西方大相径庭的文化脉络中产生的文学表达的相似性,归根结底来自人类思维的普遍共性。此外,寓言接收者在理解文本的过程中,能够自发地将某些具有象征意义的主人公及其行为和社会现实相联系,并产生符合寓言设计者期待的关于生活的深度思考,这一过程同样是具有普遍共性的人类思维活动,我们将寓言表达与寓言接受过程中发生的思维活动称为"寓言思维"。

思维最初是人脑借助于语言对客观事物的概括和间接的反映过程。它探索与发现事物内部的本质联系和规律性,是认识过程的高级阶段。在心理学领域,"思维"是"人脑对客观事物的间接的和概括的反映,而且它所反映的是客观事物内在的联系和共同的本质特征"[1]。心理学中的思维是指问题解决的一系列内在加工过程的总和。关于寓言创作与寓言接受的思维是一种文本与意义关系建立过程中各阶段思考活动的总和,我们将其称为"寓言思维"。寓言思维贯穿着我们的阅读,借助寓言思维,我们将寓言文学世界和现实世界相联系,产生具有现实价值的思考。寓言思维使得寓言在各国文化中生生不息,为思想交流提供了具有艺术价值的文学形式。不论是伊索、菲德鲁斯寓言,还是庄子、韩非子寓言,它们的强大生命力源于它们

---

[1] 徐宗良主编:《心理学概论》,上海医科大学出版社1997年版,第51页。

能激活不同时代、不同社会中个体间最广泛的共性认知。《庄子·天下篇》中说"以寓言为广"①,"寓言"的广泛适应性及实用价值在东西方都是被一致认可的。寓言能够成为儿童读物,正是因为寓言思维是一种最基础的思维形式,且在童年时期已经形成。寓言思维的存在建立了客观世界与话语系统间的联系,保证了认知与理解世界的间接经验能够被稳定、有效地传播。

第一节 寓言思维的特质

从出现时间看,寓言是一个和神话比肩发展的文学体裁,但它展现出比神话更强的适应性和传承性。在近现代的文学研究中,关于神话的研究获得空前重视,相关研究成果丰厚,而寓言研究相对匮乏,其文学价值被低估。寓言故事的展现方式是叙事逻辑的最初形态,从故事梗概到寓意的思维过程是文学创作基本思维中的重要组成部分。神话所展现的是人类思维体系中整个宇宙的形象以及人类对于生命起源、自然力量和人性欲望的认识,而寓言所展现的是人类思维体系中现实世界的样貌,以及关于生命、生存、生活的经验及反思。较之神话,寓言的超时间性特征更加明显。它既反映某些对人类社会中恒久不变的问题的思考,也能契合当下,根据具体时空环境启发人们对现实生活的思考。

一、神话思维与寓言思维

神话与寓言的起源关系是十分复杂的,通常大家认为寓言源于神话,出现时间略晚于神话。在远古时期,二者的意义内涵差异并不明显,神话具有前瞻性与预见性,从某种意义上说,也是一种寓言形式。民众对客观世界的认知水平决定了神话的生命力与隐喻效果。寓言与神话都有广泛的民间基础,都是关于世界认知的想象性总结。不过寓言的结构简明、背景要素简洁、寓意相对简练等特征使它具备了比神话更好的传播性与传承性。

神话是不会再生的寓言。随时代发展,寓言会一代一代地演化、更新,而神话只属于过去。"神话演变为寓言而神话亡。"②神话与寓言都是对客观世界的主观反映,它们不是对客观世界的记录,而是对客观世界的再加

---

① 陈鼓应:《庄子今注今译(下)》,中华书局1983年版,第939页。
② 刘魁立、马昌仪、程蔷:《神话新论》,上海文艺出版社1987年版,第268页。

工。但较之神话,寓言有更好的时代适应性,它是神话思维的永生载体。"神话之所以有象征、比喻意义,是因为原始人总借具体的形象来表达某种抽象的概念,这种认识事物的方式,实际上也是类比思维,而这种思维是建立在物象与观念合一的互渗律基础之上的,所以体现于作品的想象是幻想的、不自觉的。"① 不论在西方还是东方,作为文学形式的神话生命力都不及寓言,神话中那些非理性、超自然的力量随着人类文明的进步而不断消解。文明不断向高级阶段发展,对神秘因素的笃信与崇拜也随着智力的提升以及科技的进步而逐渐削弱,文学表现逐渐从联想式走向比喻式,事件与思想的关联更加趋于理性化。当原始思维接受理性与科学的洗礼后,神话逐步演变为具有劝诫、训诫、认识特征的寓言。

《庄子·应帝王》中有一则寓言很好地展示了神话向寓言的过渡:"南海之帝为儵,北海之帝为忽,中央之帝为混沌……"② 从寓言的角度解读,"儵"暗示"有为","混沌"暗示"无为",意指十分明确。不过这则寓言是以古代神话为原型而创作的寓言,其中保留了神话色彩。我们比较熟悉的先秦寓言《杞人忧天》中也有糅合神话故事的部分,古希腊《伊索寓言》的部分故事更像是希腊神话的续篇。早期寓言是逐渐从神话中剥离出来的,其千丝万缕的联系持续影响着寓言文学的发展。

神话向寓言的过渡是文明原始形态向高级形态发展的必然演化,东西方皆是如此。但寓言属于强目的性的艺术创作,从文本功能角度看,与神话存在不少区别。在《神话杂论》中,茅盾指出,"神话,原人认为有真人真事,寓言,明言其人其事假托","神话不含道德教训的目的,寓言以劝诫教训为主要目的"。③ 这两点基本道出了神话与寓言的差异。神话创作是基于原始文明的集体意识,而寓言创作以作家在特定历史文化环境的感受为基础。寓言最终是希望影响人、改变人,有更为明确的指向性和目的性。寓言作为一种文学形式不会消亡,它随着时间的推移不断生产出新的成果,并影响同时代甚至是后来时代的人。

"神话思维是情感性的、整体性的具象思维;寓言思维是偏向理性的哲理思维。"④ 神话是早期人类在较为原始的生产力水平条件下创作的,反映了无知、愚昧的老百姓面对世界难以解释现象的疑惑与恐惧。他们所敬畏的是未知世界的超越人类力量的神,以神来解释世界才能获得内心的安宁。

---

①② 刘魁立、马昌仪、程蔷:《神话新论》,上海文艺出版社1987年版,第268页。
③ 陈蒲清:《世界寓言通论》,湖南教育出版社1990年版,第38页。
④ 罗良清:《西方寓言文体和理论及其现代转型》,中国社会科学出版社2015年版,第83页。

因此神话思维是感性的，是整体性的象征。神话在传播中为大众释疑，并满足人们对于认知世界、宣泄情感的需求。

"神话思维是真实的虚构，是真实的非真实性；寓言思维是为真实而虚构，是非真实的真实性。"①神话引导人们相信故事是真实的，寓言不会让人产生故事是虚构或真实的误会。神话故事虽然可以解释自然现象，但它过于离奇，人们只能相信它，受制于它，才能解释现实中的疑惑，让自身获得安宁与释然。而寓言中贯穿着理性与逻辑，以"喻"的方式，让人们自然联想到故事的隐藏意义，因此，我们不会在寓言故事的真伪中迟疑。如前所述，"机制化翻译"使得寓言能够言说某些道理，它没有强制性，但具有潜移默化的说服力。维柯(Vico)的观点"任何民族的历史都起始于寓言"②已经说明了人类早期对哲理性思维的掌握与需要。神话思维逐渐向寓言思维过渡，人类社会也开始向知识化、文明化演进。

二、寓言思维的"实践—精神"属性

在不同文明中诞生的寓言故事，在内容与形式上都各不相同，但寓言的创作过程与理解方式的相似特性使我们不必过于关注因术语译介的局限性而质疑东西方寓言不同文学身份的问题。寓言故事是人脑对社会现实的反映与再加工，创造一个故事的目的是让接收者能够从中抽象出对现实生活具有借鉴或指导意义的思考。在世界不同文明中的寓言创作过程与理解过程都经历了相似的思维活动，这种思维活动在寓言体裁中最具显性，因此我们将它称为"寓言思维"。寓言思维引导寓言接收者参与暗示关系建立、故事结构提取、逻辑推演、寓意确认的整个过程。它的表现形式是对具有隐喻特征的叙事文本的天然生产能力与领悟力。由于寓言是一种叙事文学的缩略形态，在叙事文学中具有代表性，因此寓言思维与文本之间的关系也存在于其他叙事文学形式之中。

对于神话思维的本质，武世珍教授指出，神话思维就是卡尔·马克思(Karl Marx)在《〈政治经济学批判〉导言》中提出的"实践—精神"③思维，"一切思维都必须依赖于实践并为实践所制约"④。实践改造人，塑造思想，是认知世界能力提升的物质基础。在实践中，思维活动并不止于对客观物

---

① 罗良清：《西方寓言文体和理论及其现代转型》，中国社会科学出版社2015年版，第88—89页。
② [意]维柯：《新科学》(上册)，朱光潜译，商务印书馆1997年版，第197页。
③ 刘魁立、马昌仪、程蔷：《神话新论》，上海文艺出版社1987年版，第5页。
④ 刘魁立、马昌仪、程蔷：《神话新论》，上海文艺出版社1987年版，第6页。

质世界的机械反映，它会进行高于现实的创新，并通过叙事构建文学文本，进而创造出一个与现实既相似又不同的虚构世界。不同文明中神话故事的相似折射出的是人类实践活动及思维过程的相似。与神话思维相比，寓言思维也是人脑基于现实的创造性生产，寓言思维同样无法离开客观世界和人类的实践活动。从文学创作的角度看，寓言思维也是"实践—精神"性的。伊索是否真实存在无关紧要，因为《伊索寓言》是同时代人类社会实践的产物，所折射的是奴隶社会时期人类的生活面貌及思想特征，寓言产生与流传的地域与时代比创作者是谁这个问题更重要。拉封丹的《寓言集》虽然有很多对前人寓言的模仿，但它间接反映的是其所生活的17世纪法国封建社会的面貌。"实践—精神"思维是半实践性、半精神性的。虽然这种思维本质上是实践性的，但创作者通过感性经验对实践对象进行深入加工，在思考中进行具有主观目的的物化活动。这种活动属于精神性活动的范畴，其结果对实践具有认知意义和指导作用。

寓言作品中的寓言思维是"实践"和"精神"的初级结合物，是隐喻类文学的一个创作起点，对于理解以隐喻为目的最简文字构序有着重要意义。总体上看，寓言作品中体现的寓言思维有两个基本特征。其一，这种思维是一种原生性思维，它实际上还没有具备系统思维形式的质的稳定性。《狼和小羊》《乌鸦和狐狸》这类寓言，虽然其寓意内涵显而易见，但叙事只呈现了一个简化故事的表象，离其所隐藏的生活哲理或哲学思想还相去甚远，仅从叙事无法窥探创作者思考的深刻性和系统性。其二，这种思维会在自身的发展中进行分化，它本质上是一种动态结构思维。对于读者而言，必须用活动变化的观点，从它的演变过程入手，才可能把握其质的规律性，才可能掌握其基本特征。对寓言思维的理解不可能是机械、静止的，人类对寓言文本的理解水平随着时代发展而发展，又同时受到特定时期的物质生产水平的制约。解读寓意的过程是动态的，以《狼和小羊》为例，我们关于人类社会中的"适者生存"法则的认知水平随着人类社会的发展而不断提高，"狼"和"羊"的暗示对象的适用范围也随之不断丰富和细化，例如在今天企业全球竞争的大环境下，跨国大公司是"狼"，而中小企业是"羊"，这种暗示关系只有当人类进入全球经济体系后才能建立。不同时代对同一则寓言的理解会有或多或少的不同，这与人类实践活动的发展阶段和认知水平有一定关联。

寓言创作不是对现实客观世界的简单重现。寓言故事通常短小，对客观现实的展现较为抽象，其目的不在于讲好或讲透一个故事，而在于让故事更好地成为意义的载体。寓言文本欲向读者传递的信息远比故事本身丰富、深刻。寓言思维下的寓言创作过程体现出以下三方面特征：

第一，寓言创作是一种主动的、有目的的表象活动。早期的寓言创作，注重发现人性的基本特征，希望通过作品让读者更了解自己，进而更了解世界。表现人类性格中的"真""假""善""恶""实""虚"成了寓言创作的出发点。目的性直接指引了寓言叙事结构的基本设计。除了叙事结构设计，审美要求也是寓言创作的一个重要因素，表达的美学考虑是达成寓言目标的重要路径。对于文学作品而言，文本一旦形成，其意义方向就不再受创作者掌控，寓言文本也是如此。不过，对创作者目的性的预判会指引寓意阐释的方向。

第二，寓言创作具有高度概括性和总结性，但也体现了创作者的感性认识。从具体内容上看，不论故事主人公是动物还是非生物，都是寓言家的主观选择，寓言故事的情节设计也呈现出自发性特征，但寓言与民间故事的最大不同是寓言故事必须产生效用，引发读者阅读联想的紧迫感。因此，故事自身要具有高度概括性或总结性，并给出某种具有实践指导价值的暗示。

第三，寓言创作接受抽象思维的指导。寓言文本的表象活动与描述寓意的内部语言之间联系的建立，需要抽象思维的配合。创作者设计故事的思维过程不可能通过数学公式算出，寓言接收者的理解过程亦是如此。从叙事到寓意的桥梁常常是模糊的，其跨度大小及实现方式也不易把握。以寓言《橡树和芦苇》为例，作者让两种植物完成对话，同时考虑了人类对话的逻辑性与两种植物的各自属性特征，进而让对话看起来既是人类间的交流，又只能是植物间的较量。理解该则寓言首先要将两种植物理解为具有两种性格特征的人，进而将植物对话中的交锋点抽象理解为对现实生活中优缺点相对性的规律阐释。仅仅将该则寓言中两种植物的对立关系平移到人类社会是不够的。

从世界范围来看，寓言的产生并不晚于神话，作为最早的人类文明成果，寓言反映了早期人类的思维状态，这种思维的物质基础是人类的实践活动，它体现了人类独有的创造力。寓言思维比神话思维具有更高效的反馈性，寓言思维是一切具有"隐喻"特征的文学创作的保障。寓言与神话的深刻渊源并未让寓言获得与神话一样的关注。寓言不如神话能带给人们震撼，但更贴近生活，更能洗涤心灵。在西方，有古希腊的伊索寓言，有17世纪法国的拉封丹寓言，有19世纪俄国的克雷洛夫寓言；在东方，有中国先秦的庄子寓言，有明朝的冯梦龙寓言，有晚清的吴趼人寓言。随着人类文明的发展，人们面临着越来越复杂的社会问题与思维困局，寓言文学也随之不断演变，与社会生产实践相适应。寓言文学反映生活，也影响着我们的生活，它解答我们的问题与困惑，给予读者生活哲理的暗示。过去的那些经典寓言从未离开我们，因为寓言思维会指引我们在故事潜在的寓意可能性中找寻应对当下实践困境的反思出口。

第二节　寓言思维下的寓言定义

传统寓言定义往往忽视了对寓言故事从文本到寓意的发生过程的描述。而这一过程实际上是寓言形式的重要排他性特征。这一过程看似水到渠成，实则是一个系统性的思维活动过程。一方面，表达者将文本设计为一种可被解密的符码，而接收者以已有的知识体系为依托，对符码进行翻译，并获得寓意。寓言表达者能准确地将隐藏信息传达给接收者，说明二者在完成信息传递过程中使用了某种编码相同的"词典"。寓意被有效传递是寓言形式的内在要求。而这种自发地加密、翻译文本的能力是一种人类特有的思维方式，它决定了受众共享具有高度相似性的文本解读"词典"。另一方面，表达者对讽刺、夸张手法的运用也是基于对接收者具有相同的情绪识别、情绪归类的能力预判而实现的。表达者将对现实世界的某种情绪隐藏在虚构的故事之中，通过描述性语言或者故事主人公之口将情绪传递给接收者，接收者在梳理故事隐藏意义的过程中实现与表达者的情绪共享。共理与共情是每个思维步骤有序发生的最终结果。

一、从寓指到寓意的机制化运动

寓言故事由表层语义向深层隐喻的运动是一种方向性明确、有规律可循的思维活动。诺加提出的"机制化寓指"概念有助于我们理解这一活动。从语言学角度看，寓言首先是文字构成的"能指"，如果仅从字面解读，我们难以获得文本背后的意义。理解寓言的首要任务是将作为整体的寓言故事视为一个新的"能指"场域，再以一种程序化的方式解读故事中的有效要素，这一过程是一种"机制化"的自觉过程，为寓意提供"能指"的故事文本则是寓言中的"寓指"。寓言接收者在接收到故事信息后自觉地完成了对寓指的"机制化"翻译活动。

（一）寓指（allégorie）

语言学中"能指"与"所指"的概念及其相互关系对于描述寓言文本与寓意有借鉴意义。我们将"寓指"作为对常见寓言定义中"allégorie"一词的翻译。[①]

[①] 法语中"allégorie"一词可以指代广义寓言。所强调的是文本所具备的在文本自身意义以外实现意义重建的可能性，该词侧重于描述作为整体的文字集合所产生的新的指涉功能，意义与语言学中的"能指"概念接近。

在索绪尔的结构主义语言学理论中,语言由符号构成,而符号包括能指与所指两个部分。在书面符号系统中,"能指"是某个单词的拼写方式,而"所指"是它让我们联想到的相关意义。"能指"与"所指"之间存在一种无形的趋势性纽带,某个词与联想物之间存在明确的对应关系。对于一个叙事文本,所述之事与故事隐喻之间的关系恰如"能指"与"所指"的关系。如果我们把寓言中可以被大众发觉的寓意共识视为寓言的"所指",那么文字构成的寓言叙事则是寓言的"能指"。在艺术领域,包括图案、音乐、雕塑在内的具有隐喻性的表达形式与其所表达的意义之间的关系也是类似的。这些基于复杂符号系统的"能指"在法语中被称为"allégorie",为将其与"signifiant"(能指)区分,我们将其译为"寓指"。对寓言文本而言,"寓指"由文字系统组成,或者说由能指群组成,这个能指群所形成的场域能将我们的思想引向不同的意义领域。"寓指"包括寓言文本,但也可以是其他艺术表现形式——可以是线条组成的图案,可以是音乐的节拍,也可以是文字组成的叙事。

  "寓指"是隐喻的载体。古罗马修辞学家昆提利安在《演说术原理》中指出,"寓指"是:"表达词之外的意义,有时与之相对。"①"allégorie"一词在《拉鲁斯词典》中的释义为:"一个观点的表现或表达,通过具有象征特质的图案或者(在文学中)通过对隐喻进行的连续而严谨的表达。"②在《阿歇特大词典》中的释义为:"借助连续隐喻表达的一般性或抽象性观点的描述或叙事。例:柏拉图《理想国》中'洞穴'的隐喻。"③对于该词在文学中的意义,以上两个词条均强调了"寓指"是通过隐喻表达来完成的,而且是连续性的隐喻,即叙事中的动态隐喻。所举的众所周知的柏拉图"洞穴"之例就是一个浓缩了哲学思想的寓指。寓言并非由一个或几个单词构成,它们通过叙事的逻辑相关联。第一条释义指出了"寓指"也可以是一种图案,实际上,字词构成了文本就如同线条构成了画作,"寓指"是"可如同图案一样使用的独立叙事"④。寓言故事描绘出一幅可以通过思考而理解的文字图案,因此"寓指"是文字构成的可被理解的有机整体。

  寓言文本是"寓指"形式的一种,但它能成为"寓指"是有限定条件的。

---

① Quintilien, *Institution oratoire* (*Tome V*), trans. Jean Cousin, Paris: Les Belles Lettres, 1978, p.116.
② *Le Petit Larousse*, Paris: Larousse, 2016, p.65.
③ *Dictionnaire universel*, Paris: Hachette, 2008, p.42.
④ Nøjgaard, Morten, *La Fable antique* (*Tome I*), København: Nyt Nordisk Forlag Arnold Busck, 1964, p.58.

"寓指"只有在被识别并能够有效引出深层隐喻的时候,才能被称为"寓指","寓指"的识别需要时空条件的配合。寓言创作者对"寓指"的设计会自发地考虑接收者的认知水平,但未必会对其转向隐喻的时空限制条件予以关注。历史上许多寓言在后世难以被有效解读,失去了"寓指"的特征,而得以流传的经典寓言都是受时空条件影响较小的。《龟兔赛跑》的寓言在世界各国的文化中扎根,不同文明、不同时代对其理解的差异较小,根本原因在于寓言创作者所关注的人性母题具有超时间性特征,并且其"寓指"设计充分配合了"机制化"思维过程发生的一般性规律。

(二) 机制化寓指

在我们所讨论的传统寓言定义中,"寓指"是出现频率较高的术语。对某个给定文本进行"寓指"属性判断,依据的是莱辛所说的"直觉",这种"直觉"即个体理解寓言的一种思维方式。诺加在寓言定义中提出了一个揭示寓言叙事言意转换动态过程的概念。他认为,寓言是"具有机制化寓指(allégorie mécanique)特性的由人物完成的虚构叙事,其中包含一个可以道德升华的行动"[①]。该定义综合了巴妥、德拉莫特等人的观点,指出了思维对虚构故事的"机制化"反射过程,这与莱辛的"直觉"说不谋而合。"机制化"所对应的名词"机制"(mécanisme)有两层含义:一是"零件、装置为了运行而进行的有序组合",二是"模仿机器的运行模式"[②]。"机制化"要求在某一指令下如同机器般有序执行任务,未学习过寓言解读技能的寓言接收者也能够理解故事背后的寓意,正是因为这一过程的发生无须学习。"机制化"是一种文本表层语义的处理方式,或者说是一种对特定类型文本的条件反射,这种条件反射的顺利完成使得文本的体裁类型得以确认,应该说它是寓言体裁认定过程中的决定性要素。寓言的意义在故事之外,叙事文本的虚构性使得寓言接收者自觉地参与对故事意义的重新建构。在动物寓言中,动物主人公的对话是不可能在现实世界中发生的,但寓言接收者不会质疑或排斥故事,而会通过联想,在现实世界重建具有逻辑合理性的故事,进而推出寓意。这一过程是在思维惯性下完成的,无须引导。"机制化"的能力不是我们后天学习而来的,它以个人经验及知识体系为基础,通过对故事人物的平行类比来调和表层语义中的矛盾,进而揭示文字背后隐藏的意义。而"寓指"是以这种思维能力为前提产生的。诺加的定义与前人的不同在

---

① Nøjgaard, Morten, *La Fable antique (Tome I)*, København: Nyt Nordisk Forlag Arnold Busck, 1964, p.82.
② *Le Robert Micro*, Paris: Dictionnaires le Robert, 1998, p.818.

于,其不仅指出了虚构故事中的人物是"机制化寓指"的关键,而且揭示了文本与个体能力之间的关系,暗示了寓言概念最终所反馈的是人看待文本的方式。诺加的定义对于我们理解寓言思维具有重要意义。此外,正如格雷马斯指出的,语言中的"能指"与"所指"不可分离,对"能指"的研究必须参考"所指"①。"寓指"概念因为寓意的存在而存在,"寓指"的地位由寓意所决定。

寓指是寓言创作者设计的,他在创作前需要预判"机制化"的发生过程。在伊索式动物寓言中,创生一种语义矛盾增加了叙事的虚构性,它不会导致寓意理解的困难,反而增加了寓言的魅力。如果一个给定的虚构叙事中的情节都是合理的,具有发生在真实生活中的可能,它或许是具有教诲功能的,例如,"村里住着富人甲,他的穷亲戚乙、丙、丁经常会从城里不辞辛苦地前来拜访",这样的故事符合亚里士多德认为的"例证"条件,但它并不符合通常意义上的寓言定义。如果将该故事略加修改:"村里住着一只有钱的老鼠,它在城里的那些食不果腹的兄弟们会经常到村里来拜访它。"主人公变化后,语义层面的冲突集中在"情节不可能由虚构人物完成"上,寓言接收者在理解过程中无法止于表层文字意义,必然产生"老鼠暗示了某一类人"的惯性思考,进而推出具有逻辑合理性的寓意。这个理解过程即"机制"的发生过程。"机制"会引导接收者过滤掉语义层面的矛盾,构建出合理的意义。即兴叙事创作大多不可能成为寓言,只有预判"机制"的发生过程与导向的目标,才能设计出具有隐喻性的"机制化寓指"。因此,优秀的寓言创作者都是在娴熟掌控"机制"作用方式的基础上,在文本叙事中实践自己的奇思妙想的。

(三) 机制化翻译

翻译是将源语言译为目标语言的活动,是以理解特定语言文本为目的而对其进行的语言再编码,它并非只能在两种不同国家的语言之间才能发生。在同一语言体系内,由于用语习惯的差异或对文本理解角度的不同,可能需要进行翻译活动。有些翻译活动需要他人辅助完成,而有些则可以由个体独立完成,这要求参与者熟悉两种语言体系,并能够实现二者间的转换。作为文字符号的寓言故事有其可被理解的表面意义,而作为"寓指"的寓言文本要完成寓意表达,必须具备能被普通读者驾驭的可翻译性(如果理解文本内涵的人极少,故事具有了某种神秘性,它就只能在限定范围内被视

---

① Greimas, Algirdas Julien, *Sémantique structurale*, Paris: Presses Universitaires de France, 1986, p.30.

为寓言),且被译出的内容应该具有广泛认同性。在某个确定的群体中,从寓指到寓意翻译的步骤与过程从方向上看是一致的,翻译结果也有极高的相似性,这就是一种"机制化翻译"的思维活动。

"寓指"的可翻译性是通过人脑思维对文本的有效信息提取与寓指的内容设计相匹配而实现的。寓言故事中的文字虽然是作为整体来指向故事背后寓意的,但使其具有"寓指"属性并激发寓意联想的只有其中的几个关键要素,包括主人公、行动过程、结局。这些要素是实现"机制化翻译"的前提。前文已提到主人公的重要性,主人公可以是具备某种人类性格特征的动物,或者只是一个指代"某人"的符号。行动过程常常是一个或一系列由主人公完成的活动,是现实经验的投影,例如,《生幼崽的狗》①中,作为行动过程的关键要素包括狗因生幼崽有求于他人,获得他人帮助而顺利生产。行动过程的合理性是保证翻译顺利完成的必要条件。行动过程中只有部分内容需要被翻译,例如,《青蛙请立国王》中,挑剔的青蛙对于派来的君主越来越挑剔,而他们所面临的结果却越来越糟。行动过程中,一共发生了三次朱庇特派遣君王的行为,而对寓意的理解只需要以其中一次为参考即可。在拉封丹寓言《群鼠的会议》中,开头八行中的有效可翻译信息可浓缩为一句:"凶残的猫令老鼠们害怕。"结局是故事中的一个关键因素,是行动过程导致的既在预期之外,也在意料之中的后果。预期之外的结局是故事引发反思的必要条件,但寓言不是小说,悬疑或荒诞的结局极为罕见,意料之中是完成机制化翻译的必然需求。例如,菲德鲁斯寓言《泉水旁的鹿》最后的结局:"它被狗用牙齿无情地撕碎。"②自我欣赏的鹿最爱自己的鹿角,却最终因为它而丧命,故事结局有意外性,但逻辑上也是合理的。《知了和蚂蚁》中的蚂蚁必须拒绝知了的求援,《乌鸦和狐狸》中的乌鸦必须失去口中的奶酪,《青蛙力争同牛一样大》中的青蛙必须受到自负的惩罚。这些结局虽然不是期待之中的,但是能够借助经验推理获得,如果结局脱离经验,就无法将寓言故事译出寓意。以上三个要素构成了可翻译的基础。提取有效信息实际上就是构建寓言母题的过程,这一过程的具体实现方式,我们将在后面章节详细阐述。

寓言中的某些构成部分是不用被翻译的,甚至是无关紧要的。例如,故事发生时间、发生地点、动作的重复性等。拉封丹寓言中的舞台化效果比较明显,所增加的无翻译必要的信息也比较多。例如,《狮子和驴子一起去打

---

① Phèdre, *Fables*, trans. E. Panckoucke, Paris: Philippe Renouard, 1928, p.37.
② Phèdre, *Fables*, trans. E. Panckoucke, Paris: Philippe Renouard, 1928, p.27.

猎》中,"有一天众兽中之王/为了庆祝自己的生日,想去打猎"①,《狼和小羊》中,"在清澈的溪水旁"②,这些介绍性的信息是"寓指"翻译中的无效信息。对于修饰故事主人公的形容词,如果所描述的特质不影响故事发展,也属于无效信息,如《变成夫人的母猫》中母猫的"娇小可爱,优雅美丽"③。此外,还有一些叙述者的介入,也不对翻译构成影响:《两只公鸡》中,"爱情,你毁灭了特洛伊城,也就是为了你,才发生那次可怕的战争"④。当然,这些无效信息是对于"寓指"翻译的无意义,而不是对文本美学价值而言。寓言阅读的文学性体验离不开这些叙事中的增量信息。

"机制化翻译"活动是不需要训练的。在寓言思维驱动下,人脑会迅速从寓指中识别出有效的可翻译要素。"机制化"的一个特点就在于"寓指"与读者的寓意期待之间存在着自动匹配性。人脑将寓言中的主人公与行动过程置于个体经验场后完成匹配。例如,在《农夫与蛇》中,基于经验,我们会将行动过程总结为"忘恩负义"的行为,农夫则暗示了生活中的"施恩者",蛇暗示了"忘恩者",将人物形象身份化后,与"忘恩负义"母题相关的寓意也就水到渠成。对"寓指"的理解属于一种思维能力,寓言创作者是基于人的这种自觉翻译能力而进行寓言创作的。

(四) 可翻译性

伊索式寓言简明扼要的特征使得机制化翻译能够顺利完成。寓言所涉及的领域涵盖自然规律、人性善恶、生活哲理、政治讽喻等。理解寓言需要以个体经验与知识为基础,"机制化翻译"是在个体知识与经验场中实现的。虽然寓言可以告诉我们一些超越日常经验的知识或信息,但如果失去了从社会实践中获取的经验作为参照,翻译活动便无法完成。"寓指"的可翻译性是指寓言故事能够引导接收者从知识与经验中找寻与虚构叙事中的相似性,并由此总结出具有反思价值的结论。以伊索寓言《狐狸与山羊》为例:

> 一只狐狸跌入井中,发现无法逃离。一只公山羊因为口渴来到井旁,发现了狐狸,并询问井水是否好喝。狐狸违背良心地撒了谎,大大称赞了井水,说它太棒了,邀请山羊下来喝。冒失的山羊受内心渴望的驱使下到井里。当他解渴之后,询问狐狸怎么才能上去。狐狸说道:"我有一个办法,只要你愿意,我们来共同完成。请将你的前腿抵住墙,

---

① La Fontaine, Jean de, *Fables*, Paris: La Pochothèque, 1985, p.134.
② La Fontaine, Jean de, *Fables*, Paris: La Pochothèque, 1985, p.51.
③ La Fontaine, Jean de, *Fables*, Paris: La Pochothèque, 1985, p.131.
④ La Fontaine, Jean de, *Fables*, Paris: La Pochothèque, 1985, p.414.

将角扬在空中,我从你身上爬上去,我再来把你吊上来。"山羊殷勤地根据狐狸的建议做好准备,狐狸迅捷地顺着同伴的腿、肩膀、角爬到了井口,然后立刻离开了。山羊批评狐狸违背了他们的约定,狐狸回来对他说道:"嘿!朋友,如果你的思想有你的胡须丰满,你就应该在下来之前考虑如何上去。"

因此,任何明智的人都不应该在考虑结果之前采取行动。①

该则寓言的主人公包括狐狸(甲)与山羊(乙)。故事可以用如下方式概括:甲跌落井底,希望借助他人爬出井口,而真诚、憨厚的乙被利用为他的逃生工具,甲逃生而乙无法逃生。其有效信息为:甲利用乙,乙轻信甲,甲逃离困境,并将乙留在困境中。能够以此方式解读寓言故事是因为我们将相关要素代入具有相似性的生活场景中。解读"寓指"的切入点是对虚构人物的解读。狐狸具有聪明、狡猾的特征,而山羊代表木讷、老实的人。我们根据生活经验尝试着将狐狸和山羊替换成"狡猾的人物甲"与"天真的人物乙"。在该则寓言中,这样的替换保证了重构的故事具有可发生性:人可以跌落井底,并借助他人的帮助爬上地面。但生活经验告诉我们,我们更容易遇到生活中的陷阱而不是实际的水井。"井底"象征的是一种困难的局面,狐狸设法逃离井底暗示的是狡猾的人希望通过使用手段脱离困境。"狡猾的人""天真的人""困难的局面"都是我们在生活中常常遇到的,翻译过程也就较为顺畅。动物寓言对拟人手法的使用也是"机制化翻译"顺利实现的润滑剂,尤其是直接引语的使用能更好地促进寓指翻译的实现。直接引语是连接文本与现实的纽带,让寓言接收者能轻松地从虚构世界回到真实世界。

寓言最后一段是伊索寓言编辑者添加的内容,它与寓意基本上是契合的,从山羊的教训总结出对人的警示性劝告,是借助寓言完成生活反思的结果。将生活经验投影到寓言故事之中,通过自发的比对、替换,完成生活反思的总结。从虚构故事开始,最终回到现实,以生活经验为基础的反思借道寓言故事完成:

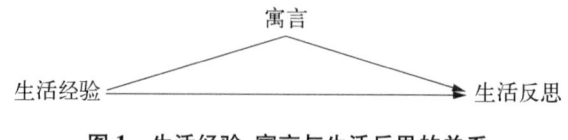

图1　生活经验、寓言与生活反思的关系

---

① La Fontaine, Jean de, *Fables*, Paris: La Pochothèque, 1985, p.21.

"机制化"是由从生活经验中寻找生活反思的本能驱使完成的。在上述寓言案例中,在其他内容不变的前提下,将"狐狸"与"山羊"替换成"老虎"与"猫",我们依然可以借助故事过程来推导两个主人公所指代的性格特征,因为所发生的事件与现实经验有较高的相似性。但是,如果事件内容超出了生活经验的范畴,无法让接收者从中提炼出对生活的反思,它就不具备成为寓言的条件,也无法被翻译。因此,寓言的可翻译性取决于寓言故事过程与生活经验的关系。以上引用的寓言中,人物选择是具有情感色彩的,因为"困于井中"常发生在弱者或善良的人身上,这一类反思属于建议性反思,是可以通过将自己代入具体故事角色获得的反思。此外,还存在另外一类寓言,仅仅将自己代入故事角色是不够的,需要综合考虑故事各要素的性质及其相互关系,通过抽象解读才能抵达寓意结论,而这类寓言的可翻译性来自能激发寓意联想的关键句。例如《狼和狗》:

> 一匹狼看见一条拴着锁链的壮实的狗,问他:"谁拴的你,谁让你吃这么好?"狗回答道:"一个猎人。""啊!上帝保佑这事不要发生,做狼真好!饥饿与锁链一样重!"
>
> 这则寓言告诉我们,在不幸之中,我们甚至不会记得饥饿。①

在这篇哲理性寓言中,读者需要从现象出发把握叙事背后的道理或规律。该篇寓言引起寓意联想的关键句为"饥饿与锁链一样重"。故事主人公提供的是选择可能性,如何选择是以生活经验为基础的生活智慧,对错、优劣都是特定环境中的价值判断。在翻译"寓指"的过程中,狼与狗所具有的选择权利是翻译的关键环节。生活经验告诉我们,现实中的两类人,一类为了自由放弃了殷实的生活,另一类为了物质满足放弃了自由,两类人行为方式差异明显、特征鲜明,这是故事可以被理解的基础。故事中"拴着锁链"与"壮实"的生活境遇是选择引发的结果,在与现实经验的校验中,读者会发现它是常见的生存方式。

以上两种寓言类型具有广泛代表性。寓言故事不是重现现实生活的原貌,而是借助能与生活经验匹配的一些关键信息,促成生活反思的有效发生。一篇好的寓言创作需要作者把握好"寓指"可翻译性的度,以具有典型性的人物、动作、事件促使类比式联想的发生,让生活经验到生活反思的路径清晰而富有趣味性,进而最大可能地发挥寓言以小见大的功能。

---

① Esope, *Fables*, trans. Emile Chambry, Paris: Les Belles Lettres, 1927, p.100.

二、作为简单形态的寓指

对寓指的翻译不只是简单对核心情节的总结与提炼，寓言的文本设计不仅承载了创作者的生活哲学，还寄托了他的生活态度与审美情操。寓意是情与理共同作用的结果。文本中渗透的态度、理想与情绪都参与对寓指的翻译中。安德烈·乔勒斯(André Jolles)在《简单形态》一书中研究、分析了包括传说、神话、谜题在内的九种基本文学形态。他所提出的"思维设计"概念提供了一个认识寓言形态的全新视角，使寓言作为文学基本形态的排他性特征一目了然。

（一）乔勒斯的"思维设计"研究法

乔勒斯在研究文学形态时绕开了文体、修辞、诗学等视角，创造性地提出了"思维设计"①(disposition mentale)这一概念来诠释文学体裁。他认为，每一种基本形态都受到一种特有的"思维设计"支配，进而完成一种"基本言语动作"。"在确定思路的统治下，同一类型的现象将脱离形式与事实的多样性并聚合凝结；它在语言的干预下，被打造、搅拌，并获得新的'形式'"②，"思维设计"使得文学形式的内部各要素能够有效结合，形成系统，因为支配性力量是同源的，所以它们都属于同一种文学体裁。他对九种简单形式的"思维设计"进行了解读：传说是为了模仿并建立生活的模型，传奇(saga)是通过"氏族、家族谱系、血缘关系"③来构建世界，神话是宇宙以先知的方式通过我们来回答我们提出的问题，谜题是对一个欲进入某个团体的候选者进行的考核，格言(包括谚语、箴言)通过对不受时间干扰的关于细节的经验总和来解析世界，案件将世界表现为我们可以通过规范去评价的客体，回忆录是具体的与人相关的具有效用的事件，童话是"事物按照我们期待的样子发生"④，俏皮话是拆解世界、解开生活中的结。乔勒斯对这些文学基本形态的诠释不同于传统定义方式，他的定义法立足于作者的创作动机，着力于从构思方式的角度发掘作为整体单元的文本为接收者提供的价值及解答的困惑，并由此总结该文学形态的排他性特征。

乔勒斯并不认为文学中只存在这九种简单形态，但他未能如愿在去世前完成一个更为宏大的文学归类计划。该书责编在序言中提到亨里克·贝克尔(Henrik Becker)的信函："在乔勒斯生命的最后几年，他想的是对他关

---

① Jolles, André, *Formes simples*, trans. Antoine Marie Buguet, Paris: Editions du Seuil, 1972, p.34.
② Jolles, André, *Formes simples*, trans. Antoine Marie Buguet, Paris: Editions du Seuil, 1972, p.211.
③ Jolles, André, *Formes simples*, trans. Antoine Marie Buguet, Paris: Editions du Seuil, 1972, p.64.
④ Jolles, André, *Formes simples*, trans. Antoine Marie Buguet, Paris: Editions du Seuil, 1972, p.143.

于简单形态的工作进行一定的延伸。其中之一是关于作为第十种简单形态的寓言。"①贝克尔认为乔勒斯不仅没有总结完成所有的简单形态,也未能实现对这些形态的有效归类。贝克尔根据曾经与乔勒斯的交流给出了如下推测:

表1 贝克尔对形态的归类推测

	疑问型	陈述型	留白型	命令型	寄思型
现实类	案件	传奇	谜题	格言	寓言
理想类	神话	回忆录	俏皮话	传说	童话

贝克尔指出的乔勒斯没有续写的第十种简单形态便是寓言。尽管贝克尔的观点不能代表乔勒斯,但是将寓言置于该表格中的"现实类""寄思型",且与童话同列符合乔勒斯对简单形态的分类构想。从思维设计的角度看,二者的相似与差异都十分明显:童话与寓言都承载了创作者的愿望,它们不同于诗歌或纪实性文学,其创作都具有较强的目的性;寓言创作者希望借对故事中人或事的褒贬来警示读者,而童话创作者希望弘扬真善美来满足读者对美好生活的期待;寓言故事与现实生活存在高度关联,所展现的更多的是现实生活中的困境与矛盾,而童话故事虽然以现实为蓝本,但故事走向与结局大多不可能真实发生。皮埃尔·布鲁内尔(Pierre Brunel)在观察了其他简单形态的思维设计后,还指出了寓言与神话在人物选择上也存在相似之处,与格言在道德立意上有相似点,并指出寓言属于一种"简单文学形态"②。寓言在该表格中的位置说明了文学创作中不同文学形式间的隐藏关联与质的差异。

(二)寓言的审美移情与思维设计

将寓言视为一种简单形态提供了一个认知寓言的视角。特蕾丝·莉丝·安妮塔·吉罗(Therese Lise Anita Giraud)按照乔勒斯的思维方式探讨了这种可能。她认为寓言并不接近格言,因为寓言的道德训诫建立在讽刺的态度之上。寓言表达寓意的策略更多的是展现现实中的恶,恶未必总会被惩罚,故事总会略显夸张,不尽如人意的结局往往都是讽刺性地提醒善良

---

① Jolles, André, *Formes simples*, trans. Antoine Marie Buguet, Paris: Editions du Seuil, 1972, p.8.
② Brunel, Pierre, "La fable est-elle une 'forme simple'?", *Revue de littérature comparée*, No.70, 1996, p.17.

的人。寓言是为了回答"我该怎么去做"这样的问题,并通过结局或叙事者旁白引发对行为建议的联想。在她看来,寓言的思维设计在于呈现寓意的过程中表达了讽刺性的教育意义,讽刺与寓意是一同诞生的。寓言家勾勒出恶的情形是为了提醒人们避免它的发生。在乔勒斯关于"俏皮话"的论述中,对于嘲讽(satire)与讽刺(ironie)进行了区分。嘲讽是让我们尽量远离所批判的对象,避免让自身与其产生相似性。而讽刺"嘲笑它所批判的,但并未站在其对立面,而是带着同情,与它同行"①。因此,讽刺展现出"团结的意识"②。寓言属于讽刺类,不论是《狐狸和乌鸦》中的乌鸦,还是《狮子和驴子》中的驴子,寓言家的讽刺都带有提醒、警示意味,甚至是《知了和蚂蚁》中的知了,也属于需要吸取教训、向生活榜样学习的被教育者。

  寓指的可翻译性也包括了创作者欲表达的态度与情绪的翻译。"讽刺"与"期许"是寓言中最显而易见且与寓指设计相关度最高的表达旨趣。这两个特征曾出现在乔勒斯关于俏皮话与童话思维设计的论述中。所谓"俏皮话"是指在特定交流场景中,通过能产生多种意义暗示的语言或动作,让一次表达能够实现多次表达才能达到的效果,往往能够说出表达者不愿意明说的意义,例如:其一,在一次大流行病时期,大家让一个法国人说一个文字(mots)游戏,他回答:"我不玩'痛苦'(maux,发音与 mots 相同)的游戏。"其二,为了解除在柏林的兄弟因为妄想症而觉得出现的蛇患,一个游客从埃及带回用稻草扎成的獴。看到的人说:"这不是真的獴。"他回答道:"的确!因为蛇也并不是真的蛇。"这两个故事都体现出幽默与讽刺的结合,是人类思维的艺术,既不得罪他人,又间接表达了自己的真实感受。俏皮话是智慧的产物,因为"生活和思想总是处于一种紧张状态中……每当这种紧张状态,精神紧张的状态要演变为过度紧张时,我们就会试图去缓解它,使它放松"③。俏皮话的使用正是以此为目的。寓言与俏皮话的联系是显而易见的。中国清代的寓言家吴趼人创作了寓言集《俏皮话》,这部作品受到了西方动物寓言的影响。作者借寓言故事中的动物之口,用调侃的对话深刻讽刺了清廷,对"俏皮话"形式的使用十分精彩。在寓言《苍蝇被逐》中,当蝉见到想与自己攀亲戚的苍蝇以粪便为食时,愤怒地回答道:"吾清洁高尚之士,胡可引此逐臭之夫为同类也。"④作者借蝉之口调侃了朝廷中清廉者拒

---

①② Jolles, André, *Formes simples*, trans. Antoine Marie Buguet, Paris: Editions du Seuil, 1972, p.203.

③ Jolles, André, *Formes simples*, trans. Antoine Marie Buguet, Paris: Editions du Seuil, 1972, p.204.

④ 吴趼人:《俏皮话》,广东人民出版社 1958 年版,第 5 页。

绝与昏庸腐败之徒为伍的现象,该句在搭建虚构与现实的桥梁的同时,完成了作者态度与情绪的传递。寓言故事需要能够跨越文本语境与现实语境,且具有一语双关效果的俏皮话。在修辞的角度上看,寓言也是一种俏皮话。二者都通过幽默与讽刺的语言来暗示作品的创作动因,并带给交流者略带戏谑的新观点。寓言是具有更为丰满意境的俏皮话,而俏皮话是立于现实世界某个横截面上的寓言。俏皮话的思维设计定义——"在语言、逻辑以及伦理层面的拆解与重建"①——是部分适用于寓言的。

  童话是否可以被当作寓言阅读？童话故事是否也具有寓指属性？童话和寓言的近现代发展历程有相似之处,二者都随着17世纪两位法国作家佩罗与拉封丹作品的问世而逐渐成为受大众青睐的艺术形式,而后也都进入了儿童文学之列。童话的虚构故事是有明确目的性的。佩罗在《童话集》序言中指出了童话故事的一个最重要的特征:"童话里美德都会被奖赏,恶行都会被惩罚。"②乔勒斯将这种童话中宣扬的真、善、美称为"天真的道德"③,这里的"天真"和席勒所说的"天真的诗歌"是一样的。童话的"事件或者事件过程遵循某种秩序,该秩序完全符合天真道德的要求,根据我们的最高情感判断,它们是'好的'且'正确的'"④。童话常常站在现实的对立面,而这个世界,以天真的视角看是一个"悲惨"的世界,这个世界充斥着不道德与悲剧。与童话相比,寓言正是用虚构的故事来描绘这个充斥着不道德与悲剧的世界。从这个意义上看,寓言站在童话的反面。佩罗在童话创作时也将其视为与寓言相对的体裁:"我是否能够做出更好的选择/让寓言中的那些不可思议变得像真的。"⑤佩罗将自己沉浸在"天真的道德"中来评价寓言和童话的区别。尽管二者从两个截然相反的视角来解读世界,但它们都寄托了我们对于世界的期许。童话的思维设计是"事物按照我们期待的样子发生"⑥,尽管这是一种虚妄的美好,但它给予了我们积极向上的力量,正是这种力量带给我们奋斗的勇气。而寓言则包含了接收者在掀开生活真相的幕布后能够看懂世界、实现更好生活的期许。寓言绝不仅仅是揭示"悲惨"世界的真相,而是有所期待。《狼和小羊》的故事尽管展现了恶,

---

① Jolles, André, *Formes simples*, trans. Antoine Marie Buguet, Paris: Editions du Seuil, 1972, p.197.
② Perrault, Charles, *Contes*, Pairs: Gallimard, 1981, p.51.
③④ Jolles, André, *Formes simples*, trans. Antoine Marie Buguet, Paris: Editions du Seuil, 1972, p.190.
⑤ Perrault, Charles, *Contes*, Pairs: Gallimard, 1981, p.128.
⑥ Jolles, André, *Formes simples*, trans. Antoine Marie Buguet, Paris: Editions du Seuil, 1972, p.143.

但寄托了对于我们认清世界、规避风险并生存下去的期待;《乌鸦和狐狸》的故事尽管表现了狡猾带来的利益,但寄托了对于弱者能够更好保护自己的愿望。带有浪漫主义色彩的童话告诉我们生活是可以通达幸福的"乌托邦",而带着现实主义色彩的寓言则告诉我们生活不过是有各种或明或暗规则的"斗兽场"。它们共同留给我们的启示是,努力是有价值的,生活是可以改变的。这样的诠释就足以消除包括卢梭在内的那些因寓言中存在的残酷性而否定寓言教育价值的思想家们的疑虑,仅拥抱童话而远离寓言,只会让我们在现实世界碰壁。

参考乔勒斯对简单形态的思维设计模型以及吉诺关于寓言作为简单形态的观点,我们认为寓言形态的思维设计可以综合乔勒斯关于童话、俏皮话、格言以及谜题的论述来确定:寓言是通过创造一种大众能够理解的经过文字重建的社会关系简图,讽刺生活中那些脱离我们期待的性格特征、生活面貌或伦理困局,并抱有对接收者在掀开生活真相的幕布后能够理解世界、更好生活的期许。以这样的观察视角,我们就不再会踟蹰于伊索寓言与拉封丹寓言谁更符合寓言体裁,也不会再质疑作为文学体裁的寓言与童话为何有模糊不清的边界。在文学以及文学以外的世界,作为概念的寓言有着极为广泛的适用场景,这是因为寓言的表达实际上是以一种承载着对世界某种情绪与态度的思维方式而展现的。

寓言故事中的讽刺与期待都是朴素的情绪,在寓指翻译过程中,两种情绪是伴随性的,脱离两种情绪的翻译无法让我们达成寓意共识。例如,在《知了和蚂蚁》中,如果没有立足于对现实世界中好逸恶劳作风的批判与未雨绸缪勤劳态度的认可,就有可能在寓指翻译中滑向部分认可"知了"圆滑世故生活技巧的结论,而这背离了创作者的初衷,也不可能是大众形成的寓意共识。因此,审美移情是叙事设计的目标之一。寓言故事的设计具有主观性和偶然性,但在传承与流变中,寓言保持着对其创作源头属性的忠诚。西方寓言家大多都延续着在讽刺的口吻中寄托作者对世界的某种期待这一表达逻辑。这是寓言这一基本形态所秉承的逻辑,它决定了寓言的定义。尽管乔勒斯对于文学基本形态的总结方法存在局限性,但他为我们提出了另一种对文学形式的解读方法,让我们看到了作者情感及其生活态度与文学体裁的密切关联。并非虚构故事能自发成为寓言,而是作者寄希望于讽刺现实的创作旨趣让虚构故事成为寓言。

对寓指的翻译不可能是客观、中性的,它需要以叙事中体现出的创作者态度与情绪为基础,进而判定寓意的方向,才能实现对寓意的有效总结。由此可见,对寓指的设计需结合时空背景,综合考量接收者是否具备对某种客观现实的审美移情能力、是否能有效分享创作者的态度与情绪。机制化寓指的可翻译性特征中必然包含了态度、情绪在被翻译前后保持一致的隐藏性要求。

第三节　寓言之"喻"

据2011年版《辞海》的解释①,"寓"意为"寄托",而"喻"意为"说明、比方"。寓言是为了实现沟通而借助的一个文本载体,它是表达者(作者或寓言传播者)的某种思想"寄托"。黑格尔在《美学》中把寓言归为"比喻的艺术形式:自觉的象征"。寓言之"喻"是一种创造性设计,远比常见修辞中的比喻复杂。寓言创作者饱含强烈的向受众倾诉的愿望,却又希望与"说教者"的刻板形象保持距离,编撰言简意赅的寓言故事是这两种愿望叠加的结果。"曲言"艺术让接收者感受到更多的亲切感,进而更靠近创作者的思想。"他山之石可以攻玉",寓言同时是"打比方",亚里士多德早就认识到"寓言和比喻一样,是可以虚构出来的。只要能够发现类比之点的话"②。在交流中,表达者为了达到某种目的而打比方会使交流更为顺畅,这与修辞中"喻"的效果是一致的。虽然寓言文学也有诸多美学特征,但它在社会文化生活中所扮演的功能性角色让我们可以将其视作一种特殊形式的辞格,在历史发展过程中,许多寓言故事逐渐转化为谚语或成语的现象更加证明了这一点。对寓言故事的解读和对修辞之"喻"的理解一样,需要综合运用人脑各种分析、推理、判断能力,当读者在文本和寓意之间建立起关联时,"本体"和"喻体"的概念随即形成,寓言也就以喻体的方式被理解与接受。

一、辞格特性

公木先生在《先秦寓言概论》中把寓言比作"象征的艺术"③,认为"它是比喻的高级形态"④。也有学者将寓言的修辞称为"寓言类隐喻"⑤。这种隐喻恰好和莱考夫所研究的语言学层面的文字隐喻相对,是比通常意义的隐喻更高阶的文本隐喻,将寓言故事与现实生活相联系的思维过程与理

---

① "寓"字的第三个解释"寄托",参见《辞海》,上海辞书出版社2011年版,第5508页。
② 段宝林:《西方古典作家谈文艺创作》,春风文艺出版社1980年版,第42页。
③④　公木:《先秦寓言概论》,齐鲁书社1984年版,第22页。
⑤ 刘宇红、刘燕:《寓言的隐喻特异性与寓言类隐喻的解读困惑》,《语言教育》2014年第1期。

解喻体辞格的过程是一致的。寓言思维会将寓言叙事置于更广的社会、文化场域中来还原隐喻中的"本体""喻体"及相似性特征。在"寓言类隐喻"中:"每一个细节都被明确地表达出来,所以喻体是透明的,这样做的目的是保证寓言故事的完整性、真实性和趣味性的情绪反应。本体是潜在的,所以也是开放的,可以有不同的理解……"①寓言的文学属性决定了寓言所展现的本体和喻体都具有特殊性,喻体是寓言文本,或者说是寓言文本中根据一定的规则总结出的寓言结构,它是寓言家在寓言修辞中的表达内容。而寓言的本体指向一个可以得到普遍认可的寓意,或者说是寓言家希望传递给阅读者的未经修饰的"源信息"。寓言喻体和本体的相似性特征源于人所共有的普遍常识和生活经验。由此可以构建出一种高于生活中常见的"隐喻性概念"②的更复杂的文学"隐喻"系统。

  欧洲古代评论家关于寓言有两点共识:"一是寓言是一个稳定的存在,可以被定义。二是寓言被看作一种修辞格,由它纯粹的实用性目标所决定。"③中国学者胡怀琛指出:"寓言的形式,是从修辞学中的比喻滋长发展而成的一个故事。"④"修辞"是语言最常见的润色方法,是人类文明发展,尤其是人类语言发展的重要成果,它随着人类的进步而不断丰富。自《周易》中出现"修辞立其诚"的表述之后,人们便习惯用"修辞"二字表达"修饰言论,在使用语言的过程中运用多种语言手段以达到尽可能好的表达效果的一种语言活动"之意。在人际交往中,为了达到交流的目的,人们会主动在语言中使用一些修辞手法以优化表达效果。其中的部分修辞手法因其自身特点被反复使用后,逐渐获得越来越多的认可,进而被该地域的文化所接纳,形成约定俗成的表达。"修辞方式也称作修辞格,简称辞格。它是人们在长期使用语言的过程中,为了使修辞效果得到加强,不断创新和积累语言的表现形式,从而形成一种固定的形式。"⑤陈望道认为,"修辞"所利用的是语言文字中的一切可能性,从形象到声音、从味道到感觉,一切具有相似性的感知都可以成为修辞的内容。我们通常通过"比喻""借代""夸张""比拟"等方式来完成修辞。修辞所依靠的"相似性的感知"不仅仅是直观的,也可以是间接的,可以由感官感受的类比来获得,也可以由文字背后意义的

---

① 刘宇红、刘燕:《寓言的隐喻特异性与寓言类隐喻的解读困惑》,《语言教育》2014 年第 1 期。
② [美]乔治·莱考夫:《我们赖以生存的隐喻》,何文忠译,浙江大学出版社 2015 年版,第 3 页。
③ Nøjgaard, Morten, *La Fable antique (Tome II)*, København: Nyt Nordisk Forlag Arnold Busck, 1967, p.29.
④ 胡怀琛:《中国寓言研究》,商务印书馆 1930 年版,第 1—2 页。
⑤ 李衍华:《逻辑·语法·修辞》,北京大学出版社 2011 年版,第 249 页。

相似性通达。修辞是为了表达效果而在社会群体中默认的语言使用契约，它的创生或许具有一定的随意性，但只有被大众接受、认可才能最终成为公认的契约。一则寓言故事，当它被广泛接受时，故事中的事件、某个片段或人物形象，都因其可以产生的意义联想而具有了通常的修辞功能。在汉语语境下，在"这是'愚公移山'的精神"这一表达中，"愚公移山"属于隐喻，隐喻的实现依托于寓言故事本身与现实中存在的关键特征的相似性——主人公面对困难的勇敢、坚毅、执着。大众对这则寓言故事的熟悉是该修辞效果达成的保障。在法语语境下，法国人因为对寓言《知了和蚂蚁》的熟悉，会对"他的行为像知了一样"的比喻心领神会。拉封丹《寓言集》的卷首寓言成功地将知了和蚂蚁所代表的人的性格特征与阶级属性植入大众心中，一种并不常见的昆虫由此获得了文化身份，进而获得了可以满足表达需要的修辞效果。这两个例子充分说明，为了便于日常语言的使用，人们会对被普遍接受的寓言故事进行微缩化、碎片化处理，使其融入大众化修辞方式之中。寓言作为整体产生意义联想的发生过程更为复杂，与视觉、听觉、嗅觉等感官产生的感受联想相比，它需要借助逻辑思维，通过整理故事中的有效信息，与现实世界进行对比，从而完成对相似性的理解或认同。不过，寓言在被浓缩、拆解后具有的修辞功能与其作为整体所产生的修辞性特征是一致的。寓言故事作为整体在被其他文学体裁所引用时，它的辞格属性就更为明显。庄子所认为的寓言"藉外论之"的表达目的，契合了喻体修辞的功能，实际上也道出了寓言与喻体辞格之间的关系。外与内、彼与此的相互依存是辞格成立的前提，而通过喻体带来审美体验是辞格表达的内在要求。寓言故事的每一次表达，都让接收者借道虚构世界回到现实，感受到修辞艺术的魅力。

二、"喻"的类别

探讨寓言的辞格特性即探讨一种思维方式。寓言文本无法在孤立的环境下被视为辞格，它生存于更大的文本环境之中，这个更大的文本是文化文本、历史文本或社会文本。寓言文本是与真实世界保持适度、可理解距离的虚构世界。人们基于经验来理解寓言的内涵，如果无法从文本回到真实世界，就无法确定寓言文本的体裁属性。如同我们说"镰刀挂在晴朗的夜空中""冬日的青松穿上白色的棉袄"时，是不会有人质疑镰刀与棉袄隐藏的意义的。寓言文本在文化文本中有对应的参照物，这个参照物不是具体的事物，而是生活经验、社会关系、观念态度，或多者的混合。一些经典寓言最后转化为成语或谚语说明了交流的修辞艺术对寓言的需要，例如"狐假虎威"(《战国策》)、"强者的逻辑永远都是对的"(《寓言集》)等。部分成语和谚语是寓言故事辞格化的结果,它们让寓言故事更好地生存于大众文化之中。

修辞中常见的辞格类别有"明喻""暗喻""借喻""借代""比拟""夸张"。要判断寓言更接近于哪一类辞格,我们首先要将寓言文本与寓意分别视作两个单元,进而观测从文本单元到寓意单元的运动方式。从整体上看,文本叙事与寓意描述之间是联想关系,具有相似性。这种相似性首先体现在逻辑推理过程的相似上,即从故事中的因导向故事中的果的逻辑与现实生活中某些事件的发生引起其他事件的发生的逻辑是相似或一致的。相似性还体现在故事梗概的文字表述与寓意的文字表述间,寓言故事就像对真实世界的虚拟简笔画。辞格中的"比喻"是打比方,正是利用事物间的相似特征,"用同甲事物本质不同而又相似的乙事物作比,来说明甲事物的一种修辞方式"①。寓言属于"因为'相似'而作比"的范畴。如果将寓言置于"喻"的辞格类别之中,理解寓言之"喻"就必须完成对本体和喻体的发掘,并还原二者间隐蔽的相互关系。我们以《寓言集》中情节较为简练的《狼和小羊》为例来说明:

```
┌─────────────────┐         ┌─────────────────┐
│  寓言文本(喻体)  │ ←────→  │   寓意(本体)    │
│ 狼吃掉羊不需要理由 │         │强者欺凌弱者不需要理由│
└─────────────────┘         └─────────────────┘
```

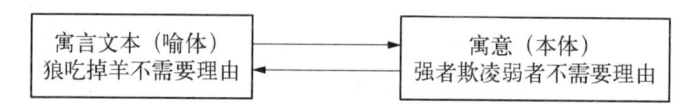

图 2　寓言文本(喻体)与寓意(本体)的关系

文本与寓意间的相似关系不是具体形态的相似,而是整体内容结构的相似。该寓言中"A 对 B 实施 C 不需要理由"是故事内容与寓意的共有部分。寓意中的"强者"与"弱者"可以由联想到的具体的人或事来替代。寓意并非完全等同于本体,但它们具有基本特征的一致性。本体具有可变化性,根据交流文本中的具体内容而变化。例如,在企业培训会上,领导会通过该寓言来教育员工理解职场法则,这里的强者和弱者可能是本体中的"大企业"与"小企业",但这并不影响"喻"的基本逻辑结构。而寓言文本作为喻体是不变的,寓言文本是创作者奇思妙想的成果,它打开了接收者的想象空间,激发了接收者通过喻体寻找本体的愿望。文本喻体与寓意本体间的表述性联想关系,同从银盘想到月亮、从园丁想到教师是类似的。

在辞格分类中,"比喻"有三种常见形式:明喻、暗喻、借喻。明喻是本

---

① 李衍华:《逻辑·语法·修辞》,北京大学出版社 2011 年版,第 249 页。

体、喻体和喻词同时出现,而暗喻又称"隐喻"①,"是一种不太明显的比喻"②,和明喻的区别在于喻词一般是"是""成为""当作"等。寓言的喻体即寓言故事本身,本体可能在寓言之外或之内,中国寓言通常朦胧而隐晦,寓言本体一般不被作者在文本中明示。西方寓言自伊索起添加叙述者旁白的传统使得本体、喻体,甚至喻词都出现的情况时有发生。例如,在拉封丹寓言《人和自己的影像》一文的最后:"而镜子是人家干的蠢事,/是指明我们缺点的权威画师;/至于那清溪,人人都清楚,指的就是《箴言集》这本书。"③这两句明确了寓言故事中镜子和清溪的本体,实际上也就将整个寓言所映射的本体和盘托出。"清溪"既是作品中的物,也暗指寓言故事本身,而喻词"是"将本体与喻体的关系言明。喻词"是"体现了寓言接收者接纳喻体并建立与本体相似性关系的能力,并不是寓言中必须出现的。如果寓言家在寓言文本中不提示寓意,那么其特征更接近"借喻"。"借喻之中,正文和譬喻的关系更其密切;这就全然不写正文,便把譬喻来做正文的代表了。"④喻的修辞功能与寓言的修辞功能在文化交流中都依靠表达者与接收者的"共同经验"⑤而完成。从思维过程上看,不论是暗喻还是借喻,和寓言一样,它们都是将接收者从创造的意象或意境引向表达者预设的意义单元。借助推理能力,寓言在交流文本中形成了一种特殊的辞格形态。

鉴于寓言之喻的曲言特征,又因西方修辞理论中与明喻(comparaison)相对的辞格"métaphore"被翻译为"隐喻",我们将在后面的研究中选择"隐喻"来指代寓言具备的辞格特性。马尔兰·勒布朗(Marlène Lebrun)指出:"寓言从整体上看,所呈现出的是寓意世界的大型'隐喻'。"⑥寓言之"喻"的本体并不是具体的物或概念,它可以被描述,也可能以某种形式存在于文本中。将寓言视为隐喻,即肯定了寓言表达与隐喻表达在进入思维系统后的运动规律是相似的。在寓言文本的喻体与本体间建立联系的能力是寓言思维的一部分。在有上下文或确定交流背景的时空环境中,寓言的本体与隐喻辞格的本体一样,可以被清晰描述。人脑具备的理解隐喻的能力与理解寓言的能力本质上是同源的。

---

① 法语中 métaphore 一词多被译为"隐喻",后文依此译法来表述。
② 李衍华:《逻辑·语法·修辞》,北京大学出版社 2011 年版,第 251 页。
③ La Fontaine, Jean de, *Fables*, Paris: La Pochothèque, 1985, p.56.
④ 陈望道:《修辞学发凡》,复旦大学出版社 2016 年版,第 63 页。
⑤ 陈望道:《修辞学发凡》,复旦大学出版社 2016 年版,第 8 页。
⑥ Lebrun, Marlène, *Regards actuels sur les Fables de La Fontaines*, Villeneuve d'Ascq: Presses Universitaires du Septentrion, 2000, p.49.

三、基于经验与相似性的隐喻

莱考夫认为,"人类的思维过程在很大程度上是隐喻性的"①。虽然莱考夫的研究集中在语言的表达上,但他所肯定的是隐喻在人思维中无处不在的现象。莱考夫的语言隐喻模型对于研究寓言隐喻有重要的借鉴意义。隐喻表达与隐喻理解都属于人的特有能力。隐喻是依靠思维过程中基于事物相似性而建立起的特殊联系来实现的,这种特殊联系以语言的形式表达与接收,由此形成了隐喻交流。从表达者到接收者,隐喻的本体以喻体为载体进行传播,隐喻接收方认同隐喻表达方描述的事物相似性特征,进而理解隐喻。

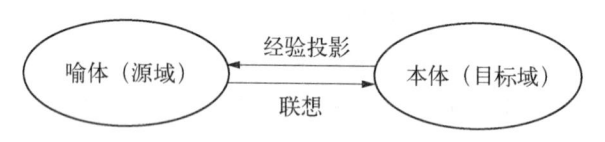

图 3　喻体(源域)与本体(目标域)的关系

莱考夫将喻体称为源域,将本体称为目标域,两个领域的互动即映射,映射借助联想形式完成,源域的形态来自目标域的经验投影。社会群体的相似经验确保了喻体传播的有效性。隐喻的理解过程是将源域的有关特征转移到目标域上,由此来理解目标域。源域与目标域的相似性在映射过程中产生,不是必然的、预设的,而是人们的心理认知所创造的。隐喻的跨域映射是指将源域的日常经验及相关信息转移到目标域,使源域已有的含义得以延伸并由此来理解目标域。也就是说,人们需要对源域的事物或经验进行取舍,用熟悉简单的域来理解抽象复杂的域。寓言类隐喻也是如此,寓言故事中并非所有信息都属于有效信息,根据经验对故事中的信息进行取舍,才能有效地抵达目标域。在莱考夫看来,所有的隐喻映射都是"部分映射",被映射的内容体现意象图式结构,但不是所有的意象图式结构都必须被映射。从寓言隐喻的角度来说,读者会在解读或理解寓言寓意时,对故事原有的概念进行重新整合,让某些源域的相关特征凸显,让某些无关紧要的特征被掩盖。映射过程也是人脑对于寓言故事结构的识别过程,人脑根据已有经验对寓言故事的情节进行取舍,进而完成有意义的映射。

有意义的映射的实现必须具备以下条件:第一,寓言文本有效信息提取是合理的。寓言文学虽然不拘泥于写实,故事可以完全虚构,凭空想象,

---

① [美]乔治·莱考夫:《我们赖以生存的隐喻》,何文忠译,浙江大学出版社 2015 年版,第 3 页。

但寓言文本必须为读者提供合理提取有效信息的可能。如果在创作中增添过多的荒诞内容,导致无法提取有效信息,那么这样的作品便无法形成有意义的映射。如果出现与传统叙事大相径庭的创作思路,我们就无法将其界定为寓言。第二,交流者的知识背景具有相似性。对于中国读者,阅读拉封丹寓言会获得与法国人不完全相同的收获,这是文化背景差异所决定的。某些为成人创作的寓言,儿童可能无法理解。第三,源域与目标域应该存在恰当的距离,太近或太远都不合适。例如,《乌鸦和狐狸》的故事家喻户晓,如果变成"张三和李四"的故事,且内容过于接近现实生活,就无法产生有意义的跨越式联想,也称不上隐喻。这样的故事甚至无法被认定为寓言。反之,二者距离太远会超越正常的类比联想能力范围,让接收者失去完好接纳隐喻的兴趣,这样的映射也就失去了意义。这三个条件确保了有意义的映射能够顺利完成,而从目标域回溯源域,我们会发现,最初在三个条件规范下所提取的有效信息正是寓言的"母题",寓言故事中的母题能得到有效识别离不开上述三个条件的保障。

不论从语言学还是从文学的角度看,"喻"的实现所依赖的是人类共有的思维逻辑以及共同经验。我们必须看到,共有思维逻辑不仅依赖于共有基因,也依赖于教育,而共同经验的形成所依赖的是相近或相似的文化氛围。个体是站在特定的时空环境中去理解寓言之"喻"的。西方社会的人可能难以理解中国古代寓言,而奴隶社会的寓言家也难以理解21世纪的新寓言。寓言接收者从"喻体"寻回"本体"的过程并不像辞格"借喻"的实现那么容易。从寓言创作者与接收者的关系来看,特定背景下的接收者未必能理解在一个完全不同创作背景中的作者的创作意图,而作者也不可能完全知道日后会有哪些读者群。此外,寓言的"喻体"不是由一个物品或词语构成的,它是一个有一定情节性的故事,这就决定了读者的理解方式与方向有不确定性。因此,在研究寓言作为隐喻的过程中,我们只能通过找出寓言故事的核心结构,来把握具有共性的寓意主旨。寓言故事在单次传播中,信息传递并不具备稳定性,接收者归纳的寓意大多会与创作者的寓意设想存在一定距离,但如果寓言能够多次有效传播,则说明寓言故事的核心结构指向的基本寓意单元具有稳定性,这个寓意单元即我们将在下一章中论述的寓言母题。

第四节　寓言的逻辑

对"喻"的辞格感知是感性思维和理性思维共同作用的结果,有意义的映射从感性思维开始,最终借助理性思维完成。虽然在有些批评家看来,"隐喻"这种在不同事物间建立某种联系的方式并不属于严格的、纯理性的逻辑思维,但在寓言类隐喻表达的整个过程中,逻辑思维发挥了重要作用。如果思考中缺少了逻辑思维的介入,"狼"和"羊"的对话,"狐狸"对"乌鸦"的欺骗都无法被正常理解。辞格促成的那些看起来不符合逻辑的"强制性共现"①需要逻辑思维的引导才能被理解与接受。从某种意义上来说,不借助逻辑思维而进行抽象式辞格感知是一种失败的修辞,停留在字面的文本理解实际上永远不会发生。在文学作品中,当我们面对诸如"枪口向我走来,一只黑色的太阳在干裂的土地上向我走来"(江河《没有写完的诗》)②这样的表达时,看似诗歌化感性语言的背后有着深层次的逻辑合理性,这种内在逻辑使得辞格不仅能够被理解,还产生了美学价值。"许多修辞方法表面上看,似乎不合逻辑,不合事理,但在结合特定的语境,对深层语义进行分析时,总能找到其表达的依据,有其内在的合理性。"③逻辑思维对故事的不合理部分进行整理、综合、提炼并重构合理性的过程,具有可预判的方向性。在黑格尔看来,"逻辑要作为纯粹理性的体系,作为纯粹思想的王国来把握。这个王国就是真理,是真理本身如其毫无蔽障、在其自身并对其自身而言的样子"④。逻辑思维的运动是为了还原寓言文字外衣包裹下的真理或真相,而真理或真相又指引着逻辑思维的运动方向。对寓意包含着真理或真相的笃信驱使我们运用逻辑思维化解可能存在的文本语义矛盾,找到意义的合理性出口。对于大多数伊索式寓言,理解寓意的整个逻辑过程是可以被描述的。

一、寓言中的逻辑与"象"思维

"逻辑"一词由英语词"Logic"音译而来,源于希腊文 Logos(逻格斯)。"逻格斯"最原始的含义是"放在一起",体现了对人类思维固有特征的关注。它也包含理性、言辞、规律等意义。16 世纪的英国哲学家弗朗西斯·培根(Francis Bacon)创立了归纳逻辑;17 世纪的德国哲学家戈特弗里德·威廉·莱布尼茨(Gottfried Wilhelm Leibniz)提出了借助符号语言,用数学方法对思维进行演算;18 世纪德国哲学家伊曼努尔·康德(Immanuel Kant)提出了形式逻辑的概念,后来所出现的数理逻辑或符号逻辑被称为现代形式逻辑。狭义上"逻辑"是指思维的规律,而广义上"逻辑"则泛指规律,包括

---

① 刘大为:《比喻、近喻与自喻——辞格的认知性研究》,学林出版社 2016 年版,第 15 页。
② 刘大为:《比喻、近喻与自喻——辞格的认知性研究》,学林出版社 2016 年版,第 144 页。
③ 李衍华:《逻辑·语法·修辞》,北京大学出版社 2011 年版,第 224 页。
④ Hegel, G. W. F., *Wissenschaft der Logik I*, Frankfurt am Main: Suhrkamp, 1986, p.44.

思维规律和客观规律。逻辑学的研究对象是思维,包括思维的逻辑形式、基本规律及逻辑方法。在现代汉语中,"逻辑"在不同的语境中有不同的意义内容。它在《现代汉语词典》中的解释有:思维的规律(合乎逻辑),客观的规律性(事物的逻辑),逻辑学(研究思维的形式和规律的一门科学)。"逻辑"一词在逻辑学中的所指为形式逻辑,即我们平时所说的抽象逻辑,而如果要对形式逻辑进行说明就不得不引入"思维"这一概念,因为形式逻辑主要研究思维。我们这里所讨论的寓言逻辑或寓言逻辑思维,主要聚焦于寓言表达与理解过程中,从文本到寓意的符合人类特有思维惯性的一般规律。能将寓言视作隐喻,正是因为人们在理解寓言的过程中,借助了与理解隐喻类似的逻辑路径。

人认知世界的过程分为感性认识阶段和理性认识阶段。思维是人的认知过程中的理性阶段,是人通过运用概念、判断以及推理来反映客观事物的本质及内在规律的认识过程。思维包括思维内容与思维形式,思维形式(也称为"逻辑形式")以程序化的方式完成对思维内容的分类、加工、塑形。理解寓言的思维与理解隐喻辞格的思维是类似的,但具体演绎方式间存在不小差异。我们以两篇寓言为例,来演示从故事理解到寓意获取的思维形式。

(一)伊索寓言《狐狸和龙》

故事取意(基本结构):狐狸羡慕龙的身形,想通过伸展身体让自己变得和龙一样长,结果死去。

隐喻映射一:"狐狸"暗示有不切实际欲望的个体;"龙"暗示羡慕、嫉妒的对象。

隐喻映射二:故事结构暗示"试图满足不切实际欲望的个体会为其付出惨痛代价"。

寓意总结:在现实生活中,个体间存在差异,追逐不切实际的目标会受到惩罚。

(二)拉封丹寓言《狼和小羊》

故事取意(基本结构):狼吃掉河边喝水的羊,不接受羊的解释,也不给出吃羊的理由。

隐喻映射一:"狼"暗示强者;"羊"暗示弱者。

隐喻映射二:故事结构暗示"在某些环境下,强者欺凌弱者不需要理由"。

寓意总结一:"丛林法则"下的动物界强者生存,弱者被淘汰。

寓意总结二:特定人类社会中,强者生存并制定规则,弱者只能服从规则。

两则寓言的寓意推演路径总体上一致，区别在于《狐狸和龙》的故事中不仅不存在龙，也不会有狐狸试图成为龙的真实事件发生，而《狼和小羊》中涉及的"丛林法则"适用于动物界，狼吃羊的现象可以真实发生。因此思维过程中会多一个步骤，而它最终需要在抵达第二层寓意后才会结束。从上述两则寓言中寓意的推演过程可以看出，从故事到寓意的关键环节为两个暗示——"主人公暗示"与"故事结构暗示"。这两组暗示关系的建立以生活经验为基础，在给出有意义的映射关系前剔除掉了叙事中不参与寓意构建的干扰要素。"暗示"（英译 involve，法译 impliquer）活动是理解寓言过程中的必要环节，是寓言思维的一部分。它未必能给出与创作者设计初衷一致的答案，但建立暗示关系的努力与尝试在寓言阅读时起就已经开始，在合理寓意构建完成后才会停止。在逻辑思维过程中，"逻辑形式中的'变项'是思维内容的载体，'常项'则是思维内容之间联系方式的符号"[1]。那些具体化的内容被称为"逻辑变项"，而确定思维组织结构的部分被称为"逻辑常项"。在阅读寓言并总结寓意的过程中，人会根据生活经验建立起一些特定的"逻辑常项"，而正是这些"逻辑常项"引导人们形成思维方式，进而将寓言与我们所认知的世界建立起一种关联，对人与人的交流产生一种神奇的催化效用。"暗示"是理解寓言的"逻辑常项"之一，大脑建立暗示关系属于一种"象"思维。"象"思维是一种类比推理能力，是"从思维主体自身的感知、情感、意欲和社会生活经验去揣度万事万物，以为这些事物也和人一样具有同样的感觉、情感、欲望等经验"[2]的思维模式。"象"思维使得我们具备了理解包括修辞、寓言、神话在内的各种存在表层语义不合理的文本的能力。隐喻辞格中的"象"往往是形态、方式、内容的相似，是相对具体化的"象"，而在叙事理解中的"象"是认知与感受的平移，是抽象的"象"。这一思维能力保证了寓言理解中"暗示"关系的建立。"象"思维并不是因为"像"而推演，狐狸与"有不切实际欲望的人"并无相似点，狼也不是丛林中的绝对强者，狐狸与狼被置于相对人物关系中才获得了我们所解读出的隐喻形象。所以，叙事中的"象"是相对性结构在现实世界里的投影，较传统辞格中的"象"更为抽象，也更需要理性思维的参与。

在对上述两则寓言的分析中不难发现，对创作者而言，结构暗示的建立应该略早于主人公暗示的建立，或者至少二者是同时发生的。尽管动物在某一历史时期的某种文化中的象征意义是明确的，但创作者选择某种动物

---

[1] 李衍华：《逻辑·语法·修辞》，北京大学出版社 2011 年版，第 10 页。
[2] 邓启耀：《中国神话的思维结构》，重庆出版社 2004 年版，第 157 页。

未必遵循这一共识。例如,在寓言《被人打败的狮子》中,狮子暗示的是有大智慧的人或哲学家,在《两头骡子》中,一头骡子暗示的是被虚荣心左右的市民。决定寓意走向的始终是故事的结构,结构暗示的建立才是寓意实现的基础。此外,主人公暗示虽然服务于结构暗示,但主人公的文化传统定位还是会对最终寓意产生影响。例如,在《狮子和蚊子》中,尽管狮子暗示的是能力有限的强者,与蚊子形象共同服务于结构,但以狮子为主人公,会产生寓意的延伸,起到对自负强者的警示效果。

暗示活动的发生是寓言思维的要求,而暗示活动的顺利完成需要以创作者与接收者的生活经验与世界观共享为前提。不同国家、不同时代的人对寓言的理解可能完全一致,也可能大相径庭,这是因为有些寓言故事涉及人性或一般性规律,而另外一些寓言具有特定文化和时代属性。其一,部分寓言故事用于刻画人的某些天性与社会属性,如"懒惰""自私""虚荣"等,或是揭示某些自然规律,如"事物的相对性""好与坏的相互转换"等。这些特征是人类文明发展进程中普遍存在的共性,在不同社会、不同国家、不同历史阶段都存在。寓言《变成女人的雌猫》揭示的"江山易改、本性难移"的道理是人类所共通的。这类寓言容易产生世界范围内的影响力,成为寓言经典。其二,部分寓言是特定文化、特定时代的产物。寓言家是在具体文化环境中成长的人,具有时代特征,其思维模式也受到时代文化背景的影响。寓言故事中必然存在反映寓言家文化身份的细节,甚至有些寓言正是为反映其时代的文化现象而创作,因此寓言具有文化属性。拉封丹生活的时代与伊索生活的时代有很大不同,文化信息更为丰富。因此,对很多拉封丹寓言的理解要结合时代背景才能完成。寓言《狼在猴子跟前告狐狸》所针对的是法国17世纪宫廷的腐朽文化,而寓言《补鞋匠与金融家》对17世纪开始发家的封建资本家予以讽刺。不同国家、不同文化背景的读者首先要了解法国这一时期的文化现象,才能更为顺利地为这些寓言建立暗示关系。由此可见,尽管从寓言文本到寓意理解的内在规律总体上是一致的,但诸多因素影响和制约着暗示关系的稳定,而"象"思维对文本中意象与内容的解析也有模糊与不确定的一面。因此,尽管寓意是逻辑思维的结果,但对寓意理解的不稳定性是始终存在的。

二、寓意接纳的隐藏逻辑:三段论

对于作为沟通手段的寓言,数千年来一直被表达者所青睐的原因在于其可以产生良好的说服效果。比起箴言,寓言能更有效地促进沟通,寓言的叙事者旁白中可能也包含了箴言,但与故事相结合,便可以产生更好的说服力。寓言创作与寓言理解的思维活动过程从步骤上看是逆向性的。创作者在文本设计之前酝酿寓意观点，在文本中建立能够被理解和把握的寓意暗示关系是在考虑接收者可能具备的知识水平与理解力后做的选择，寓言如果过于晦涩则不可能产生好的交流效果。寓言接收者从把握故事内容结构开始，通过预判创作者或表达者的暗示关系设计，进而重建创作者创作前的初始观点。创作者给予接收者的是一个可将自身代入的故事结构，接收者因为相信故事在真实世界的可发生性而认可故事中的道理，并接纳创作者的生活建议。寓言与箴言沟通价值的最大区别就在于寓言故事试图让接收者产生代入感，进而主动接纳创作者的建议。

代入式寓意的接纳过程与逻辑演绎法中的"三段论"具有相似性。接收者预判寓意内容为真，明确创作者所设定的故事主人公具有可替代性，最后接纳寓言对生活的指导性建议。三段论最早由亚里士多德提出，是人类历史上第一次对常用思维形式进行全面、系统、深刻的分析和探讨。三段论是由两个包含着共同概念的性质判断推出一个新判断的推理。在生活中，我们会通过如下推理活动完成判断：

① 少先队员都是学生

② 张明是少先队员

③ 所以，张明是学生

其中，"学生"是包含在两个性质判断中的共同概念，基于这一共同概念建立的两个前提，配合三段论的形式，我们就能得出"张明是学生"的判断。判断①是大前提，判断②是小前提，判断③是结论。在交流过程中，信息表达者通过传递信息来影响判断，表达者为信息接收者提供大小前提，让其相信并接受由此产生的结论，因为三段论的逻辑是人类思维的共有逻辑，因此"张明是学生"的判断对信息接收者而言是水到渠成的。要创作一则能够被普遍认可的寓言，而不是故事或童话，创作者首先要有笃定的观点，即寓意的内核。这一观点以生活经验为基础，是创作者预判接收者能够理解的观点，比如"不要施恩于会忘恩负义的人"。创作者在故事设计中还需要为所设计的具备暗示性与可替代性的故事信息做出铺垫。最终，通过对故事情节的理解，接收者在代入式寓意中获得了实用性建议。以寓言《农夫与蛇》（拉封丹）为例：

① 帮助冷血、缺乏伦理观的忘恩负义者会被其所伤（真理或哲理：经验的反馈）

② 交谈对象可能是施恩者，他可能遇到忘恩负义者（文本引导：农夫与蛇的可替代性）

③ 交谈对象施恩于忘恩负义者可能不会有好的结局（反思性建议：代入式寓意）

形成对于生活有指导价值的寓意需要以上三个步骤的确认。接收者首先通过故事理解了"施恩于忘恩负义的人会被伤害"的道理,并以此建立大前提。小前提的建立是对可类比性的推断,是对创作者借此喻彼的初衷的预判,这是双方的默契信息,无须指明。当然有时会根据需要,以叙述者旁白的形式予以提示。如寓言《神父和死者》最后:"说真的,我们一生一世/就像算计其死者的苏阿尔神父/和那个牛奶罐的故事。"①这样的表达效果是否有益于沟通因人、因事而异。当接收者对寓意的判断为真,对可类比性不持怀疑,就会相信创作者通过寓言给出的生活建议的有效性。当然,创作者预设的寓意所包含的未必是具有普遍认可度的哲理,将其代入生活,未必能形成有效的生活建议。在三段论中,大前提是否真实可信的问题无须讨论,逻辑学只解决逻辑有效性的问题,只要不违反推理规则,形式上就有效,逻辑也就合理。出于对代入式寓意有效性的甄别,读者最终会以对寓言思想的接纳或拒绝表明态度,这与三段论思维过程的发生并不矛盾。三段论逻辑的自发性决定了寓言接收者在完成寓言故事大意整理之后,必然对其包含的哲理或伦理观中的现实价值进行再确认。

《农夫与蛇》的故事是具有可发生性的事件,但寓言创作者有时为了例证更为生动会编造一些荒诞,甚至不可能出现在真实世界中的故事。比如拉封丹寓言《多头龙与多尾龙》通过讲述多头龙项上有多个龙头且都欲发号施令,而使得龙身难以顺利通过障碍物,多尾龙以头为首,只有一个龙头发号施令,因而易于通过障碍物,故事通过龙头与龙尾的关系暗示君主与城邦的关系。多头龙过不去障碍物是能够想象出的必然结局,具有逻辑合理性。接收者借助"象"思维的引导,便能将寓意代入对现实国情的理解之中。

寓言无法强制接收者认可寓意,只能让接收者理解寓意。作为信息载体的寓言故事,其目的是让接收者相信寓言创作者或表达者的创作意图。三段论逻辑是发生在寓言传播过程尾端的隐藏逻辑,是裁决寓意是否能被最终接纳的理性法庭。

三、动物寓言:语义的蒙太奇

"任何一个比喻都试图将 A 当作 B,任何一个比喻都是一个逻辑矛盾。"②对辞格的认知性研究向我们揭示了明喻或暗喻中普遍存在的显性的表层语义矛盾。寓言故事中的表层语义矛盾也广泛存在,尤其是在动物寓言(或拟人化主

---

① La Fontaine, Jean de, *Fables*, Paris: La Pochothèque, 1985, p.409.
② 刘大为:《比喻、近喻与自喻——辞格的认知性研究》,学林出版社 2016 年版,第 86 页。

人公的寓言)中。理解一个比喻和理解一则寓言一样轻而易举,但二者实际上是在思维活动克服了原发性语义障碍后才实现的。动物寓言为动物赋予人的特征、行为或语言表达能力,制造了原发性语义矛盾。创造一种动物完全以人的思维模式与行为方式去完成情节的故事,属于语义上的"强制性共现"[1]。

刘大为在辞格的认知性研究中提出了理解"强制性共现"的三种方式:还原式、沉溺式、蒙太奇式。在严谨的思维体系中,我们理解"喻"大多采用的是还原式。"国庆节,广场上是一片红色的海洋。"对于该句,我们会自觉地将"海洋"还原为"数不尽的国旗",这是一个逻辑过程。但对于缺乏严谨思维体系,或者存在思维障碍的人,会沉溺式地相信句中的表达,以为广场被红颜色的海水浸没,这属于原发过程。而"喻"的艺术价值在于它创造了一种不会让我们完全坠入其中的沉溺式理解可能,这种可能的存在让"喻"具有了某种神秘感,也让直白的语言表述有了艺术性,理解"喻"即还原,欣赏喻即在沉溺与还原之间寻求一种平衡,以蒙太奇式的心理状态连接矛盾的双方,由此才产生了艺术的美感。伊索式寓言选择动物作为故事情节发起者,巧妙地运用了辞格中的逻辑矛盾,因为思维寻求逻辑出口的自发性,寓言接收者一定会以"还原式"来应对寓言中的语义矛盾,在建立合理的故事结构后,通过与现实经验相匹配,总结出寓意。将拟人化的动物还原为人是逻辑思维的自发选择,但寓言创作者没有直接以人为主人公讲述故事,其中一个重要原因是希望在语义的"强制性共现"中,让寓言接收者产生部分沉溺性感受,在沉溺与还原间克服语义矛盾,既理解创作者意图,又能在动物寓言中获得趣味性感受与审美体验。

动物寓言是一个个完整的故事,寓言接收者往往在沉溺与还原之间来回游走,在动物王国与人类社会间寻找哲理与真相,这种感受是令人愉悦的。实现沉溺与还原之间的平衡有一个度的问题,度的问题的出现也与动物寓言中对真实可发生事件的运用程度相关。我们以三则寓言为例来解释三种度的问题。(此处为更好地分析故事内容本身,引文隐去了叙事者旁白)

(一)伊索寓言《狐狸与葡萄》

  狐狸饿了,看见挂在葡萄架上的葡萄串,打算摘下来。但要实现却很难,于是便离开了,自言自语道:"酸得很。"[2]
  ……

---

[1] 刘大为:《比喻、近喻与自喻——辞格的认知性研究》,学林出版社 2016 年版,第 17 页。
[2] Esope, *Fables*, trans. Emile Chambry, Paris: Les Belles Lettres, 1927, p.17.

寓言故事的正文部分是以动物为主人公的虚构故事。对寓指的翻译是还原式的,还原出的是核心寓意:"有些人没有能力实现愿望便以目标不值得期待为由自我安慰。"而沉溺式的理解者要接受几个前提条件:一是狐狸爱吃葡萄;二是狐狸会思考;三是狐狸会自我安慰。在现实世界,这三个前提条件似乎都是有可能的。唯一令人存疑的是"狐狸会自我安慰"这个条件,但并没有足够的证据证明这一现象不会发生,只有狐狸使用人类语言这一点是不可能发生的。因此,对该篇寓言的理解度无限接近于沉浸式,需要克服的语义矛盾比较少,接收者可以在沉浸中完成还原,二者的叠加态易于实现,还原路径短,将整个动物社会投射到现实社会中即可。

(二)菲德鲁斯寓言《驴子和年迈的放牧者》

>……
>一个胆怯的老者在草地上放牧喂驴。
>突然间被敌人的叫声吓到,他建议他的驴子逃跑,以免两个都被抓住。
>但驴子没有动,说道:
>"请告诉我,征服者会让我驮两个鞍吗?"
>"不会的。"老人回答道。
>"那既然总是要驮鞍,那为谁服务不都一样吗?"①

故事以真实世界为背景,但驴的思考与自言自语只有人才能做到,驴扮演了人类社会才会出现的骑墙派角色。故事前半部分具有可发生性,没有语义矛盾,甚至不用联想动物社会。但从驴子的直接引语开始,故事脱离了真实,从语言表达可以看出驴子常见的动物特征也消失了,语义矛盾显现。只有将驴子理解为人,将故事投影到现实社会,才能避免理解障碍。因此,理解寓言的平衡度位于还原式与沉溺式中间,完全相信故事的可发生性会产生逻辑错误,但驴子会在主人看到敌人便逃跑的时候无动于衷却又是可能的,最终寓意推导的路径还是以驴子具备的某一类人的社会属性为前提。寓言更接近于说教性故事,阅读的乐趣显然不及第一则寓言。

(三)拉封丹寓言《鸽子和蚂蚁》

>……
>有只鸽子在清溪边喝水,

---

① Phèdre, *Fables*, trans. E. Panckoucke, Paris: Philippe Renouard, 1928, pp.32–33.

蚂蚁却一弯腰掉进水里，
她拼命挣扎，力气却白费：
汪洋大海里她没法靠岸。
鸽子一见，动了恻隐之心，
立即把一根草投向水面，
造成了通道供蚂蚁逃命。
就在她得救的时候，
走过的赤脚乡巴佬，
偏巧有把弩在手头。
他一见这只维纳斯的鸟，
就想用她当锅中的菜肴。
为射下鸽子，他做好准备，
蚂蚁却在他脚跟叮一口。
鸽子见庄稼汉猛然回头，
知道有危险便冲天高飞。
那一份晚餐随鸽子飞走，
哪里还吃得到免费鸽肉！①

　　故事中的鸽子和蚂蚁具有帮助他人与报恩的美德，这是动物自身所不具备的。理解者必须完全将动物联想为拥有美德的人，才能克服贯穿始终的语义矛盾。寓意"帮助他人者会得到他人帮助"的实现建立在故事整体之上，鸽子与蚂蚁都只是符号 A 与 B，可被替代。寓言创作者为故事给出了一个真实世界的自然环境作为舞台背景，弥补了主人公工具化带来的阅读乐趣缺失的问题。对该则寓言理解的平衡度位于还原式一端，理解者的逻辑思考须贯穿故事始终。不过，拉封丹寓言同时为读者创造了一种沉溺式的场景，在诗歌化的叙事中让读者产生身临其境之感，尽管理性思维让我们不断地跳出虚构以克服逻辑矛盾，但接近于童话氛围的故事也让我们沉浸在幻象世界的美好中。两种状态的叠加带来了独特的效果，这里的沉溺不是精神错乱，而是审美体验过程中的半催眠状态。理性思维不会抵触审美需要，随着寓言文学的发展，寓言家越来越善于平衡好二者的关系。
　　以上三则寓言虽在平衡度上存在差异，但都属于需要克服意义矛盾的虚构故事。格言或历史资料都可以用来传递智慧、启蒙心智，但寓言家选择

---

　　① La Fontaine, Jean de, *Fables*, Paris: La Pochothèque, 1985, p.409.

了寓言,实际上正是希望刻意地创造程度不同的语义矛盾,以此达到沟通、交流、传递思想的目的。在修辞认知中,"比喻造成的形象不是理解和体验的结果,而是理解和体验的过程"①。为寓言的"喻"创造一种"语义蒙太奇"②的效果会带给寓言接收者更深入的审美体验,也让寓意更容易被接受。时至今日,著名的《乌鸦和狐狸》《狐狸与葡萄》《龟兔赛跑》等寓言故事能够在世界各地文化中扎根不仅是因为其寓意内涵,更因为它们创造了游弋于虚构与现实之间、需要在沉溺与还原之间不断选择才能抵达寓意的趣味故事。

四、不会终结的寓意

本章第一节提到,尽管寓意是逻辑思维的结果,但诸多因素使得寓意结果存在不稳定性。寓言文本所提供的"喻体"是确定的文字组合,由此所推演的"本体"的主体部分是明确的,但寓言接收者对寓言的理解往往不会止步于此,它因人而异、因时而异,处在变化之中。寓言创作者与接收者都是在确定的生活背景下完成创作与解读的,因此寓意从现实中来,也必然因为理解者的社会背景而回归现实。寓言从文本到寓意的翻译过程因对表述方式、故事背景等因素的参考度不同而可能发生变化。可被解读的寓意包括:共享寓意、基于创作背景的寓意、基于接受背景的寓意等。

共享寓意是能够被广泛接受与认可的寓意核心部分,用数学语言描述是一则寓言多重寓意之间的最大公约数。能够流传或被大众认可的寓言中的共享寓意大多是明确且清晰的,所涉及的是基本人性或普遍规律,其寓意核心不论在古代或现代、本地区或世界其他地方都是一致的。对寓言文本翻译的思维过程在前面章节已经阐述过,此处不再赘述。寓言故事因为能激发共同思考才产生传播价值,共享寓意是对寓言思维中理解路径一致性的展示。它属于寓意中的稳定部分,但思想不会在此处停止,寓言接收者会根据文本表达、创作背景、自身环境等因素对寓意进行拓展。

对寓言故事基本结构的提炼会忽略某些寓言故事的表达性要素,包括各种修辞、叙事手法、对文本的艺术性处理等。共享寓意会在部分表达性要素的影响下产生意义延伸,表达方式对共享寓意也会产生或多或少的影响。以寓言《母狮的葬礼》为例,寓言核心结构为"在母狮的葬礼上,不愿哭泣的鹿用语言的智慧逃过了公狮的惩罚",可以提炼出的共享寓意为"智慧的沟

---

① 刘大为:《比喻、近喻与自喻——辞格的认知性研究》,学林出版社2016年版,第91页。
② 刘大为:《比喻、近喻与自喻——辞格的认知性研究》,学林出版社2016年版,第86页。

通能获得益处"。对故事某些细节的琢磨会让读者有新的收获。故事中有臣民的装腔作势,有阴险小人的告密,有公狮的轻信盲从,由此可进一步拓展共享寓意:"统治者周围风险重重,智慧的恭维能让人获得益处。"

此外,寓言文本的读者也会尝试模拟寓言家的特定社会文化环境,进而还原创作背景下的寓言家初衷。当我们将《母狮的葬礼》与拉封丹所处的特定时代结合考量时,我们不得不想起"朕即国家"的路易十四以及充斥着阴谋诡计与阿谀奉承的凡尔赛宫。结合寓言最后的两句话:"要用梦话将国王哄骗,/奉承他们,对他们说些中意的谎言。/不管有多少愤怒充满他们的心,/他们会吞下香饵,你就会成为上宾。"[1]读者不难有此联想:"要学会用智慧愚弄好大喜功的君主,颜面有时比情绪更重要。"

在寓言故事转化为寓意之后,必然与读者的知识、经验与情感发生碰撞、对话,进而生成具有个性、只属于读者个体的拓展寓意。它以共享寓意为基础,经过读者个性化的加工而完成。如果读者是一个由自负总经理领导下的大企业中的员工,该则寓言在令其捧腹大笑的同时,必然对其在特定环境下"说话的艺术"产生有具体指导意义的创造性联想。对文本的进一步理解受到读者知识结构、文化特征、时代背景的影响,拓展寓意的发展方向会因读者而异,它应该是一个无法清晰确定边界的思想场域。也就是说,读者难以将每一层意义感受都用文字准确表现出来,或者每次思考后能形成的寓意表述之间存在细微的差别。此外,接受背景寓意所产生的演化也极有可能基于寓言文本中的某个枝干信息完成。如罗兰·巴特(Roland Barthes)所说,文本都是可写的,基于原寓意的进一步加工是一个完全由读者掌控的开放性的活动。

从寓言文本的阅读到接受背景寓意的拓展,寓意是一个流动的、不会终结的意义场,共享寓意的产生是寓言思维的结果,它是标准化思维过程的产物,但拓展寓意是思维过程叠加对很多其他因素考虑后的结果,因此形成了一个以共享寓意为中心的没有绝对边界的意义场域,带来了"寓意蒙太奇"的效果。以共享寓意为基础的意义再加工对于寓言不断自我更新、在新的社会环境中获得生命力至关重要,寓意不会终结的特性是寓言能够数千年流传的一个重要内因。

五、逻辑自验与道德纠偏

通过逻辑推理获得寓意是寓言接收者借助既有知识体系与经验来实现的。寓言叙事结构的逻辑合理性并不总是显而易见的。寓言接收者会在完

---

[1] La Fontaine, Jean de, *Fables*, Paris: La Pochothèque, 1985, p.476.

成寓言阅读后将寓言故事与大脑中海量的具有意义引导性的叙事结构相匹配,并找出与普遍规律最接近的形态。在寓言《狼和小羊》中,经过语言交锋后狼吃掉了羊,于是我们会将故事与"强者战胜弱者"的叙事结构匹配。但假使羊吃掉了狼,故事情节违反了自然规律,最后也无法总结出"强者的道理永远都正确"的寓意,此时接收者一般也不会在发觉逻辑谬误的时刻停止思考,而是会立刻转向从二者对话及上下文中寻找"羊"足以吃掉"狼"的理据,进而重新整理故事核心结构。如果羊的语言或行为充满智慧,羊被塑造成"智慧的弱者",接收者将其与既有知识和经验匹配后可以推导出"智慧的弱者也可以战胜强者"的寓意,在寓言情节变化不大的前提下,获得了完全不同的叙事结构与寓意。对于逻辑正确的把控不应有先入为主的观念。例如在寓言《狐狸和獾》中,狐狸通常暗示狡猾的人,而獾面对狐狸也不会是胜利者。但叙事中,狐狸最后被獾耍弄,自取其辱,成为笑柄。接收者在对此类寓言的理解中,会对完整故事的叙事进行推敲、思考,找出合适的故事结构以及暗示关系,并以此为基础推导寓意,而人物形象的暗示关系从属于叙事结构的暗示关系。在寓言解读中,叙事结构的逻辑合理性是理解寓言故事的前提条件。即便故事表述晦涩难懂,我们也必须从中识别出具有寓意生产可能的故事结构,并建立暗示关系,否则叙事中从文本到寓意的常规路径会被破坏,文本也就丧失了寓言体裁的本质属性。

  寓言核心结构的确立是寓言表层寓意实现的前提,是逻辑推理活动的结果。但是逻辑推理的演绎过程只保证在形式正确的前提下结论正确,它并不保证前提具有道德性,也无法保证结论具有道德性。从寓言的角度来说,寓言文本的叙事概要是否道德正确并不是理解寓言的逻辑所能决定的。寓言结构的确立是一个根据文本内容对故事的核心情节进行归纳总结的结果,是一个理性思考的结果,应该说它会屏蔽掉一部分非理性的"假"结构,会对可能的寓意走向有一个预判。但是对于有些模棱两可的情况,理性思维不会在寓言结构建立的时刻便将其屏蔽,而是将评价留在寓意生成之后,也就是说,读者所获得的寓意可能被认为不符合伦理观或不道德。拉封丹有一些寓言受到卢梭和阿尔封斯·德·拉马丁(Alphonse de Lamartine)的批判,例如卢梭在《论教育》中指出《狼和小羊》《乌鸦和狐狸》的寓意的道德高度值得商榷。寓意道德与否并非总能通过调整逻辑思维的方式来解决。

  寓言自在儿童文学中获得一席之地后,其道德正确就显得更为重要,逻辑推演后无法接受道德标准检验的寓言难以获得教育者认可,也难以被主动传播。当然,寓言的道德正确也与文明程度、文化背景密切相关。拉封丹的某些寓言,时代特征明显,放在他所生活的封建社会思想鲜明、评价犀利,也有其道德高度,但将其放在不同时期、不同背景中则可能存在不妥。寓言《患黑死病的动物》中最后的总结"看你是有权势的人还是个穷鬼,／法院的判决就会定你是白还是黑"①,只能适用于封建社会或资本主义有阶级压迫和明显社会不公平的社会形态中。该寓意在法治严明的健康社会里是不合适的。此外,文明程度越高的社会,道德引导的自发力量越强,在寓意生产的过程中纠偏的力量也越强。社会既有的价值导向与伦理框架会对文字阅读者产生理解引导。"道德导向主要是规定人们'应该'做什么,'不应该'做什么。怎样做是'善'的,怎样做是'恶'的。"②我们会对寓言故事中的对错、善恶有独立的判断,这是受到社会道德倾向引导的。这种引导潜移默化,从我们具有最初的认知能力时就已经开始。虽然逻辑正确不等同于道德正确,但从逻辑转向道德的过程中,社会价值观的引导扮演了重要角色。

第五节　叙事结构外影响寓意的因素

对于口头传播的寓言故事,表达者与接收者所关注的都只是故事核心结构,围绕核心结构的信息传递足以保障共享寓意的实现,受表达方式影响较弱。但书面叙事不同于口头叙事,表达细节与叙事策略的变化都会对接收者心理产生影响。在书面表达的寓言故事中,创作者会基于对价值观、阶级立场、美学等因素的考虑而扩充叙述内容、调整叙事手法,从而使得接收者在理解寓意的过程中关注并吸纳某些细节性要素。

一、寓言的结尾方式

自古希腊起,寓言的叙事中直接引语与叙述者旁白便是常用的叙事手段。寓言中的直接引语使主人公形象变得丰满,是借主人公之口向读者的直接倾诉。叙述者旁白融入了作者的关切与忧虑,具有警示性。寓言之所以被称为"言",其核心是表达,而借主人公之口的直接引语比叙述者旁白更加直接、干脆,具有明显的对话特征。一个故事型寓言最后让我们看到的往往是一个意料之外、情理之中的结局,或表象掩饰下的本质。大多数寓言的结局都具有预见性。而叙述者旁白在协助寓言接收者理顺思路的同时,提出自身的首要关切,留下警示性话语。二者都是寓意实现的辅助。

---

① La Fontaine, Jean de, *Fables*, Paris: La Pochothèque, 1985, p.379.
② 李建华:《驱善避恶论——道德价值的逆向研究》,北京大学出版社 2013 年版,第 202 页。

（一）主人公的预言

寓言故事中的"预言"是对某一类型事件必然结局的预测。主人公的预言对于通过故事结构逻辑推演出的寓意具有补充意义。在尚伯利版本的358篇伊索寓言中，以主人公直接引语结束故事的寓言占261篇，而91篇菲德鲁斯寓言中有72篇以直接引语结束。直接引语是故事结局的一种，具有预测性。

故事主人公的预测常常体现为从 A 到 B 的必然性。此为第一种类型，即以直接引语实现的预言。在寓言《夜莺与鹰》中，关于夜莺动作及话语描述所使用的均为间接引语，而老鹰的话语则以直接引语的形式道出："如果我把到口的食物放下，去追逐还不知道在哪儿的东西，那我就是一个傻子。"①叙述者借老鹰之口评价了舍弃既有食物去追逐未知的行为是愚蠢的。从故事结构推导出的该则寓言的共享寓意为："珍惜已经获得的利益，不要好高骛远。"而故事最后主人公的直接引语对共享寓意起到拓展作用，引导读者进一步思考："贪心不足者可能会遭遇鸡飞蛋打的结局。"

主人公预言的第二种类型是透过现象揭示本质，并将建议留在直接引语中。在《盲人》中，看不见动物外形的盲人，仅仅依靠抚摸幼狼的外形，就能做出判断："我不知道这是小狼崽、小狐狸崽，还是另外一种这一类动物的后代。但我清楚知道的是，切不可让它和羊群同行。"②盲人暗示智者，他的话语警示大家提防恶人。这里的直接引语也体现出其智慧的一面，他并未对幼崽给出定性的预判，而是建议大家不要靠近。该直接引语后的叙述者旁白："坏人的天性通常是很容易从外表识别出来的。"叙述者借此暗示观察世界要用心而非用眼。盲人是能够透过表象发现本质却不明言的预言家。寓言接收者在以逻辑推演寓意的过程中势必受到直接引语的影响。寓言《遇海难的西蒙尼德》讲述了已经拥有财富的西蒙尼德在海难中没有带上财物逃生，后来因为诗歌受人赏识而重新获得财富，而曾经不理解这一行为的其他海员丢了财富，只能乞讨度日。西蒙尼德最后指出了所发生的这一切并非偶然："我曾经没有告诉过你们吗？我所有的财富都在身旁，而你们曾带在身上的一切将什么都不剩。"③同样遭遇海难，最后却有不同的结局，西蒙尼德预言了最后不同的命运，也揭示了智慧、知识才是用之不竭的财富。该句提醒追逐财富者提升自我才能是更重要的事，直接引语对讽刺与警示

---

① Esope, *Fables*, trans. Emile Chambry, Paris：Les Belles Lettres, 1927, p.7.
② Esope, *Fables*, trans. Emile Chambry, Paris：Les Belles Lettres, 1927, p.27.
③ Phèdre, *Fables*, trans. E. Panckoucke, Paris：Philippe Renouard, 1928, p.167.

效果都起到了增强作用。

主人公预言是在一个限定条件下对可能发生结果的推断,由主人公道出并作为故事结尾有引起读者注意的作用。主人公是叙事的推动者与终结者,最后的直接引语增加了文本的阅读乐趣,也让读者在由此及彼的类比、联想中从理与情两面拓展寓意的范围。

（二）叙述者的警示

叙述者旁白在以文字形式传播的寓言中具有功能性意义,读者在完成对故事的阅读后会关注叙述者对故事的态度。从逻辑上看,叙述者讲述故事是为了他所设想的寓意能够得到充分表达,他的观点与寓意是一致的。但是叙述者与主人公所处的位置不同、视角不同,表达的效果必然不同,而且叙述者的发言目的不会止于道出故事显而易见的寓意。具有对话特征的叙事者介入构成了寓意推演过程中的一个变量,它对寓意推演的逻辑结果会产生影响。在拉封丹寓言中,叙事结束后的旁白大多是叙述者与读者的交流,表达了其对读者行为模式及思维方式的态度。

叙述者在旁白中提出的警示未必是寓意的构成部分,它是叙述者试图在寓言故事与寓言接收者之间搭建桥梁,以智者的口吻给出有前瞻性的建议或对未来的预判。在《燕子与鸟雀》最后:"中听的话,我们凭本能听得进;/要等到大难临头,才相信警告。"[1]该旁白内容是叙述者对寓言故事的点评,起到了对交流对象的劝诫作用。在《教育》的结尾处:"对天性和才能的培养,如果不加注意,/哦,有多少恺撒全都要变成拉里东。"[2]该句通过假设强调了故事结局的可发生性,借夸张的手法提醒读者理解教育的意义。叙述者旁白也有出现在篇首的建议,在《出售智慧的狂人》的开头:"别走近狂人身旁而跟他距离不远,/我不能给你一句更加明智的忠告。"[3]这两句"忠告"并非该则寓言的寓意,而是叙述者呈现给读者的一个实用性建议,以引起读者对人际关系处理方式的关注。根据故事内容而获取的寓意重点未必与叙述者的关注点重合,对叙述者旁白的倾听有助于更全面地理解寓言的创作意图,并获得与寓意相关的行为方式的建议。

二、叙述者的价值观

寓言故事反映了怎样的价值取向是叙述者的预先设定,它约束着寓意

---

[1] La Fontaine, Jean de, *Fables*, Paris: La Pochothèque, 1985, p.47.
[2] La Fontaine, Jean de, *Fables*, Paris: La Pochothèque, 1985, p.506.
[3] La Fontaine, Jean de, *Fables*, Paris: La Pochothèque, 1985, p.543.

的发生方向。在寓言理解过程中,对叙述者价值取向的探析要从内容细节与表达语气两方面着手。在拉封丹寓言《知了和蚂蚁》中,对知了的描写篇幅较大,而展现蚂蚁的部分相对较少,寓言侧重于赞美"蚂蚁"的勤勉。我们对叙述者价值取向的推断来自两方面:一是描述知了的用语"便落到挨饿境地"(se trouva fort dépourvu)、"向蚂蚁号寒啼饥"(Elle alla crier famine/Chez la fourmi sa voisine);二是蚂蚁最后对知了的回答:"歌唱?我太满意啦。/你呀,现在跳舞吧!"(Vous chantiez? J'en suis fort aise./Eh bien! Dansez maintenant)①从几处讽刺色彩浓厚的表述中不难推断叙述者的态度与立场。叙述者对"未雨绸缪"与"及时行乐"两种价值观的态度是容易辨识的,寓言接收者在顺应叙事者思路后,便能主动对蚂蚁与知了的生活方式进行选择性扬弃。在大多数情况下,叙事者的价值取向会体现在寓意之中。

  叙述者立场的明晰会限制寓意朝有悖于该立场的方向发散,进而约束接收者为寓意构建核心结构的空间,有助于避免消极意义的产生。寓言体裁自身具备了将接收者引向正向教育价值的"魔力",接收者会预判叙事者所持有的价值观具有正面意义。理解寓言并不需要理解作者的价值观与阶级立场,将作者与叙述者等同反而会干扰寓意的提取。许多寓言中的作者会在作品中虚拟出叙述者立场并以旁白形式参与评论。今天的伊索寓言早已脱离作者,也不可能反映某个人的立场。拉封丹寓言中的叙述者立场往往不一致,作者模拟了许多不同立场或阶层的叙述者来参与叙述。例如,在寓言《两头公牛和一只青蛙》中:"唉,可见无论在什么时候,/大亨干蠢事,小民吃苦头。"②但也有旁白站在贵族阶层的立场,在寓言《青蛙力争同牛一样大》的篇末:"世界上类似的傻瓜为数不少:/市民想学大贵族把府邸建造……"③叙事者以思想开明的贵族身份评价百姓的行为。根据故事的设计和内在逻辑,确定旁白所持的立场是拉式寓言的风格,作者本人的价值观无法仅从某篇寓言中获取。实际上,拉封丹在《寓言集》中所展示出的道德高度并非自身在生活中的表现,他的生活作风甚至与一些寓言中所提倡的美德相去甚远。作者对叙事者价值观的虚拟是出于对作品美学价值的考虑。据此,在寓意解读中重视叙事者立场比研究作者价值观更为重要。也不可否认,在接收者能获取足够丰富的关于寓言作者的背景信息的前提下,作者向外界传递出的价值观会对接收者的寓意接受产生一定程度的扰动。

---

① La Fontaine, Jean de, *Fables*, Paris: La Pochothèque, 1985, p.29.
② La Fontaine, Jean de, *Fables*, Paris: La Pochothèque, 1985, p.97.
③ La Fontaine, Jean de, *Fables*, Paris: La Pochothèque, 1985, p.33.

第六节 从寓言到叙事文学

我们所讨论的寓言思维存在于叙事中,而非仅仅存在于寓言叙事中。因为寓言故事篇幅相对短小,寓言思维发生作用的路径明确而清晰,所以从寓言故事中更易于获取具有隐喻性的叙事基本结构。文本的隐喻性实际上与文本长短无必然关联。寓言思维并不只适用于伊索式寓言的文本,而适用于寓言类文本,即一切以核心叙事结构为中心构建的宏观隐喻文本。历史文献、散文、后现代主义文学等不追求叙事宏观隐喻效用的文本不在此范围内。寓言思维是文学构思与理解过程中的一种自觉过程,叙事创作者以宏观隐喻目标为导向组织语言、编撰故事;叙事接收者通过一系列思维活动为叙事文本找寻寓意出口。寓言思维在一切旨趣明确的叙事文本中都有迹可循。

一、叙事文学中的寓言思维

"作为思维方式的寓言,是从阐释方式、表达方式中深化而来的,是现代人思考客观世界的思维模式,是一种主动地看问题的方法和视角。"①我们的寓言思维研究从寓言创作与寓言解读开始,探究寓言思维的过程也正是探索寓言从故事到寓意实现路径以及寓言文本的隐喻规律的过程。寓言文本作为研究对象有两个特征:一是叙事具有简洁性、完整性。简洁并不意味着短小,而是保证抵达寓意的效率;完整性意味着文本的理解方式要依托文本整体,完整性要求叙事因果清晰、逻辑完整。具有交流价值的寓言需要兼具简洁性和完整性。二是明确的寓指方向性。文本服务于寓意,寓言接收者从文本中获得的信息会引导文本隐喻的建构。寓意可能是含蓄、多维度的,但从文本内容出发的方向性必须是明确且易于识别的。寓言创作也存在包含其他意图的可能,例如在拉封丹寓言中,寓言家明确地表达了某些寓言是献给某些贵族或其子女的,并且拉封丹在寓言创作中也一直强调寓言的美学价值,即语言层面的修辞及其他文体特色。但这些目的并不改变寓言的基本性质,不论寓言创作包含的作者意图多寡,寓意达成仍然是第一个也是最重要的目的。寓言文本的这两个特征决定了从寓言故事的理解中观察寓言思维的动态过程,其可视性、可描述性更强。

---

① 罗良清:《西方寓言文体和理论及其现代转型》,中国社会科学出版社2015年版,第76页。

不过，人与生俱来地具有从整体性去描述事物并从中找寻意义的思维倾向（这一现象我们在第四章中还将深入探讨），这种倾向性使得我们对于文本不会因为长短而区别对待，寓言的短小只是一个相对性概念。较之《列那狐传奇》，拉封丹最长的一则寓言也是短小的。在寓言类文学中，如果一个长篇小说的宏观叙事结构具有明确的隐喻方向性，寓言思维就一定会发生作用。此外，寓意也并非寓言的专属概念。在文学走向后现代之前，叙述文学的创作大部分都是有目的的社会实践行为。莫泊桑的小说《羊脂球》数十页的故事可以用几句话归纳出核心结构，其寓言特征明显。寓言思维督促接收者进行从文本理解到叙事隐喻构建的趋势性运动。

寓言研究学者对于给出寓言篇幅长短描述十分谨慎。西方寓言家在定义寓言时，比较强调"伪装"与"教诲"，德拉莫特给出的定义是："一个动作寓指伪装下的教诲。"①布赖廷格给出的定义是："一个由像它性动作完成的图景化寓指所伪装的教诲。"②伪装是寓言思维的活动过程，而教诲是寓言的目标，他们都避免了对篇幅的定性。中国文人对寓言的理解更加灵活，也更接近对思维方式的描述。王焕镳在《先秦寓言研究》中将寓言比作比喻的高级形式，认为它是在比喻的基础上经过复杂加工而成的机体。陈蒲清在《中国古代寓言史》中对寓言的界定："寓言必须具备两条基本要素，第一是有故事情节；第二是有比喻寄托，言在此而意在彼。根据这两条标准便可以给寓言划出一个比较明确的范畴。只有完全具备这两个条件，才能算作寓言，以避免过宽；同时，只要具备了这两个条件，就可以算作寓言，以避免过窄。"③这两个定义都未提及篇幅长短，而是充分考虑了寓言的功能性价值以及其机制化寓指的特征。不论在东方还是西方，大多数关于寓言的定义均回避了对篇幅及故事表述方式的明确化，不约而同地意识到了寓言思维有着比传统寓言更宽广的适用范围。我们并不否定存在着大量目的复杂甚至无目的的叙事文本，尤其是在20世纪之后出现的文学流派中，但目的明确、隐喻性强、暗示关系清晰的叙事比重更大，也更符合个体有目的表达的交流习惯，它们其中很多与寓言故事有相同的叙事结构。"寓言"二字也因为其基本特征而在各个领域、各种表述中出现，当今文学界才会为某些文学作品戴上"当代寓言""新寓言"的帽子。

---

① Lessing, Gotthold Ephraïm, *Fables et dissertations sur la nature de la fable*, trans. Antelmy, Paris: Vincent et Pankouke, 1764, p.115.
② Lessing, Gotthold Ephraïm, *Fables et dissertations sur la nature de la fable*, trans. Antelmy, Paris: Vincent et Pankouke, 1764, pp.147–148.
③ 袁演：《先秦两汉寓言叙事研究》，江西人民出版社2019年版，第17页。

我们不能以寓言思维的发生为标准来定义寓言体裁,但可以用它来描述寓言概念或寓言类文学。回望法国文学史上颇具影响力的叙事文学作品,如《巨人传》《熙德》《包法利夫人》《羊脂球》等,它们的叙事核心结构简洁性、故事完整性、隐喻方向性明显。在这类作品中,解析文本寓指、建立暗示关系、构建叙事隐喻都与寓言理解有着几乎一致的思维过程。从创作初衷而言,这些文学作品和寓言一样都属于有特定目标的文学创作。从研究寓言思维本身出发,我们也将不可避免地进入对其他一切寓言类叙事文学作品的研究中,这是我们将在后面章节中重点关注的。寓言思维是一种人的思维方式,因为它的存在,我们对文本的寓言类特质才会十分敏感,对于寻找具有整体性的文本背后的寓意才会有自发倾向。从本质上说,寓言故事或寓言类文学的共性是寓言思维存在的必然结果,文本构建方式最终反映的是思维方式,对隐喻的需要也是以结果为导向的思想运动的需要。寓言思维具有一种阐释力,它作用于看似千差万别的叙事文本,试图通过思考建立连接文本与隐喻的镜像通道,从叙事文本中提炼核心结构是为了让个体最终看到与之相匹配的隐喻镜像。寓言思维包括创造与接受两个方向,本研究从更为关注的接受方向出发,给出寓言思维的定义:寓言中的叙事与寓意关系向我们揭示了从叙事核心结构向文本隐喻运动的过程,这是一种人脑自发的思维活动,它通过对具有完整性的叙述文本中的故事结构的提炼与总结,借助一系列逻辑思维,试图为叙事建立与文本相匹配、能被广泛理解和接纳的反映某种伦理观或价值取向的反思性隐喻。创作方向的定义则与之相对。寓言思维是人类共有的思维,是基于对事物整体性的认知动机与对文本隐喻的追寻倾向而发生的思维过程。寓言思维试图构建一个由文字场域开始,经由语义场域、结构场域,最终抵达隐喻场域的思维路径。由此可见,寓言思维是创作与理解寓言类文学作品的底层逻辑,它为我们获得一种新的文学研究方法提供了可能。

二、文学研究的新路径

从寓言思维的视角进行叙事研究,延续了传统文学批评所习惯的寻找文本背后意义的思路,它是基于作者和读者间存在的思维相似性以及逻辑规律性而提出的研究方法,以承认文学创作动机是理性的为前提。但在 21 世纪的今天,文学创作中非理性的成分日益增加,文学批评的手法也日益繁荣。我们该如何去理解寓言,又该如何去理解寓言类文学作品?文本解读的多元化趋势在后现代主义思潮下愈演愈烈,在巴特提出"作者已死"的背景之下,读者和批评家们都开始思考文本的解读是否还需要顺应作者的思维和某种既定的逻辑。巴特的批评方法是反传统的也是跨时代的,以他为代表的一批后现代文学批评家向我们展示了以读者为中心的文本解读法,让读者跳出传统思维的限制,进入无限宽广的意义空间。但是,后现代的文本解读始终是一种引导性解读,是一种有目的的刻意分割、黏合文本的行为,有过度宣扬个性、忽略共性之嫌。文学作为一种艺术形式,本质上还是作者与读者的交流方式,读者与作者间存在的共性不可忽视。我们提出的寓意推演过程并不是要封闭文本更广阔的解读空间,而是将读者接触寓言文学后的"机制化"思维活动过程进行剖析和呈现,这种对整体背后意义的自发需要可以通过心理学中的格式塔理论解释。叙事由母题开始,创作者以文本形式对母题"加密",构建文本;接收者对文本"解密",在审美中解析创作者预设的母题。这一过程是一种心理完形的过程。因为寓言思维发生过程的可预测性,从文本到母题的推理便是有理论基础的研究。"一般说来,在思维层面上,概念是否明确决定用词是否准确,判断是否恰当决定句子是否通顺,推理是否合乎逻辑决定说理论证是否严谨有说服力。"① 寓言思维研究不是美学研究,而是基于逻辑的言意关系研究,也是对文本创作初衷的理性探究。

当然,寓言的生命力与活力来自其与时代、地域文化的结合,读者需要在时代赋予的语义场中阅读文本。从文学发展的角度看,我们不应该否定任何一种新的文本解读方法,诸如乔治·莫朗(Georges Maurand)在《阅读拉封丹》中从语义学视角下解读拉封丹寓言就是很有意义的尝试。值得一提的是,寓言的隐喻不同于一般意义上的修辞,寓言中的人物、情节、对话都不具有稳定的暗示对象。寓言叙事的隐喻也具有一定的开放性与可延展性,在共性研究之外,根据不同文化、不同时代背景来开展寓言的差异研究也是很有价值的方向。寓言共性研究与个性研究具有互补性,它们共同推进寓言研究的繁荣。

同理,研究叙事文学中的寓言思维与母题也并不是对作品美学特征的排斥,我们只是想借该研究方法重新引燃学者对于传统意义研究的关注。叙事文学的核心是叙事,一切美学风格、文体特征都是服务于叙事的。追寻从文本到意义实现的过程规律应该成为叙事文学研究的第一任务,只是我们常常因为它的显而易见而忽视了它的重要性。巴尔扎克的《高老头》、司汤达的《红与黑》、雨果的《巴黎圣母院》等经典文学作品即便有再高的美学价值,它们给读者所留下的深刻印象首先还是来自其耐人寻味的故事。近

---

① 李衍华:《逻辑·语法·修辞》,北京大学出版社 2011 年版,第 281 页。

现代批评家们所热衷的各种美学批评方法，都是在尊重叙事的传统意义生产规律的前提下展开的，尽管他们中很多人对于故事的伦理价值不屑一顾。我们相信、承认并理解文本意义是研究文本外其他现象或特征的前提，寓言思维研究的方法可以更好地揭示经典作品流传的原因，与文本美学研究互为重要补充。

第三章 寓言母题

"很少有一种文学体裁,能像寓言这样,在历史长河中保持惊人的连贯性,从苏美尔人开始,直到今天。它从一种文学到另一种文学,从一种语言到另一种语言,不断产生着各种变化。永远相似,又永远不同,它从不同的宗教、哲学、文化中汲取养分,并成为它们的表达方法……寓言体裁既具有传统性又具有'开放性',且受大众喜爱,就像其他受欢迎的体裁一样,它有无限多的形态可能。"[①]当我们接受寓言是一种思维形式的观点时,我们就容易理解为何寓言可以跨越文化、跨越时空,保持"永远相似,又永远不同"。寓言本质上都具有"实践—精神"特征,寓意都涉及对人与社会活动的具有分享价值的反思,对文本的阐释都遵循寓言思维发生作用的一般路径。能被大众理解的寓言大多以人性善恶、生存规则、生活哲理、幸福观等符合大众期待的主题展开叙事,某些类别的寓意,如"适者生存""事物相对性""表象与本质的关系"十分常见。寓言的文本形式是流动的,但寓言故事的核心构架在传承中往往保持着连贯性。不论寓言的美学特征如何丰富,那些经久不衰的寓言都保留着其形成时最初的轮廓。"母题"概念可以向我们更为精确地呈现这种具有稳定性的故事内核。寓言和神话一样,都是人类早期的精神活动产物,神话研究的重心最后落于神话母题研究,寓言母题研究也应该是寓言研究学者的使命。如何定义和甄别寓言中的寓言母题?它是否为构成寓言数千年来保持连贯性的原因?寓言母题是否只出现于寓言作品中?这些问题均是寓言研究者需要回答的。

第一节 寓言母题的概念

"寓言母题"的释义需要从"母题"的意义理解开始。自然科学向微观

[①] Adrados, Francisco Rodriguez, *Historia de la fábula greco-latina*, tome I, Madrid: Universidad Complutense, 1979, pp.11-12.

领域研究的步伐从未停止，不论是对物质的原子，还是细胞中脱氧核糖核酸的认知，都反映了人类对揭开世界事物基本构成的愿望。人文科学领域的学者们也希望像自然科学的研究那样，寻找人文学科的基本构成单元。文学批评家们感兴趣的是在充满不确定性的文学领域中，是否存在构建整个文学大厦的基本材料。在近现代的叙事文学研究中，"母题"概念的提出满足了人们寻找文学共性的渴望。"母题"是叙事文学作品中反复出现的基本单元，它可以在文本中独立存在，也可以在各种体裁中组合出现。"母题"有其内在稳定性，但它的传承、发展也受到文化、社会等因素的影响。尽管没有绝对权威的有关它的定义，但学者们普遍认可它在帮助我们理解不同地域、不同时代文学作品的相似性方面起到了重要作用。

一、什么是母题

"母题"概念是在西方学术界进行民间故事分类时产生的，1765 年已被收录在狄德罗主持编撰的《百科全书》中。近代西方最早将母题研究系统化的是美国学者斯蒂·汤普森，他不仅给出了母题的界定标准，还建立了庞大的民间故事母题库，西方对于母题研究的热情由此被点燃。"母题"作为学术用语被引入中国后获得了更为广阔的使用空间。胡适是国内最早引入这一术语的学者，他将其用于研究民间歌谣。他认为民间歌谣"大同小异"，所谓"大同"即共母题，所谓"小异"，则是不同地域的"本地风光"。但当我们将这些歌谣聚在一起，除去个性化的部分，"仍旧可以看出他们原来同出于一个'母题'"①。此外，胡适还将这一概念用于古典小说研究。此后，周作人又在民间故事的研究中引入了"母题"概念，希望找寻同一母题是如何被运用在不同文本里成为风格迥异的故事的。20 世纪 80 年代，"母题"研究重新成为潮流，研究成果及文章日益增多，"母题"概念被广泛运用在艺术学、书面文学、民间文学、叙事学等领域。"母题"研究主要集中在"神话母题""民间故事母题""母题批评"等几个方面。

美国民间文艺学家汤普森为"母题"分类做了大量的基础工作，他提出的"母题"界定标准对 20 世纪母题研究发展起到了至关重要的作用。他认为："母题是一个故事中最小的、能够在传统中持续的元素，它具有某种不同寻常的和动人的力量。绝大多数母题分为三类。其一是一个故事中的角色——众神，或非凡的动物，或巫婆、妖魔、神仙之类的生灵，要么甚至是传统的人物角色，如像受人怜爱的最年幼的孩子，或残忍的后母。第二类母题

---

① 胡适：《胡适古典文学研究论集》，上海古籍出版社 1988 年版，第 479 页。

涉及情节的某种背景——魔术器物,不寻常的习俗,奇特的信仰,如此等等。第三类母题是那些单一的事件——它们囊括了绝大多数母题。正是这一类母题可以单独存在,因此也可以用于真正的故事类型。显然,为数最多的传统故事类型是由这些单一的母题构成的。"①如果我们将故事比作叙事的大厦,那么汤普森所指出的前两类"母题"是大厦的砖瓦,它们在不同作品中的复现是显而易见的,而第三类"母题"是对事件的概括性描述,它是叙事大厦的基本骨架,同一母题的不同作品会留给受众相似的整体印象,某些民间故事的相似性正是源于其共同的母题。汤普森是第一个将"母题"视为民间故事的结构单元并对其进行详尽定性、分类的民俗学者。这一定义揭示了"母题"的易识别性与传承性特征。此后民间故事研究者对"母题"的界定多是在此基础上的进一步细化和阐发。

"母题"是一个基本单元,它所反映的是一种最小结构。俄国托马舍夫斯基认为作品不能再分解部分的主题可被称作"母题"。中国学者谢天振认为"母题指的是在文学作品中反复出现的人类的基本行为、精神现象以及人类关于周围世界的概念,诸如生、死、离、别、爱、时间、空间、季节、海洋、山脉、黑夜,等等"②。"母题"所呈现出的特质大致有：重复性,可以在不同的文本中反复出现;客观性,是叙事文学中的一种结构模式;能动性,"母题"作为框架是具有弹性的,作为形式又是具备意义的。英国语言学家罗吉·福勒(Roger Fowler)在《现代西方文学批评术语词典》中将"母题"表述为"作品中某些频繁出现的特征"③。美国著名文学批评家M.H.艾布拉姆斯(M.H. Abrams)在《文学术语词典》中对"母题"下的定义是："显而易见的元素,例如事件、策略、引用或公式,他们是文学作品中经常出现的。"④虽然各家之言各有侧重,但他们一致认可"母题"是文学作品中"反复出现的单元"。它既反映文本构建基本单元的相似性,也反映文学创作者某些思维活动的相似性。

国内的民间故事研究学者大多沿袭了以汤普森为代表的西方学者的观点。陈建宪指出："作为民间叙事文学作品内容的最小元素,母题既可以是一个物体(如魔笛),也可以是一种观念(如禁忌),既可以是一种行为(如偷窥),也可以是一个角色(如巨人、魔鬼)……这些元素有着某种非同寻常的

---

① [美]斯蒂·汤普森：《世界民间故事分类学》,郑海等译,上海文艺出版社1991年版,第499页。
② 乐黛云：《中西比较文学教程》,高等教育出版社1988年版,第189页。
③ [英]罗吉·福勒：《现代西方文学批评术语词典》,袁德成译,四川人民出版社1987年版。
④ *A Glossary of Literary Terms*, Boston: Cengage Learning, 2009.

力量,使它们能在一个民族的文化传统中不断延续。它们的数量是有限的,但是它们通过各种不同的组合,却可以变化出无数的民间文学作品。"①这一观点将物体与观念也置于"母题"范畴之下,放松了对于"母题"属性一致性的要求。物体与观念都可以成为"母题"并不意味着任何民间故事中出现的内容都可以成为"母题"。"母题不是分解个别故事的整体所得,而是通过对比各种故事,从中发现重复部分所得。只要民间故事中有重复部分,那么这个重复的部分就是一个母题。"②

俄罗斯民俗学家普罗普在《故事形态学》中所提出的"功能"与"回合"概念与"母题"概念有相似之处。他发现了传统"母题"分类不够细化的问题,通过对 100 个民间故事的研究,总结出 31 种作为最小单元的"功能",一系列的功能组合就形成了"回合"。普罗普用数学符号来表达民间故事,提出甚至可以依照公式来创造童话,运用编码、排列组合等数理逻辑研究方法来更加精确地拆解民间故事。不过,将故事分解为可重新组合的功能单元忽视了情节组合是为特定意义服务的,甚至大多数童话故事是为了特定意义而选择所需要的情节。功能的分类则更无法反映"回合"或多个"回合"作为整体所产生的隐喻价值。因此,普罗普的研究方法对于寓言研究的局限性是十分明显的。

在神话研究中还有一个"原型"(archétype)的概念,"原型"一词出自希腊语,意为"最初的范型",这一概念最初由荣格提出。他认为"原型"指的是精神的各种形式的存在,这些形式无时不在、无处不在。在神话研究中,"原型"一词有时也被称为"母题"。诺斯罗普·弗莱认为神话是结构或程式化的"原型"③,并指出在研究中可以在提到叙述时说神话,在提到意义时说原型。后来的研究者们也往往将二者混同,甚至提出了"原型母题"的说法。叶舒宪先生对弗莱的"原型"定义做了这样的总结:"首先原型是文学中可以独立交际的单位;其次原型可以是意象,也可以是象征,可以是主题,也可以是人物或者情节、结构;再次,原型体现着文学传统的力量;最后,原型的根源既是社会心理的,又是历史文化的。总之,它们是在文学中反复出现,具有约定性的联想。"基于此,"原型"概念与"母题"概念的确有重复之处,如二者都是文学可以独立交际的单位、都体现文学传统的力量、都具有社会心理根源和历史文化根源等,从时间上说也有重合关系。作为文学的

---

① 陈建宪:《神话解读——母题分析方法探索》,湖北教育出版社 1997 年版,第 22 页。
② 吕微:《母题:他者的言说方式》,《民间文化论坛》2007 年第 1 期。
③ 高海:《神话隐喻下的文学阐释与审美乌托邦——诺思洛普·弗莱理论及其对中国文艺批评的启示》,《中国文艺评论》2023 年第 5 期。

结构形式和构成因素，二者的意义有所重叠，但"原型"的意义范畴大于"母题"。为了避免从文学研究跨入心理学研究范畴，我们在后面的表述中避免使用基于荣格心理学理论的"原型"概念。

我们可以从思维的角度将"母题"理解为叙事整体或片段的记忆复现。"母题"源于生活，从第一次在文本中出现开始，它具备反复出现特征的前提是它激活了某些思想共鸣。传统"母题"研究者对"母题"概念的定性回避了"母题"之间性质存在巨大差异的问题，物体与概念都被视为"母题"的划分方式也是值得商榷的。对此，我们认为，在诸多可以成为"母题"的基本单元中，事件是更为稳定的单元，它反映的是一种关系结构，具有不可替换性，而物品常常可以被替换，或以其他方式表达。汤普森在《民间故事类型》中以事件为单位界定"母题"，如"弱者的帮助"①在伊索寓言、拉封丹寓言中都有呈现，虽然所涉及的动物主人公与具体情节存在差异，但故事中"弱者—强者"的关系结构是明确的，由此可以顺利地激发意义联想并产生共鸣。当具有稳定关系结构的核心事件能够在不同故事中产生相似或相同的隐喻联想时，我们便可以从这些带有隐喻性特征的叙事核心结构中总结出具有一定抽象度的意义生成单元，它们易于传播与传承，是一种具有稳定性的母题形式。

二、寓言中的母题与寓言母题

根据传统母题分类方法，作为叙事文学体裁的寓言中存在大量与民间故事相同或相似的母题。从汤普森的《民间文学母题索引：对民间故事、歌谣、神话、寓言、中世纪传奇、说教故事、故事诗、笑话和地方传说中的叙事元素的分类》②的书名可以看出，民间文学的研究样本包括了寓言。汤普森将寓言和神话、故事诗、传说置于同一研究场域内，说明了他所界定的母题分类标准具备广泛的适应性。不过，与其他文学体裁相比，寓言相对特殊。寓言属于目的性明确的叙事文学，寓言中的某些情节母题具有清晰的意义指向性。某些寓言中的情节母题足以反馈一个完整的寓意单元，这是包括物件在内的多数传统母题并不具备的功能。我们认为，在寓言研究过程中，只分析叙事结构的基本单元而忽视其寓意的整体指向，是不符合寓言研究规

---

① Aarne, Antti, *The Types of the Folktale*, trans. Stith Thompson, Helsinki: Suomalainen Tiedeakatemia, 1981, p.39.
② Thompson, Stith, *Motif-Index of Folk-Literature: A Classification of Narrative Elements in Folktales, Ballads, Myths, Fables, Mediaeval Romances, Exempla, Fabliaux, Jest-books and Local Legends*, Rev.ed., Bloomington and Indianapolis: Indiana University Press, 1955–1957.

律的。寓言故事与民间故事有许多相似之处,但在情节的意义表现上,则体现出明确的方向性。这种具有明确意义方向的情节或情节组是寓言母题表达的依据。根据某些传统母题的界定标准,寓言故事的情节可能会在细分中失去其作为整体不可分割部分的价值,由此获得的母题形态不是我们探究的"寓言母题"。"寓言母题"思维设计方式的提出,不是质疑芬兰学派以及汤普森的母题分类标准,而是为了构建一种既反映寓言思维,又符合寓言类作品内在规律的母题阐释方法。

母题研究就其特性而言,参考了自然科学的研究方法,探寻不同叙事之间的相关性。它通过定量和定性研究法来提炼文本中的共性单元,并在此基础上通过比较研究揭示不同时期、不同文化中叙事文本间的相互关系。母题研究从某种意义上说是对人的思维共性的研究,母题是文学思维萌生的基础,正是因为人类共有的思维方式,世界范围内的文学作品中才涌现出不计其数的相似母题。例如,《拉封丹〈寓言集〉与中国寓言——寓意及文体研究》[1]一书系统地梳理了拉封丹寓言与中国寓言之间的诸多相似之处,不论从文化、哲学、伦理学还是情节设计等角度比较,中国和西方寓言的相似性都十分明显。对叙事核心结构相似性的研究具有跨文化与超时间性特点,在叙事结构的研究视域下,可以将东西方寓言置于同一研究场域。东西方寓言故事的编织材料属于文化性元素,差异较大,但叙事设计因寓言思维的共通而产生了共鸣与对话。在这一背景下,总结、提炼寓言母题的尝试具有重要意义。不同地域、不同时空的寓言通过寓言母题对话,对这些寓言母题进行规范化表述将使我们更好地理解寓言思维。

文学作品中的母题分类方式有很多,不同文学体裁的母题分类思路也不同。本章不探讨基于情节片段、义素、主题的母题分类。寓言母题是从寓言核心叙事结构中提炼出的具有寓意生产能力的意义单元。一个寓言母题的产生依靠对一个或多个基本情节单元的意义整合,它是文本机制化翻译活动中的一个中间形态,位于叙事文本与寓意之间,是二者的桥梁。这种与寓意有密切关联的母题即我们所定义的"寓言母题"。较之传统母题,寓言母题具有意义复杂性与拓展性特征。寓言母题是基于叙事的意义复合体,其意义内涵相对丰富;寓言母题不是封闭、固定的文字表述,而具有从不同方向延伸的可能性,能够产生适应时代或文化需要的寓言母题变体。

虽然神话研究中所提出的母题分类方法用于研究寓言故事也是有效的,但这类母题无法向我们呈现寓言思维活动的结果,即从文本向寓意运动

---

[1] 王佳:《拉封丹〈寓言集〉与中国寓言——寓意及文体研究》,山东大学出版社2012年版。

的趋势性。神话母题强调的是神话思维和人类的原始思想状态,其隐喻性质是分散或片段性的。不论情节片段有多么丰富的隐喻特征,如果它们无法聚合为整体来实现隐喻,则都不具有寓言的属性。明确这一点,我们的寓言母题研究才有针对性。寓言母题的存在前提是它能反映出寓言作为整体所产生的寓意指向性。

三、寓言母题的定义

寓言母题是从具有广泛受众基础与较好传播条件的寓言作品中,基于叙事核心结构提炼出的具有寓意特性的单元。在寓言思维视角下,寓言母题是在从叙事语境语义到社会文化语境隐喻的过程中形成的初次意义反馈,它将具有寓意导向性的核心情节汇聚、提炼,并将表述中的一切具象化信息隐去,由此构建一个具有叙事特征的意义生产体。以寓言母题为基础的寓意具有广阔的阐释空间。我们所研究的寓言母题不是最小情节单元,也不是最小叙事单元,而是最小寓意生成单元。由此,我们对寓言母题的定义如下:

基于核心叙事结构的最小寓意生成单元。

该定义由两个部分组成:一是叙事核心结构;二是最小寓意生成单元。核心叙事结构是读者从文本中接受的故事最简有效结构。寓言故事的核心结构通常由行动元(S)、行动过程(A)、行动结果(C)三个要素构建,它们共同作用,将读者导向寓意。在该模型中,行动元一般是故事主角,或者是可以驱动行动过程发生、引发行动结果的激发性主体(在某些寓言中,寓意并不是通过个体的行为引发的,行动元的确定需要综合考虑行动过程及行动结果)。行动元能够通过行动而产生结果的前提是其具备了某种特质(Q),特质可以是性格、能力等内在因素,也可以是运势、环境等外在因素。行动过程并非某个单独的情节或动作,而是一个完整的、经过抽象表述处理的事件,这是寓言母题建立过程中的关键一步,是行动元活动的整个经过的浓缩,需要我们站在故事整体的高度加以概括、提炼。行动结果与寓意紧密相连,其表述应抽象且具有强概括性。以伊索寓言《农夫和冻僵的蛇》为例,该寓言的主人公包括"农夫"与"蛇",故事主体内容是农夫救了将死的蛇,蛇忘恩负义,最后农夫反被蛇咬。故事暗示了拯救忘恩负义的人是不值得的。寓言以农夫为中心人物,即行动元(S)。行动元因为具有 $Q1$(帮助能力)、$Q2$(善良)与 $Q3$(缺乏提防心)的性格特质,推动了故事的进一步发展。行动过程(A)是"救助忘恩负义的人",而行动结果(C)是"反而伤害了自己"。因此,我们可以将该则寓言的核心叙事结构提炼为:

缺乏提防心的人因为救助忘恩负义的人而蒙受灾难。

S[Q1(帮助能力)+Q2(善良)+Q3(轻信)]：A(帮助忘恩负义者)：C(遭难)

以公式表述为基础,结合寓言母题归纳的相应规则,我们对该表述进行重构,从而获得寓言母题"善良的人救助忘恩负义的人结果失望"。该表述在具体与抽象间取得平衡,农夫与蛇都指代社会中的人,对结果的描述不作细化,使得母题部分具有转换、移植能力,从而保障寓意的阐释空间。从核心情节中提炼的最小"故事—寓意"单元是一个具有可替换性的有机结构,该寓言母题中的每一个部分——"善良的人""忘恩负义的人""救助""失望"——都具有较广泛的适应性。这些有机单元经过替换可以得出其他同结构的衍生母题。例如,拉封丹不仅在伊索寓言的基础上改写了该寓言,创作了《农夫与蛇》,而且在寓言《母猎狗和朋友》中也以另外的故事内容再次演绎了该母题。以表现"忘恩负义"为核心的母题具有浓厚的社会性,是对现实经验的反馈,该母题不仅在寓言故事中出现,在古往今来的戏剧、小说等文艺作品中也十分常见,例如莫里哀的《伪君子》、莎士比亚的《李尔王》、巴尔扎克的《高老头》等。与这类寓言母题相关的那些人物形象都为作品成为文学经典做出了重要贡献。

伊索寓言《狼和狗》的故事在菲德鲁斯寓言与拉封丹寓言中都有出现,讲述了一匹骨瘦嶙峋的狼一开始羡慕衣食无忧、身宽体胖的狗,但得知狗为了饱暖而失去了自由后,不再羡慕和遗憾。寓言中的狼具有隐喻性,虽然狼并非放弃了丰厚的物质生活而选择自由,但狼所隐喻的是具有这样特质的一类人。因此,我们可以总结：狼为故事的中心人物即行动元(S),狼具备Q1(重视自由)、Q2(轻视财富)的特质,行动过程(A)是"放弃受到束缚的殷实生活",行动结果(C)是"选择自由"。因此,我们可以由此确定的核心叙事结构为：

重视自由、轻视物质富足的人放弃受到束缚的殷实生活而选择自由。

S[Q1(重视自由)+Q2(轻视财富)]：A(放弃受到束缚的殷实生活)：C(选择自由)

这里的"自由"是精神、思想的自由,而"物质富足"是物质层面的。借助这一结构,我们可以总结出寓言母题为"重精神轻物质者放弃财富而选择自由"。该母题所反映的是一种价值选择,回应了现实生活中人们经常会产生的困惑。该表述未将"重自由轻财富者"具象化为"知识分子",是为母题产生变体留出意义拓展空间。该母题未对选择的后果给出描述,并不涉及价值评判,但从伊索、贺拉斯、拉封丹寓言故事中的叙事者立场来看,他们明显倾向于母题表述中的选择。该母题之所以能成为流传至今的经典母题是因为其反映了一类人的心理状态,这种状态与物质优先的思维惯性相逆,但通常是思想修为不凡者的选择,尤其是在封建社会制度下的官场,很多清廉雅士会在物质自由与精神自由间选择后者。

以上述方式确立的寓言母题是建立在基本伦理观基础之上、从寓言叙事整体视角对文本表达逻辑与目的的综合梳理。寓言母题不是最小情节单元或意义单元,其内涵比传统母题更为丰富。这种复杂性是寓言整体性的反映,它保证所形成隐喻的意义完整性与有效性,是对叙事初衷与叙事逻辑的尊重。自伊索寓言起,寓言在描摹社会生活的过程中已经将主体转化为人、动物、植物等符号寓指,将社会活动改写为虚构事件。为了实现表达与有效沟通,这种抽象化并不彻底,文化背景和时代的不同都导致了表达方式的明显差异。寓言母题的表述将这种从现实到虚构的抽象性表达凝练化,进而更好地还原寓言表达者的初衷,展现寓言故事最初的思维形态。

寓言母题与20世纪受关注较多的神话母题间存在显著差异,对两类母题的界定基于不同的研究目标与思路而形成。从性质上看,二者的差异有如下几点:第一,神话母题是最小叙事单元,而寓言母题是完整叙事中的最小寓意生成单元;第二,神话母题属于集体无意识,是人类早期的原生态表现,而寓言母题所反映的是集体意识,是人类社会发展中产生的具有实践指导性质的单元;第三,神话母题具有完结性,而寓言母题具有不可完结性。从具体表述方式看,二者的差异是巨大的,也是容易辨识的。神话母题研究对历史学研究、人类学研究等都有着重要意义,而寓言母题的系统研究将为寓言思维研究提供部分结论,也将为我们提供一种不同于传统的叙事文学研究路径。

四、寓言思维下的寓言母题

从寓言理解端看,理解寓言文本的过程是一个包含多个环节的逻辑推演过程,从文本中提炼的寓言母题处于从文本到寓意路径上更靠近寓意的位置:

寓言文本ーーーーーーー寓言母题ーーーーー→寓意

图4 寓言文本、寓言母题与寓意的关系

从寓言创作端看,寓言母题是叙事设计酝酿过程中的参考结构,创作者是在寓言母题框定的基本轮廓中来设计故事的。叙事围绕寓言母题展开,创作者欲表达的寓意也就能顺利传递。

　　寓言文本、寓言母题与寓意中都包含着创作者思维设计的初始信息，这是图4中思维轴能够从左向右运动的原动力。从表述形式上看，寓言母题靠近寓意端，其文字表述是寓意的母体或雏形，寓言母题可以很好地反映寓言创作者叙事设计的伦理意图。由此可见寓言母题的几个特征：其一，对创作动机的直接反馈性。寓言母题的文字表述简洁、干练，能更清晰地呈现初始创作动机，该动机是以寓言为媒介进行交流时接受方的主要兴趣点，接受方理解的寓意可能超出创作者的设计范围，但寓言母题可以描述双方的共识。其二，更广泛的适用性。寓言母题是寓意的公约数，寓言母题的表述不受文体特征、叙述者干预等因素的影响，具有比寓意更强的包容性和更广的适用范围。因此，寓言母题才是可传承的，才能在不同文化背景下被反复演绎。其三，不可拆分性。从意义的角度看，寓言母题具有不可拆分的特征，它是指构成该母题的每个要素单元都在整体中有结构性地位，它们不能拆分，共同作用于意义表述的完整性。对寓言母题表述中某个要素单元的更改或替换，可能会生产出新的寓言母题，或使原寓言母题失效。在寓言《农夫与冻僵的蛇》中，"善良的人救助忘恩负义的人结果失望"是一个完整的、不可拆分的意义表述，其中的任何一个意义片段都无法独立成为寓言母题。该表述既是核心叙事结构的抽象，也是寓意的雏形，这则寓言的寓意可以涉及两个方面：一是警惕忘恩负义的人；二是不要成为忘恩负义的人。两层寓意都蕴含于寓言母题中。

　　在上一章中，我们探讨过寓意的实现路径是在寓言文本经过了"梗概提取""核心结构确立"阶段后抵达表层寓意的。故事梗概的提炼需要剥离枝干情节与文体特征，但是故事梗概的表述与寓意还有一定距离。从"梗概提取"到"核心结构确立"的过程是一个综合考量作者创作动机及大众文化背景的过程。以寓言《狐狸、猴子和群兽》[1]为例。诗句共三十一行[2]，但故事主角仅有狐狸和猴子，所归纳的故事梗概为："狮子驾崩后，猴子戴上王冠欲称王，却因轻信狐狸而受骗，最终失去王冠。"从故事梗概总结归纳核心结构需要考虑如下几个问题："猴子代表什么？""狐狸代表什么？""王冠代表什么？"通过对与这些问题相关文化内涵的综合考量，我们可以确定故事的核心叙事结构："猴子配不上王冠，受狐狸惩罚。"以此为基础，可以获得的寓意包括："觊觎王冠但又配不上王冠的人常常不自量力""欲戴王冠必承其重"

---

[1] La Fontaine, Jean de, *Fables*, Paris: La Pochothèque, 1985, p.330.
[2] 诗句行数以法文版为准。

"与自己不相符的荣誉早晚会丢失"等。而从核心叙事结构过渡到表层寓意的第一步是将主角与事件抽象化，构成一个具有反思价值的叙事表达："能力不足者享受与之不配的荣誉结果受到惩罚。"该表述的寓言母题特征已经十分明显了，它既能反映叙事动机，也具有广泛适用性和不可拆分性。这一从具体到一般的过渡是最小寓意生成单元的形成过程，即寓言母题的产生过程。

如前所述，寓言思维是人类共有的能力，寓言思维下的寓言母题应该是可以被人类广泛认可的表述形式。寓言思维之于寓言或叙事文学的意义在于驱动作品中隐喻网络基本结构的编织与表达。从创作者的角度看，寓言思维的自发性保证了寓言母题无须借助技巧便可以悄无声息地渗透进所述故事。寓言母题的诞生过程可能带有地域特色，但最终形成的寓言母题应该具有一般代表性。寓言母题是寓意实现过程中某个思维阶段的外化结果，它是抽象的，并非最终带有主观色彩与创作者态度的寓意，而是一个具有包容性的寓意母题。在文本推导过程中，它位于叙事核心结构与表层寓意之间；对于寓言家创作而言，它是先于文本存在于作者大脑之中的、抽象化的实践反思结果。因此，寓言母题在不同的文本演绎中会抵达不尽相同的寓意。寓言接收者在理解寓言的过程中并不需要思考寓言母题的表述方式，因为寓言母题在从文本到寓意过程中是一种无形的、具有思维引导性的存在，无法绕过也无须言明。从文本中总结寓言母题是对寓言思维过程中某一环节的文字还原。寓言母题作为"最小寓意生成单元"，可以被视为文本的最简隐喻，是潜在复杂隐喻场的初始态。我们在寓言母题的总结过程中，避免任何具象化的表述，以使其具有一般代表性。这一策略不同于大多数传统神话母题的描述方法。寓言思维下的寓言母题并不依附于寓言故事，而是在人类社会实践中必然产生也广泛存在的基本伦理反思的内容，它不带有反映个例的信息，能被不同时代与文化中的人识别并理解。我们的寓言母题阐释与表述策略将遵循这一原则。

五、寓言传播中的脑文本

寓言母题是一种可以被保存与传播的思维形态的文字表达。寓言母题被保留在人脑中的形态属于聂珍钊教授指出的"脑文本"[①]形态。脑文本是存储在人的大脑中的记忆，而记忆是人通过感官获得的对世界的感知。语言是一种非物质形态，文字是一种物质形态，二者都是人思维活动的产物。

---

① 聂珍钊：《文学伦理学批评导论》，北京大学出版社2014年版，第17页。

寓言母题的留存并不仅仅依赖于文字文本,远在书面文学出现之前就能看到它的身影。寓言故事在伊索寓言出现之前的几百年就已经存在,并以口头方式传播。直到今天,寓言故事的分享也不止书面形式一种,口耳相传仍然是寓言传播的重要形式。寓言故事通过对某些被认可的寓言母题进行语言包装,使其具备适应时空环境的传播价值,寓言思维则保证了寓言母题在传播中结构的稳定性。大众对寓言母题的认可程度决定了寓言故事传播的广泛性与持久性。"当语言被文字记录后,无形的语言形式也就变成了有形的文字形式。有人认为口头文学只是经过口耳相传,因此没有文本。实际上,只要是文学,就必然有其文本。没有文本就没有文学,口头文学同样不能例外,其流传也是以文本为前提的,同样是文本的流传,只不过这种文本与我们现在所熟悉的物质文本不同,是一种脑文本的流传。"①当今社会,不是每个人都读过寓言,但寓言故事谁都听过,谁都会讲。这说明寓言故事承载着容易记忆与传播的脑文本。在转述寓言故事时,我们其实已经将故事情节与文学作品中的文体风格相剥离,而剥离后可以被广泛理解和传播的故事内核即寓言母题。寓言母题可以通过寓言作品提炼,但它独立于寓言作品,反映的是思维共性,不以书面文本形式存续,也不会随着时代变更而消亡。

寓言母题是能够参与一切复杂叙事构建的脑文本。它是一个基本的简单意义生产单元,具有很好的可复刻性与可加工性。"直到今天,作家创作任何文学作品,从根源上说都是对脑文本的回忆、组合、加工、复写、存储和再现。可以说,没有脑文本,就没有作家的创作,也没有物质文本和电子文本。没有脑文本,也不可能产生任何形式的文学。"②文学即复现,从寓言文学发展来看,这一特征则更加明显。以脑文本形式存在的寓言母题并不以寓言故事内核之名储存于人脑中,它可以适应的文本环境不仅包括不同文体风格的寓言故事,还包括很多其他类型的叙事文艺作品。那些复杂的叙事,都是对简单叙事的组合、加工,当我们获得了寓言母题的钥匙,就可以更好地找到不同叙事作品中的共性。

寓言母题在传播过程中,需要信息表达者与信息接收者两端。作者与读者分别属于表达者与接收者。从贺拉斯以信件中的寓言来传达思想开始,寓言就一直肩负着人与人沟通交流的责任。以寓言母题形式存在的脑文本不适于直接交流,表达者出于传递思想的需要,对脑文本进行加工,设

---

① 聂珍钊:《文学伦理学批评导论》,北京大学出版社2014年版,第270—271页。
② 聂珍钊:《文学伦理学批评导论》,北京大学出版社2014年版,第271页。

计故事内容,串联故事情节;接收者对表达者传播的信息进行解码,围绕寓言母题归纳并总结寓意。在这一过程中,寓言思维起到引导性作用,叙事策略是寓言母题的编码方式。

$$\text{表达者(脑文本加工、编码)} \xrightarrow[\text{寓言思维}]{\text{叙事策略}} \text{接收者(信息解码、释义)}$$

图5 表达者(脑文本加工、编码)与接收者(信息解码、释义)的关系

寓言母题并不是寓言故事的产物,它是人类发展过程中基于价值观的思想共识,因此我们可以在各种文学体裁中发现它们的存在。这些作品的创作过程是在寓言思维的指引下,将脑文本形式的寓言母题通过文字编码进行叙事表达,而接收者则通过文字解码活动来理解文本及意义。寓言创作是主观性活动,在叙事设计中带有一定随意性,寓言能否获得稳定、高效的传播力首先取决于它所传递的脑文本是否易于被大众接受。比起戏剧、小说等叙事文学中最有影响力的文学体裁,寓言故事的核心结构最容易被辨析,也最为稳定。因此,它的传播效率要高于戏剧、小说等其他叙事形式。不过,历史上经典的文学作品也往往不是以书面文本形式在民间传颂的。例如,熙德的故事、葛朗台的故事、卡门的故事、伪君子的故事等。这些以"爱情""荣誉""友谊""金钱"等为主题的叙事文学在口头传播的过程中,其意义内涵会受到环境因素的影响,故事在传播过程中也难免会发生变化,但在这些叙事中作为结构支撑的寓言母题是稳定的,如"荣誉捍卫者重荣誉轻生死""忘恩负义者受罚"等,它们是文学口头传播过程中脑文本的核心部分。

第二节 经典寓言及其寓言母题

能够流传的经典寓言是经时间沉淀后的大众审美共识。在不计其数的寓言作品中,一部分寓言在后世未能被大众接纳,销声匿迹,而另外一部分则以寓言故事的形式广为传播,并形成典故或谚语。经典寓言所包含的寓言母题大多具有超时间性,它们揭示了不同时期人类反思的共性。为演绎这些寓言母题而设计的具有吸引力的虚构故事使得寓言母题在传播中有了稳固的依托。寓意设计与叙事设计是融为一体的,某些寓言母题在传承中成为经典既有母题自身特性的原因,也有叙事策略选择的原因。对经典的研究是对事物传承性与传承价值的研究,也是对贯穿其中的思维方式的研究。

一、经典寓言中寓言母题的特征

在大众文化视域下,能体现出体裁典范性、具有积极伦理教诲性且能够长久流传的文学作品一般被称为文学"经典"。"经"即经久不朽,"典"即杰出典范,文学作品中的"经典"是一代代读者对作品伦理价值与审美价值认可的结果。本章我们所重点分析、研究的寓言虽然属于法国文学或欧洲文学,但它们已经跨越国界、跨越文明,被各国、各地区文化所接纳,并且具有很好的传承性特征,我们将这些今天大众依然熟悉的寓言视为经典寓言。自古希腊起,西方寓言在传承过程中不断发生着形式上的变化,在寓言传承中保持稳定不变的是寓言母题。寓言母题是寓言创作意图的核心部分,是寓言传播的核心结构。寓言母题在文学发展的时空变迁中能成为一种受到广泛认同的存在,首先是因为这些寓言母题所揭示的真相、道理或伦理思想具有广泛的社会适应性,如关于"忘恩负义""虚荣心""伪装"等主题的寓言母题,它们不断被表达与传播的过程即其经典化的过程;其次,寓言母题所体现的是一种思维设计,能够流传的母题结构有其特有的吸引力。

经典寓言中的寓言母题所包含的伦理观大多属于符合大众口味的"大道理",即具有雅俗共赏性、能被接收者第一时间理解与认可的道理。寓言母题中关于人的反思重点在于自然性与社会性之间的博弈。在我们所梳理的这一类寓言母题中,"为满足情欲而失去理智者受罚""刻意遮掩缺点者受罚""善良的人救助忘恩负义的人结果失望"等都是大众容易理解与接受的"大道理"。它向我们提出了社会化生存的建议,这些建议是人具有社会属性后维持基本生存所需要具备的能力,与大众生活关系密切。这一类寓言母题结构简单,容易与不同风格的叙事结合。

这一类寓言母题的文字表述大多具有清晰可见的警示性。以此类寓言母题编撰的故事情节往往会产生意料之外、情理之中的结果。情节的反转性是一种常见的叙事技巧,寓言《母猫与阿芙洛狄忒》[1]中狮子是不遵守公平原则也不会受到惩罚的例子,狐狸最终的选择符合狮子的期待,但在读者意料之外。动物界的"丛林法则"折射的是社会达尔文主义,该篇中的寓言母题"强者无视公理欺凌弱者不承担后果"阐释了阶级社会的残酷真相,警示接收者不要被平等、公正的假象所蒙蔽。在《想变成狮子的驴子》[2]中,狐假虎威的驴子吓倒众人,但最终被发现后受到众兽羞辱,其寓意与驴子被羞

---

[1] Esope, *Fables*, trans. Emile Chambry, Paris: Les Belles Lettres, 1927, p.36.
[2] Esope, *Fables*, trans. Emile Chambry, Paris: Les Belles Lettres, 1927, p.123.

辱的结局密切相关,寓言母题"弱者伪装为强者受罚"的警示意味也十分明显。

这一类寓言母题中描述的伦理后果大多带有阶级色彩。个体的阶级化心理不完全是阶级社会的产物。当个体进入社会时,会自发地将社会中的人分类,进而寻找同类。因此,寓言故事的阶级色彩容易引发读者共鸣。例如,"强者""弱者""好逸恶劳者""虚荣者"等概念都是个体对社会不同类型的人进行分类的结果,站在不同的社会阶层,对相关表述的感知度会不同,但对阶级、阶层的区分方式是基本一致的。经典的寓言故事的伦理立场往往站在弱者或底层人民一边,因此更贴近大众心理,更易于被接受和传播。

二、经典寓言的叙事策略

经典寓言中的寓言母题并不只出现在一篇寓言作品之中。在同一寓言家的作品集中,多篇作品共享相同寓言母题的情况十分常见。例如,在伊索寓言中,《农夫与冻僵的蛇》[1]与《牧羊人与狼崽》[2];在拉封丹寓言中,《蝙蝠和两只黄鼠狼》[3]与《驮海绵的和驮盐的驴子》[4]等。寓言母题的高频出现说明了这些寓言母题的内涵是社会或大众所需要的。不过,在众多共享寓言母题的寓言中,能够最终成为经典寓言并被大众熟知的却比较有限,因此,寓言故事的经典性与叙事设计密不可分。

除了寓言母题的选择,寓言故事要成为经典通常还需要满足两个条件。第一,主人公选择恰当。由什么样的主人公来演绎寓言母题中的主要人物以及相关人物,是寓言被人所记忆的关键信息点。在动物寓言中,带有与人相似的性格特征必不可少,与此同时,对动物间相对关系的把握也十分重要。中国寓言中《狐假虎威》的故事与西方寓言中《龟兔赛跑》的故事都恰如其分地选择了两种个性特征明显、易于被记忆、形象生动的动物。假使将《狐假虎威》中的虎换成狼,将《龟兔赛跑》中的龟换成蚂蚁,其演绎效果将大打折扣。狼与羊在河边的对话有强烈的画面感,而蚂蚁与同是昆虫的知了的交锋,让人联想到漫画风格的昆虫王国。主人公的选择是故事传承的关键要素之一,是寓言的画龙点睛之笔。提起西方动物寓言,狮子、狐狸、狼、狗、猫、蝙蝠、老鼠等都有让我们联想到的相关故事,这与寓言创作者为

---

[1] Esope, *Fables*, trans. Emile Chambry, Paris: Les Belles Lettres, 1927, p.39.
[2] Esope, *Fables*, trans. Emile Chambry, Paris: Les Belles Lettres, 1927, p.137.
[3] La Fontaine, Jean de, *Fables*, Paris: La Pochothèque, 1985, p.98.
[4] La Fontaine, Jean de, *Fables*, Paris: La Pochothèque, 1985, p.111.

寓言母题量身定做的叙事设计密不可分。第二，浓缩的趣味性与讽刺性。寓言故事的幽默与风趣是寓言母题传递的润滑剂。寓言故事的篇幅限制使得趣味性必须在有限的叙述时长中完成。寓言对直接引语的妙用是寓言经典化的重要手段，而直接引语中的讽刺成为寓言重要的记忆点。寓言《驮神像的驴子》中，驮着神像的驴子以为大家所跪拜的是自己，所以不愿赶路。赶驴的人在最后嘲笑道："可怜的蠢货！人们崇拜驴子，世间也就差这一奇观了。"①故事的重心落在了最后的直接引语上，其中的幽默感与讽刺感因其高度凝练的独白而愈发强烈。拉封丹寓言的《知了和蚂蚁》中，蚂蚁最后的话语"唱歌？……现在跳舞吧"②强化了两种动物代表的人物形象的对立性，蚂蚁用讽刺的语调为社会底层勤恳的劳动人民发声。能满足大众情绪宣泄需要的文字表达对寓言的传播起到助推作用。

经典寓言的形成是被大众认可的寓言母题与巧妙的叙事设计共同作用的结果。一方面，经典寓言的叙事策略大多能使寓言母题的意义表达摆脱"箴言"或"道德训诫"的旧影，给接收者留下生动的、具有结构化记忆点的系列信息。另一方面，寓言经典化的过程也是寓言故事之间相互竞争、优胜劣汰的过程。如《牧羊人与狼崽》这类具有与经典寓言相似或相同寓言母题的作品，其未能久远流传的关键原因在于叙事与人物形象的设计策略。"牧羊人"与"狼崽"所构建的"施恩者"与"忘恩者"的角色张力，远不及朴实"农夫"与冷血动物"蛇"所构建的对立关系令人印象深刻。

三、超时间性与跨文化性

克洛德·列维-斯特劳斯（Claude Levi-Strauss）在用结构主义方法评论神话时指出，神话是语言，而语言属于可逆的时间。神话的特殊模式是超时间的，它解释了现在、过去，也解释了将来。寓言与神话的部分同源性让我们可以借斯特劳斯的观点来理解寓言母题。寓言具有超时间生存力是因为寓言母题反映了不跟随时间变化而变化且被普遍认可的人文规律或伦理价值观。一部分寓言母题，如"愿望脱离实际者受罚"等在叙事文学中的生命力不受时代变化影响，直至今日仍是文学作品的伦理共识，部分寓言所产生的超时间性价值甚至超过神话。超时间性寓言母题同神话一样成了"语言"，不论其表达方法如何改变，其母题内涵的核心架构是稳固不变的。

较之神话，寓言故事与创作时代有更高的关联度。寓言故事的劝解、警

---

① Esope, *Fables*, trans. Emile Chambry, Paris: Les Belles Lettres, 1927, p.118.
② La Fontaine, Jean de, *Fables*, Paris: La Pochothèque, 1985, p.29.

示效果都基于交流双方对现实的理解。在不同的社会结构和社会关系中，寓意也会出现差异性的表征。但是，如果寓言故事在传承中成为经典，其与时代背景关联的因素必然逐步弱化或者消失。拉封丹寓言中的《进了仓库的黄鼠狼》反映了17世纪法国一桩众所周知的财政人员贪污案，而《群鼠的会议》则影射了"投石党"的叛乱。今天的寓言读者大多不会关注两则寓言故事背后的历史。同样，与两则寓言相关的寓言母题也不会具备传承时代性要素的功能。拉封丹创作时所隐射的历史事件并非今天的读者从这两则寓言中找到共鸣的必要条件。我们所熟悉的经典寓言故事及相关寓言母题都是雅俗共赏的"语言"，而不是反映历史的文献。

寓言都有其诞生的时代，但经典寓言中还包含超越时代的意义内涵，经典寓言的超时间性特征最终会掩盖其时代特征。拉封丹寓言《知了和蚂蚁》中的"勤勉"母题曾是对法国宫廷"奢靡"之风的反讽，但它在几百年的传承中，脱去了讽喻时代的意义层，留给后世的是"人应当有勤劳的品格，学会未雨绸缪"的寓意。中国成语故事《狐假虎威》来自《战国策·楚策一》。战国时代的纵横家们常常取材历史故事和民间传说，加强游说论辩的形象性和感染力，以在激烈尖锐的政治、外交斗争中，达到自己的目的。该则寓言原是用来说明战国时期诸侯之所以害怕楚将昭奚恤，是因为昭奚恤背后有楚王。寓言中将动物的生理特征与某些人的社会特征自然结合，隐去具象化的人或事件，使寓言故事获得了超越时代的普遍性价值。时至今日，该成语已经完全脱离了时代背景，只保留了"倚仗强者的虚名欺压他人"这一被广泛接受的意义内核。

寓言体裁的基本特征决定了寓言故事的寓意更倾向于挖掘人与社会易于分享的共性特征而非个性，这是寓言有着跨时间、跨文化交流功能的重要原因。伊索寓言的出现不能证明确有伊索其人，却向我们证明了西方文明在这一时期出现了对人性与社会的艺术性反思浪潮，历史也证明古希腊时期的文明、文化发展具备这一特征。以寓言为载体的反思契合了人的隐喻思维习惯，进而沉淀出对后来产生持久影响力的"超时间性"寓言母题，这些母题很好地在后世寓言家的作品中得到传承，有的甚至具备了在更广范围内传播的价值。从跨文化的视角看，部分西方寓言中的高频寓言母题在中国先秦寓言中也十分常见，这一类母题大多是对人个性的反思、对人社会性的叩问，与国别文化背景关系较小。总体上看，经典寓言中的寓言母题在任何文化中都主要围绕人的"生命""生存""生活"这几个核心领域展开，属于人类伦理观中的稳定部分，相比之下，一些具有个性化或明显时代痕迹的寓言故事难以生产出传承性、传播性好的寓言母题。实际上，能够成为经典的神话故事也大多成为雅俗共赏的"语言"。不论是斯芬克斯、俄狄浦斯还是西西弗斯的故事，其核心都已褪去神话本身的神秘感，而化身为嵌入生活的伦理隐喻。神话的持久生命力是在其演化为寓言形态后获得的。

四、寓言母题简录

从寓言故事中提炼寓言母题的第一步是完成对故事叙述结构与表层寓意的梳理，描述寓言中具有代表性的叙事单元和寓意单元。对寓指精简化、抽象化需要隐去创作者或表达者的文体特色。拉封丹寓言的戏剧化设计、诙谐幽默的语言特征，以及诗歌化风格都是其成为经典的重要原因，但它们在结构提炼过程中属于干扰因素。寓言母题的表述方式既要以叙事基本结构为基础，也要形成最简的完整意义表达单元。罗兰·巴特在《叙事艺术》中说道："意义是单元结构建立的标准，故事中部分内容的功能性特征造就了单元结构。"①寓言作为整体，实现意义表达，并产生交流价值，所构建的是完整的意义单元。寓言母题的描述还需要去掉带有立场与情感的倾向性表征，以具有通俗性与代表性的词语描述故事核心结构的发生过程与结果。

寓言故事大多分为两类。一类强调主人公(可以是一个或多个人或物)行为造成的后果，进而道出某种寓意；另一类弱化主人公，烘托事件本身的反思价值，主人公只作为寓意展现的一个要素存在，以要素之间的相互关系为基础引发反思。鉴于此，我们可以给出两类常见的寓言母题模型：

① XX(完成 YY)导致 ZZ
② WW(现象或规律)值得重视

在第一类母题中，XX 是故事施动者，可以是人或物，可以是一者或多者。他所完成的事件 YY 根据需要提及或忽略，所导致的后果 ZZ 是关键点，它既是故事的结局，也对寓意有重要影响。在第二类母题中，WW 是事件或者由事件提炼的观点，该类母题重点是引起读者对于寓言要素关系的重视。"值得重视"的表述可以由"很重要""无可避免""需警惕"等表述替代，也可以隐去，例如"强者欺凌弱者不需要理由(需警惕)"。在上述两个模型中，前者主要涉及实用性寓言，后者主要涉及哲理性或伦理性寓言。

为更好地呈现寓言母题的提炼策略，我们从伊索寓言与拉封丹寓言中各选取 20 篇寓言作为研究样本。寓言篇目的选择考虑了当代大众对寓言

---

① Barthes, Roland, *Poétique du récit*, Paris: Editions du Seuil, 1977, p.16.

故事的熟悉程度以及后续章节研究的需要等因素,其篇目数量不代表各寓言集中经典寓言的数量。

表 2　伊索寓言中的部分寓言母题①

寓　言　名　称	寓言母题组	寓　言　母　题
1. 狐狸和葡萄	伪装	能力欠缺者自我解嘲
2. 狐狸和龙	奢望	愿望脱离实际者受罚
3. 青蛙请立国王	奢望	不知足者要求过多结果失望
4. 母猫与阿芙洛狄忒	命运	欲改变本性结果失望
5. 农夫与冻僵的蛇	忘恩	善良的人救助忘恩负义的人结果失望
6. 捕鸟人与蝰蛇	事物相对性	觊觎他人利益者也是他人觊觎的对象
7. 芦苇与橄榄树	事物相对性	强弱关系具有相对性
8. 胃和脚	事物相对性	部分对整体的重要性在于其在整体中的地位
9. 饿狗	奢望	追逐利益而罔顾现实者失望
10. 恋爱的狮子与农夫	情欲	为满足情欲而失去理智者受罚
11. 狮子、狐狸和鹿	荣誉	追逐荣誉而罔顾现实者失望
12. 狼与在庙宇躲避的羊	荣誉	荣誉捍卫者重荣誉轻生死
13. 狼和狗	自由	重精神轻物质者放弃财富而选择自由
14. 驮神像的驴子	虚荣心	虚荣者罔顾现实受罚
15. 赞美马命运的驴子	事物相对性	幸福与不幸具有相对性
16. 想变成狮子的驴子	伪装	弱者伪装为强者受罚
17. 褡裢	虚荣心	尊己卑人者无视自身缺点
18. 牧羊人与狼崽	忘恩	善良的人救助忘恩负义的人结果失望
19. 知了和蚂蚁	勤勉	未雨绸缪者生活无虑
20. 乌龟和野兔	勤勉	勤勉的弱者通过努力战胜强者

---

① 部分寓言有不止一个寓言母题,此表中只展示具有传承性且相对明显的一个。为了对寓言母题进行更好的分类研究,我们将具有相似性的寓言母题置于同一"寓言母题组"中。

表 3 拉封丹寓言中的寓言母题

寓 言 名 称	寓言母题组	寓 言 母 题
1. 知了和蚂蚁	勤勉	未雨绸缪者生活无忧
2. 乌鸦和狐狸	伪装	善伪装者得利
3. 青蛙力争同牛一样大	奢望	愿望脱离现实者受罚
4. 两头骡子	虚荣心	虚荣者罔顾现实受罚
5. 狼和狗	选择	重精神轻物质者放弃财富而选择自由
6. 褡裢	虚荣心	尊己卑人者无视自身缺点
7. 乡鼠与城鼠	自由	重精神轻物质者放弃财富而选择自由
8. 狼和小羊	丛林法则	强者欺凌弱者不需要理由
9. 人和自己的影像	自负	自欺欺人者受罚
10. 狐狸和鹳	伪装	欺骗他人者终受惩罚
11. 公鸡和珍珠	事物相对性	事物的重要性是相对的
12. 群鼠开会	腐败	制度腐败致效率低下
13. 母猎狗和朋友	忘恩	提防忘恩负义者
14. 狮子和蚊子	事物相对性	强弱关系具有相对性
15. 乌鸦想模仿老鹰	自负	不自量力者受罚
16. 衰老的狮子	荣誉	荣誉捍卫者重荣誉轻生死
17. 变成女人的雌猫	命运	欲改变本性结果失望
18. 狐狸和公山羊	伪装	善伪装者得利
19. 失去财富的守财奴	金钱	痴迷金钱者无法获得幸福
20. 少女	女性	自负心理导致择偶结果令人失望

在以上 40 则寓言中，一部分拉封丹寓言是模仿伊索而作，故事从设计到具体内容有较高相似性，如《知了和蚂蚁》《褡裢》；一部分拉封丹寓言与伊索寓言有相同或相似的寓言母题，但主人公与故事内容不同，如伊索寓言中的《狐狸和龙》《母猫与阿芙洛狄忒》《芦苇与橄榄树》与拉封丹寓言中的《青蛙力争同牛一样大》《变成女人的雌猫》《橡树和芦苇》。从寓言标题来

看,以两种生物(动物或植物)名称为题的较多,在两种代表不同性格特质的主体间建立博弈关系更容易实现故事的传播与传承。即便在中国,伊索寓言中的部分寓言母题也是与其相应文本中的经典故事形象一同被我们所记忆的。对比两个目录,经典寓言中寓言母题的传承性显而易见,后来欧洲寓言家弗洛里昂、克雷洛夫的作品进一步证实了这些寓言母题的生命力。从寓言母题组来看,"事物相对性"与"伪装"类母题的出现频率最高,这反映出大众对于自身因认识事物不够全面而产生对世界的误判感到担忧与警惕。从母题内容看,"受罚"与"结果失望"的表述比例较高,这反映出大众对因果规律及理性生存的重视。对于缺乏自我认知、缺乏自律的人需要受到惩罚的道理有广泛的文化认同。

需要指出的是,在本研究中,我们的目的并不是编撰覆盖面更广的寓言母题录,而是希望通过聚焦传播性好的寓言母题来揭示寓言传承中存在的共性,进而深入理解寓言思维,并由此探究叙事文学的共性。当然,广泛梳理不同时期的寓言母题录是研究人类在不同时代对自身及世界反思主题变化的重要路径,这是另一个颇具价值的研究领域。

第三节 寓言母题的类别与共生性

以寓言故事为来源提炼寓言母题的方式会让人产生寓言母题有无穷多种可能的感受。然而,尽管西方寓言历史悠久、数量众多,但经典寓言母题大多保留着有规律可循的相似特征。表面上主题、侧重点各有不同的寓言母题有其内在共性,这一方面是由寓言内容的聚焦惯性决定的,另一方面是由叙事文本向寓意运动过程中思维路径的相似性决定的。以寓意涉及领域与虚构叙事的寓意推演路径选择为分类依据,不难发现寓言母题都有适合的类别归属,我们可以通过它们的相似性对潜在寓言母题予以合理推测。

一、寓言母题类别及其表述方式

总体上看,西方寓言的寓意涵盖求生技巧、生活哲理、社会文化、政治感悟等方面,它们的类别特征是比较明显的。寓言母题有与之相对应的类别,对寓言母题的规范化表述需要参考寓意的类别属性。总体上,寓意主要涉及世界的普遍性规律与人认识及改造世界的方式。寓意在沟通中是为了传递关于世界观和方法论的信息,进而影响寓意接收者。伊索式寓言中有关方法论的寓言占了绝大多数,主要涉及"如何求生""如何更好生活"等方面,而关于世界观的寓言主要涉及对各种生活态度与如何看待世界的讨论,如"生命的价值""幸福的意义"等。在已有的寓言研究中①,研究者根据寓言表达的直接目的将拉封丹寓言分为三类——"实用性寓言""哲理性寓言""政治性寓言",这一分类方法也适用于伊索式寓言。实用性寓言的创作目的是告诫人们生存规则和如何适应世界;哲理性寓言是为了告诉我们生活的道理、如何能生活得更好;而政治性寓言讽喻性更强,其目的是对社会化人类活动提出态度或建议。这一分类方式的依据是寓言内容,也考虑了寓言从文本到寓意实现的路径等因素。鉴于寓言母题与寓意的紧密关系,我们综合已有的分类方法,将寓言母题分为三个类别:一是生存规则(règle de survie),二是生活规律(loi de la vie),三是生活艺术(art de vivre)。

第一,生存规则<Rs>②。"生存规则"类寓言是西方寓言,尤其是动物寓言中出现频率较高的类别。它不仅包括《狼和小羊》这样陈述赤裸裸的丛林法则的寓言,还包括一切展现伦理社会下个体生存策略的寓言。这一类寓言母题的共有特征是"通过主人公参与事件的过程与后果给予人社会实践的直接指导"。伊索式动物寓言通过动物临摹出人类社会生活的相似行为与场景,进而给出生活建议。这一类寓言强调方法论,对人类如何更好地生活给出直接的建议。例如,寓言《狐狸和公山羊》③传递给读者的是"如何在充满欺骗和利用的社会生存下去"的教诲,寓言《舍肉逐影的狗》④告诉读者"贪婪的人会受到惩罚"的道理。这些知识都具有较强的实用性价值,是对我们生活实践有直接指导意义的母题。前面提到的寓言母题表述方式要考虑的核心要素行动元(S)、行动过程(A)、行动结果(C)在这类寓言中都十分明确,在进行寓言母题表述时,以行动元、行动过程、行动结果为依据,可提炼出"S因为A行为而遭遇C结果"模型下的寓言母题。

第二,生活规律<Lv>。我们所界定的"生活规律"不是生活方式,而是以创造更优生活状态为目的而总结出的生活哲理。这一类母题的共同特征是"以故事整体为隐喻,给予人有关社会生活的间接指导"。它们体现了世界观和方法论相结合的特征,让读者更好地理解世界规律,并更好地生活。例如,寓言《狮子和蚊子》⑤传递给读者的是关于事物相对性的反思,而寓言

---

① 参考王佳:《拉封丹〈寓言集〉与中国寓言——寓意及文体研究》,山东大学出版社2012年版。
② 该标注方式根据寓言母题符号系统的字母统一标识而确定。
③ La Fontaine, Jean de, *Fables*, Paris: La Pochothèque, 1985, p.159.
④ La Fontaine, Jean de, *Fables*, Paris: La Pochothèque, 1985, p.359.
⑤ La Fontaine, Jean de, *Fables*, Paris: La Pochothèque, 1985, p.108.

《变成女人的雌猫》告诉了我们表象与本质的关系,这些反思都具有一定哲学意味,是人在社会实践过程中通过观察、分析、总结而获得的间接经验。寓言隐喻中的哲理让我们更加理解社会,并使我们在生存的基础上更优地配置社会资源。该类寓言的寓言母题大多也包含三个核心要素,但也存在部分必须使用不同表达方式的寓言母题。例如,《胃和脚》①,该则寓言在拉封丹寓言中也有相对应篇目——《四肢和胃》②。寓言讲述了胃与脚争论谁更重要的故事,脚认为自己有力量支撑身体,但胃提出如果自己不消化食物,脚将没有力量,传达出的寓意是:"作为整体的一个部分,其重要性不能只看其个体的价值,而应该看其在整体中所起的作用。"寓意展现的是一个生活哲理,虽然包含了行动元,但行动过程与行动结果并不明显。寓意的目标是让我们改变思维方式,建立更为全面的价值观。该类别寓言母题的表述模型为:"××的××不在于,而在于××。"该则寓言的寓言母题为:"部分对整体的重要性不在于与其他部分的关系,而在于其在整体中的地位。"它不提出直接的生活建议,而是提供一种思考方式。

第三,生活艺术<Av>。"生活艺术"类寓言母题包含强烈的主观价值判断,带有伦理倾向性。其共有特征是"借故事呈现社会环境与自然规律的限制,给予人调整生活态度或思维方式的建议"。人的社会实践永远会受到时代与规律的制约,当我们无法改变既有社会现实的时候,就要学会用智慧的方式去面对、去理解,进而指导自己的行为。寓言家无意在寓言故事中给出直接的实践指导,而是引导读者在承认局限性的前提下发挥主观能动性。例如,寓言《中箭的鸟》陈述了一个同类相残的现象,欲告诉读者"人类斗争残酷而荒谬"。它并非给出生存建议或生活哲理,而是引导读者以故事为基础进行发散思考,促使读者修正价值观,进而化解既有现实与自身价值体系的矛盾。另有政治类寓言,如《群鼠开会》,讽刺了17世纪法国宫廷贵族"光说不做"的颓废之风。其所具有的讽刺性并非旨在呈现改变社会制度的建议,而是为读者提供一种面对社会现实而自持的态度。我们将这些寓言所涉及的寓言母题都归于"生活艺术"类,这类母题的意义在于调和我们与生活中无法改变的现象或事实之间的矛盾。该类寓言以讽刺为故事着力点,其寓言母题的表达不需要具体行动元、行动过程,因此总结无特定规律的寓言母题,其规范性表述可以为"WW值得重视"。《中箭的鸟》的寓言母题为"人类族群的斗争残酷而荒诞(值得重视)",《群鼠开会》的寓言母题为

---

① Esope, *Fables*, trans. Emile Chambry, Paris: Les Belles Lettres, 1927, p.70.
② La Fontaine, Jean de, *Fables*, Paris: La Pochothèque, 1985, p.150.

"制度腐败致效率低下（值得重视）"。当然，这一类寓言，如果适用范围过于狭窄，可能会失去传承性。

寓言母题的类别属性表面上看是由寓言创作目的的差别决定的，而实际上，它与虚构叙事理解过程中象思维运行方式的差异密切相关。"生存规则"类寓言多为对行为方式的具体建议，从虚构故事到行为建议间的相似度较高，对人物形象进行抽象理解后通过平移式联想即可获得寓意。在"生活规律"类寓言中，象思维要完成从事件到规律的推演，需要借助感性经验与理性经验，寓意最终与故事结构的关系是神似而非形似。在"生活艺术"类寓言中，象思维仅向现实生活投出引发反思的镜像，象思维通过对虚构叙事中的典型特征的平移，提醒接收者在关注现实事件时重点关注那些会产生感性或理性冲击的点，借此促使接收者形成与之相关的态度与思考。由此可见，这三类寓言对应的寓言母题的表述差异十分明显。这样的分类方式有助于理解在特定时空环境下，寓言的创作意图、隐喻的表现方式与大众的审美倾向。

二、寓言母题的有限性与无限性

马克思在《关于费尔巴哈的提纲》中指出："社会生活在本质上是实践的。"①而实践的三个固有特征是：其一，客观现实性即物质性；其二，自觉能动性即目的性；其三，社会历史性即社会制约性。文学作品作为人类精神实践的产物也符合这三个特征。寓言故事所要留给世界的是对客观现实规律、主观思考成果以及社会历史的观点与态度。如前所述，我们将寓言母题分为三类："生存规则"类母题反映的是对社会实践现实的认识；"生活规律"类母题提出基于社会规律优化主动选择的思考，它们反映了实践的目的性特征；"生活艺术"类母题，是基于对"社会制约性"的认知所形成的生活态度，是对具有共性的社会现象的反思。

"生存规则""生活规律""生活艺术"的划分方式为我们提供了一个探寻寓言本质的视角。在伊索寓言中，讨论"生存规则"的动物寓言很多。而这些寓言从故事结构上看，不论是古罗马时期的菲德鲁斯寓言，还是拉封丹寓言，对"生存规则"的重视反映了生命的第一需求——"生命的延续"——这是物种的本能要求，是世界上一切生命的共有特征。第二个母题类别"生活规律"在拉封丹寓言中占比最大，是人类从谋生过渡到生活，从活下去到活得更好的更高诉求的反映。"生活规律"类偏哲理性，是人类作为高智慧

---

① 吕德申：《马克思主义文论选》，高等教育出版社1992年版，第16页。

生命对如何获得精神快乐和幸福感的思考成果。"生活规律"是比"生存规则"更复杂、更系统性的反思，是作为社会化的人在社会中生存、发展、完善的更高阶段。"生活艺术"类寓言则像是观察特定历史阶段人类社会的放大镜，以夸张的方式表现一种面对社会现象的可选择的态度，不论是赞誉、讽刺，还是客观评价，其目的都不在于改造客观世界、改变社会规律，而在于让人们调整主观认知方式，更透彻地认知世界，从而获得更完善的世界观。

总体上来说，这三个母题类别所展示的是人类在改造自然与改造自我的整个发展过程中的不同阶段，具有延续性、互补性、递进性的特征。任何时代出现的新寓言母题都可以按该标准分类。鉴于此，我们可以以这三个类别建立一个梯形模型，模型中的低层实践形成低层反思，低层反思无法解决的疑惑升级至高层。三个层级中所完成的思考均暗含引发读者对客观实践进行反思的目标。人类所遇到的生存问题集中在最为基础的第一层。第一层的各类状况、问题和困难首先在第一层给出解决方案，如"提防""隐藏""勇气"等问题。以第一层思考为基础的更复杂、更抽象的问题，如"表象与本质"的认知问题，需要运用间接经验以及哲学思考来解决，则被置于第二层。第二层中的寓言母题在其表述中会给出经过反思的实践建议，如"环境的利弊具有相对性"。关于实践的反思无法摆脱社会及时代要素的制约，第三层提出调整生活态度的建议，优化面对或适应世界的策略。三个层级对应三种面对社会实践问题的答案，具有明显差异性。不过，鉴于人思维的复杂性及事物解决方式的相对性，存在一些不同层级的母题，如母题"自欺欺人"，具有多种诠释可能，有时能够提供生活技巧，具有安慰效用，但有时又成为荒唐可笑的举动，受到寓言家的嘲讽。对于这一类母题，为了避免分类绝对化，我们将其置于虚线处。寓言母题会随着社会发展不断变化、产生新的内容，我们还有许多未知的，或者不在本研究范围内的母题，但它们在该寓言母题库模型中都能找到属于自己的位置。随着寓言创作的不断丰富，寓言母题的表述也会有无穷可能，但其涉及范围是相对有限的。我们以如下阶梯形图案表示该模型。

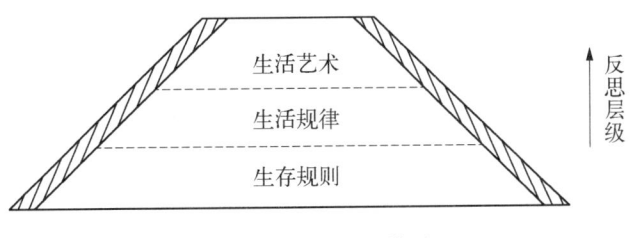

图 6　寓言母题库模型

在该梯形模型中，三个层级容量有所区别。第一层级容量最大，相关的寓言母题数量也最多，从世界范围看，直接指导生存实践的反思是最多的，其传承性也是最好的；"生活规律"类寓言母题具有间接性，数量明显少于第一层母题；"生活艺术"类母题容量较小，但它能提供面对第三、第二层级困境的思维方式。该模型还描述了寓言母题存在方式的有限性。该分层方法也是对寓言理解策略的分类，涉及"生存规则"的寓言故事，只需要理解叙事核心结构即可得到寓意；涉及"生活规律"的寓言，需要将叙事结构与哲理或伦理常识相结合才能得到寓意；涉及"生活艺术"的寓言则需要推测表达者立场及对应的社会背景才能准确把握寓意。理论上，任何能够引发共鸣的社会实践反思都可以通过虚构故事形成寓言，它所对应的寓言母题也应该在该梯形模型中有其位置。换言之，寓言接收者必然以三种寓言理解策略中的一种来理解寓言。人类对客观世界和主观世界的改造活动还在延续，人类社会可能出现新的生存或生活困境，导致对新的指导策略的需求，进而可能产生以寓言形式或其他叙事文学形式呈现出的全新寓言母题。例如，在人类文明加速融合的背景下，原本属于弱势文明身份的人大量进入先进文明世界，出现了如"人类社会身份的丢失问题""人工智能带来伦理挑战"等新的人类共同关注的问题。这些新的寓言母题也将在该梯形模型中找到属于它们的位置，与之相关的寓言故事也将以上述三种方式中的一种被理解与接受。

论文《试论母题在数量上的有限和无限》对母题是否有限的问题给出了这样的回答："母题承载的显然是人们的某种基本精神现象或基本的人类行为。作为一种直观的结构性因素，母题自然会不断地重复出现。"①"母题虽然是一种带有某种客观性的结构性元素，但是它的数量却是浩如烟海的，或者至少在理论上它是无穷的，然而很显然在一个民族一个文化一个时代的特定时空范围内母题又是有限的。它们中有些在一定的时代出现，在一定的时代又消失，而有些却经久不衰，一直保存。"②托多洛夫指出："如果文学不能让我们更好地理解人生，那么它就什么也不是。"③寓言如果不能给予人关于生命、生存、生活的有价值反思，它也就失去了功能性体裁的特性。美学的深处是道德，具有内涵的文学作品必然与价值判断、真善美等终极价值相联系。一个虚构故事之所以成为"寓言"，是因其叙事隐喻被不同的人以相同或相似的方式接纳。因此，寓言的创造虽是自由的，但寓言母题的库

---

①② 李巍：《试论母题在数量上的有限和无限》，《广东技术师范学院学报》2014年第8期。
③ ［法］茨维坦·托多洛夫：《批评的批评——教育小说》，王东亮、王晨阳译，生活·读书·新知三联书店2002年版，第188页。

源应有其边界。不论过去、现在还是将来,寓言母题都因其内涵的亲缘关系而存在于上述模型的某个层级中。

三、寓言母题位与寓言母题变体

如果参考民间故事的母题研究方法,我们的寓言母题研究还需要关注母题确定标准是否精准、母题构成部分的相互关系、母题各部分是否具有可替换性等问题。民俗学家和人类学家邓迪思(Dundes)在评论普罗普"功能说"时引入了"母题位"概念,它包括缺乏、消除缺乏,任务、完成任务,禁忌、违禁,欺骗、受骗,后果、试图逃避。其中的某些"母题位"是适用于描述寓言母题的,如"缺乏""欺骗"等。邓迪思所提出的分类策略有助于更系统地理解寓言母题的内部结构关系。

寓言母题的意义构成单元要比民间故事中的母题抽象,寓言母题各构成部分与整体的关系也是明确的。因此在描述寓言母题时,我们并不需要引入"功能"概念。较之汤普森与普罗普的观点,"母题位"与"母题变体"概念为寓言母题分类提供了新的思路。在我们将寓言母题切分为更小的意义单元时,便会发现一些构成部分是具有可替换性的;当我们面对的寓言母题达到一定数量时,就会发现存在多种标准化母题结构,它们可以形成新的寓言母题分类方法。例如,"虚荣者罔顾现实受罚"与"自欺欺人者受罚"这两个寓言母题所涉及内容不同,但结构具有相似性,它们的前半部分是因,后半部分是果,且结果都为"受罚",通过因果关联形成有效的寓言母题。这一类寓言母题在伊索式寓言中占比很高。我们可以将"违反规律受罚"视为一个"母题位",而具体的可选择的母题属于寓言"母题变体"。"违反规律受罚"作为一个寓言"母题位"比寓言母题更加抽象,具有更广泛的适用性,我们由此可推演出诸如"不自量力者受罚"等潜在寓言"母题变体"。通过寓言母题"强弱关系具有相对性""事物的重要性是相对的",我们可以总结出"事物间的关系是相对的"这一寓言"母题位",由此也可以推演出"善与恶是相对的"等潜在寓言"母题变体"。寓言母题随寓言发展而演变,但寓言"母题位"从数量到类型都相对有限。"母题位"概念可以让我们对寓言母题的构建逻辑有更清晰的理解,"母题位"研究是寓言母题研究待拓展的一个重要领域。

第四节 寓言母题与寓言叙事系统

要以符号系统的方式呈现由寓言思维引导的寓言表达过程,仅提炼寓言母题与确认类别特征是不够的。在寓言故事的创作中,从酝酿寓言母题到最终形成寓言故事,除了创作者的文体风格,还有一些相关要素直接影响着寓言母题的表达效果。不论寓言以口头形式还是书面形式传播,创作者都必须考虑将脑文本转化为现实文本的问题,即用恰当的人物设计与叙事手法将寓言母题融入通俗易懂的故事之中。找到一种能够激发读者对文本寓指自发翻译的合适叙事策略是寓言创作者需要首先考虑的问题。叙事设计与寓言母题的匹配度是有差别的,相同的寓言母题借某些虚构故事成了经典寓言,但在另外的叙事中变得平庸。寓言母题"勤勉的弱者能通过努力战胜强者"与"善伪装者得利"在《乌龟和野兔》与《乌鸦和狐狸》两则故事中得到有效阐发,主人公的形象设计与叙事设计成就了寓言经典。

为了客观地描述寓言母题与寓言文本的结合方式,还原寓言设计初衷,我们将从寓言母题的表达目的、表达效果、表达时效性等方面来归纳寓言叙事中的关键要素。我们将对这些要素予以分类,并将其符号化,通过建立具有可视化效果的"寓言叙事符号系统"来呈现寓言故事的思维设计,最终建立一套寓言类叙事文学的描述语言。

一、叙事策略的选择与优化

描述作品中的主人公选择与叙事策略是理解作品言意关系的基础。"毫无疑问,我们可以从构建方式、结构、根源,以及发生进程与改造规律的角度去研究围绕我们周围的那些现象与物体。但另一个比一切解释更重要的现实是:不论它是什么,在我们描述好它之前,我们是无法去揭示它的根源的。"[1]普罗普执着于对故事情节结构基本单元的描述是为了更好地研究作品的意义。在某些文学研究领域里,以符号编码的方式阐释作品具有可视性与客观性。

寓言母题既是分散的,又是共存的。这种分散与共存还不仅是我们所看到的以寓言母题组为单位的分与合。它的分散性体现在它必须存在于某个具体故事结构之中,并必然因为结构而产生不同于其他文本的独有隐喻;它的共存性表现在由母题还原出的思想是相互交融、难以割裂的,在母题的极大不确定性中又有某些思想方向的稳定特征。虽然寓言母题可以回溯寓言家创作时的原始思维形态,但这与寓言家通过感性思维的协作最终实现的文本仍有很大距离。几个关键要素决定着叙事设计的效用。

---

① Propp, Vladimir, *Morphologie du conte*, Paris: Editions du Seuil, 1965, p.11.

(一) 寓言母题的阐发意图

如前所述,寓言母题的类别描述能部分反映寓言的创作意图:一是生存规则,二是生活规律,三是生活艺术。在寓言母题的酝酿过程中,创作者会考虑其表达效用,创作者初衷不构成寓意本身,却牵引着母题隐喻的投射方向,是寓指构建的一个重要参数。寓言母题设计意图的着力点会引起读者对母题关注焦点的变化,从而导致对寓意的不同解读。拉封丹寓言《天鹅与厨师》中的寓言母题"善随机应变者得生"属于"生存规则"类,"随机应变"即直接经验的传递。假使寓言家欲借故事呈现观点而非规则,那么寓言叙事中会增加某些引导,最终寓意也将变为"智者的思维能力高于常人"。因为创作意图的不同,从故事到寓意的实现路径就会不同,相关联的寓言母题也就不同。寓言《狼在猴子跟前告狐狸》[1]中的"制度腐败伤害人民"母题是观点表达,属于"生活艺术"类,如果读者推断寓言家的着眼点是给出具体的生活指导建议,那么寓意将随之走向负面,最后得出的结论也不具教育价值,而这不符合寓言家的初衷。由此可见,创作意图及其属性特征是寓言母题表达的重要参数。

此外,创作者在叙事中对主人公的刻画力度,直接影响接收者的理解深度。辨析故事是为人物形象塑造而做的铺垫,还是人物是为烘托故事而进行的针对性设计,对于还原作者创作初衷有重要意义。西方评论界对于喜剧的分类方式值得借鉴。西方喜剧通常被分为三类:情节喜剧(comédie d'intrigue)、风俗喜剧(comédie de moeurs)以及性格喜剧(comédie de caractères)。情节喜剧通过环环相扣的情节和出人意料的故事结果达到喜剧效果。风俗喜剧通过刻画某个社会阶层百姓的日常生活状态来表现对现实的讽刺。性格喜剧的重点是塑造典型故事的人物形象,通过特点鲜明甚至略显夸张的个性人物来达到喜剧的讽刺效果。这一分类方式对伊索式寓言研究有借鉴意义。寓言叙事的一个常见模型是"主人公A(等)完成事件B,产生效果C",叙事策略决定A、B、C三者在故事中的重要性,并对故事最终寓意产生重要影响。在理解寓言的过程中,主人公和故事本身的重要性既要分别考量,也要综合考量,具体情况因叙事设计的不同而不同。有一部分寓言,不仅故事整体具有隐喻性,作品主人公的形象隐喻也形成有效记忆点,该暗示指向形成了寓意的第二个维度。在以动物、植物为主人公的寓言中,这些非人生物大多是影射具有某种性格特征的人,创作者叙事策略的差异会使影射效果不尽相同。拉式寓言中的某些动物因拉封丹的独特叙事

---

[1] La Fontaine, Jean de, *Fables*, Paris: La Pochothèque, 1985, p.94.

风格而具备了某种个性,进而形成有效记忆点。这些寓言中,动物形象的隐喻成了寓意的一部分,甚至获得了比寓言故事更好的传承性与传播性,例如寓言《乌鸦和狐狸》中的乌鸦形象与狐狸形象,爱听奉承、头脑简单的乌鸦与狡黠、善于恭维的狐狸都能够独立于寓言故事,成为大众文化视域下的交流符号。当然,也存在不少仅仅依靠故事构架实现寓意的寓言,这类寓言中的主人公只履行纯粹的无差别符号功能,不具备典型人格特征,如寓言《风湿病和蜘蛛》,"风湿病"和"蜘蛛"只是符号代码 A 与 B,它们也可以由其他名称的生物或非生物替代。据此,我们可以将伊索式寓言分为两类:第一类寓言以具有完整性的故事来完成隐喻。在隐喻过程中,文本主人公只充当故事"执行者"的角色,如拉封丹寓言《褡裢》,文中提到许多并不直接对寓意产生作用的动物,其寓言母题"尊己卑人者无视自身缺点"已脱离作品提及动物的具体特征。这类寓言的寓意常常是通过对故事综合理解后获得的,寓言故事的主人公不具备隐喻功能,我们把这类寓言归类为"故事型"(conte)<C>。第二类寓言的主人公与故事都具备隐喻性特征,读者可以从主人公和故事两个维度总结出各具侧重点的寓意。例如《狐狸和鹳》既诠释了寓言母题"欺骗他人者终受惩罚",也暗示我们"提防'狐狸'",向'鹳'学习"。"狐狸"和"鹳"的示范性隐喻是环绕在寓言母题周围的延伸寓意。我们把这类寓言归类为"重叠型"(double)<D>。还有一些寓言中对人物性格或命运的描述就已构成寓意,例如寓言《少女》,其母题"自负心理导致择偶结果令人失望"的文本体现的仅仅是主人公因自身性格而可能出现的命运,叙事的目的是更好地展现主人公性格特征,进而揭示婚配结果令人失望的原因。我们将这一类通过聚焦主人公而聚焦人性的寓言归类为"主人公型"(protagoniste)<Pr>。

要了解创作者对寓言母题的阐发意图,就需要对具体的叙事策略进行探究。以上分类标准的关键在于故事主人公是否具有可替代性,这是创作者有的放矢的选择,它影响着寓言母题被表达后的寓意着力点。因此,寓言母题的表达类型是构建寓言母题符号系统的一个重要环节,它体现了叙事设计的核心关切,也暗示了寓言母题的意义联想范围。

(二)叙事虚构性与审美距离

"寓言叙述与读者审美反映之间保持着一定的距离,即寓言是有效地控制着审美距离。"[①]审美距离更多的是心理距离而非时空距离,审美距离与读者对寓意的接受程度是密切相关的。伊索式寓言所营造的审美距离让大

---

① 罗良清:《西方寓言文体和理论及其现代转型》,中国社会科学出版社 2015 年版,第 67 页。

量虚构的动物故事具有了良好的文化适应性,从而易于传承与传播。一方面,动物主人公让故事与现实之间有了明显的距离感;另一方面,以主人公引出的直接引语又迅速拉近了这一距离。在拟人化故事环境中,动物主人公的言行设计直接影响着审美距离,进而影响接收者的直观感受与寓意理解。"这种借物喻人的方法,不但没有削弱寓言的表达能力,反而丰富了作品的寓意……读者在一定距离之外的审美阅读,则能更好地体验感性和理性的有机统一。"①寓言接收者一般不会在理解初始阶段将自己想象为寓言主人公,但故事中的直接引语,或主人公的人格化动作会引发审美共情,当接收者感受到寓言部分情节具有在现实生活中发生的可能性时,则会通过理性思考将故事中的虚构部分与现实结合,进而总结出寓意。

审美距离不仅与主人公的设计有关,与故事的真实性或可发生性也有密切关系。以动物为主人公的故事,并不都是不可能发生的。例如,菲德鲁斯寓言《游泳的狗》②中尽管有杜撰成分,但其在真实世界发生的可能性也较大。而在中国古代寓言中,具有真实可发生性的故事居多,如韩非子的《守株待兔》、列子的《朝三暮四》都具有真实可发生性。除动物寓言外,西方寓言中也存在以人为主人公的,甚至是可能真实发生过的故事,它们给读者的审美体验各不相同。总体上看,纯虚构、不可发生的故事更容易让读者进入对寓意内容本身的纯理性的思考,表层寓意的产生一般依托于故事的几个关键信息点,比较容易把握,其审美体验轻松且有趣味性;虚构但带有可发生性的故事会给读者一个转换理解的空间,趣味性弱于前者,但对现实反思的启发性更强;如果故事内容是完全真实的,则比较适合作为交谈双方沟通的例证,可以成为榜样或教训案例,其寓意的可拓展空间有限,也因接收者的不同而有较大差异。从创作的角度看,纯虚构故事的可塑空间大,适用范围广;而具有可发生性的故事或真实故事,其故事设计受到的限制较多,但针对性强,也更容易让接收者回溯表达者初衷。寓言故事关于真实性与可发生性的设计策略是中国寓言与伊索式寓言的一个重要区别,它是东西方思维方式不同的一个重要佐证。

我们将呈现寓言母题的文本叙事类型分为三类:一是"真故事型"(histoire vraie)<V>,以真实发生的故事为依托,具有可信度,这一类型事件的发生具有在现实世界中的可复制性,不以历史为据检验真伪,而是以读者

---

① 罗良清:《西方寓言文体和理论及其现代转型》,中国社会科学出版社 2015 年版,第 69 页。
② Phèdre, *Fables*, trans. E. Panckoucke, Paris: Philippe Renouard, 1928, p.12.

的直观感受为准;二是"可发生型"(histoire possible)<Po>①,以逻辑合理且具有可发生性的故事为依托,具有一定可信度,读者如果相信生活中可能发生这样的事,则该寓言被认为属于该类型;三是"纯虚构型"(histoire fictive)<F>,以完全虚构的故事为依托,以被赋予人类特质的动物、植物或非生物为主人公的寓言均属于这一类。寓言故事的真实性是寓意表达过程中的一个变量,也是形成寓言叙事风格的一个重要因素。

叙事虚构性对审美距离甚至是阅读体验的影响在其他体裁的叙事文学作品中更为明显。皮埃尔·高乃依与让·拉辛(Jean Racine)的戏剧作品都以未经证实的历史为题材,尽管故事与历史事实有较大出入,但"可发生型"故事更易于激发心灵震撼与共鸣。雨果的《九三年》有真实可信的历史背景,真实的历史人物悉数登场,小说审美乐趣偏弱,却是很好的历史研究读本。对于不同时代的人,作品将读者请入设定的时空环境中去体验人物的命运。卡夫卡的《变形记》以变身甲虫的人为主人公,营造出荒诞的故事氛围,充分调动了读者情绪,让对深刻社会问题的反思贯穿于不可思议的故事情节中。故事类型的选择属于创作技巧,反映了作者的创作意图。叙事中的"叙"是文体风格,而"事"是材料。文体风格不会改变故事结局,而材料直接关系着意义生产。创作者对故事类型的选择直接影响着受众的意义感知方式与审美体验。

二、复合寓言母题

一种类型是一个独立存在的传统故事,可以把它作为完整的叙事作品来讲述,其意义不依赖于其他任何故事,当然它也可能偶然地与另一个故事合在一起讲,但它能够单独出现这个事实,是它的独立性的证明。大多数动物故事,笑话和逸事是只含一个母题的类型。标准的幻想故事(如《灰姑娘》或《白雪公主》)则是包含了许多母题的类型。②

根据汤普森的第三类以事件为基础的母题分类标准,中长篇的童话或神奇故事往往是多母题结构。事件是寓意的基础,寓言母题的复合结构在寓言文本中也是常见的。寓言故事大多只讲述一个故事,但通过切换主人公视角、结合叙事悲剧,可以提炼出第二,甚至更多的潜在寓言母题。

---

① 以两个字母为类型标识是为了将"主人公型"〈Pr〉与叙述类型的"可发生型"〈Po〉相区分。
② [美]斯蒂·汤普森:《世界民间故事分类学》,郑海等译,上海文艺出版社1991年版,第499页。

(一) 第二叙事结构与第二寓言母题

伊索式寓言的叙事结构一般比较明确。即便拉封丹寓言运用了更多的修辞、编撰了更为丰富的情节，其核心叙事结构的提炼也是比较简单的。但是，寓言接收者看待寓言视角以及理解方式的不同，有可能让我们获得超出单一叙事结构与寓言母题的理解。

文本中的两个叙事结构不是必然指向两个寓言母题。在拉封丹寓言中，一则寓言由多于一个的故事构成是常有的事，如果两个故事结构功能表达相同，只是主人公发生变化，则只存在一个寓言母题。寓言《公鸡和珍珠》即属于该情况。两个故事结构功能一致，"公鸡要粟不要珍珠"与"文盲要银币不要好书"所能提炼出的是一个共同的寓言母题"事物的价值具有相对性"，拉封丹寓言重复相似故事的目的在于强化母题的价值。而在寓言《狮子和蚊子》中，可以直观地获得两个平行结构——"狮子会输给蚊子""蚊子会输给蜘蛛"，虽然两个故事具有平行特征，但"狮子"是相对于其他动物的强者，而"蚊子"在该故事中是相对于"狮子"的强者。从逻辑上看，两个强调斗争结果的平行故事，要整合到一个核心情节中才能获得唯一的寓言母题——"强弱关系具有相对性"。

一个故事可能因为其暗示关系的建立依据不同而产生不同的故事结构。例如，在寓言《牧羊人与大海》中，以牧羊人的不幸遭遇为依据，可以构建出叙事核心结构："不满足于相对较好的生活状态，觊觎更多的人最后的人生结果是令人失望的。"由此可以获得"得陇望蜀者受罚"的"欲望"组母题，如果充分考虑牧羊人最后的感悟"海夫人哪，要钱啦？/我请你还是向别人要吧！/说真的，我的钱你可别想"①，以故事整体为提炼依据，可得出"知足者生活无忧"的哲理性寓言母题。寓言《狐狸和鹳》的寓言母题为"欺骗他人者终受惩罚"，狐狸作为欺骗者，被鹳以同样的方式羞辱；通过作品的叙事者旁白"骗子，我为你写这篇故事：/同样的下场也在等待你"②，我们可以从哲理思考的角度获得第二寓言母题"种其因者须食其果"。在寓言《蝙蝠和两只黄鼠狼》中，如果聚焦故事本身，可以提炼出的叙事结构是"蝙蝠善于随机应变，在黄鼠狼制造的危险中逃生"。由此总结出寓言母题："善随机应变者得生。"但考虑到故事背后的政治隐喻，所获得的结构则变为："蝙蝠左右逢源，善于根据需要伪装自己。"蝙蝠暗示的是四处讨好的党派投机者，这一背景信息使得暗示关系的建立需要考虑价值取向。由此，我们可以获

---

① La Fontaine, Jean de, *Fables*, Paris: La Pochothèque, 1985, p.202.
② La Fontaine, Jean de, *Fables*, Paris: La Pochothèque, 1985, p.75.

得的另一个寓言母题为"善伪装者左右逢源"。对主人公隐喻的不同定位策略,产生了侧重点不同的寓言母题。

在伊索、菲德鲁斯、拉封丹笔下的寓言故事以单寓言母题结构为主,部分作品中存在第二寓言母题,没有明显存在三个寓言母题的篇目,不过这种情况存在理论上的可能。从寓言的功能角度来看,寓言具有说理与交流的目的,一至两个寓言母题是最为合适的,这样接收者对寓意的把握具有确定性,不会陷入意义交织的网络,最终无法形成对寓言故事的有效记忆。对于寓言之外的寓言类叙事文学,总体上看,能够成为经典的那些作品的理想状态也应该只有一至两个核心结构,构建宏观上的叙事主线是一种心理需要,它与看待文本的初始视角与心理状态有密切关系。关于这一观点,我们在下一章中再展开论述。

(二)要素组合的不同可能

构建寓言叙事符号系统旨在还原寓言叙事设计的思维路径,与寓言母题表达相关的要素共同作用于寓言母题的表达效果。要素选择直接影响着最后文本呈现出的面貌,对于同一寓言母题,匹配不同要素会产生具有差异性的寓意。符号系统①中的某些要素易于鉴别,而某些要素则不属于排他性要素,它们之间的关系与母题的具体内容存在相关性。在这些要素中,母题叙事表达类型是清晰明确的。一则寓言只能属于"故事型"<C>、"主人公型"<Pr>或"重叠型"<D>中的一类,其判断标准是典型故事中是否存在典型人物,以及主人公是否具有可替代性。寓言故事的真实性类别也易于辨析:故事属于"可发生型"<Po>,还是"纯虚构型"<F>几乎一目了然,而"真故事型"<V>可以通过史料查验确定,也可根据寓言的叙述者旁白进行推断。对于"类别"的判断需要慎重,一个寓言母题在叙事系统中可以跨越"生存规则"与"生活艺术",或"生活规律"与"生活艺术"两个类别,如在寓言《牧羊人与大海》中,将死里逃生的主人公视为"知足者"或"随机应变者",寓言母题是"生存规则"<Rs>类建议,如果将目光聚焦故事整体,则可以总结出"知足常乐"的生活态度,与之相关的寓言母题更靠近"生活艺术"<Av>类。

寓言母题与参与要素共同构建出一个可以描述寓言故事的符号系统。符号系统中要素特征的不同对寓言故事的言意关系有直接影响。具有良好传播性的经典寓言不仅需要依靠具有良好文化接纳基础的寓言母题,也需要叙事设计中多个要素的配合。寓言母题符号系统借用参数语言描述了寓言故事的思维设计,它的表达形式有助于理解指导文本构思的"寓言思维"

---

① 文中"符号系统"均为"寓言叙事符号系统"的简称。

发生过程,是"寓言思维"研究的重要补充,对于研究寓言外的叙事文学作品也具有参考价值。

第五节　寓言叙事符号系统案例

在本节中,我们尝试为几个经典寓言篇目建立与之对应的寓言母题符号系统。寓言故事中寓言母题的辨析依据前文中提炼母题的相关规则而完成。在母题确定之后,根据前文提出的三个分类标准提取相关信息,进而以符号组合的形式表达该则寓言。以母题为基础的符号系统是一种"叙事逻辑+叙事策略"的组合表达,该系统提供了一个系统性互文的研究视角。假如不同寓言共享相同或相似的符号系统,则反映了寓言设计与表达方式之间的极高共性。在寓言文学中存在的这种映射关联在其他体裁的叙事文学作品中同样存在。对叙事文本的符号系统化表达将为我们提供研究文学作品互文关系的新思路与新方法。

一、寓言《狐狸和龙》

《狐狸和龙》是伊索寓言中最为简洁的故事之一。寓言讲述的是一只狐狸羡慕龙的体格,想要通过伸展身体让体格接近于龙,因忽略客观规律,最后胀破肚皮,一命呜呼。狐狸的行为是"试图实现不切实际的愿望",因此该寓言的母题为"愿望脱离实际者受罚"。故事仅有唯一主人公、唯一事件,不存在第二母题。寓言以主人公的思想为主线实现寓意,刻画的是"欲海难填"的人物形象,而"龙"作为想象物,不被纳入寓言故事结构。寓言以"狐狸"为核心,其叙事类型属于"主人公型"<Pr>。该故事由动物的思考展开,完全虚构、无真实性,我们将其归入"纯虚构型"<F>中。该母题提醒人们控制欲念,具有一定哲理性,可以将其归于"生活规律"类<Lv>。

我们获得如下符号系统:

《狐狸和龙》⇒【M(愿望脱离实际者受罚),<Lv>,<Pr>,<F>】

与该寓言同符号系统的有拉封丹寓言《青蛙力争同牛一样大》。该寓言中,除了故事主人公的选择不同,其母题的演绎方式与伊索寓言完全一致。可见两则寓言有着相似的思维设计。

二、寓言《乌鸦和狐狸》

拉封丹寓言《乌鸦和狐狸》是对伊索寓言的模仿,该故事不仅受到寓言家的青睐,也在世界范围内广泛流传,如今已成为儿童文学读物的必备篇目。故事讲述的是狐狸奉承乌鸦,欺骗得逞的故事。这是典型的以两个动物为故事核心的西方动物类寓言。两个动物分别隐喻的是"纯朴的人"与"狡猾的人",借助对寓言道德立意的正向思维,可以提炼出寓言母题为"善伪装者得利"。该寓言母题属于"生存规则"<Rs>类。主人公留给读者的鲜明形象与故事的典型情节决定了其叙事类型为"重叠型"<D>。此外,故事自身的"虚构型"<F>特征明确。

我们可以获得如下符号系统:

《乌鸦和狐狸》⇒【M(善伪装者得利),<Rs>,<D>,<F>】

该寓言也可以从"乌鸦"的视角建立第二个寓言母题,即"轻信伪装者受罚"。拉封丹的寓言构思中兼具了两层寓意,这与《狐狸和公山羊》十分类似,两则寓言不论以哪一寓言母题建立符号系统,其相关参数都是一致的。由此可以看出,这一类以描绘"奉承""欺骗"等风靡宫廷的社会现象为主题的寓言故事,在《寓言集》中都采用了相似的叙事设计策略,它们在作品集内形成对话,给读者留下的印象也具有拉式寓言的一贯风格。

三、寓言《知了和蚂蚁》

伊索寓言中的《知了和蚂蚁》与拉封丹笔下同名寓言的主要差异在于前者以第三人称叙事为主,而后者在叙事中添加了对话,从而突出了主人公形象。两篇寓言的主要内容均为蚂蚁夏天勤劳地储存食物,为冬天做准备;知了夏季唱歌,冬季饥寒交迫时向食物充裕的蚂蚁求助,最后受到蚂蚁嘲讽。两则寓言均包含"未雨绸缪者生活无虑"的寓言母题。伊索与拉封丹的叙事风格决定了故事类型的差别。伊索寓言以叙事为主,比较干练,故事类型只能归于"故事型"<C>;而拉封丹寓言中两个人物形象都是理解寓言的关键点,是叙事所重点刻画的对象,因此寓言类型属于"重叠型"<D>。此外,寓言属于"生存规则"<Rs>类,"纯虚构型"<F>。拉封丹寓言塑造了更为丰满的知了形象,以此为视角所构建的寓言母题有所不同。"知了"和"蚂蚁"的暗示关系并不止于"未雨绸缪的人"与"享乐当下的人"。作为卷首寓言,拉封丹在作品中暗示了"封建统治者"与"劳动人民"的对立。蚂蚁代表着具有朴实、勤勉特质的老百姓或平民阶层;而知了是明显的社会化产物,语言中句句透露出与"利益"相关的话题,是统治阶层的化身。从全文来看,作者多次暗示了对不劳而获的贵族阶层的不满与对宫廷奢靡之风的鞭挞。综合考虑暗示关系与作者创作意图,我们可以获得另外一个平行的寓言母题,即

"享乐当下者必有远忧"。该母题是带有讽刺情绪的生活态度建议,可以将其归为"生活艺术"<Av>类。

鉴于此,我们可以从两种思维路径来构建符号系统:

①《知了和蚂蚁》⇒【M(未雨绸缪者生活无忧),<Rs>,<D>,<F>】
②《知了和蚂蚁》⇒【M(享乐当下者必有远忧),<Av>,<D>,<F>】

以此为基础,我们将两个符号系统整合:

《知了和蚂蚁》⇒【M(未雨绸缪者生活无忧),<Rs>,<D>,<F>】
　　　　　　+【M(享乐当下者必有远忧),<Av>,<D>,<F>】

该符号系统揭示了创作者巧妙而缜密的叙事设计,这是该寓言成为传世经典的重要原因之一。主人公知了和蚂蚁在作品中的关系并无主次,以其中任何一个视角都可以找到十分明晰的寓意出口。这一特征是其他寓言家相似主题的寓言中所没有的。拉封丹创造了一个具有互补性的复合寓言母题结构,寓言通过简练的第三人称叙事与直接引语对话将两个寓言母题镶嵌在一起,在传递积极价值观的同时,宣泄了劳动人民的情绪。

第六节　叙事文学的寓言性

隐喻是一种文字的魔力,文学作品中的物品、人物、事件都可能成为隐喻。我们所说的叙事寓言性是指叙事文本中叙事结构本身的隐喻性,它能引导我们将一个具体的叙事引向一个抽象叙事或一个反思性结论。在叙事文学中,由叙事结构产生的隐喻是在将叙事文本看作整体的基础上实现的,寓言故事是体现叙事寓言性的最简样板。

一、叙事寓言性的构建要素

伊索式寓言作为文学体裁,具备一些与接收者获取寓意方式密切相关的要素特征,这些特征使其具有了寓言性。寓言故事中的寓言性特征是显而易见的:一个特征清晰的主人公形象、一个因果关系明确的完整故事,以及一个能引发思考的主人公选择。这些特征在中长篇叙事作品中未必明显。在归纳、提炼由故事整体所引发的隐喻时,需要面对的问题有:故事中的人物是否具有代表性?情节是否具有可浓缩性?因果关系是否具有必然性?对这些问题的思考即对叙事寓言性的思考。不论是寓言还是其他叙事体裁,确认叙事是否具有寓言性,至少需要从文本中找到以下三个符码:一是意象符码,二是伦理符码,三是因果符码。

寓言性不仅影响着文本的体裁类别,而且影响着文本流传的持久性。古往今来,能够长久流传、广泛传播的叙事作品大多具有较好的寓言性特征。这些故事不论长短都能够作为整体产生教诲价值,它们即便不属于寓言体裁,也是以寓言性故事的形态被记忆与口头传播的。

(一) 意象符码

意象符码主要是指故事主人公意象。大众耳熟能详的寓言故事中的意象符码都是令人印象深刻的:知了指代的好逸恶劳者,狮子指代的权力拥有者,狐狸指代的狡黠者,蛇指代的忘恩负义者,驴指代的憨厚、愚笨者等。意象符码是创作者借故事主人公完成的意象投影,通过描述性语言或者人物动作来暗示主人公所代表的具有典型特征的群体。寓言故事大多内容比较简单,人物性格也易于总结。而在戏剧作品或小说中,人物形象比较丰满,性格相对较为复杂,意象符码具有较高的抽象性,最终确认还需要根据另外两个寓言性符码的辨识而做相应调整。例如,戏剧作品《安德洛玛克》中的庇吕斯既指代情欲失控者,也是权力拥有者。对该作中伦理符码的确认决定了意象符码的类别。意象符码具有可变化性特征,它是特定社会伦理观下的身份属性,具体认定方式要参考故事的伦理符码。

意象符码是建立寓言性的必要条件。叙事的隐喻聚焦点是人或社会,不论是生活建议还是观点,都通过象思维将故事的叙事结构投影到人与社会之上。关于人的意象符码建立在人自身与社会伦理体系相符或相矛盾的特质之上,如"善良""邪恶""真诚""狡猾""忠诚""善变""勇敢""懦弱"等,这些特质影响主人公的行动,进而影响、改变社会关系或社会结构,从而产生具有反思价值的后果。有些以社会为关注点的叙事中使用了非人主人公,它们的意象要与特定语境结合后才能被明确描述。例如《多头龙与多尾龙》这类政论性寓言,寓意聚焦国家存在方式的优劣,只有借助故事中"多头龙"与"多尾龙"建立的意象符码,才能获得具有治国参考价值的寓意。"多头龙"与"多尾龙"只有在其通过树篱时才能显示出与国家结构类似的特质,进而产生隐喻效果。

意象符码往往能形成故事中关键的记忆点。《伪君子》中的伪君子答尔丢夫,《熙德》中的荣誉捍卫者罗德里格,《欧也妮·葛朗台》中的守财奴葛朗台等人物形象如此深入人心,正是得益于其所对应的意象符码。主人公的最终形象大多不是对人物直接言语描述的结果,而是主人公行为与思考方式的结果。因此,意象符码是基于完整故事而获得的印象,它不能脱离故事而存在,也无法脱离伦理符码、因果符码而达成寓言的隐喻性。

(二) 伦理符码

基于叙事结构的思想共鸣，其实现基础是社会化生存个体共享的伦理价值观。"一般而言，文学作品为了达到惩恶扬善的教诲目的都要树立道德榜样，探讨如何用理性意志控制自然意志和自由意志，让人从善。"①伦理的人在社会中的一切选择都会有一个伦理后果。叙事文学中的伦理符码大多通过主人公的选择来表达，选择的结果具有示范性或警示性。"农夫与蛇"的故事的伦理符码"报恩与忘恩"是伦理社会中每个人都会面对的有正确答案的选择题。故事不论从何种视角来解读都具有教诲意义，不论"农夫"杀死了"蛇"或者"蛇"吃掉了"农夫"，我们对伦理符码的理解方式都是一致的。教诲的源头是伦理价值体系本身，故事只是充当了手段，它为我们提供了一个检验认知系统的视角或案例。因此，只要叙事整体所聚焦的是人或人构成的社会，伦理符码就一定存在。

伦理符码决定了意象符码的解读方向。即便主人公的性格复杂，在完成伦理选择的过程中，也只有一种性格特质发生作用，比如《多情的狮子》中，狮子所指代的是"受情欲控制的人"而不是权力拥有者。伦理符码的确定要参考故事的核心结构以及母题构成的关键要素，左右事件发展的关键选择只有一次或几次，由此才能从整体上把握故事背后的隐喻。

中长篇叙事作品中会涉及多个层面的伦理观，对完整叙事伦理符码的确定，要以影响故事主人公最终命运的事件为判断标准。尽管我们不可能将一个长篇小说浓缩为一个极简结构故事，但叙事的核心情节能为我们提供故事的关键词，例如雨果的《巴黎圣母院》中的"爱情""美""丑"，罗曼·罗兰的《约翰·克利斯朵夫》中的"成功"与"幸福"等。通过分析故事主人公围绕这些关键词做出的伦理选择，我们可以推导出叙事中的伦理符码。

(三) 因果符码

寻求构建叙事中的因果符码是完成叙事隐喻解读的关键环节。寓言接收者会通过建立核心情节间的逻辑联系进而尝试建立现象间的因果规律联系。故事情节的自发运动未必会朝向接收者期待的方向发生，情节转折的两端也未必有明显的因果关联，寓言思维需要通过对情节的反复揣摩找到因果关系，进而确认叙事的寓言性。从常见寓言母题的表述中，我们也不难发现因果关系的重要性，"虚享荣誉者受罚""情欲失控者受难""善奉承者得利""追逐利益而罔顾现实者失望"等，它们都对应着叙事中的关键情节转折。这类寓言母题都可以以"××因完成(参与、获得)××而成为(获得、遭

---

① 聂珍钊：《文学伦理学批评导论》，北京大学出版社2014年版，第42页。

受)××"的方式表达,行为主体、动作、结局明确。此外,有一些寓言的寓言母题不直接描述因果关系,如《芦苇与橄榄树》中的"强弱关系具有相对性",不过该故事暗示了一个可以抽象理解的因果结构:"因为个体强弱是相对关系,且受到所处的客观环境的直接影响,所以强者在环境变化后可能会转变为弱者。"因果符码本质上是寓言思维在文本理解中的任务,文本的隐喻性特征需要在因果符码中得到确认。它反映的是认知共性与认知规律,且具有简单易识别的特征,如果因果符码不是叙事发起端与接收端的共识,将大幅削弱该叙事的寓言性特征。

"从某种意义上说,从 A 到非 A 是一切变化的范式。"在托多洛夫看来,即便是最简短的叙事,也应该具有从"A"到"非 A"的转化。他提出了叙事事件间的两种关系:"连续"(succession)与"转化"(transformation)。连续是情节的先后关系,转化是情节发展的关键。转化是状态的转化,如果连续无法产生转化,叙事是不完整的。在叙事文本中,连续与转化越多,故事剧情就越复杂。不过,因果符码的建立只需要一至两个转化即可,大多数伊索式寓言只有一个转化。当然,转化未必只能是具体事件的转化,西方寓言大多通过虚构故事中的事件(物理)转化来构建因果符码,而在中国寓言中,可以找到与之截然不同的通过思想(心理)转化来构建因果符码,进而引发寓意联想的例子。这一类寓言并没有明显的情节性转化,而只是观点、视角、思考方法的转化。例如,庄子寓言《庄周梦蝶》与《无用之树》的故事情节只有对话,而寓意仅来自描述性话语,其因果性并不明显。"因"在叙事之中,"果"在叙事之外。主人公主观思考的变化不会立刻产生直接的情节性后果,因此不会有物理性的转化发生。但主观思考的变化会影响未来的行为模式,具有潜在影响性。庄子寓言通过主体思考内容的转化引导出具有哲学意味的反思,这是中国与欧洲寓言发展源头上的一个重要差异,是寓言研究的一个值得拓展的领域。

二、关于隐喻叙事的研究方法

除了以提供信息为目的的记录式叙事,叙事文学一般都具有隐喻性,只是程度与范围存在差异。叙事的隐喻性源于文字表达的隐喻性,莱考夫提出人类思维过程在很大程度上是隐喻的,文字接收者不会停留在文本表面,而会在逻辑框架内探寻文字背后的意义。寓言母题隐藏于叙事文字中,它并不仅仅以寓言故事的形式表达。一切具有整体性特征的叙事背后都有一个类似于寓言母题的原初形态,它们是完整叙事的胚胎,不论文字产生的意义场会延伸至何处,它背后的母题结构大多具有稳定性。以寓言思维为尺,任何具有明显整体隐喻性特质的叙事作品都可以被视为"寓言",它们与传统寓言一样,其传承性与传播性的基础是其所包含的具有伦理反思价值的寓言母题。

(一)叙事文学的表象与本质

"叙事"是采用特定的言语表达方法去表述一个故事,是"叙述"与"故事"的结合。"叙事"所关注的重点是说话的内容和效果。叙事文学是以叙事表达为主的一类文学体裁的总称,包括史诗、寓言、童话、戏剧、小说等。关于叙事文学源头的说法众说纷纭,但有一点可以肯定,不论在东方还是西方,以民间故事为素材的古代寓言都是最早的叙事文学形式之一。叙事文学是一种以人物形象塑造为中心,通过完整的故事情节和具体的环境描写,广泛地反映人类实践和社会生活的文学形式。"叙事"是用语言去虚构社会生活事件的行为,"叙事"的构成包括三个层面:叙述内容、叙述话语和叙述动作。叙述内容是构成一段叙述话语主题的故事内容,叙述话语是使故事得以呈现的陈述语句本身,叙述动作是作为一种行为而存在的支配叙述话语的叙述本身。"叙事"是主观行为,叙述动作不论由个体还是集体完成,其叙述内容都不可能是纯粹的客观记录,它隐藏了叙述者的寄托,使用的是叙述者设定视角下的话语。这一点不论在寓言叙事中还是在小说叙事中都是一致的。

寓言与戏剧、童话、小说都是情节化的故事,差别只在于"情节"的多寡。关于叙事文学构成要素的理论也很多,但都肯定了"情节"是第一位的,"情节"是叙述的内容,而故事的情节化使得故事具有意义。20世纪英国作家福斯特曾把"故事"和"情节"做了比较,提出:"'国王死了,不久王后也死去'是故事;而'国王死了,不久王后因伤心而死'则是情节。"①前者只是将两个偶然事件排列在一起,本身并不包含文学意义,但后者将两个事件用因果关系联系起来,就获得了文学意义。情节反映的是叙事的逻辑关系,整个叙事中的核心情节则是叙事寓言性所需要的因果符码的实现基础。在复杂叙事体系中,我们所能识别的主干情节是由枝干情节组成的,或是从枝干情节中提炼而成的。以悲剧叙事为例,法国古典主义时期的悲剧作品大多符合"三一律"要求,其主干情节与枝干情节是很明显的,其中主干情节的发展是牵引观众理解故事隐喻的关键。在亚里士多德提出的悲剧六要素(情节、性格、言词、思想、形象、歌曲)中,他认为"最重要的是情节,即事件的安排"②,

---

① [英]爱·摩·福斯特:《小说面面观》,苏炳文译,花城出版社1984年版,第75页。
② [古希腊]亚里士多德、[古罗马]贺拉斯:《诗学·诗艺》,罗念生、杨周翰译,人民文学出版社1962年版,第21页。

"情节乃悲剧的基础,有似悲剧的灵魂"①。有情节的地方就有因果关系,寓言故事的情节少,易于找到基于情节的核心结构,而戏剧剧本或小说文本的故事内容则相对复杂。它们通过情节单元,构建出情节系统,进而形成叙事的核心结构,这是从整体理解叙事的关键步骤。如果情节系统中存在具有整体性的因果运动,那么不论多么复杂的叙事,都与短小的寓言故事有了同质性。如果叙述行为含有整体性目标,寓言与其他叙事体裁的主要差异就只是"小情节"与"大情节"的差异,它们都可以被视作"寓言类叙事文学"。

叙事是交流的手段,虽然有其审美的功能,但通过叙事文本探寻表达者的叙事目的是接收者不能回避的任务。阅读或倾听一个故事,不论其文采、趣味性、篇幅长短如何,都会促使我们揣测故事的言外之意。寓言不论作为体裁还是作为概念,其意义内涵都包含了它自带的隐喻性特征。长短是叙事的相对性特征,只要叙事整体的隐喻性可以被识别与表述,它就能以语言的形式被浓缩为简短的寓言故事。寓言思维研究方法促使我们既关注从创作设计到文本结构的思维路径,又关注寓言性的三个符码特征。将该研究方法用于童话、戏剧、小说研究将有助于我们揭示叙事的内在规律性,通过从叙事中发掘潜在的寓言母题,来探寻不同类型叙事文本间的内在共性。

(二)文学中的叙事研究

叙事学研究理论是研究故事呈现方式的理论,在西方有着悠久的历史。柏拉图对叙事进行的模仿(mimesis)/叙事(diegesis)二分说可以被视作最早的叙事概念。他认为不同的讲述方式会形成不同的故事形式,并指出了叙事不是故事本身,而是讲故事的方式。他看到了不同叙事方式对内容的影响,即模仿与叙事影响了内容的呈现。亚里士多德的《诗学》被认为是西方最早的叙事学理论著作,他主要阐释了悲剧叙事的相关理论,强调了叙事中情节的首要性、人物的功能性和结构的完整性。西方叙事学理论在此基础上发展而来。在近代小说大量出现后,关于叙事的研究日趋丰富。叙事学理论多围绕着叙事逻辑、策略、效果等方面展开。1969 年,"叙事学"作为术语在茨维坦·托多洛夫的《〈十日谈〉语法》中首次出现,托多洛夫指出"叙事学"是"一门尚未存在的科学"②。20 世纪,叙事学研究迎来了结构主义研究与形式主义研究两个新的领域。俄国的形式主义研究强调艺术的自律性,弗拉基米尔·普罗普提出了"叙事功能"概念,开始借助自然科学的研究

---

① [古希腊]亚里士多德,[古罗马]贺拉斯:《诗学·诗艺》,罗念生、杨周翰译,人民文学出版社 1962 年版,第 23 页。
② [法]茨维坦·托多洛夫《〈十日谈〉语法》,转引自张寅德:《叙述学研究》,中国社会科学出版社 1989 年版,第 1—2 页。

策略来分析文本结构的规律性,这对后来结构主义叙事研究产生了重要影响。布雷蒙、A.J.格雷马斯以及托多洛夫等叙事学家开始致力于建构故事语法,探讨事件的功能、结构规律、发展逻辑等。法国学者热拉尔·热奈特的研究则集中在叙述话语层面,力图建构叙述语法或叙述诗学。自20世纪60年代起,大量关于叙事作品结构分析的研究开始涌现,叙事学以法国为轴心辐射至世界各地,为叙事文艺理论的发展做出了卓越贡献。西方叙事学研究随着后结构主义时期的到来而逐渐走下神坛,这一时期的叙事学希望打破"结构",摆脱传统叙事的规约,消解传统叙事的言意纽带。西方叙事学理论在两千多年的发展中,始终聚焦于文本与人的关系,始终希望在看似随意、感性的文本中寻找到稳定、理性的规则。

近现代叙事学受到了蓬勃发展的自然科学影响,对文本中的规则尤为重视。普罗普将"叙事功能"符号化;格雷马斯引入了"行动素模式",把人物按其表现分为六个功能,即相辅相成的三组成分——主体/客体、送信者/受信者、助手/敌手;而热奈特借用时序、时距、时频、语式、语态等语法研究术语来细化对叙事策略的研究。在近现代叙事学理论中,普罗普的形式主义研究理论对我们有重要启发。他从选取的100个民间故事目标样本中分析出31种具体的"叙事功能",并以符号化的方式来呈现故事。该理论对寓言符号系统的建立具有启发意义。从故事结构的归纳到寓言母题的生成,这一过程与"叙事功能"的排列组合有一定的相似之处。不过,"叙事功能"的组合是纯情节性的,这与我们的寓言母题设计有较大不同。依照普罗普的理论,将符号化的叙事功能以特定顺序组合后构成的符号群模型是研究的最终目标。较之该理论,我们的寓言母题研究方法更加关注叙事的内涵与目的性,更加关注叙事的言意关系,因此适用范围也更加广泛。

所有叙事学理论都试图寻找藏在文字组合中的规律,进而揭开读者在文字符号中未曾看到的风景。文学本质上是人学,叙事作品中不变的规律是文本所隐藏的任何信息或意义都与人有关。叙事学流派众多,对纯形式研究的热情也从未减弱,但是形式最终是创作行为的结果,叙事研究最终仍需要回归以人为出发点的意义本身。因此,我们才会从寓言出发关注文本与人的关系,才会关注以人为中心的寓言母题,才会以参数的形式描述寓言母题在文本中的存在状态,以便更好地描述寓言母题与文本结合的方式。形式主义、结构主义研究曾一度风靡学界,但淡化意义的研究方法限制了其长远的影响力。寓言叙事符号系统连接了故事结构与文学形式,使符号化研究在抽象与具体间达到了某种平衡,为千差万别的叙事建立了最简单、有效的度量与比较方式。

(三) 以符号系统描述叙事共性

我们在前面章节分别论述了寓言思维与寓言母题存在的广泛性,以适用于寓言的研究方法来研究具有整体隐喻性的其他叙事体裁应该是可行的。寓言叙事符号系统通过概括性描述文本的隐喻内涵与叙事策略以提供叙事从设计到形成文字过程的共时形态,该系统为言意关系研究搭建了新的平台。

符号系统既可以用于描述叙事作品的个性,也适用于描述其共性。从历时的角度看,它有助于更清晰地观察同类寓言母题在不同时期叙事中的表达形式;从共时的视角看,它有助于我们归纳、总结同一时期具有相似叙事风格的作品。基于对法国文学的热忱与持久关注,我们将后面章节的研究重点放在自拉封丹起的两个世纪内的法国主要经典叙事文学作品上。寓言母题在符号系统中起到连接文本与寓意的功能,而寓言母题外的系统参数则是描述寓言叙事设计策略的结果。个性属于作家,共性则是文化与时代的产物。以法国文学为背景,通过为拉封丹经典寓言以及17至19世纪法国经典文学作品中的寓言母题建立符号系统,我们可以更好地剖析作品之间的共性与差异性。

寓言故事的传承与模仿是容易辨析的,因为寓言简练的文本特征让寓言隐喻停留在哲学、社会学、人类学等更深刻思考的入口处。建立符号系统可以将复杂的叙事文本中模糊而难以提炼的面貌简单化、符号化,进而让不同复杂叙事间的共性像不同寓言故事间的共性一样一目了然地呈现。我们可以试着用符号系统来描述法国17世纪戏剧叙事与18世纪哲理小说叙事的特征性差异。法国古典主义背景下的戏剧文学,多以民众普遍相信发生过的古希腊、古罗马故事为蓝本进行改编创作,故事大多为经典故事中的选段,可以将其视为"真故事型"<V>。这些戏剧作品多关注"荣誉""情欲""伦理"类的寓言母题,所触及的问题多具有强现实性,与社会生存关系密切,属于"生存规则"<RS>类。大多数该时期的戏剧中还有一个共同特征,即人物形象鲜明,具有与故事相同甚至更大的文化号召力与影响力,叙事类型多为"重叠型"<D>。由此,我们可以将古典主义时期法国戏剧的常见符号系统模型概括为:

$$17 \text{世纪法国戏剧} \Rightarrow \text{【}M(XXXX), <Rs>, <D>, <V>\text{】}$$

18世纪后的法国哲理小说成为启蒙运动时期启迪思想的重要力量,其间以伏尔泰为代表的小说作家们十分热衷于通过讲述贴近生活的故事来阐释哲理。这些哲理小说大多关注与哲学思想或辩证法有关的寓言母题,驳斥一些观点的同时也阐释了自己的价值观,属于生活规律<Lv>类。这些小说中的故事虚构但并非不可能发生,属于"可发生型"<Po>。作品虽然常常以主人公名字或代号命名,如《查第格或命运》《宿命者雅克与他的主人》等,但这些主人公并不具备文化号召力,只是为了满足作品的哲理论证需要而设立,因此故事叙事类型多为"故事型"<C>。由此,我们可以将18世纪法国哲理小说常见的符号系统模型概括为:

$$18 世纪哲理小说 \Rightarrow 【M(XXXX),<Lv>,<C>,<Po>】$$

以上两个符号系统的差异呈现了两个时代不同的叙事特征,它们并不是对某个文学作品的总结,而是对特定文化背景下叙事设计偏好规律的总结。如果我们研究某一部文学作品,可能会出现偶尔的分类偏差,或者某部文学作品中的不同寓言母题会存在类别的不同。我们在此总结的是这些文学体裁的普遍存在方式,我们所要反映的是寓言思维与叙事文学思维一脉相承的关系,以及在寓言思维指引下构建符号系统的习惯性策略。这种比较为我们展示了从17到18世纪法国艺术聚焦方式的转变:英雄人物不再成为艺术审美的必需,叙事从对生存性问题的思考转向对生活及形而上问题的思考。如果传统的叙事文学符号化理论可以与寓言母题符号系统研究法相结合,那么在某一个时期、某一个文化背景下的关于文学作品共性或互文性研究的结论将变得更加清晰且更具说服力。

第四章　寓言母题与叙事文学

"寓言是古老的，有了5 000年的悠久历史，寓言又是年轻的，时至今日不仅长盛不衰，而且正在渗透到其他文学作品中去，使各类文学作品具有更深厚的哲学意蕴，以至于有人认为：只要了解一个人如何分析寓言，便可以了解他如何分析其他文学作品。"①理解寓言故事是解读叙事文本寓言性的过程，从寓言文本中发掘寓意与探寻其他体裁中叙事隐喻的逻辑规律是一致的。

罗兰·巴特在《叙事作品结构分析导论》中说道："世界上叙事作品之多，不计其数；种类浩繁，题材各异。对人类来说，似乎任何材料都适宜于叙事……叙事遍布于神话、传说、寓言、民间故事、小说、史诗、历史、悲剧、正剧、喜剧、哑剧、绘画……"②无处不在的叙事引起了文学研究者们对叙事逻辑的关注，也使得学术界对叙事规律的总结从未停歇。思想的传递需要叙事，因为表达者与接收者能够通过叙事符号建立有效沟通，寓言具备的超时间跨文化传播力，正是基于对叙事沟通价值的有效利用，而寓言以外的其他体裁叙事作品能成为文学经典的一个重要原因是它们能实现有效沟通并激发价值认同。在寓言理解中发生作用的寓言思维同样会作用于其他类型的叙事文学，它在认可叙事完整性及叙事目的性的基础上，将叙事关键信息看作符号代码，通过解码活动发掘叙事背后的隐喻及母题结构。基于笔者与法国文学的缘分以及考虑到法国文学经典作品的世界性影响力，本章以法国17至19世纪的戏剧、小说的叙事经典作品为研究样本，借助上一章中总结的寓言母题研究法，综合分析寓言思维在叙事作品中发挥作用的方式，由此揭示寓言母题与叙事经典形成的相关性。

---

① 陈蒲清：《世界寓言通论》，湖南教育出版社1990年版，第1页。
② ［法］罗兰·巴特《叙事作品结构分析导论》，转引自张寅德：《叙述学研究》，中国社会科学出版社1989年版，第2页。

第一节　格式塔理论对叙事研究的意义

以文本隐喻与叙事动机为研究对象是一种相对传统的研究方法,这首先需要将叙事文本视为一个表达意义的形式整体。在对寓言思维的研究中,我们已经揭示了思维活动在文本接纳的过程中有着强烈的对叙事整体性意义的需求。对主体而言,叙事作品不论长短,其文本的心理投影与图形、声音一样,都首先呈现出整体性面貌。叙事文本会首先触发并生产一种形式上的幻象,接收者借助经验与知觉以自洽的方式对叙事进行精炼与重构,进而抵达意义的"完形"。从格式塔心理学理论看,它是认知世界思维活动的必然产物。

一、叙事的完形

诞生于德国的格式塔心理学(psychologie de la gestalt)是西方现代心理学的主要学派之一。"格式塔"一词是德语"gestalt"的中文音译,意为"形""形状"或"完形",因此格式塔心理学也被称为"完形心理学"。该学派强调经验和行为的整体性,认为整体不等于并且大于部分之和,主张以整体的动力结构观来研究心理现象。格式塔心理学所提供的是一种认知与看待事物的方式,对视、听、审美等领域的研究都十分有效。文学中的叙事是叙事片段的缝合,而不是叙事片段的机械叠加,其产生的心理投影与留下的记忆具有整体性。格式塔理论指出了叙事阅读中读者寻找寓言母题的思维活动依据。

在视觉认知活动中,几何的格式塔会直接将观察者引向事件最简单的可能形态。在其他审美认知活动中,经验的格式塔会按照动态规律根据既有经验对事物实现完形。部分与整体的关系虽然是辩证的,但个体在理解客观事物的过程中首先会根据经验对其生成整体性印象。G.A.米勒(G.A.Miller)曾举过一个有趣的例子,用以说明格式塔心理学和构造主义的不同:当你走进心理学实验室,一个构造主义心理学家在看见桌上的一本书时,会习惯性地认为桌上是暗红色的平行四边形,在它下面有一条灰白色的边,再下面是一条暗红色的细线。而事实上,"任何一个愚蠢的人都知道,'书'是最初立即直接得到的不容置疑的知觉事实"[①]。今天的文学批评研究与构

[①] [美]库尔特·考夫卡:《格式塔心理学原理》,李维译,北京大学出版社2010年版,第3页。

造主义心理学派的研究方法颇为相似,他们相信将文本拆解为众多的意义片段能让我们更好地理解一部作品,但他们往往忽略了一个简单的事实:作品首先是作为整体被接收者接纳并持续地留在接收者脑海里的。尤其是对于叙事文学作品,我们不可能将作品描述为若干个精彩的片段集合而无视其作为整体的存在。"在格式塔心理学家看来,知觉到的东西要大于眼睛见到的东西;任何一种经验的现象,其中的每一成分都牵连到其他成分,每一成分之所以有其特性,是因为它与其他部分具有关系。由此构成的整体,并不决定于其个别的元素,而局部过程却取决于整体的内在特性。完整的现象具有它自身的完整特性,它既不能分解为简单的元素,它的特性又不包含于元素之内。"①这里所说的知觉是我们头脑根据经验与外部信息对事物形成的整体认知。

完整性是寓言体裁生命力的内在要求,寓言中的情节只能为寓意服务,它们单独存在时几乎毫无意义。当寓言被当作整体去感悟、体验,我们就会在抽象化的故事人物、故事核心情节与现实经验的比对中寻找与之匹配的寓意。在研究寓言外的其他叙事作品时,对文本整体性辨识的冲动来自知觉,是个体对符码内在秩序的需要。不论是高乃依的《熙德》、莫里哀的《伪君子》,还是巴尔扎克的《欧也妮·葛朗台》,个体都将在阅读中将其与既有经验、知识系统进行比对,进而忽略部分无关紧要的故事人物或故事细节,保留能激发故事整体隐喻的叙事核心情节。即便文本表述具有不确定性或留白,心理对于"完形"的诉求也会驱使文本接收者尽快寻找通达故事整体性意义的通道。

格式塔理论肯定了认知客体的心理现象具有完形特征,客体不能被人为地以元素为单位区分,完整的对象不是孤立的成分(如形状、颜色和音调)的叠合。经验记忆的现象都自成完形。完形是有组织的有机结构,自身含有意义。心理现象的完形特质会使整体性感受先入为主。在观看一个复杂图案时,神经网络会从记忆中寻找具有相似性的图案实现完形,在叙事阅读中,这一活动同样会发生。在对非寓言体裁的叙事作品的阅读中,我们会识别出与寓言故事中相似或相同的寓言母题,这并不需要提前阅读过寓言故事。因此,我们在经验中寻找的实际上是作为脑文本存在的寓言母题,而未必是已经存在的寓言故事。这也证明了寓言只是寓言母题的载体,而不是寓言母题的生产者。在上一章中,我们总结了寓言性的三个符码,戏剧叙事、童话叙事、小说叙事是否具有寓言性取决于文本是否具备这三个符码。

---

① [美]库尔特·考夫卡:《格式塔心理学原理》,李维译,北京大学出版社2010年版,第3页。

实际上，只要我们在文本中发掘出某个或某两个寓言性符码，我们就会因为"闭合性"原则而根据既有经验去寻找剩余的符码，进而为其构建一个完整的、可以保证隐喻生产的场域。格式塔的"闭合性"原则体现在当个体感知到外界不完整、不完满时，大脑皮层会主动"填补"这种由紧张造成的空缺，从而达到内心平衡的状态。当外界的事物有一部分被掩盖或遮蔽时，我们本身长期积累的知识经验也会被激发。在这种状态下，我们就会运用自己的联想和想象把那段被掩盖或遮蔽的部分补充完整。这是我们本身就具有的知觉和感觉，它们引发我们运用想象力去填补原来的不完满和不完整，即所谓的"不完形"，从而使自己获得满足与平衡。对于完形的需要使得大多数叙事的寓言性更为清晰，也使得从寓言性文本中寻找寓言母题的行为成为文本接纳过程的一部分。

对完形的需求从文学研究的角度也容易得到解释。读者对于作家创作初始意图在文本中的体现存在心理预期。读者倾向于预判作者的创作意图具有整体性和一致性，或者说作者应该有一个统一的创作目的或动机，它促使每一个文字表达行为都构成了将叙事引向一个特定目标的手段。不同文本片段在被赋予不同意义之前先肩负了完成作者初始目的或动机的使命。这一前提使得完形心理带来的阅读体验成为叙事审美研究的一个必要组成部分。

二、叙事审美的异质同构

格式塔心理学家用异质同构原则来解释审美经验：心理和物理是相通的，二者都会形成看不见的"场"。心理活动会产生和形成一个类似于物理现象中的"场"，当知觉对象把感知到的内容作用于大脑皮层时，这个"场"便产生了，它是一种审美经验。当外界事物、人的知觉组织活动和内在情感之间发生共振时，就有可能激发一致的审美经验，即达到异质同构的效果。

"异质同构"原则经由鲁道夫·阿恩海姆（Rudolf Arnheim）的阐释，从心理学研究领域进入了文学艺术领域。欣赏文学作品时的心理感受与作品的表现性可以发生共振，异质同构的发生是因为外部事物、艺术样式与心理知觉和情感之间存在统一性。对客观事物的"完形"认知从根本上讲是因为思维结构中存在着理解和确认完形的机制，"同构"是一种"力"，在知觉活动中，作为客观对象（包括文学作品）的物理结构与作为主体的大脑在结构上存在同形的关系，即任何客观的文学作品，只要其"力"的结构与人内在情感的"力"的结构存在对应关系，这些作品就能表现人的内心世界。

文学文本中的叙事并非线性连贯，而是存在着很多的空白与不确定性。

主体知觉的心理机制为何能把各句子、各片段中的不连续动态连接,组织成一个完整的文本格式塔?为何完全不同的小说作品常常能够在阅读中给我们带来相似的体验?个体的心理场会因为其特定的思维结构而将叙事片段或文学修辞引向一个设定好的方向。叙事的寓言性来自三个符码,而思维对这三个符码的解码过程都是原发性的,尤其是对于因果符码。对于以"荣誉""伪装""金钱"为关键词的母题结构,识别因果符码的自发倾向会将作品理解聚焦在部分故事情节之上,进而将作品的意义引向心理场的预设方向。寓言母题作为一个社会性伦理思考结果的表述是独立于寓言存在的,尽管寓言母题内容是一个极简的语言描述,但它是一个心理场活动结果的表现形式,对于不论轮廓清晰还是模糊的叙事都具有整合的聚力。

在视觉与听觉的审美过程中,在一个限定区域内的线条、音频的各种排列都可以成为知觉的表现对象。艺术通过感受交织的物质材料来实现结构的完形,进而唤起欣赏者身心结构上的类似反应,而不仅仅是让欣赏者停留在欣赏物的表面之上。在文学作品的审美中,对作品整体之美的感悟一定会被作为心理场活动结果的母题群或母题所吸引,系统性文字编织的整体效应最终以同构的方式被大多数欣赏者吸收,进而产生持久的影响力,也就是大众形成的对作品高度相似的观感与态度。拉辛戏剧作品《安德洛玛克》讲述了一个女人不得不在对亡夫的忠诚与对孩子的爱之间做出取舍,所描述的是一个女人的悲惨命运,但是情节丰富的故事所展示出的情欲颠覆理性的巨大破坏力,才是审美感受的主要激发物。不论文本有多少解读视角,只要从整体上去理解该作,就必然聚焦于叙事所阐释的情欲对人的影响及破坏力。该剧叙事的建构完全不同于寓言故事《恋爱的狮子与农夫》,但所映射的关于情欲破坏力的寓言母题如出一辙地唤起了读者内心的情感共鸣。这种内在一致性并非源于文字或故事的相似之处,而是来自主体自有的心理场所产生的同频反应。文字与心理的同频是由心理结构决定的。叙事带来的审美体验必然基于它所激发的读者心中的共鸣。叙事作品的整体性价值之一,就是对以脑文本形式传播的寓言母题的认同。文学作品作为文字体验场,会带来多重复杂感受,但叙事的整体能以脑文本形式留存与传承正是因为它激发了读者普遍心态的同频反思。

理解叙事的心理场不同于理解图案、声音的心理场,对叙事寓言性的辨识是一个复杂的思维活动过程,因为既有经验的存在,其发生是必然的,结果也不难预判。探寻意象符码,是叙事接收者不断地用一般性社会身份符号与主人公意象进行匹配;探寻伦理符码,是接收者根据内心既有伦理秩序去尝试评判主人公的伦理选择;追问因果符码,是接收者以因果逻辑规律来对叙述事件进行选择与关联性连接。个体的思维秩序总会倾向于将叙事作为整体引向我们所熟悉的、具有伦理反思价值的寓言母题形态,对寓意或隐喻的追寻是思维结构所决定的。以叙事为基础的寓言故事、戏剧、童话、小说最终都因为在读者心理引发的同频共振而产生文学视角下的互文,这种整体性互文关系是异质同构的表象,是审美个体因思维相似性而对复杂文字组合进行的选择性接受的必然结果。对不同叙事作品共有寓言母题的探寻,即对这种互文性关系的探究。

第二节　17世纪法国文学中的寓言母题

清代刘熙载在《艺概》中说道:"叙事有寓理,有寓情,有寓气,有寓识。无寓,则如偶人矣。"①叙事为"寓理""寓情""寓识"服务,研究叙事的目的是研究叙事中的"寓"。古典主义时期,在"正直的人"的社会理想感召下,法国文学作品中的叙事多以封建伦理价值体系中的人为核心,寓言性特征明显。宫廷作家拉封丹、高乃依、拉辛等文学家不论在思想还是语言上都留下了深刻的时代烙印,从他们作品中相似或相同的寓言母题可以看出集权体制下文人思考的趋同性。

一、高乃依与"荣誉"组寓言母题

在封建王室推动下的17世纪法国文学有着诸多共性,包括对古代经典的继承、对理性的执着、对"三一律"的热衷,以及对"忠君爱国"思想的坚持等。包括高乃依在内的许多宫廷诗人都是王室颁发年金的享有者,自然也是国家意志的践行者。因此,这一时期的文学作品都烙有深刻的封建时代痕迹。

"荣誉"这一概念自古就有,在不同历史时期有不同的文化内涵。戏剧作家高乃依见证了法国封建社会走向顶峰,也客观上参与了封建体制下道德观、价值观建立并完善的过程。"正因为高乃依所要维护的是封建王国的最高利益,所以他所塑造的主人公都是一些精神崇高的伟大人物,他悲剧中最主要的戏剧冲突就是理性与情感、意志与欲望、义务与激情的冲突,而胜利永远属于理性、意志和义务。"②理性、意志和义务三者构成了法国封建社

---

① 刘熙载:《艺概》,中华书局2009年版,第30页。
② [法]高乃依:《高乃依戏剧选》,张秋红、马振骋译,上海译文出版社1990年版,第9页。

会荣誉观的意义内核。理性是人类在社会规约面前自我完善的品格需要，意志是在理性要求下达成管束目的的主观力量，而义务是臣民之于国家的社会责任。在封建制度下，贵族臣民对荣誉的追逐与捍卫显而易见地体现于三者之上。高乃依塑造的罗德里格、贺拉斯等经典戏剧形象都是集权统治下的荣誉捍卫者。即便作品中的故事并非发生在17世纪的法国，但他们捍卫荣誉的行为很好地迎合了17世纪法国封建权贵的品位。"这些'出身高贵'的人对自身定位极高，对自己该成为的样子极为自信。他们尊重一切自身存在的能构建伟大的萌芽，并努力去发扬它。"①"荣誉"是17世纪法国精神的体现，也为与之相关的寓言母题赋予了时代意义。

（一）"荣誉捍卫者重荣誉轻生死"与"虚享荣誉者受罚"

"荣誉"是时代伦理观的产物，不同历史时期的"荣誉"概念有着不同的内涵与外延，因此，探究"荣誉"书写中的隐喻必须将其与作品创作的时代背景相连接。法国17世纪的文学叙事中，主人公意象符码的构建需要从封建伦理观中寻找钥匙。高乃依用《熙德》来阐释荣誉对于主人公与家族的意义，呈现了封建伦理较为完整的面貌，而拉封丹则通过凝练的叙事巧妙地反衬了荣誉对于统治者无可取代的重要性。

拉封丹寓言《衰老的狮子》的主角是威风尽失的年迈狮子。结尾处"侮辱"与"两次"这两个关键词暗示了狮子宁可死亡也不愿被驴子羞辱。而从寓言开头处对狮子性情的铺垫"狮子，这林中的霸王上了年岁，／想到往日的威武不由得落泪"②可以看出，寓言家欲呈现的是强者内心的孤独与失去强者荣光后的不安，与伊索寓言相比，拉封丹在对寓言母题"荣誉捍卫者重荣誉轻生死"的演绎中强调的是封建君臣结构中的等级荣誉观。在《小母牛、母山羊、母绵羊同狮子结盟》《狮子和帮他打猎的驴子》等拉封丹寓言中，狮子统筹规划、运筹帷幄的能力给读者留下了深刻的印象，狮子化身为被人膜拜的图腾，是"荣誉"本身的象征。《衰老的狮子》讲述了狮子在晚年无法忍受其他动物欺辱的故事，不仅暗示了世态炎凉，更反映了作为统治者的狮子在失去地位后，对于"尊严""荣誉"依旧极为重视。"愿意死""等于死了两次"等词句反映了"荣誉"在统治者伦理价值排序中的位次。

第六卷中的寓言《狐狸、猴子和群兽》讲述了"狮子"驾崩后的故事。群兽推选国王，猴子自荐，"群兽觉得这样很漂亮，／便推他为王，宣誓效忠"③。

---

① Lagarde, André and Michaud, Laurent, *Texte et Littérature——XVIIe siècle*, Paris: Bordas, 1985, p.112.
② La Fontaine, Jean de, *Fables*, Paris: La Pochothèque, 1985, p.182.
③ La Fontaine, Jean de, *Fables*, Paris: La Pochothèque, 1985, p.330.

但显然,漂亮是远远不够的,最后猴子上当,遭到嘲讽。寓言最后以"王冠,只有少数人才配"的感叹结束,寓言叙事中有明确的因果符码,由此而得出的寓言母题"虚享荣誉者受罚"呼应了寓言《衰老的狮子》。故事中虽然没有主人公"狮子",但暗示了"欲戴王冠,必承其重"的道理。"荣誉捍卫者重荣誉轻生死"是法国封建伦理观下个体的心理场,"虚享荣誉者受罚"既是生活建议,也是个体不得不接受的伦理规范。

在17世纪的法国文化背景下,寓言的因果符码与伦理符码是部分重叠的。"荣誉"(honneur)概念携带着法兰西的独有特色,是封建伦理观的一部分。单词"honneur"的第一个含义"一种获得他人价值肯定并保持自尊的道德倾向"①指出了"荣誉"概念的互动性特征。"荣誉"既不是他人赠予的,也不是自诩的。"荣誉"向往者既要通过努力赢得他人认可,也要通过提高修为内化个人品格。在《衰老的狮子》中,年迈的狮子丧失荣誉的结局也是在互动中形成的,曾欺凌弱者的暮年狮子不受百兽尊重是伦理结局,也符合逻辑因果律。朱历安·皮特-李维尔(Julian Pitt-Rivers)在谈到法国人的荣誉观时强调:"荣誉与权力现实紧密相连,不论是政治、军事还是经济的。"②在17世纪法国封建社会的鼎盛时期,权力被集中在少数人手里,对"荣誉"的捍卫即对权力的捍卫。因此,他们将"荣誉观"包装为社会伦理要求,用以巩固对社会的统治。此外,"荣誉"与权力的紧密关联使得失去荣誉必然导致失去权力,当"荣誉"与权力成为硬币的两面时,"荣誉大于生死"的伦理观念也就影射了权力的时代重要性。在这种荣誉观的驱使下,为了家族荣誉,人们可以牺牲爱情;为了国家荣誉,人们可以牺牲生命。荣誉观改变了臣民的行为方式,他们是忠臣、孝子,进而行为激进,甚至缺少人性。尤其是在绝对君主制的时代环境中,"荣誉"赋予了人们压抑个性的"理性",然而这种"理性"在后来的启蒙运动中被部分否定,"理性"也随之被重新定义。

(二)《熙德》中的"荣誉"情结

轰动一时的戏剧作品《熙德》是高乃依根据西班牙剧作家德·卡斯特罗的剧本《熙德的青年时代》写成的。该作品虽取材于西班牙,高乃依却为之注入了法国的思想与精神。作品表现了主人公忠君爱国的政治理想以及个人利益服从国家利益的价值观。文本叙事的寓言性特征明显,三个符码十分清晰。故事的起因是唐·罗德里格杀死了爱人的父亲,随后征战摩尔人,

---

① *Dictionnaire encyclopédique*, Paris: Hachette, 1998, p.913.
② Gautheron, Marie, *L'honneur-Image de soi ou don de soi un idéal équivoque*, Paris: Autrement, 1991, p.25.

赢得荣光,最终与爱人缔结姻缘。这整个历程都是在法兰西式荣誉观的驱使下完成的。罗德里格是封建伦理观下的英雄。"如果罗德里格只顾儿女私情拒绝杀害侮辱父亲的高迈斯,他的品格就要受到责难,从而没有资格和施曼娜结为伉俪;同样,施曼娜也只有请求国王惩处杀父凶手罗德里格才能最终与罗德里格结合。"①二人令人难以理解的相爱逻辑是17世纪特殊时代伦理观的产物,该作第一幕第六场中罗德里格的独白揭示了封建荣誉观对个人选择的影响:

  啊,父亲,情人,荣誉,爱情,
  高尚而又严格的约束,令人倾慕的专断,
  不是我的欢乐全部凋零,就是我的荣誉布满污点。
  一个使我不幸,另一个又害得我有愧于生命。
  啊,无所畏惧但又包含慈爱的心肠
  所怀抱的珍贵而又毫不留情的希望,
  我莫大幸福的可敬的对头,
  引起我的痛苦的凶器,
  难道我收下了你就为了替我的荣誉报仇?
  难道就为了失去的施梅娜我才收下你?②

"荣誉"一词在该段独白中出现了三次。荣誉是左右生命选择的一个重要因素,"在他(罗德里格)的心目中,爱情只是一个快乐与否的问题,荣誉则事关生存与毁灭,所以,最终他还是服从了家族的荣誉"③。荣誉带来的无形威慑力还来自对失去荣誉的恐惧,因此,荣誉追寻者常常无畏生死,更不论爱情,"只有拒绝冒生命之险去捍卫荣誉的人才会失去荣誉"④。罗德里格为了捍卫荣誉杀死爱人的父亲,又为了赢得荣誉奔赴战场,他最终得到国王的宽恕,还被"加冕"为"熙德",并迎娶心爱的女人。这都是他不惜牺牲一切捍卫荣誉所获得的最高奖赏。正如高乃依所说:"悲剧的庄严要求表现出某种巨大的国家利益和某种比爱情更高尚更强烈的情欲……把爱情事

---

① 陈振尧:《法国文学》,外语教学与研究出版社2000年版,第71页。
② Corneille, Pierre, *Le Cid*, Paris: Hachette, 1862, pp.162–163.
③ 袁素华:《论古典主义的理性——兼比较高乃依与拉辛创作中的理性倾向》,《广东教育学院学报》1998年第3期。
④ Gautheron, Marie, *L'honneur-Image de soi ou don de soi un idéal équivoque*, Paris: Autrement, 1991, p.23.

件融入悲剧也是完全适宜的……但必须使爱情事件安于剧中次要地位,而要把首要地位让给国家利益。"①

与拉封丹寓言一样,"荣誉"与"生死"的正相关使得作品中的伦理符码与因果符码具有重叠性,而罗德里格与狮子作为意象符码的表征也十分接近。封建伦理观要求有损荣誉者赴死,主人公的幸福结局是捍卫荣誉而获得的奖赏,但这种荣誉观也是以压抑与牺牲为前提的。高乃依通过"熙德为了荣誉手刃爱人之父,又在对外战争中赢回荣誉"很好地表达了"荣誉捍卫者重荣誉轻生死"的寓言母题。从情节上看,围绕着主人公及其家族,这一寓言母题在多个叙事结构中被反复阐释,使得故事作为整体的隐喻方向性更加明确,受众更容易将其视作一则伦理寓言;从整体上看,符合大众期待的主人公作为意象符码成为荣誉捍卫者的典范,既反映了时代精神,又提供了伦理教育的榜样。这些都是该作在同时代以及后世取得成功的重要原因。

(三)《熙德》中的叙事符号系统

在前一章节,我们试论过 17 世纪法国戏剧中较普遍的叙事符号系统:【M(XXXX),<RS>,<D>,<V>】。该模型也是最适合表现时代精神的叙事策略。高乃依笔下的戏剧创作所烘托的"荣誉"组寓言母题与他所选择的叙事策略契合了时代需要。

> 因此,高乃依的悲剧都有一个"不同寻常"的主题,如果它不是建立在历史权威以及被广泛认可的传说基础上,它甚至不像是真的……比起后来与社会惯例紧密联系的"像真的"主题,高乃依更喜欢一种"不同寻常"的"真实"(在布瓦洛看来,"真实"有时并不像真的)。②

一方面,从作者的创作意图出发,《熙德》的故事应该被归入"真故事型"<V>,高乃依并不喜欢古希腊的那些虚构的故事,他对于真实性的要求远远高于其他悲剧作家。极其接近真实的故事会为寓意的烘托提供更强有力的支持。对观众而言,"历史的真实"对于心悦诚服地接受"真理"非常关键。另一方面,作品的母题叙述类型为"重叠型"<D>,高乃依选择将主人公名字作为作品名,虽然这在其他戏剧作家笔下并不少见,但主人公的影响力

---

① 邱紫华:《高乃依的悲剧美学思想》,《华中师范大学学报》2002 年第 4 期。
② Lagarde, André and Michaud, Laurent, *Texte et Littérature—XVIIe siècle*, Paris: Bordas, 1985, p.107.

已经达到和整部作品同样的高度,作者通过以主人公为中心的独白与对话,将意象符码置于十分明显的位置。

拉封丹笔下的《衰老的狮子》《狐狸、猴子和群兽》所对应的寓言母题分别属于"生活艺术"<Av>类与"生存规则"<Rs>类,涉及的是"荣誉观"下相对具体的现实问题。高乃依的作品可以析出的核心寓言母题为"荣誉捍卫者重荣誉轻生死",但也兼顾了"虚享荣誉者受罚"。叙事中的因果符码是"缺乏××而导致××"的结构,因此该寓言母题在作品中的表现属于富有明显时代导向性的"生存规则"类。对"荣誉"的态度属于伦理观,而如何求生则属于方法论。《熙德》中多个围绕主人公的叙事结构诠释了创作者对封建荣誉观的态度、反思,呈现了封建荣誉观对个体带来的影响。我们在总结其叙事符号系统时只能以其核心部分为依据:

《熙德》⇒【M(荣誉捍卫者重荣誉轻生死),<Rs>,<D>,<V>】

从戏剧创作的角度来看,"真故事型"剧本与"重叠型"叙事相结合来展示"荣誉"母题能更好地迎合个体审美的心理场。高乃依洞察了摄人心魄的"荣誉"光环如何通过人物来体现其价值。男主人公捍卫"荣誉"的炙热内心,与"荣誉"自身的魅力都在人物与叙事的互动中被不断强化。寓言故事所无法塑造的英雄的丰满形象在《熙德》中得到实现,高乃依将罗德里格的人物形象与熙德的故事一同写进了法国文学史。

(四) 对"荣誉"的伦理审美

"荣誉"是伦理社会的产物,并不属于某个时代,其内核具有传承性。尚伯利版本的伊索寓言《狼与在庙宇躲避的羊》有叙述者旁白:"这则寓言告诉我们,如果死是唯一的选择,那么最好带着荣誉死去。"[1]向往"荣誉"是普遍存在于每个个体的心理诉求,它在西方的不同文化中都受到关注。对"荣誉"的重视是希腊—罗马文明留给后世的精神遗产。与之相关的寓言母题具备"超时间性"特征。不过,荣誉感在文学作品中的表现力受到社会伦理观的深刻影响,在特定时空环境下,个体对"荣誉"的热忱或痴迷程度与艺术审美体验密切相关。

该组别寓言母题在17世纪的法国迎来了它最令人着迷的艺术表现。"荣誉"是伦理的人的思想产物,在贵族统治下的封建社会显得尤为重要。在荣誉获得之前追逐,在荣誉获得之后捍卫,都是这个时代荣誉观的应有之义。荣誉观既是精神文明,也有可能成为精神枷锁,由它构建的伦理符码是

---

[1] Esope, *Fables*, trans. Emile Chambry, Paris: Les Belles Lettres, 1927, p.98.

叙事中最具吸引力的部分。在伦理审美中，由于内心对捍卫荣誉伦理秩序的需要，个体对叙事中与"荣誉"相关的故事轮廓会尤为关注。《熙德》讲述了爱情故事、宫廷故事、战场故事，但"对荣誉的捍卫"是最能引发共鸣的母题。

17世纪的法国王权推动了封建伦理观的完善，对后来法国的社会心理产生了巨大影响。1802年，法兰西第一执政拿破仑设立了荣誉勋章，以奖励忠于自由和平等信条，并在军事或其他方面为法国建立了卓越功勋的人，以此取代旧封建王朝的封爵制度。此后，它就成为法国政府颁发的最高荣誉。到1963年，在戴高乐的倡导下，法国重新设立了"骑士勋章"制度，从此成为法国政府的国家级最高荣誉。当拿破仑用荣誉勋章取代封爵制度时，实际上是认可了封建荣誉观中的积极因素，而第二次世界大战后法兰西对骑士勋章制度的重建，更展示了不论时代如何变迁、战争如何摧残，"荣誉"永远是具有激励意义的精神力量。

因此，"熙德"是属于法国的"熙德"，以跨文化读者的身份去理解主人公的行为需要足够了解与之相关的背景文化知识。部分今天看似无法接受的因果关系在特殊的时代就显得顺理成章，"荣誉"光环背后的部分反人性的逻辑实际上是封建制度下上流社会的共识。《熙德》中对话形式的叙事将伦理观下的因果符码诠释得更为清晰，也更好地将这种今天看来并不健康的伦理思想可能产生的一系列后果呈现在读者面前。对于理解法兰西荣誉观的受众，这种表现手法具有直抵内心的影响力。"熙德"是西班牙的英雄，但他更是法国伦理审美的产物。虽然在寓言思维的作用下，大众理解作品寓言性的路径是一致的，但对荣誉得失的因果规律理解还是会受到大众文化的影响。《熙德》在法兰西文学中所取得的成功在其他文化中是难以重现的。

二、拉辛戏剧中的"情欲"组寓言母题

让·拉辛是法国古典主义戏剧的代表人物之一。"拉辛的悲剧没有谲奇险峻的故事情节，也没有五光十色的布景装饰，然而它们不仅使当代的观众所倾倒，也为后世的人们所推崇。"①包括夏多布里昂（Chateaubriand）、克罗岱尔（Claudel）在内的文学家们对拉辛的赞赏不绝于耳，拉辛的影响力辐射到欧洲甚至世界。即便司汤达旗帜鲜明地站在反古典主义的立场，也依然在《拉辛与莎士比亚》中为拉辛等古典主义戏剧家们辩护："他们

---

① ［法］拉辛：《拉辛戏剧选》，齐放等译，上海译文出版社1985年版，第1页。

虽然戴上镣铐,依然英姿勃勃,优美动人。"①1639年才出生的拉辛虽然成名较早,但并不是一位多产的作家,他一生仅为我们留下了九部悲剧和一部喜剧。拉辛不仅将古典主义悲剧创作原则近乎完美地运用到自己的作品之中,还勾勒了紧凑的情节、安排了扣人心弦的矛盾冲突,以刻画蛊惑人心的情欲。

值得一提的是,封建荣誉观也是拉辛作品中无法回避的主题,但其未构成文本关键词。"任何伟大的作家都摆脱不了造就他的时代。"②从《安德洛玛克》(又译《昂朵马格》)中女主角的不屈、《费德尔》中王子的坚毅都能看出封建荣誉观的印记,封建荣誉观的表达同样是宫廷诗人需要彰显的政治态度。不过,从完形心理学的角度看,在拉辛戏剧的寓言性特征中,"情欲"参与构建了作品的意象符码与伦理符码,而对于部分作品的因果符码,"情欲"失控是因,"荣誉"得失是果。拉辛作品留给观众或读者的整体感受是情欲失控而引发的伦理悲剧,这与同样关注情爱故事的《熙德》等作品是完全不同的。

(一)悲剧之源:"多情的狮子"

"受情欲所困的人会失去理智"的寓意在伊索寓言中就已经存在。寓言《恋爱的狮子与农夫》中,为了娶农夫的女儿为妻,狮子居然卸去牙齿和利爪,而结局只能是被农夫"用棍棒赶到门外"③。寓言家拉封丹对于"情欲"的认知也是具体而深刻的:"教他去抑制激情,这种恶毒的怪物,/像水蛇的头不断在心里反复滋生……"④在拉封丹寓言中,但凡提及"情欲"主题,他都会给出克制的建议。在寓言《多情的狮子》中,拉封丹模仿了伊索寓言中的故事,最后以叙事者身份道出:"爱神哪爱神,谁被你逮住,/就只能宣告理智的结束。"⑤该篇寓言与其他烘托狮子威武与不可一世的寓言形成对话,映衬出"能力""荣誉""地位"在"情欲"面前的不堪一击。

通过符号化分析,我们为两则寓言建立了一样的符号系统:【M(情欲失控者受难),<Av>,<C>,<F>】。寓言母题属于"生活艺术"<Av>类,寓言家希望让读者清晰地认识到"情欲"的巨大破坏力,但未通过寓言故事给出"情欲"失控的应对方案,寓言讽刺了"情欲"本能与理性社会秩序的天然矛盾,也警示读者要提防陷入"情欲"的伦理风险。在两则寓言的叙述中,对狮

---

① [法]司汤达:《拉辛与莎士比亚》,王道乾译,上海人民出版社2006年版,第112页。
② [法]拉辛:《拉辛戏剧选》,齐放等译,上海译文出版社1985年版,第1页。
③ Esope, *Fables*, trans. Emile Chambry, Paris: Les Belles Lettres, 1927, p.86.
④ La Fontaine, Jean de, *Fables*, Paris: La Pochothèque, 1985, p.643.
⑤ La Fontaine, Jean de, *Fables*, Paris: La Pochothèque, 1985, p.200.

子形象的刻画较为简洁,语言或人物个性并不明显,却都有完整的故事情节。可见在寓言家看来,因果符码的重要性高于意象符码,"情欲"是人性中不可剔除的部分,每个个体都可能成为故事的主人公。此外,虚构故事中的"狮子"形象具有文本对话功能,动物寓言集中兽中之王的身份能更好地隐喻人类社会权力所有者在"情欲"面前无能为力的现实。

在17世纪的法国,宫廷中因"情欲"而生的悲剧时有发生,"情欲"主题也是该时期戏剧作品的关注点。拉封丹欲将《多情的狮子》献给贵族小姐,寓言体裁避免了戏剧作品压抑的叙事氛围,以青年人感兴趣的方式暗示了女性需要对男性受控于情欲后的伪装予以提防。贵族小姐和每一位年轻的寓言读者一样,可能在半信半疑中接纳狮子会卸下"牙齿和利爪"的选择,也可能在未来生活中见证"情欲失控者受罚"这一母题的发生。

(二)《安德洛玛克》与"情欲失控者"

拉辛对于演绎"情欲"母题与遵守"三一律"原则一样执着。"情欲"母题借助戏剧的舞台张力得到充分阐释,"情欲"所产生的破坏力在拉辛创作中表现得淋漓尽致。"他固然描写了国家的利益、荣誉的原则、女人的操守等属于理性范畴的东西,但同时他又极为强调感情(包括权欲、情欲等)对人类的巨大支配力量。"①这里说的支配力量就是导致悲剧结局的破坏力量。《安德洛玛克》的悲剧结局是对"情欲"组寓言母题的最好诠释。

1667年,《安德洛玛克》的上演取得了巨大成功。该剧取材于古希腊特洛伊战争之后的传说。剧中的国王为了满足情欲罔顾民族大义,公主因为情欲而越过了爱与恨的界限,而希腊使节在情欲的驱使下违背使命,甚至成了弑君的凶手。唯一理智的只有女主人公安德洛玛克,而她因为所爱已死,成为剧中唯一不被情欲左右的主角。从整体上看,作品展示了为满足情欲而置国家利益和个人责任于不顾的人物,既讽刺、批判了腐化的上流社会,也暗示了人类为情欲所困的劣根性以及情欲失控后悲剧结局的必然性。

"情欲"母题贯穿着整部作品,而荣誉成了掩饰"情欲"的遮羞布。当奥赖斯特以希腊的名义劝庇吕斯交出安德洛玛克之子时,表现得"义愤填膺":

陛下,你忘记了厄克多是什么样的人?
我们衰弱了的人民可对他记忆犹新。
它的名字会使我们的孤儿寡母心惊胆战,
全希腊没有一户不向这不幸的儿子追讨:

---

① [法]拉辛:《拉辛戏剧选》,齐放等译,上海译文出版社1985年版,第15页。

那被厄克多杀死的父亲或丈夫的血债。①

奥赖斯特用冠冕堂皇的理由掩饰私心。而庇吕斯的回复依然理直气壮,盛气凌人:

> 但是,想让我的残忍在我的愤怒过去后还存在!
> 要我不顾我心头感到的怜悯,
> 要我在悠闲中把自己浸在一个小孩子的血泊里!
> 那就办不到,阁下。②

庇吕斯用道德与荣誉粉饰内心的私欲,但不论如何遮掩,情欲控制下的个体最终无法避免丧失理智的行为。情欲的失控注定了悲剧的结局:两死一疯,故事在一片恐怖混乱中收场。"剧中人物几乎全都受着情欲的支配,人们无法克服情欲,其结果不仅毁掉了荣誉的原则,而且断送了国家的利益和自己的身家性命。"③与高乃依不同,拉辛并没有将荣誉观预设为情欲的掣肘,剧中的人物鲜有唐·罗德里格式两难选择。拉辛将情欲达到高潮时对人性产生的控制力表现得十分到位,战场上战无不胜的将军庇吕斯也仅仅是失去爪牙的"狮子"。

拉布吕耶尔(Jean de La Bruyère)在评价拉辛时说道:"对于我们爱的人,如果不能给他最好的幸福,就让他彻底不幸。"④在17世纪的法国宫廷,权力增强了情欲的破坏力,拉辛通过古代故事把这个时代情欲与权力的联动关联性刻画得入木三分。《安德洛玛克》的悲剧故事实则是关于情欲的伦理寓言,它迎合了同时代的贵族阶层的心声。正是这种迎合使得作品获得了巨大成功。寓言母题"情欲失控者受难"在这个时代上流社会的情爱现实中得到了最充分的诠释。

(三)《费德尔》中的乱情之母

1677年,拉辛完成了最后一部公认的杰作《费德尔》。故事取材于希腊传说,雅典王后费德尔疯狂地爱上了国王前妻之子希波吕托斯。当听闻国王已死时,她在乳母的怂恿下极其卑微地向王子表达了爱意,但遭到了王子

---

① Racine, Jean, *Andromaque*, Paris: Didot, 1854, p.17.
② Racine, Jean, *Andromaque*, Paris: Didot, 1854, p.19.
③ [法]拉辛:《拉辛戏剧选》,齐放等译,上海译文出版社1985年版,第8页。
④ Lagarde, André and Michaud, Laurent, *Texte et Littérature—XVIIe siècle*, Paris: Bordas, 1985, p.295.

的拒绝。在得知国王未死的消息后,惊慌失措的费德尔诬告王子欲对其图谋不轨。国王被费德尔蒙蔽,惩罚了王子,导致了王子的惨死。最终,费德尔向国王坦白了罪过,饮毒酒身亡。"拉辛用工笔细描的方法描绘出其内心巨大的罪恶感和强烈的欲望交织的矛盾心理。"①费德尔所引发的伦理悲剧是情欲与理性激烈博弈的结果,作者通过戏剧独白与对话对这一心理进行了细腻的刻画,让受众更深入地理解不同地位、不同立场人物的内心状态,进而感悟故事中的伦理教诲。

《安德洛玛克》与《费德尔》都以处于权力中心的女人为主人公。前者刻画的是亡国亡夫的理智母亲,后者刻画的是生活无忧却情欲失控的冲动继母。安德洛玛克是理性的,她见证了周围的情欲失控者一步一步走向深渊,而费德尔受困于情欲,做出了有悖伦常的决定,最终害死了所爱的人。从文学伦理学的角度看,情欲本身是人的兽性因子使然,但人之所以为人,是因为有人性因子的干预。安德洛玛克是伟大的母亲,而费德尔却被认为是"残忍的荡妇"②,正是因为她完全被兽性因子所控制,无法做出哪怕一次的正确伦理选择。"拉辛既把费德尔那种不可遏制而又不得不压抑的内心激情表现得淋漓尽致,同时也通过她违反人伦道德的行为揭示出丧失理性的情欲给人类带来的毁灭性灾难。"③情欲失控的现象在封建上流社会并不罕见,拉辛没有塑造如《雷雨》中周萍与繁漪间的相互爱慕,而是用王子与继母的死来警醒同时代的贵族受众。

《安德洛玛克》中的庇吕斯、奥赖斯特、爱妙娜,《费德尔》中的费德尔不只是剧中的历史人物,更是拉辛生活时代的写照。这正如《熙德》中的人物纠葛,所揭示的也正是法国宫廷中的尔虞我诈与种种不可告人的秘密。看似神圣庄严的宫廷,实际上充斥着阴暗的角落与罪恶的君臣。暴君、庸臣们钩心斗角、荒淫无耻,拉辛的作品使社会现实一目了然。然而,《费德尔》的成功却导致拉辛歇笔多年,由此不难看出王公贵族对剧中情节歇斯底里的真实原因。拉辛是戳中了腐朽宫廷的死穴,才招致记恨。法国宫廷生活中破坏力最强的正是"大人物"间那披着正义、荣誉外衣的混乱情欲,拉辛不仅敢于写,更善于将"情欲"的由来与发展表现得顺理成章。

(四)拉辛悲剧中的三个符码

拉辛戏剧的表现力与他对"三一律"的严格遵从密不可分,而"三一律"

---

① 邓斯博:《拉辛对古典主义戏剧的继承与超越》,《法国研究》2009年第3期。
②③ 王红莉:《希腊神话中"主母反告"母题的延伸及主题变异——比较欧里庇得斯、拉辛和茨维塔耶娃的悲剧》,《陕西教育学院学报》2005年第4期。

保证了叙事结构的完整性,进而使故事的寓言性特征清晰可见。作为意象符码,"情欲控制下的强者"具有广阔的意义拓展空间,任何时代的读者或观众都可以将其代入身处的时空背景中,而对于17世纪颇为关注寓言文学的法国贵族,这一形象契合了寓言故事中"陷入爱情的狮子",共同的文化心理场使他们在这类故事中会产生更多的审美愉悦。拉辛戏剧很好地满足了上流社会的需求,作品中的意象符码都是由古代权力者构建的。在关键词"情欲"中,扭曲、折磨主人公的是"欲"而不是"情"。"爱情"在法国文学中有十分美好的艺术表达。从克莱芒·马罗(Clément Marot)到皮埃尔·德·龙沙(Pierre de Ronsard),从拉马丁到阿尔弗雷德·德·缪塞(Alfred de Musset),爱情诗歌无不体现出诗人对纯美爱情渴望的精神状态。在17世纪高乃依的作品《熙德》中,爱情因为权力而不再仅仅是埋在心中的种子,它让人陷入强烈的自我冲突之中,爱情与荣誉不可兼得的社会现实带来的最终是悲剧。对"欲望"度的把握决定了情是美好的还是具有破坏性的。情会因为权力的干预而难以掌控,拉辛笔下的"情欲"已经具有强大的破坏力,人成为情欲的奴隶,荣誉只剩下华丽的外衣,用以遮掩丑陋的欲望。在情欲驱使下,人会做出背弃亲人,甚至放弃生命的选择。拉辛捕捉到法国宫廷这样的心理共识,才能对故事人物形象的刻画入木三分。

拉辛作品中常见的伦理符码包括"追求者的心理迎合"与"不失荣誉地占有"。权力可以让欲望获得满足,但要同时不损害优雅与荣光却并不容易。狮子的爪牙是地位与权力的象征物,寓言家笔下的狮子卸去了爪牙实际上就是放弃了权力,为了名正言顺地得到女孩,还需要获得女孩父亲的认可,而失去爪牙的狮子,其结果可想而知。在《安德洛玛克》中,庇吕斯不敢杀死占领国遗孀的孩子,也没有用权力去欺凌女主人公,成为情欲的奴隶。每位读者或观众对伦理符码的解析都会受到特定社会心理的影响,但在对异性追求过程中的自尊降级与获取对方真心的执念具有产生广泛共鸣的基础。

在关于"情欲"类寓言母题的叙事中,因果符码多为"情欲—劫难"。寓言故事对结果已经做出了最好的预言。当情欲兑现脱离理性的缰绳,遭难就成了必然。在拉辛戏剧里,为了满足情欲而做出有损国家利益、有损家族荣誉的人物很多,他们虽然都位高权重,但初始态的困境就注定了最后的悲剧。我们看到,"情欲"母题似乎在17世纪"荣誉"母题的呼应下显得格外深刻,在封建伦理观的步步紧逼下,为满足情欲而丧失尊严和荣誉的结果突显了"劫难"的度。18世纪之后,社会从非人性的"理性主义"走向对真正"理性之光"的追寻。前浪漫主义作家卢梭的《新爱洛伊丝》深刻探讨了人的情欲满足是否可以不顾世俗的偏见；19世纪文豪雨果的《巴黎圣母院》中不被世俗接受的情爱也引发了对于情欲控制下人性美丑的深刻思考。这些故事虽然都以悲剧收场，但拉辛式故事结局的震撼力难以再现。

拉辛戏剧的三个符码都与人性相关，相互之间环环相扣、相互强化，与审美的心理完形产生共振，进而带来了强烈的心理冲击力。时代在变迁中，不同时代的创作者为该母题增添了许多变化与延伸，但受情欲控制后必然卸去"爪"与"牙"、抛弃理性、最终遭遇灾难的结局是不会变化的。在其叙事作品中，寓言母题的符号系统的常见组合模式有：【M（情欲失控者受难），<Av>，<C>，<P>】或【M（情欲失控者受难），<Av>，<D>，<V>】。对情欲之害，作者大多难以为其给出治疗的良方，它既不是丛林法则下的方法论，也不是社会生活中的哲理，更适合于"生活艺术"类，这与拉封丹寓言是一致的，因此最终的悲剧结局给人以无法避免之感。拉辛戏剧更强调故事性，主人公多服务于叙事，因此"故事型"较多，但也有主人公形象明确的，虽然与高乃依塑造的熙德还存在较大差距，但"重叠型"叙事设计在拉辛戏剧中也是存在的。与几则伊索式寓言相比，拉辛作品最大的不同是其故事选材更接近于真实。叙事者对故事的选择策略对作品影响力的持续性十分重要。关于情欲破坏力的思考，大众更愿意从真实故事中获取经验。

（五）"情欲"组母题与悲剧经典

拉辛在《布里塔尼居斯》的序言中通过表达自己对"三一律"要求的遵从来划清与某些同时代戏剧作家的界限。"三一律"的执行使得故事的完整性特征更加明显，更易于受众关注主线故事结构背后的隐喻。与此同时，拉辛笔下的作品所聚焦的寓言母题大多属于同一组别。"拉辛大部分悲剧都以宫廷中淫乱的情欲作为描写对象。"①除上述的两部作品外，《巴雅泽》《米特里达特》等也都讲述了情欲之祸。情欲是人性特征，易于引起受众的共鸣。拉辛在剧本中细腻地拿捏了情欲控制人、毒化人的无形之力，"他总是让情欲扮演屠夫的角色"，"人纠缠在情欲的齿轮内脱不开身，心与灵魂被咬得粉碎，躯体也以死亡而告终"。② 拉辛笃信被原始情欲控制的人只有唯一悲剧的命运。此外，拉辛作品的故事大多发生于上流社会，权力加速了情欲

---

① 郑克鲁：《古典主义悲剧思想艺术的新高度——拉辛悲剧论》，《上海师范大学学报（哲学社会科学版）》2000年第3期。
② ［法］高乃依、拉辛：《高乃依 拉辛戏剧选》，张秋红等译，人民文学出版社2001年版，第5页。

的实现与悲剧的发生,没有以权力与地位为背景的情感纠葛无法产生震撼人心的效果。综合来看,对"三一律"的遵从、寓言母题的选择及故事环境设定是拉辛戏剧成功的三个主要原因。

"情欲"组寓言母题具有超时间性特征,该组别母题易于激发受众的共理与共情。寓言《多情的狮子》中的故事给人似曾相识之感,在拉封丹看来:"这寓言里毫无惊险之处,/您却能看到爱神把猛兽驯服。"①故事内容简单却道破了人性真相。"情欲"具有几个重要特征:一是"情欲"与生俱来,无法摆脱;基督教义将其认定为"原罪",弗洛伊德认为产生"情欲"的"力比多"(libido,身体器官的快感)是一切心理活动和行动的动力源;二是社会化的个体对理性行为的苛求与"情欲"引发的非理性冲动形成不可调和的矛盾;三是"情欲"可以让人挣脱伦理束缚,成为欲火的奴隶,而丧失理性与道德的人,其结局可预料但不可避免。"情欲"属于内化的不可抗力,它与权力系统中的不可抗力相互呼应。安德洛玛克作为被俘者,无力对抗希腊权力,而庇吕斯虽大权在握,却无力对抗内心情欲。拉辛通过描写个体在各种不可抗力前的渺小来烘托最终悲剧的必然性,进而完成了极致的情绪宣泄。

拉辛式悲剧的成功还体现在对寓言母题内涵的深度挖掘。语义层面,该母题"情欲失控者受难"由三部分构成:"情欲失控者""蒙受""灾难"。拉辛用最高权力者及其周围的人来演绎"情欲失控者",由此而产生的"蒙受"过程便显得复杂、曲折而摄人心魄,最后的"灾难"在其广度与深度上也都不同于一般的悲剧。生活在17世纪法国宫廷的拉辛接近那些位高权重者,能看清权力与欲望博弈的来龙去脉,获得了表达该寓言母题的最佳视角。当然,拉辛深知最佳视角即最危险的视角。因此,他选择了欧洲古代故事作为创作素材,既避免了对统治阶层的直接冲撞,也获得了主人公形象刻画的自由空间。为了更好地满足寓言母题演绎的需要,作品还对既有故事原型进行了有的放矢的改编,最终成就了法国戏剧史上难以超越的经典。"情欲失控者受难"属于描述性母题,而非建议性母题。拉辛与寓言家一样,也无法通过故事给出避免灾难的良方。在拉封丹寓言《中年人和两个对象》中,叙述者给出了远离爱情的建议,这或许是一种适合普通人的生活选择,但这一定不是权力拥有者的选择。欲以权力谋得无关权力之物是权力者的悲剧来源,对权力的迷信是对权力拥有者的诅咒。"为何地位、财富、权力都无法让人摆脱情欲的控制?"这是拉辛戏剧留给受众永恒的思考题。

---

① La Fontaine, Jean de, *Fables*, Paris: La Pochothèque, 1985, p.95.

三、莫里哀戏剧的寓言式讽喻

夏多布里昂与雨果的赞誉只是莫里哀在戏剧艺术领域成就的一个注解。"他不仅在法国,而且在全欧洲,建立现实主义戏剧的写作和演出的传统,同时他的杰作也成为欧洲各国的戏剧作家衡量自己创作的尺度。"①莫里哀与高乃依、拉辛的最大区别是对现实题材的钟情以及对典型性格特征的刻画。莫里哀善于抓住人性中的共性,把那些与深刻社会问题紧密相连的性格缺陷用适度夸张的方式表现出来,正是这些一针见血的对人性本质的揭露才使得作品及作品中的人物获得了持久的艺术生命力。答尔丢夫、唐璜等文学形象甚至演变成后人用来指代一类人的形容词。莫里哀善于利用人物对话表现人物性格,对话内容风趣、幽默、讽刺性强,这与拉封丹寓言风格十分类似。

(一)"忘恩"的《伪君子》

关于农夫与忘恩之蛇的故事在伊索寓言、菲德鲁斯寓言以及拉封丹寓言中都有出现,而这一故事的原型可以追溯到埃斯库罗斯的戏剧《阿伽门农》。"忘恩"组寓言母题在几乎所有寓言家的作品中都不会缺席,它不仅具有超时间性特征,也具有跨文化特性。这一类作品中伦理符码与因果符码的不对称关系使得寓言母题的表现具有了张力。伦理符码为"恩情的施予与反馈",伦理符码的两个部分"施恩"与"报恩"之间本是逻辑上的因果关系,但它们并未构成叙事中的因,叙事的实际因果符码为"误判—遭难"。逻辑上的"报恩"主体成为灾难制造者,对于对象主体性格及行为方式的误判使自身蒙难,施恩者蒙难的经历是个体社会生存的重要教训。这类现象的频繁发生使得《农夫与蛇》的故事家喻户晓。针对同一寓言母题,伊索、菲德鲁斯、拉封丹选择了三种不同的策略进行阐释。伊索寓言《农夫与冻僵的蛇》故事简洁,农夫最后临死前才发出感慨:"对这样的恶人心存怜悯,我是自作自受。"②菲德鲁斯寓言《人与游蛇》将蛇作为主角表现,最后由蛇道出寓意:"永远不要恩泽恶人。"③而拉封丹寓言《农夫与蛇》中,农夫最后将蛇斩死,并发出感叹:"慈悲为怀当然是好事,/但对谁慈悲却是问题。/那些忘恩负义的东西,/到头来个个不得好死。"④伊索寓言与菲德鲁斯寓言均以悲剧结尾,展示了援助恶人常见的结局,而拉封丹寓言结尾寄托了其对

---

① [法]莫里哀:《莫里哀喜剧六种》,李健吾译,上海译文出版社 2008 年版,第 20 页。
② Esope, *Fables*, trans. Emile Chambry, Paris: Les Belles Lettres, 1927, p.39.
③ Phèdre, *Fables*, trans. E. Panckoucke, Paris: Philippe Renouard, 1928, p.163.
④ La Fontaine, Jean de, *Fables*, Paris: La Pochothèque, 1985, pp.349–350.

现实社会的期待。三则寓言故事的结局不同,但触发的关于"忘恩负义的人"的心理完形是相同的,寓言母题"善良的人救助忘恩负义的人结果失望"是有一定生活经验的普通人都认可的教训。

在莫里哀的作品《伪君子》中,作品主角答尔丢夫伪装成圣洁的宗教人士,骗取了富商奥尔恭的信任。奥尔恭欣赏、信任答尔丢夫,不仅让他住到家中,还许诺要将全部财产留给他。但答尔丢夫得寸进尺,企图勾引其妻子,夺取其家财,就在即将得逞时,奥尔恭的家人设计让他得知了真相。最后答尔丢夫的骗局败露,锒铛入狱。故事以善良人的胜利为结局,毒蛇被农夫"处死"。由此可见,拉封丹寓言创作的初衷与莫里哀较为接近,这样的结局不仅迎合了惩戒忘恩负义者的大众期待,也反映了创作者期望借叙事为受众提供生存或生活建议的价值。

对该寓言母题的阐释需要两个相互映衬的意象符码。《伪君子》中主人公奥尔恭与答尔丢夫如同寓言故事中的农夫与蛇,分别隐喻了善良者与忘恩负义者。该作富有生活气息,以比寓言更为详细、细腻的方式向读者诠释了"忘恩负义"的世界观与行为方式,也深入解析了寓言中沉默的"毒蛇"。"忘恩负义"的角色在莫里哀的作品中出现频率是比较高的,那些行骗得逞之徒都依靠好人的善良,最终为一己私利而毫不留情地伤害无辜甚至是帮助过他们的人。这些戏剧人物的展现具有很强的现实主义色彩,体现了莫里哀对社会现象的讽刺与鞭挞。莫里哀将忘恩者答尔丢夫的身份设定为神职人员,而施恩者是新兴资产阶级富商,这样的故事背景设定贴近现实,更能让人感同身受。

"施恩"与"忘恩"有因果关联,一方面,拉封丹并不可怜被忘恩负义者伤害的人,如寓言《乌鸦和狐狸》中的乌鸦。另一方面,拉封丹肯定对忘恩负义者予以惩戒的做法,这种思想在《狐狸和鹳》《鹿和葡萄树》等多篇寓言中也都十分明显。《伪君子》中莫里哀的态度与拉封丹较为类似,莫里哀所塑造的富商奥尔恭并不是一个怎么精明的商人,他甚至看起来有些愚蠢,如果不是家人使用计谋让他看到答尔丢夫丑陋的面貌,估计该剧最后就不是"忘恩负义者受到惩罚"的结局了。从莫里哀一贯的创作风格中可以看出作者并不同情奥尔恭,反而对其表现出些许嘲讽。这也说明作者对《农夫与蛇》故事结局的思考是智慧与理性的。

典型性格的塑造使得《伪君子》与莫里哀笔下的诸多作品一样,都具有"重叠型"<D>特征。我们能记住具有典型色彩的人物也与其伦理符码密切相关。由此,那些典型化的人物也就具备了更多的记忆点。"他创造了一些'不朽的角色',可能牢牢扎根于时代现实中,但他们'超越了那个时代'甚至超越了作者本人。"①在我们的文学记忆中,答尔丢夫与寓言中的蛇都是忘恩负义的典型,我们并不需要还原出完整的故事,而可以直接实现人物与隐喻对象的暗示关系建立。较之高乃依和拉辛,不论是"伪君子""悭吝人",还是"唐璜",其性格特征都更为简单、显性、易于记忆。"伪君子"的人物形象经久不衰也是因为"提防忘恩负义者"的训诫在任何时代都无法回避,"忘恩负义"的现象是个体在任何社会形态下都无法克服的顽疾。因此,《农夫与蛇》的故事、"伪君子"的形象都进入百姓日常用语之中,得以长久流传。法语中,"答尔丢夫"(tartuffe)一词已经演化为形容词,意为"虚伪的""伪善的"意思。多篇伊索式寓言中的《农夫与蛇》与莫里哀《伪君子》的故事后来在世界文化领域产生了持久而深远的影响,这既有典型形象设计与叙事策略的贡献,也证明了该寓言母题自身的价值。

(二)"虚荣心"组寓言母题

"虚荣心"(Vanité)组寓言母题聚焦的是为了获得他人尊重而进行的自我掩饰性伪装,这一现象是人类发展出社会属性后的产物,个体"虚荣"意识的普遍存在性使得这类母题的表现极易引发心理共鸣。法兰西《百科全书》中,"Vanité"一词的解释为:"一种状态,特征是无意义的、肤浅的、无价值的。"②"虚荣心"与"荣誉"的核心义素有相似成分,"荣誉"在"虚荣"之前,"虚荣心"的贬义色彩更浓,隐喻缺乏思想、爱装腔作势、矫揉造作的人,他们无意于追求崇高的价值与理想,只是期待他人仰慕带来的心理安慰。在17世纪的法国,弥漫于社会的"虚荣"之风尤为突出,所构建的寓言母题也频频出现在文学作品里。拉封丹模仿伊索寓言创作了《驮神像的驴子》,通过一个令人捧腹的虚构故事将法国爱慕虚荣的社会心理一针见血地呈现出来。"穿官袍的人哪怕是傻瓜,/那官袍仍是致敬的对象。"③这句话点明了尽人皆知的荒唐社会现象。另一篇寓言《两头骡子》异曲同工,骡子最后的忠告"朋友,身居要职不总是好事。/你若像我,只供磨坊主驱使,/这种不幸就不会落到你头上"④是作者借骡子之口对虚荣者诙谐的奉劝。莫里哀则是通过人物性格塑造、语言夸张与细节表现来为受众营造能感同身受的真切感,进而让"爱慕虚荣者受罚"的结局水到渠成。

莫里哀的创作中可以看出其强烈的社会责任感,司汤达这样评论道:

---

① Lagarde, André and Michaud, Laurent, *Texte et Littérature—XVIIe siècle*, Paris: Bordas, 1985, p.288.
② *Dictionnaire encyclopédique*, Paris: Hachette, 1998, p.1949.
③ La Fontaine, Jean de, *Fables*, Paris: La Pochothèque, 1985, p.296.
④ La Fontaine, Jean de, *Fables*, Paris: La Pochothèque, 1985, p.35.

"如果说莫里哀是天才人物,那么,他的不幸恰恰就在他不得不为他所生活的那个社会进行创作。"①《可笑的女才子》是莫里哀 1658 年重回巴黎后创作的。这时的莫里感叹于原本在贵族沙龙中流行的故作风雅的习气,已经蔓延至社会,进入市民阶层中。普通百姓也喜欢以矫揉造作、装腔作势的方式表达思想,借以展现自己的"高雅"。两个外省女子在虚荣心的驱使下拒绝了拉格朗士和杜克拉西的求婚,理由是他们不会使用贵族沙龙中高贵典雅的词语来表达爱意。而他们安排的两个会贵族式"表演"的仆人轻而易举地获得了姐妹的芳心。事情揭露后,两姐妹无地自容。该剧本塑造了一个轻松、诙谐的故事氛围,用女才子落魄的结局讽喻了时代的不良风气,也鞭挞了资产阶级深入骨髓的虚荣顽疾。该作品被公认为莫里哀创作古典主义喜剧的真正开端,充分体现了他善于在喜剧风格中完成社会批判的编剧才华,也体现了他取材贴近生活的特征,这与同时期的戏剧作家有明显不同。文艺复兴之后,法国"矫饰主义"在封建宫廷文化快速发展的背景下得以蔓延。为了显示自己是高雅、有品位的人,刻意改造生活语言和行为方式,这样的矫揉造作既让人觉得荒唐可笑,也体现了故作高雅、装腔作势的社会虚荣之风。莫里哀以发生在宫廷外的故事来表现该寓言母题,对社会畸形现象的揭露更显深刻。

拉封丹在《驮神像的驴子》中塑造的驴子形象恰恰就是那些莫里哀笔下爱装腔作势、自我标榜的有"虚荣"病的人。"驴子"行为的荒唐烘托了"虚荣心"横行的社会现实。"有人看出这误解,对他说:/'存着虚荣心就大错特错,驴先生,你不能蠢成这样。/人家拜的不是你,是神像,/而那光荣也属于他。'"②这里的"有人"正是莫里哀作品中那些头脑清醒的百姓。此外,"驴子"形象所隐藏的"愚蠢"特征也完全符合莫里哀对"可笑的女才子"们的形象设计。

比较两篇寓言与戏剧作品的叙事符号系统:

《驮神像的驴子》:F【M(虚荣者罔顾现实而受罚),<Av>,<D>,<F>】

《两头骡子》:F【M(虚荣者罔顾现实而受罚),<Rs>,<C>,<F>】

《可笑的女才子》:F【M(虚荣者罔顾现实而受罚),<Rs>,<D>,<P>】

三个故事共同的伦理符码"脱离现实的虚荣性表达"需要典型人物与典型事件的配合才能更充分地呈现。拉封丹与莫里哀对意象符码的设计各有特色,均为人物形象留下了清晰的记忆点,使发生在他们身上的虚荣性表达

---

① [法]司汤达:《拉辛与莎士比亚》,王道乾译,上海人民出版社 2006 年版,第 37 页。
② La Fontaine, Jean de, *Fables*, Paris: La Pochothèque, 1985, p.296.

显得水到渠成。《驮神像的驴子》与《可笑的女才子》均属于"重叠型"<D>叙事。"驴子"和"女才子"形象本身已具有明显的暗示功能,都是接收者易于感知与铭记的人物。莫里哀作品的寓言母题属于"生存技能"<Rs>,它给出了如何拆穿"虚荣"、还原真相的方法。这既是一种斗争策略,也是时代背景下的无奈。两篇寓言在故事选材上不同于《可笑的女才子》,寓言均为"纯虚构型"<F>,模糊了"驴子"所暗示的对象,拓展了寓意的影射范围,避免了封建思想捍卫者的抨击。不过故事因果符码的设计显得比较刻意,削弱了其说服力。相比之下,莫里哀过于接近现实的故事设计使得其时代特征更强,赢得了观众认可,也招来了强烈的抨击。故事因果符码的呈现十分合理,故事结局在戏谑与讽刺中让受众快速联想到弥漫着虚荣之风的社会现实。

（三）寓言母题的现实主义阐释

莫里哀戏剧将生活细节搬上舞台,每一部作品都有明确的讽刺对象群体。《可笑的女才子》不论故事本身还是典型人物形象,都像是生活写真。较之寓言,故事情节的丰满使得人物性格特质的复杂性能够被充分展现。虚荣心驱使下的言行带来的是虚假的快乐,它会形成自我蒙蔽,使思想脱离现实,最终成为他人笑柄。对于人物境遇以及人物内心活动的刻画都能够更好地让读者或观众产生共情,毕竟对荣誉的向往是高尚的,而爱慕名不副实的虚荣是愚蠢、荒唐的。比起专注于古代经典题材的高乃依与拉辛,莫里哀更热衷于创作具有现实气息的喜剧,莫里哀式的喜剧结局具有亲和力。"他改变了旧喜剧的海盗劫掠、女扮男装、海难沉船、最后认亲的俗套,写作风俗喜剧和性格喜剧。"①风俗与性格的细腻描写让莫里哀在世界范围内具有了比高乃依与拉辛更广泛的读者群。而最后作品留在读者或观众脑海里的是以典型人物为中心的讽喻现实的寓言。莫里哀笔下的人物,就如同拉封丹《寓言集》中的"狡猾的狐狸""善良的羊""愚笨的驴子",成为文学世界里一个个无可替代的经典形象。

"莫里哀,那成千上万的嫉妒者,/敢于鄙视地查禁你的佳作：/它那迷人的质朴,/将世代流传,/让后世拾趣。"②布瓦洛在《诗艺》中预言了莫里哀的作品将在后世成为经典。莫里哀创作的是质朴而真实的"寓言",作品内容通俗易懂。从整体上看,三个寓言性符码易于辨识,其中伦理符码与社会生活关系密切,是对社会生存个体基本性格特征的发掘。丹纳在《艺术哲

---

① 郑克鲁：《法国文学史教程》,北京大学出版社2008年版,第59页。
② Boileau, Nicolas, *Art poétique*, Paris：GF Flammarion, 1969, p.136.

学》中对这个时代的戏剧创作是这样评论的:"诗人从来不忘记冲淡事实,因为事实的本质往往不雅;凶杀的事绝不搬上舞台,凡是兽性都加以掩饰:强暴、打架、杀戮、号叫、痰厥、一切使人耳目难堪的景象一律回避,因为观众过惯了温文尔雅的客厅生活。"①而莫里哀敢于打破这种"自欺欺人"的虚伪,把不堪的真实搬上舞台。与高乃依、拉辛的作品相比,莫里哀的作品更接近现实主义文学,是贴近大众、贴近生活的作品。从完形心理的视角看,读者或观众在欣赏作品的过程中清楚地知道所期待的结局是什么,基于相似经验的审美情操能够迅速地将舞台故事、舞台人物与现实相连接,甚至可以将自己代入故事中,形成对于完整故事的持续性记忆。

莫里哀作品有的放矢地将"忘恩""虚荣心"类母题置于时代背景中,故事情节丰满而不拖沓,人物形象鲜明而不复杂,层层递进的故事主线让寓言母题的着力点清晰可见。具有写实风格的莫里哀在封建社会鼎盛时期就预言了封建社会的衰败与资本主义社会的到来,顺应了时代思想的发展趋势。"就整个法国17世纪来说,莫里哀比任何一位作家都更靠近法国资产阶级革命。也正由于他能以他的高超的戏剧艺术,反映他的时代的阶级关系并创造生动的人物形象,莫里哀的戏剧成就了宝贵的文学遗产。"②从戏剧故事的结局来看,莫里哀笔下的腐朽势力大多最后输给了正义、进步力量。这不仅反映了民心所向,也反映了莫里哀的洞察力与前瞻性。莫里哀所书写的是推动社会发展与进步的寓言,虽在当时饱受攻击,但在经历了时代的洗礼后终于成为人民心中的喜剧经典。

四、佩罗童话与"伪装"教育

"伪装"组寓言母题在西方寓言中出现频率较高。伪装行为在社会生活中无处不在,甚至是一种人际交往方式。对于具有伦理教诲性的寓言,创作者更多的是呈现伪装行为及伪装结果,将伦理反思的任务留给接收者。较为常见的寓言母题"善伪装者得利"具有描述性,是社会现实的投影,根据"伪装"的目的善恶、程度差异,该寓言母题仅在有限情形下作为生活建议。另外一些寓言给出伪装行为的后果与代价,进而给接收者以警示:以欺骗谋生的狐狸却被鹳愚弄;披狮皮的驴子最终被棍棒赶回磨坊。在这一类寓言中,寓言家所聚焦的不是伪装行为本身,而是伪装行为所带来的社会评价及直接或间接后果,寓言家的态度也是相对明确的。与拉封丹生活在同一

---

① [法]丹纳:《艺术哲学》,傅雷译,江苏人民出版社2016年版,第43页。
② [法]莫里哀:《莫里哀喜剧六种》,李健吾译,上海译文出版社2008年版,第20页。

时代的佩罗同样关注社会生活中的伪装现象,他的多篇童话作品都涉及与"伪装"相关的寓言母题。佩罗欲通过童话故事引发伦理反思、完成对叙述对象的伦理教育启蒙,其对于"伪装"的立场与态度鲜明。比起拉封丹寓言,佩罗童话的叙事氛围更严肃、情节设计更贴近现实。

（一）寓言中的"伪装"组母题

帕斯卡尔指出:"人就不外是伪装,不外是谎言和虚伪而已,无论是对自己也好还是对别人也好……而所有这些如此之远离正义与理智的品性,都在他的心底有着一种天然的根源。"①"伪装"母题在《寓言集》中十分重要,《乌鸦和狐狸》《狮子和帮他打猎的驴子》以及《披狮皮的驴子》是三则流传较广的寓言,三则寓言的表现手法各有特色。在第三章中,我们分析过《乌鸦和狐狸》的叙事符号系统:【M(善伪装者得利),<D>,<Rs>,<F>】。将该寓言核心义素确定为"欺骗"是不妥当的,易于轻信的乌鸦因为愚蠢而丢掉干酪,而狐狸对乌鸦的赞美也是社会生存的策略。寓言家虽然看不惯狐狸的狡猾,但他也瞧不上容易被恭维、奉承所迷惑的蠢人②。在《狮子和帮他打猎的驴子》中,驴子的行为是典型的伪装,而所产生的威慑效果连狮子都始料未及。狮子虽然予以了嘲讽,但实际上仍然肯定了驴子的成功:【M(善伪装者得利),<C>,<Rs>,<F>】。不同于前两篇寓言,《披狮皮的驴子》中没有对伪装者的肯定,驴子被赶回磨坊,伪装被识破,受人嘲讽:【M(伪装者承担伪装行为的代价),<C>,<Rs>,<F>】。比起《乌鸦和狐狸》,该则寓言对宫廷中愚蠢伪装者的讽刺更为直接。

从叙事符号系统看,三则寓言各有侧重。《乌鸦和狐狸》的意象符码塑造入木三分,令人印象深刻。该则寓言夸张地再现了17世纪法国宫廷里的伪装者与轻信者,但其寓意也可以脱离时代背景进行解读。善随机应变、预判对方性格的狐狸与天真、纯朴、容易相信别人的乌鸦都是社会中常见的两类人,由他们构成的社会关系属于社会常态,两个人物形象与故事本身都具有伦理教育价值。第三则寓言中的伦理符码"伪装会被识破"是在之前寓言母题基础上的延续性思考,伪装是有风险与代价的,被赶回磨坊的驴子是寓言家发出的警示,宫廷里有善于伪装的精明人,也有能识破伪装的智者。三则寓言通过表现"伪装"的性质、效用与会产生的后果,诠释了适者生存的社会法则,该组别寓言母题在特定的社会环境中会产生更好的表达效果。

---

① ［法］帕斯卡尔:《思想录》,何兆武译,中国国际广播出版社2009年版,第77页。
② 拉封丹讽刺的主要是宫廷中喜欢受到恭维、奉承的贵族。

(二)《小红帽》中的"伪装"

《小红帽》的故事在西方各国的文学史上存在多个不同的版本,它最早以文字形式出现在佩罗的童话中。较之后世同主题童话,如格林童话中"小红帽"和外婆都被猎人救下,佩罗所设计的故事情节最为血腥,故事的结局是小女孩并没有识破狼的阴谋,而最终被狼吃掉。佩罗对童话是否有"皆大欢喜"的结局并不感兴趣,该童话故事以小女孩的外号"小红帽"为标题已是一种暗示。德国学者汉斯·比得曼(Hans Biedermann)在《世界文化辞典》中指出:"一般来说,红色被认为含有积极进取、活力和力量的意义……象征着生死搏斗。所以小红帽的着装从一开始就暗示着她要经历一场人生的暴风雨。"① 佩罗所关注的是传递给读者怎样的伦理反思及教育意义。故事的悲剧结局与叙述者最后的旁白是相呼应的:"唉!所有的狼中最危险的,恰是这种貌似和善的狼。"② 狼与小红帽的头两次相遇都是即兴伪装,并未精心准备却可以轻松赢得小红帽的信任。到外婆家后,当小红帽靠近狼的身旁时,狼依然不紧不慢,并不急于吃掉她。从"外婆,您的手臂咋这么长?"开始,半信半疑的小红帽一共发问五次,前四次狼的回答都极具耐心,直到第五次小红帽问:"外婆,您的牙咋这么长?"狼才真相毕露:"牙长是为了吃你呀!"③ 狼用极为简单的语言伪装达到了目的。从伦理学角度看,佩罗一方面暗示走向人生道路的小红帽无法避免善于隐藏兽性的"狼"的攻击;另一方面提醒青少年读者,独行时要谨慎,提防那些貌似"好人"的伪装者。语言伪装如果是出于伤害他人的目的,那就是"虚伪""欺骗""谎言"。

如果童话结局是狼吃掉了小红帽,那么故事核心结构与狐狸骗得乌鸦奶酪一致,属于同寓言母题。故事通过悲剧结局警示易于轻信者:

【M(善伪装者得利),<D>,<Rs>,<F>】

如果童话如格林版本以猎人救下外婆与小红帽为结局,则寓言母题与《披狮皮的驴子》一样,为读者呈现美好世界的蓝图,也有一定的提醒、警示效果:

【M(伪装者承担伪装行为的代价),<D>,<Av>,<F>】

比较二者,寓言母题表述内容的变化伴随着母题类别的改变。格林童话更接近童话的本质,传递对生活美好的期许,但对于儿童的教育意义也随

---

① [美]埃里希·弗洛姆:《被遗忘的语言》,郭乙瑶等译,国际文化出版公司2007年版,第177—178页。
② Perrault, Charles, *Contes*, Flammarion, 1989, p.256.
③ Perrault, Charles, *Contes*, Flammarion, 1989, pp.255-256.

之被削弱。而佩罗童话被献给即将出嫁的路易十四的侄女，作者希望通过童话能带给她伦理教诲，因此故事虽然是悲剧，但更接近真实，更接近寓言故事，是儿童成长过程中不可缺少的伦理课。

(三) 关于"伪装"的伦理符码

不论在寓言还是童话中，与"伪装"相关的伦理符码都包含了鼓励善意伪装、提防恶意伪装的内涵。徐锴对《说文解字》中"伪"字的释义是中性的："伪者，人为之也，非天真也。"①常见的伪装形式包括形象伪装、行为伪装与语言伪装。三种形式的伪装均依靠于优雅与技巧来实现对社会行为与社会关系的影响，通过呈现一系列逻辑合理的表象来达成有利于自己的目标。不同形式伪装的设计与运用都体现了斗争的智慧，对事件的走向有决定性作用。语言伪装并不都是出于恶意，通过表达让自身获得相对优势是人类社会竞争所必需的。在童话《小凤头里凯》的最后，佩罗直言："我们喜欢的一切都是有思想的。"②美貌却穷于言辞的公主是无法吸引他人的。"一开始人们都围在美貌的女孩身边看她，欣赏她；不一会儿却都跑到有思想的那位跟前，听她说种种有趣的话；不到一刻钟，姐姐周围已空无一人，所有的人都聚到妹妹周围了。"③语言交流比视觉交流层次更高，能够更有效地吸引大众的目光，只要不是出于恶意的语言伪装都是值得提倡的。

语言既能美化自我，也能隐藏真相，作为伦理符码，叙事中"伪装"的目的决定了该行为的善恶。《小红帽》中的狼以语言掩饰不可告人的目的，让轻信者落入陷阱。恶意语言伪装以伤害他人为目的，故事编撰者希望以故事的结局警醒读者。《小红帽》中的狼还借助了形象伪装，让"小红帽"将自己视为祖母，这是吃掉小红帽准备工作的关键一步。不过，在童话《驴皮》中，驴皮掩护了出逃的公主，也为国王平息内心的欲望提供了缓冲期，最终避免了灾难。童话故事的情节可以很好地为人物及行为的善恶做出铺垫，而寓言故事中伪装的善恶描述比较模糊，也留出了更广阔的解读空间。《乌鸦和狐狸》中的语言伪装让狐狸赢得奶酪，但爱听恭维的话的乌鸦也不值得同情；《披狮皮的驴子》中的形象伪装让披上狮皮的驴子吓坏了动物同类，但愚笨的驴子最终还是受到了惩罚。几则寓言均未对"伪装"予以善恶属性判断，而是引导读者重视其在社会交往中的功能与价值，并提防"伪装"可能带来的风险与危害。

---

① 徐锴：《说文解字系传》，中华书局1987年版，第316页。
② Perrault, Charles, *Contes*, Flammarion, 1989, p.285.
③ Perrault, Charles, *Contes*, Flammarion, 1989, p.281.

具有善恶两面性的"伪装"之所以能生产出一系列超时间性的经典寓言母题，是因为基于智慧的"伪装"是人类社会化生存的产物，是人具备文明素养，成为成熟个体的标志。"伪装"是自然人在文明社会的生存策略。理解"伪装"现象、掌握"伪装"技能是个体成长必修的伦理课。"伪装"组寓言母题在拉封丹寓言与《佩罗童话》中的频繁出现有时代必然性，但二人留下的作品能成为传世经典是因为他们洞察了"伪装"的复杂性与双向价值，及其在人类社会发展中的重要意义。教育家卢梭在《爱弥儿》中指出："伪装是因性别而异的自然禀赋，一切自然倾向本身都是好的、正直的。我同意去好好培养它，就像培养其他特性一样，但要避免滥用。"①张弛有度地把握好善意"伪装"的技能是寓言家与童话作家对青少年读者不约而同的成长建议。

佩罗与同时代的寓言家拉封丹一样，享有罕见的能将自己名字与一种文学体裁相联系的"特权"。比格林兄弟、安徒生早了一百多年的佩罗，被尊称为西方儿童文学的先驱，在童话史上他是将口头文学与文字艺术结合的第一人。佩罗很好地兼顾了时代文学偏好与叙事的伦理教诲价值，让古老的民间故事焕发出鲜活的生命力。

第三节　18、19 世纪法国文学中的寓言母题

大多数文学叙事都通过呈现典型环境中的个体面貌折射特定时期、特定地域的社会全景。近代西方资本主义的发展带来了物质的富足，自私、贪婪等人性缺点被进一步放大，随之而来的社会问题在文学作品中得到越来越多的关注，某些新的社会焦点问题逐渐构建出新的寓言母题或者让某些经典寓言母题焕发出新的活力。18、19 世纪的法国文学叙事中有大量的典型人物与故事，从它们的寓言性特征中可以看出这一时期创作者关于人与社会的新思考。

封建晚期的社会矛盾与资本主义初期新出现的社会问题在 17 世纪末的法国已有先兆，不同社会立场间的对话使得拉封丹寓言作品呈现出明显的复调特征。② 从《寓言集》中不仅能看到寓言家关于宫廷贵族的当下思考，还包含作者对于社会未来的担忧与期待。寓言家借故事主人公之口发

---

① Rousseau, J.J., *Emile*, *Livre V*, Paris: Gallimard, 1969, p.711.
② 王佳:《拉封丹寓言复调叙事中的阶级立场研究》,《外国语文研究》2019 年第 4 期。

出了不同社会阶层的声音,也做出了诸多前瞻性预言,这些寓言故事与后来的叙事作品形成对话。

一、"勤勉—享乐"寓言母题与阶级思维

从字面上看,"勤勉"与"享乐"是两种生活态度,但如果将二者置于特定的时空环境,它们则很容易与封建社会两个对立的社会阶层产生联系。对平民百姓中勤勉者的赞颂与对封建贵族中享乐者的嘲讽在《寓言集》的开篇寓言《知了和蚂蚁》中被充分诠释。寓言中"知了"与"蚂蚁"的形象容易引起关注,以两种动物构建"勤勉—享乐"复合寓言母题并非首先出现在拉封丹寓言中,但从寓言家所生活的时代开始,这一类揭示不同阶层尖锐社会矛盾的寓言母题越来越能引发老百姓的强烈共鸣,它暗示了阶级斗争发生的必然性,预示了封建社会的结局与社会变革的方向。18世纪后,涉及相关寓言母题的作品也日益丰富。

(一)《知了和蚂蚁》中的两个寓言母题

在上一章中,我们对《知了和蚂蚁》中的两个寓言母题及其叙事符号系统进行了总结。当我们仅以脑文本中知了和蚂蚁的相互关系为寓意着力点时,故事的核心结构必然以勤劳的蚂蚁为主角,知了的出场只为衬托具有教育价值的蚂蚁形象,由此而生的寓言母题"未雨绸缪者生活无忧"显而易见。与同主题的伊索寓言不同,在拉封丹寓言中知了被赋予了更加鲜活的形象,知了成为"享乐"生活作风的代表。"我凭昆虫的信誉""连本带利还给你""不管日夜见谁来/我都歌唱,别见怪"等语言有明显的时代特征,拉封丹借知了隐喻好逸恶劳、期望不劳而获的宫廷贵族,人物形象的傲慢与自负溢于言表,而知了最后的结局也是"享乐"生活态度的直接后果。

"勤勉"与"享乐"母题的深度结合是该则寓言具有持久影响力的原因之一。"未雨绸缪者生活无忧"是任何时代都具有极强现实性的超时间性寓言母题。"勤勉"属于人类美德,对于勤劳者有积极正面的心理暗示,因此,它具有超时间性价值。而对"享乐"之风的隐喻既是对拉封丹所生活时代的反映,更是对整个封建社会和后来资本主义社会的人与人不平等现实的揭露。因此,该寓言母题是特定时代及文化背景的产物。演绎该寓言母题的故事必然引起劳动人民对自身社会地位的深刻思考,并激发人民对社会不平等现实的反抗。而两个寓言母题的叠加使得经久不衰的生活哲理有了历史厚重感,也使得寓言故事有了更为广泛的受众。

拉封丹寓言《知了和蚂蚁》能够成为法国义务教育的必读课文是有其原因的。首先,"知了"和"蚂蚁"共同构建的意象符码具有很强的时空适应

性,知了和蚂蚁的人物形象易于引起儿童的兴趣;其次,该寓言具有较好的伦理教育价值与美学价值,寓言的伦理符码隐藏在动物主人公诙谐、幽默的对话中,它们依托诗歌化的行文产生了很好的文学启蒙效果;最后,故事中因果符码所传递的价值观是法兰西民族精神的体现。

(二)《波斯人信札》与《费加罗的婚礼》

虽然拉封丹《寓言集》的发表距法国大革命的到来尚有一个世纪的距离,但拉封丹寓言对宫廷及社会弊病的关注展现出他慧眼独具的一面。寓言故事建立的伦理符码庖丁解牛般地揭示了宫廷社会贵族阶层心理的三个特征:一是鄙视劳动人民。当蚂蚁在夏天勤劳地准备冬粮之时,知了视而不见,只顾娱乐。二是相信一切都是利益。"连本带利还给你"的说辞证明了知了对蚂蚁会为利益而借粮给自己胸有成竹。三是荣辱观扭曲。知了并不为唱歌感到羞愧,也敢于厚颜无耻地向蚂蚁借粮。"整个夏天的歌唱"在知了看来,也是无可厚非之举。在17世纪的戏剧作品中,能在人物刻画中同时兼顾这三个特征的作品并不多见。随着法国封建社会由盛及衰,在18世纪的文学作品中,对"享乐"现象的描写更加深刻,对腐朽思想的批判以及对社会不公的思考不断丰富。

孟德斯鸠于1721年创作的《波斯人信札》拉开了暴风骤雨般批判封建制度的序幕。作品避免了人称视角的局限性,用信函的形式讲述了两个波斯青年在巴黎的见闻,而以外国人为叙述主线,使得对法国社会享乐淫逸的描写更能给人客观之感。作品描写了发财致富的包税人、想发财却耗尽家产的炼丹师、无知的法官、用纸币愚弄臣民的君王等。这些人物形象无不具备拉封丹所描绘的"知了"的特征,由他们共同构建的意象符码让读者对这个时代上流社会的享乐者有了更直观的认知。

路易十四离世后的法国,平民百姓对于森严的封建等级十分不满,加上贵族阶层丑态百出,社会革命在悄无声息中酝酿。18世纪后期的戏剧作家博马舍于1778年创作的《费加罗的婚礼》是呈现"享乐"与"勤勉"对立的典型作品。故事围绕仆人费加罗与已婚伯爵阿勒玛维华争夺伯爵夫人女仆苏珊娜的矛盾展开。安达卢西省的法官阿勒玛维华伯爵虽然已婚,却依靠自己的身份与财富诱惑勾引年轻女孩苏珊娜,而平民出身的费加罗,踏实、本分、为人正直,却在追求真爱的过程中屡屡受挫。费加罗是"觉醒"的底层人民,他清楚地看穿了封建等级制度的实质,也滋生了通过抗争来改变命运的思想。在第五幕的第三场中,费加罗的独白表达了百姓的心声:

> 因为您是个大贵族,您就自以为是伟大的天才!门第、财产、爵位、

高官,这一切使您这么洋洋得意!您干过什么,配有这么多的享受?您只是在走出娘胎的时候,使过些力气,此外,您还有什么了不起的?①

"他从根本上否定了门第观念和等级制度,认为贵族一钱不值,完全比不上平民的学问和本事,因为贵族不劳而食,而平民需要施展一切手段来谋生,从生活中学到了很多本领。"②费加罗所批判的正是《知了和蚂蚁》中的知了,那个只愿意唱歌、不愿意劳动的贵族。作品最后,费加罗战胜了伯爵,迎娶了自己的心上人苏珊娜。这一结局与拉封丹寓言的结局形成对话。蚂蚁的勤劳一定会换来收获,那些鄙视甚至欺凌劳动人民的行为终将以失败告终。

《费加罗的婚礼》将"享乐"类与"勤勉"类寓言母题并列呈现,让两个主人公形象在对照中相互映衬,进而强化了其阶级代表性。故事启蒙了大众,加速了法国大革命的到来。从今天回看 17 世纪后的法国社会变迁与文学演变的关系,《知了和蚂蚁》与《费加罗的婚礼》之间的内在关联是显而易见的,对"勤勉—享乐"双寓言母题的演绎使得两部作品能够被后世铭记。"蚂蚁"与"知了"分别隐喻的是不同类型的人,而形成对立的"蚂蚁"与"知了"折射的则是阶级社会的不同立场。《费加罗的婚礼》将还未爆发的社会根本矛盾用戏谑、调侃之语娓娓道来,《知了和蚂蚁》则将"蚂蚁"与"知了"之间简单而又复杂的矛盾关系演绎得生动形象。

(三)阐释策略对经典性的影响

两部作品的艺术价值主要体现在叙事设计上。《波斯人信札》在信函叙事中以几个欧洲以外的观察者视角见证了自负而骄奢的法国社会,故事设计较为贴近生活,具有一定的可发生性,但较之《费加罗的婚礼》,"波斯人"的巴黎见闻虚构成分较多。书信小说只能算是"故事型"<C>叙事,孟德斯鸠为故事设计了一些略显夸张的内容,谦逊的主人公与自负的巴黎人的对照呈现更像是寓言故事的两个主人公。外族视角让书信中的评价更具客观性,也让读者更关注叙事隐喻的反思价值。而《费加罗的婚礼》兼顾了"勤勉"与"享乐"的母题,两位主人公形成了与"知了""蚂蚁"类似的意象符码。通过独白与对话,作者对于封建等级社会的态度一目了然。故事具有"可发生型"<P>特征。在大革命前,每一个贵族家庭都在上演着与费加罗经历相似的故事。《费加罗的婚礼》的创作晚于《波斯人信札》,所反映的社会阶层

---

① Beaumarchais, Pierre-Augustin Caron de, *Le Mariage de Figaro*, Paris: Laplace, 1876, p.292.
② 郑克鲁:《法国文学史教程》,北京大学出版社 2008 年版,第 116 页。

的苦难也更为深刻,《费加罗的婚礼》的叙事类型属于"重叠型"<D>,意象符码与因果符码都具有很强的说服力。平民英雄费加罗成为出身卑微却积极勤奋者的代名词,最后赢得幸福所带来的归因思考也具有启发性。在法国大革命前,敢于用具有可发生性的写实故事来反讽社会是需要极大勇气的,而将平民塑造为战胜贵族的英雄更是勇敢的尝试。不过,我们也必须承认,两部作品在有限时空范围内取得的巨大成功无法与成为世界寓言经典的《知了和蚂蚁》相提并论。两部作品虽然都是欧洲文学的瑰宝,但对它们的理解依赖于明确的时代背景与阶级思维。二者的叙事设计是成功的,但对于欧洲以外的读者,产生代入感并非易事,只有了解18世纪法国社会的读者群体才能更好地感悟两部作品的寓言性特征。

　　比起阐释"荣誉""情欲"类寓言母题的寓言故事,《知了和蚂蚁》的主人公选择使得该寓言母题的超时间性特征得到进一步加强。一方面,结合时代背景来看,寓言《知了和蚂蚁》所触及的是社会矛盾的本质问题,是"荣誉"假象与"情欲"失控等社会现象背后的深层次原因。随着18世纪法国社会变革,大众开始从阶级视角重新关注寓言中的对话及两个主人公的形象,大众阶级思维的强化加速了该寓言故事以口口相传的方式进入大众文化领域。另一方面,《知了和蚂蚁》的久远流传并不完全依赖于其影射的社会阶层。两个主人公之间戏谑、打趣的对话有很强的生活气息,就像亲朋好友之间的闲谈。知了和蚂蚁的想法都是关于个体生活方式选择的思考,在任何时代、任何社会制度中,勤勉与好逸恶劳的作风都有其哲学思想基础。如:"蚂蚁"般勤劳的人随处可见,"知了"式的享乐者也比比皆是,他们都有自洽的生活逻辑,这未必是社会阶层不同造成的。更细致地看,每个个体在每一次人生选择中,内心深处都有知了和蚂蚁的对话,拉封丹不仅将知了的逻辑简图呈现给读者,还将每个人内心时常出现的、挥之不去的知了的声音放大,进而促成了"知了"形象的经典化。"蚂蚁—知了"的对立关系在不同语境下可以有不同的阐释方法,它既能揭示阶级思想的对立,也能隐喻哲学观点的对话,这是该则寓言成为传世经典的另一个重要理据。

二、巴尔扎克小说中的"金钱"类母题

　　"金钱"(argent)的概念自古就有,法语中该词条的第一条释义为"银、白银",与汉语中类似,是财富的象征。原始社会末期出现的"钱"是实物形态,后来世界各地逐渐出现金属货币,最后才出现纸币。货币的形态随社会发展而日益简化,但它在人类生活中的"图腾"效应却日益明显。封建社会

早期,"财富"主要取决于地位,封建统治者对于钱的认识并不明晰。但随着社会物质的日益丰富,钱作为一般等价物开始在人们的意识中起到越来越重要的作用。钱可以买到的不只是物品,还可以买到爵位、良心,甚至是他人的生命。欧洲在文艺复兴之后,随着贸易的快速发展与资本主义的兴起,"金钱"日益成为生活中不可避开的话题。文学作品也逐渐开始关注"金钱"这一主题,其关注度在 19 世纪的西方达到高峰。而早在 17 世纪资本主义初步发展时期,作为贵族的拉封丹已经开始关注与"金钱"相关的寓言母题,他敏锐地洞察了金钱将在后世产生的影响力,以故事主人公的声音道出了金钱满足与人生幸福之间的关系。

(一)从菲德鲁斯到拉封丹

早在物质匮乏的古罗马时期,菲德鲁斯寓言就指出了财富与幸福之间的关系:"我讨厌他(财富之神的儿子),因为他是坏人的朋友,因为他会以利益为诱饵腐蚀所有人。"① 寓言中,赫拉克勒斯选择致敬对象是故事唯一情节,而最后在朱庇特面前的回答更像是寓言家借作品人物之口道出真相。伊索寓言以及菲德鲁斯寓言中涉及财富或金钱的寓言十分有限,这与他们所生活的时代有一定关系。随着社会发展,尤其是物质丰富的资本主义时代的到来,"金钱"类寓言母题开始广泛出现,也受到现实主义文学家们的关注。

在拉封丹《寓言集》中,两篇关于财富与金钱的寓言分别位于《寓言集》的第四卷与第七卷,两篇寓言之间对话关系明显。《失去财富的守财奴》嘲讽了只顾积累财富,却从不享用的"守财奴"形象。《补鞋匠与金融家》通过两个不同社会身份个体的对话,引发我们反思幸福与金钱的关系。两篇寓言故事内容不同但传递的思想具有相似性。通过叙事符号系统总结两篇寓言:

《失去财富的守财奴》⇒ F【M<痴迷金钱者无法获得幸福>,<Av>,<D>,<P>】

《补鞋匠与金融家》⇒ F【M<痴迷金钱者无法获得幸福>,<Av>,<C>,<P>】

两则寓言均无动物主人公,也无曲折的情节,而以真实的人来构建意象符码,故事都提供了价值观与思维方式的对照,其伦理符码是偏哲理性的思考。"金融家"对于拉封丹的时代属于新生事物,他与补鞋匠的思想差异源于对"金钱"的理解差异。与大多以动物为主角的寓言不同,这两篇寓言选

---

① Phèdre, *Fables*, trans. E. Panckoucke, Paris: Philippe Renouard, 1928, p.155.

择了"可发生型"<P>叙事,这一选择缩小了故事的隐喻辐射范围,但这种考量具有现实意义。较之那些隐喻封建王公贵族的动物,守财奴形象不会引起当权者的反感。此外,拉封丹还没进入以金钱衡量一切的时代,"荣誉"与"享乐"依旧是时代主旋律,因此,需要更贴近生活的故事来引起受众的关注。在《失去财富的守财奴》中,路人面对失去财富的守财奴质疑道:"那请告诉我,为什么这样难过,/既然那笔钱你从来不用,/那就把石头放进这个洞,/对你来说,不也是同样的效果?"在《补鞋匠与金融家》的结尾,得到恩赐的补鞋匠对金融家说:"把我的歌唱和睡眠给我还来,/把你的一百埃居收回。"这些话看似出自"路人"和"补鞋匠"之口,但其实都是智者才有的感悟。这几句对白中的思考可以在拉封丹本人经历中找到源头。拉封丹并不是一个在乎金钱的文人,他本可以顺利接替父亲的高官,却放弃了唾手可得的财富,选择了投身文学。

寓言家以对话者的语气给出生活态度的建议,这不是对生存规则或生活方式的价值判断,而是提供一种看待人生与幸福的视角,寓言故事的讽刺性是执着于追逐财富的人无法理解的。《失去财富的守财奴》所刻画的守财奴形象在19世纪的叙事作品中比比皆是,寓言故事看似轻松的结局与小说中常常过于凝重的结局虽形成对比,但隐喻效果是相近的。

两篇寓言故事构思巧妙、对话真实,守财奴的执着、路人的不解、金融家的傲慢、补鞋匠的实在都能引起个体的生活共鸣。而"钱买不到幸福"的道理在不同身份、思维方式的个体之间传递的障碍也一目了然。在两则寓言中,拉封丹放弃了阶级立场,借叙述者之口澄明了自己的幸福观,它是腐朽堕落文化浊流中的清溪。在《失去财富的守财奴》中对守财奴"视钱如命"形象的刻画以及在《补鞋匠与金融家》中对金融家傲慢性格的展现,都预示了即将到来的"金钱"社会,以及社会转型后个体将会面临的主要困惑。

(二) 巴尔扎克笔下的守财奴与金融家

在欧洲贵族阶层中曾经讳莫如深的"金钱"主题成了19世纪现实主义文学作品中的焦点。随着贵族阶层的衰败与贫富差距的加大,"金钱"逐渐成为现实题材的叙事作品的关键线索。现实主义作家巴尔扎克通过《人间喜剧》表现了法国19世纪不同社会阶层的生活面貌,小说多围绕"金钱""财富""个人实现"等内容展开。"金钱"组寓言母题出现在他笔下的大多数作品之中。

《欧也妮·葛朗台》是《人间喜剧》中最有名的小说之一。故事讲述了19世纪初一个外省的暴发户视钱如命、极度节俭,将大量财富藏于地窖,甚至对自己女儿都十分吝啬，在临死前还要求女儿到了阴间向他交账。浓缩后的故事梗概与《失去财富的守财奴》十分相似。葛朗台就是拉封丹笔下的"守财奴"，他在发现女儿动用了自己的金子后大发雷霆："'我的金子没有了！'葛朗台嚷着，两腿一挺，直站起来，仿佛一匹马听见身旁有大炮在轰。"①他略显夸张的反应却与"失去财富的守财奴"在寓言故事中的表现如出一辙："一天，守财奴发现这一点，/既痛哭流涕又哼哼唧唧，/扯着头发捶胸顿足。"财富究竟是带来了幸福还是不幸？拉封丹在寓言篇末点明了答案——财富如果换成石头，就不会有这些不幸了。葛朗台也并没有因为财富而获得幸福，反倒是时刻处于害怕失去财富的忧虑中。小说与寓言故事都诠释了同一个寓言母题："痴迷金钱者无法获得幸福。"

《欧也妮·葛朗台》的标题让人觉得欧也妮是故事主角，实际上她的父亲才是故事真正的主人公。作品中欧也妮的不幸源自父亲，而葛朗台最终也只能将财富留给女儿。这一标题呼应了《失去财富的守财奴》。财富最终都会失去，不论是丢失还是留给谁，终究无法带去另一个世界。两个标题都暗示了守财奴的结局。财富不仅带不来幸福，甚至有可能带来灾难。当家庭的主人迷恋"金钱"无法自拔时，悲剧也就难以避免，正如巴尔扎克所说，这就是一场"没有毒药、没有尖刀、没有流血的平凡的悲剧"②。这部小说的另外一个主线是欧也妮的爱情，残酷的现实让欧也妮没能用金钱买回心中的真爱，巴尔扎克在作品的最后，用一个女人一生的不幸影射了金钱对于获得真爱、换回幸福的无能为力："这颗只知有温情而不知有其他的高尚的心，还是逃不了人间利益的盘算。金钱不免把它冷冰冰的光彩，沾染了这个超脱一切的生命，使这个感情丰富的女子也不敢相信感情了。"③不论欧也妮多么富有，她都难以获得拥有幸福的感受。

《补鞋匠与金融家》中的金融家形象在巴尔扎克作品中也屡屡出现。《人间喜剧》中的高布赛克、拉斯蒂涅、纽沁根等人物都是资产阶级社会中具有代表性的财富创造者与拥有者。那种认为一切都可以用金钱衡量的世界观以及他们与贫苦百姓的交流，与拉封丹笔下金融家对补鞋匠的态度颇为相似。而巴尔扎克对积累财富过程中抛弃妻子、坑蒙拐骗等行为的描写，更加佐证了该寓言母题的论断。从小说的寓言性看，意象符码是清晰明确的。那些资本拥有者尽管有各不相同的性格与思维方式，但留给读者的关键特

---

① Balzac, Honoré de, *Eugénie Grandet*, Paris: Alexandre Houssiaux, 1855, p.191.
② Balzac, Honoré de, *Eugénie Grandet*, Paris: Alexandre Houssiaux, 1855, p.183.
③ Balzac, Honoré de, *Eugénie Grandet*, Paris: Alexandre Houssiaux, 1855, p.258.

征趋于一致。伦理符码围绕"金钱能带来什么"的问题构建,不断引导读者反思"金钱"的意义。因果符码的"无必然性",实际上是对"金钱万能"论断的否定,作品通过一个个故事来证明财富与幸福之间无必然因果联系。以资本主义社会为背景的叙事作品容易产生"金钱"组寓言母题,对于金钱与财富不计其数的感悟最终都会导向关于金钱与幸福间是怎样关系的伦理思考。

(三)因果符码的自验与寓言母题的传承

"痴迷金钱者无法获得幸福"这一寓言母题属于"A 无法实现 B"的母题结构,叙事中的因果符码是一种特殊形态。它是对通过简单逻辑建立的因果相关性的否定。在逻辑上,追逐金钱的目的是获得幸福,而金钱作为一般等价物是可以带给个体满足的。在一个社会中富人有更多的权力且永远都是少数,"金钱"与"幸福"的正相关性是容易让人相信的。然而,在现实生活中,困于追逐财富而不得幸福的例子比比皆是。由此而产生的关于"金钱"与"幸福"究竟是什么的反思成为一个重要的哲学命题,也激发了文学创作者对于该类型寓言母题的兴趣。个人认知体系对该寓言母题的接纳首先是依靠自身对于母题中概念的理解:"幸福"是一种状态,与生理、心理、感官、情绪有直接关系;"金钱"是换取物质满足的方式和手段,它为通达幸福创造路径,但不是通达幸福的充分条件。痴迷金钱者的奋斗目标首先是金钱,其次才是幸福,而这往往会导致远离初衷的结局。"金钱未必带来幸福"的结论需要在充分的逻辑演绎中完成,它往往不属于个人的直接经验。在寓言叙事或小说叙事中,作者大多通过构建"可发生性"极高的故事引导读者跟随故事抵达"A 无法实现 B"的最后结论。叙事越接近真实,受众就越容易接受和理解最终的结局。作品对拥有财富者的扭曲心态、令人不齿的行为方式的写实刻画可以弥补在简单逻辑中的理据空缺,进而让受众理解并接受该寓言母题的意义内涵。

同时,大众会受到文艺作品的影响。历史上大多数思想家对于金钱的态度都是偏向负面的。古希腊悲剧家索福克勒斯在《安提戈涅》里就曾诅咒:"人间再没有像金钱这样坏的东西到处流通,这东西可以使城邦毁灭,使人们被赶出家乡,把善良人教坏,使他们走上邪路,做出可耻的事,甚至叫人为非作歹,犯下种种罪行。"[①]莎士比亚就在戏剧《雅典的泰门》中以泰门之口感叹:"黄澄澄的、亮晶晶的、宝贵的金钱……这么多的这种东西将要把黑

---

① [古希腊]索福克勒斯《安提戈涅》,转引自罗念生:《论古希腊戏剧》,中国戏剧出版社 1985 年版,第 56 页。

变成白、丑变成美、非变成是、卑贱变成高贵、老变成少、怯懦变成勇敢。"①美国作家杰克·伦敦在《毒日头》中把金钱写成万恶之源,建议把金钱排斥在社会之外。数千年来,人类文明的思想者们不断向我们传递金钱一面是图腾,一面是恶魔的思想。以吝啬鬼、野心家、地主、赌徒、放高利贷者、银行家等人物形象来构建意象符码;以贫穷、饥饿、背信弃义、妻离子散、荒淫无道等社会现象来构建伦理符码,文学作品不断将大众引向"金钱与幸福无必然联系"的叙事隐喻。这些故事的创作灵感来源于现实世界,又最终影响了个体对世界的认知。即便我们仍然身处可以通过金钱获得幸福的阶段,我们也会在口头文学与书面文学创造的沉浸式体验中接纳"痴迷金钱者无法获得幸福"这一类寓言母题的伦理教诲。文艺作品中的伦理教诲可能是经验的总结,也可能只是服务于社会伦理需要,但不论如何,文艺作品塑造并强化了大众某些不确定或不稳定的认知,并通过各种传播方式营造出某种社会共识。这也是寓言母题传承的一种重要路径。

资本时代的到来加速了"金钱"组寓言母题的传播速度。19世纪后的法国文学作品中"金钱"组寓言母题大量出现在小说中,不论是司汤达的《红与黑》、福楼拜的《包法利夫人》,还是莫泊桑的《项链》《我的叔叔于勒》,都围绕"金钱"展开,而批判现实主义大师巴尔扎克更将"金钱"作为核心母题呈现。美国作家亨利·詹姆斯评论:"金钱是巴尔扎克小说中最普遍的因素,其他事物时有时无,只有金钱常在。"②19世纪末的自然主义作家左拉的鸿篇巨作《卢贡-马卡尔家族》描绘的更是一个无金钱不生存的时代。左拉不仅用一部长篇小说《金钱》来展现无所不能、无孔不入的钱毒,还刻意撰文《文学中的金钱》来控诉文学与金钱无法脱钩的社会现实。自古希腊起,对财富与幸福关系的思考就从未停止,随着货币规模的扩大与货币形式的丰富,"金钱"组寓言母题获得了越来越广阔的表达空间,它折射出的欲望与自私等人性特征都是人类与生俱来的。即便有一天,人类迈向不需要货币的理想社会,对财富与幸福的讨论也不会停止,毕竟它曾经实实在在地被写进了人类的伦理法则之中。

三、《包法利夫人》与"女性"组寓言母题

至于爱玛,她并不希望知道她是否爱他。她以为爱情应当骤然来临,电光闪闪,雷声隆隆,仿佛九霄云外的狂飙,吹过人世,颠覆生命,席

---

① [英]莎士比亚:《莎士比亚全集》,梁实秋译,内蒙古文化出版社1995年版,第430页。
② 转引自龙文佩、庄骅骈编:《德莱塞评论集》,上海译文出版社1989年版,第77页。

卷意志,如同席卷落叶一般,把整个心带往深渊。①

年轻时候的爱玛是具有广泛代表性的女性主人公。她对爱情热烈的渴望是年轻女性普遍存在的心理状态。然而这种单纯、善良的期待带来了择偶上不切实际的心理,这一心理最终成为人生危机的导火索。古斯塔夫·福楼拜(Gustave Flaubert)用一部小说来呈现贫富差距急速扩大的资本主义时代背景下一个女孩成长的完整心路历程,爱玛的自负心理被男性利用,最终只能以悲剧收场。年轻爱玛的心理状态在拉封丹寓言《少女》中以略显调侃的方式呈现,比起寓言《少女》的主人公,爱玛只是思想更复杂、情绪更丰富、命运更曲折的意象符码。在特定的时代环境中,具有和爱玛一样心理特征的女性,其悲剧结局似乎难以避免。

(一) 寓言《少女》中的寓言母题

在欧洲古代,不论是寓言故事还是其他文学作品中,以女性思想与女性命运为主题的文学创作是不多见的,这与女性所处的社会地位不无关系。17世纪的法国,随着受教育贵族女性在文化领域的逐渐活跃,越来越多女性开始主持文学沙龙,女性作为一个重要的社会群体开始获得文学界的关注。在拉封丹寓言中,有《中年人和两个对象》《投河自尽的女人》《少女》《卖牛奶的女人和牛奶罐》等多篇寓言以女性为主人公。从寓言中可以看出拉封丹对于女人性格的评价中有着强烈的男权色彩。不过,在对某些性格特质的讽刺中也可以看出拉封丹的担忧。寓言《少女》中骄傲的女主人公希望找的对象应该"年轻,身材好,漂亮,举止能讨人喜欢,/不冷淡,又不嫉妒,特别是最后两点。/这位少女还要求对方/有丰富财产,出身高贵,有才华,总之,样样好,但谁能十全十美"②。反复挑选后,时间流逝,青春不再,结局令人觉得既可笑又无奈:"她做了一个选择,真令人难以置信,/最后她嫁给一个没有教养的老粗,/倒也觉得快乐而幸福。"女主人公从百般挑剔到最后认命,略显夸张的结局却也在情理之中。故事虽然简短但情节丰富,女主人公数年间的人生经历在三言两语间道出。语言中的意象符码、伦理符码、因果符码都十分明确。该则寓言的叙事符号系统为:

F【M<自负心理致择偶结果失望>,<Av>,<Pr>,<Po>】

该寓言母题聚焦女性,故事偏讽喻风格,呈现了一个社会生活的观察视

---

① Flaubert,Gustave, *Madame Bovary*, Paris: Louis Conard, 1910, p.169.
② La Fontaine, Jean de, *Fables*, Paris: La Pochothèque, 1985, p.388.

角,属于"生活艺术"<Av>类。为了让其具有更强的指导价值,寓言家选择了一个经过夸张手法处理的接近真实的故事。该故事属于"可发生型"<Po>,容易引发读者的共鸣。一方面,在现实生活中,的确存在一些在鲜花和赞誉簇拥下成长的、缺少社会经验的少女,由于对配偶的要求过高以及对人性的误判而错失真正适合的人,也错过了宝贵的青春。拉封丹意识到了该寓言母题的警示意义,所以在寓言中用了足够的篇幅来讲述这个女孩的经历。但从另一方面看,该寓言母题对17世纪的贵族阶层具有针对性。因为出身的高贵,主人公对婚配对象的要求就愈发严苛,而自身缺乏社会阅历与知识内涵,最终必然导致不尽如人意的结局。当然,故事表现手法略微夸张,也受到了那个时代男权思想的影响,其伦理隐喻有值得商榷之处,从某种意义上看,部分男性在类似环境中成长也会遇到相似的结局。此外,该寓言与作品集中另一则寓言《卖牛奶的女人和牛奶罐》都属于"主人公型"<Pr>叙事,两则寓言都着力刻画"女性"意象符码,将读者注意力引向人的性格本身。以"可发生型"<Po>故事来塑造典型人物是拉式寓言中"女性"主题寓言的特色,动物主人公无法还原某些人独有的性格特质。

(二)《包法利夫人》悲剧的必然

古斯塔夫·福楼拜笔下《包法利夫人》所创造的典型失败女性形象,展现了急剧变革社会中女人生存状态的缩影。在人类历史上,女性曾经是社会弱势群体,是男权社会的附庸。随着社会的进步与发展,女性地位逐渐提高,文学作品对女性命运的关注也日益增多。在《包法利夫人》中,福楼拜不惜笔墨地完整讲述了一个心高气傲的女人悲剧的一生。小说中的女主角爱玛虽然受过贵族式教育,受到浪漫主义小说的熏陶,对那种不可思议的爱情充满向往,但因为嫁给了平庸的医生查理而深感失望。婚后的她无时无刻不在渴望着传奇式的爱情故事发生在自己身上。她不断与自己心目中的所有优秀男士交往,但最后一次次被深爱的人抛弃,欠下巨额债务,不得不自杀身亡。在这个时代,与爱玛相似的女性并不少,她们因为良好的教育而对生活有较高的期望,也因为社会经历的缺乏而无法做出正确的判断,最后走向悲剧的结局。"自负"是部分女性的性格特质,但最后的悲剧是多方面因素导致的。

人有"待价而沽"的本能,也大多满怀着获得更好前景的愿望。该寓言母题中的"自负"是择偶过程中常见的心态,不只属于女性,男性也会有。不过,少女产生的自负心理与社会伦理秩序的传统有密切关联,女性在社会中的相对弱势地位使得自负心态容易带来负面结果。人性的弱点被社会利用才最终带来悲剧的结局。拉封丹的寓言以《少女》为题,指出了对于女人而言,某些思维方式往往会带来与期待相悖的结果。虽然《包法利夫人》的故事与《少女》不同,但所揭示的某些年轻女性耽于幻想、自命不凡的性格弱点是相同的。在寓言《少女》的结尾,女主人公选择了一个"没有教养的老粗",寓言家只是略带戏谑地嘲讽了她,其寓意是在时代伦理环境下对女性的警示。从寓言的虚构故事回到现实,少女的自负心态不会在冷漠的社会中被照顾,而会被别有用心者利用,成为他人的牺牲品。关注这一寓言母题的作家不仅仅是书写真实,也借助女性命运来叩问女性悲剧的社会成因。

《包法利夫人》中,爱玛对婚配对象失望只是她整个命运悲剧的开始,故事当然还包含了其他的隐喻方向与寓言母题,但主人公悲剧的主观原因是不可忽视的。在男权至上的社会里,女性难以获得所期待的幸福,她们的性格弱点常成为其悲剧命运的导火索。小说中故事线索与寓言《少女》的相似之处在于,"少女自负"的因是内因,最终导致了悲剧的果。因此,寓言与小说的寓言母题与叙事符号系统是一样的。少女自负心理有天生因素也有环境因素,创作者都意识到了这一问题,不过从结局回溯的内因起点还是在这一类女性的自身。爱玛本来可以与一个她认为平庸的医生过普普通通的人生,《少女》中的女主人公也本来有"命运女神"的关心,但她们都因为对自己与环境的误判才一再被命运捉弄。

李健吾认为爱玛是"一个虚伪的诗与虚伪的情感的女人"①,年少就沉浸于浪漫爱情小说与古代骑士情歌的爱玛有着强烈的爱情渴望情结,根据格式塔心理学家库尔特·勒温(Kurt Lewin)的理论,被唤起但未得到满足的心理需要产生一种张力系统,决定着一个人行为的倾向、心理的基调和特点。如果中断了满足需要的过程或解决某项任务的进程而产生了张力系统,就可以使一个人采取达到目标的行动。越是求而不得,越是渴望。对于受过良好教育又缺少爱情经验的女人,不断追寻的过程就是满足自身渴望的过程。与男性接触甚少的贵族女孩对爱情婚姻的期望值高于普通人,而这种过高的期望是带来最后悲剧的原因。福楼拜用爱玛的悲剧鞭挞了浪漫主义思想,也将被推向"自负"顶峰的少女狠狠地拽回地面。"如果说,爱玛的艺术情结符合生活真实的话,最终悲剧自然不会发生。但是这种艺术情结背离了人物自身的生活真实,悲剧就在所难免。"②从根本上说,浪漫主义

---

① 李健吾:《福楼拜评传》,湖南人民出版社1981年版,第100页。
② 李雁劼:《爱玛艺术情结透视——包法利夫人悲剧再探》,《西安外国语学院学报》2006年第2期。

情怀的原始推动者正是不劳而获的封建贵族,他们因为出身的高贵而对人生充满幻想,某些心高气傲的少女是贵族文化熏陶下的产物,而未受到现实洗礼的自负心理最终导致了无法挽回的悲剧。

(三) 叙述者隐形与因果符码

福楼拜的画景式写作旨在呈现一种文本的真实。《包法利夫人》的副标题是《外省风俗》,以平实触发读者的感知是大量描写的目的。除了描绘爱玛的人生经历,作者还花了大量笔墨介绍外省资产阶级的丑陋风俗:在爱玛生活的地方,有充满野心的政治家,有欺世盗名的药店老板,有浅薄庸俗的本堂神父,有道貌岸然、内心肮脏的公证人。作者将这些肮脏的社会现实写得十分透彻,让其与爱玛的浪漫主义情结形成强烈反差,也借此将故事的因果符码表现得更加自然。福楼拜的叙述是客观中立的,在浪漫主义方兴未艾之时,这一叙事方式的选择是具有里程碑意义的。

在《包法利夫人》之前的小说,不论是司汤达的《红与黑》,还是巴尔扎克的《人间喜剧》,都未在叙事中保持中立,他们不仅评论人物与事件,还常常借题发挥,甚至借叙事者的口吻与读者交流。但在《包法利夫人》中,叙述者将自己隐藏,读完小说我们甚至无法判断叙述者是谁。"他的最大建树,是从作品中删去了自我,创造了所谓客观性艺术。"① 福楼拜将判断与思考的空间完全留给了读者,小说的客观性使得故事具有更好的教育意义。在拉封丹的《寓言集》中,叙述者"我"介入寓言叙述是很常见的,即便不以第一人称介入文本,也常常以寓言"旁白"的形式给出伦理建议。但寓言《少女》以"有个稍许骄傲的少女"开场,以"倒也觉得快乐而幸福"结尾,故事始终没有任何叙述者的痕迹。在涉及女性的叙事中,拉封丹与福楼拜都不愿意将自己置于男权视角的叙述者地位,由此更客观地向读者呈现故事本身,也使得叙事的因果符码更有说服力。

拉封丹寓言与福楼拜小说都通过故事呈现了作者所处时代女性会面临的社会困境,摒弃男权思想的最佳路径在于采用非介入性第三人称视角陈述故事。以巴特认为的"一种直陈式或无语式写作"② 风格强化作品的寓言性特征,呈现客观现实比作者的评论更有影响力。由此可见,叙事策略只有与寓言母题的内涵相适应才能够达到更好的表达效果。"女性"组寓言母题的敏感性使得故事中所建立的因果联系容易受到质疑。尽管导致女性悲剧命运的深层社会原因众多,但《少女》与《包法利夫人》中女主人公的不幸是

---

① [法] 福楼拜:《包法利夫人》,李健吾译,人民文学出版社 2003 年版,第 4 页。
② Barthes, Roland, *Le degré zéro de l'écriture*, Paris: Editions du Seuil, 1953, p.56.

可以通过教化与经验分享在其他人身上避免的，克服主观层面的自负心理与抵制社会诱惑是有效办法。尽管"自负"未必一定导致"不幸"，但女性婚配不幸的源头一定有"自负"的因。叙事的客观性是创作者的态度，让读者相信文本的客观性是创作者的能力。

（四）"女性"组寓言母题与女性主义

从社会的角度看，历史上的女性和男性相比难以获得公平的爱情权利，女性的爱情被社会制定了太多的规则和标准。她们无形地被这些规则所束缚，在悄无声息中成为社会的失败者。如果说年轻女性的自负有其自身的性格原因，那最后的悲剧结局与男权社会不无关系。爱玛希望重新选择人生，却成为有权有势男性的玩物，即便她最后选择自杀，也并没有察觉到社会与伦理观早就将她判了死刑。

爱玛的凄惨遭遇和悲剧人生从表面上看是她错误的人生选择造成的，其深层根源是女性的性格弱点被男权社会所利用，由此而生的结果是注定的。福楼拜创作该作品的灵感来源于1851年他所看到的一桩社会事实：一个小村庄的医生与一个17岁的女人再婚，而这个女人债务缠身，有一个女儿和一个情夫，最后被毒死。在社会急剧变革的年代，这样的女性悲剧比比皆是。年轻女孩的迷失有其自身因素，但与男人的诱惑和社会的偏见也有密切关系。作为男性的福楼拜在细腻演绎女性对社会生存的无力感时，也无声地为遭受不平等对待的女性呐喊。

虽然英国作家玛丽·沃斯通克拉夫特（Mary Wollstonecraft）在18世纪就发表了《女权辩护：关于政治和道德问题的批评》，但真正意义上的女权运动要等到第二次世界大战之后才展开，西蒙娜·德·波伏瓦（Simone de Beauvoir）在文学界为女性在男权社会的抗争拉开序幕。在此之前，西方文学所反复关注的"女性"类寓言母题大多只触及了问题的表象。寓言《少女》是对"自负少女"的调侃与讽刺，《包法利夫人》也未勇于剖析造成女性群体困局的深层原因，其对女性的怜悯多是"自发"性的，与真正"自觉"的女性主义还有相当差距。因此，"自负心态致择偶结果失望"的寓言母题有其时代性特征，在女权主义兴起后无法再吸引大众的注意。纵观法国小说史，不论是拉法耶特夫人的《克莱芙公主》，还是小仲马的《茶花女》，在众多描写女性悲剧的作品中，将这些女性的普遍失败简单归因于"少女自负"是女权主义者无法接受的，而从传统价值体系以及社会结构中找寻原因才是女权主义者的目标与使命。因此，该寓言母题在特定历史阶段有其历史使命，但在女性普遍觉醒的今天，恐怕难以获得女性读者的广泛认可。

第四节　小说对寓言母题的阐释策略

"寓言影响后世最大的是小说。寓言故事本身就富有小说意味,它的现实主义与夸张性的手法、具体而微的故事情节、刻画生动的人物形象、富有生命力的语言和精彩的对话,都可以启发后世小说的产生或作为扩展小说的蓝本。"①寓言与小说之间的相似性特征是显而易见的,但叙事策略与风格差异巨大。作者的叙事目的与美学考量决定了其对中心思想或寓言母题的不同阐释策略。常见的阐释策略有基础阐释、充分阐释、夸张阐释。以干练的故事表现寓言母题属于基础阐释;故事内容丰富、细节清晰,给人以真实感的作品属于充分阐释;将虚构植入真实,创造虚实结合的感受属于夸张阐释。伊索式寓言大多属于基础阐释。现实主义小说中对寓言母题进行充分阐释的作品较多,它们将发生在主人公身上的与表现寓言母题相关的故事情节客观、全面地呈现,进而让文字抵达隐喻的路径简洁、明确,如莫泊桑的短篇小说。当小说在真实性中融入可以强化寓言母题表达效果的虚构成分,则属于夸张阐释,它通过创造不可能发生的情节来强化感受刺激,进而达到创作者所期待的表现力,如巴尔扎克的《驴皮记》。

一、《卡门》对寓言母题的充分阐释

对寓言母题的充分阐释是相对于寓言叙事中的基础阐释而言的。"充分"一方面是叙事的充分,它所创造的想象世界生动、真切,给人以真实感;另一方面是对寓言母题表现力的充分展现,使寓言母题能够尽可能地转化为具有说服力的信息,传递给受众。对寓言母题的充分阐释需要充足的文字空间,小说体裁比寓言更为适合。充分阐释要以创作者的叙述自律为前提,通过创造一个与现实相似度极高的故事,使读者处于感受寓言母题的沉浸式体验空间中。这一类型的叙事结局是可以被合理预测的,也是读者能够理性接纳的。作品设计的主人公最终命运是表现寓言母题的关键信息点。现实主义小说以及后来的自然主义小说大多属于"充分阐释"类。

普洛斯佩·梅里美(Prosper Mérimée)代表作《卡门》中的女主角以其特有的艺术魅力迅速进入世界文学女性形象画廊,成为一个跨越时代和国界的艺术形象,后经法国作曲家乔治·比才(Georges Bizet)的同名歌剧改编为

---

① 王焕镳:《先秦寓言研究》,古典文学出版社1957年版,第81页。

大众所熟悉。卡门这一颠覆性的角色以其独特的个性有力地冲击了由王公贵族守卫的艺术领地及审美习惯。卡门将人性的原始张力与自由之美结合，构建了一个拒绝为任何规则屈服的倔强的女性角色。"卡门用她的鲜血，完成了自由的完美。连死，都死得那样热烈和触目惊心。"①

作为意象符码，女主人公留给读者的印象是不会被爱情羁绊的独立女性。她的善变与独特个性让对她动心的男人癫狂，甚至不惜放弃生命。"卡门的脾气很善变，忽冷忽热。有时柔情的像一只温顺的小羔羊，而有时猛烈起来活像一只母兽。不过这样一个多变的女主人公，唯一不变的就是对自由的向往。"②小说围绕女主人公的叙事有多个隐喻方向，但如果将小说看作一个完整的隐喻故事，女主人公最后选择放弃生命的结局，留给读者的是关于爱情是否会得偿所愿的思考。小说中何塞对于爱情一次又一次的忘我付出无法换来卡门的真心，卡门最终宁愿死亡也绝不能失去自我。环环相扣的故事情节使得寓言母题"为爱情付出无反馈之必然"跃然纸上，最后的结局也能够被读者理性接纳。小说在充足的叙事空间场域中实现了对该寓言母题的充分阐释。

拉封丹寓言《提尔西斯和阿玛朗特》以另一种方式呈现了该寓言母题，其阐释方式属于基础阐释。故事清楚明了地指出了爱情的特质，它是一场"相思病"③，"跟这种疾病的痛苦相比，帝王的欢欣也显得乏味无聊"④，而最后阿玛朗特面对痴情的提尔西斯，道出自己所钟爱的是克利达芒。虚构故事中的人物形象简单，情节简洁明了，结局直截了当。可见，对寓言母题的基础阐释并不需要具有可信度的叙事，故事设计的目的是让接收者尽快找到抵达寓言母题的路径，而不是为受众创造理性认可寓言母题的主客观环境。在小说《卡门》中，梅里美通过丰富的描写与对话设计为最后卡门的死亡结局进行了充分铺垫，既保证了女主角性格的前后一致性，也使得该寓言母题的内涵更容易被理解与接受。

作为一部以"爱情"与"女性"为主题的作品，该寓言母题并非作品所呈现的唯一母题，但它是从完整叙事中可以获得的一个必然性母题。在梅里美眼中，"爱情王国遍地充斥着悲剧故事"⑤，它的原因在于"为爱情付出无反馈之必然"。卡门将不为报恩而妥协的意念坚持到生命的最后，这样的结局与故事中对人物的刻画、情节的设计是相符合的，卡门不是爱情悲剧的原

---

①② 吴雪威：《通过梅里美的〈卡门〉再度体味比才的〈卡门〉》，《内蒙古民族大学学报（社会科学版）》2012年第2期。
③④ La Fontaine, Jean de, *Fables*, Paris: La Pochothèque, 1985, p.472.
⑤ ［法］梅里美：《卡门》，李玉民译，北京燕山出版社2000年版，第353页。

因,单向的爱情大多以悲剧收场。《卡门》在两个世纪后用一个饱满的爱情故事对拉封丹的《提尔西斯和阿玛朗特》进行了再诠释,它通过生动的人物形象、巧妙的故事构思、引人深思的悲剧结局,留给了读者一个关于女性与爱情的开放性思考题,"爱情"组寓言母题也随着"卡门"这一艺术角色的走红而愈发引起文学家们的关注。

从阐释角度看到的寓言与小说之体裁差异是十分清晰的。寓言只提供最基本的故事材料,完成最简略的从故事到隐喻的过渡。寓言的目的是以简单、通俗的方式完成寓言母题的表达,它不追求故事细节的完善性与意义引导的充分性,也无须将故事的"可发生性"作为隐喻自验的依据。读者在寓言中感受到的是抽象式理解(即感受到生活中存在类似的困惑)而非代入式共鸣(即对小说人物或情节感同身受,从而产生一系列与自身生存相关的联想)。一方面,在现实主义小说中,代入式共鸣的特征使得其意义内涵的说服力更强,也能使故事中的意象符码获得更为持久的生命力。但另一方面,代入式共鸣的表达方式是以牺牲效率为代价的,从寓言母题的传承与传播的角度看,寓言的效果优于短篇小说,短篇小说优于中长篇小说。

小说《卡门》以女主角选择死亡而不愿选择深爱自己的何塞为结尾,如果缺少这一情节,那么与之相关的寓言母题就不能被充分阐释,作品的爱情隐喻也失去了冲击力。何塞每一次的爱情付出所构建的叙事铺垫直接影响着寓言母题被接纳的程度。从叙事学的角度看,小说不仅有充分的故事情节支持,还结合了丰富的叙事技巧。如果作者的文字编排是以创造具有代入式共鸣的寓言母题为目标,那么一切叙事技巧都是为寓言母题的充分阐释所做的努力。叙事技巧与策略是作者的表达手段,它让故事更具吸引力,从而更好地调动读者积极性,促使其在作品的复杂意义迷宫中寻找出口。

二、《驴皮记》对寓言母题的夸张阐释

修辞中的夸张手法运用丰富的想象力,在客观现实的基础上有目的地放大或缩小事物的特征,以增强表达效果。寓言母题的夸张阐释从作者的表达意图看,是出于对表达效果的关注。为了使寓言母题产生更为深刻的影响,作者将"不现实""不可能""不存在"的情节或内容引入写实叙事之中,使得读者无法在叙事中产生代入式体验。让读者对夸张性内容产生疑问是为了更好地驱动其发掘故事背后的寓意。夸张策略所产生的不可避免的与现实脱离是作品中对读者心理影响最深的部分,所涉及的情节是作者向读者传递思想的重要桥梁,夸张阐释下的故事内容中隐藏着形成隐喻的关键信息,读者由此产生的思想感悟也最为深刻。

巴尔扎克小说《驴皮记》中的主人公拉斐尔在潦倒之际得到了可以实现任何愿望的驴皮，但驴皮会随着欲望的实现而缩小，驴皮消失意味着生命结束。品尝过实现愿望的极乐后，拉斐尔最终受到了死亡的惩罚。《驴皮记》讲述的是与欲望相关的哲理故事，被巴尔扎克收入《人间喜剧》的哲理卷中。青年时期的拉斐尔出身于贵族家庭，也受过严格的教育，早年不是随波逐流之徒。与古董商的相遇是主人公的人生转折，也是整部小说真实与虚构的情节分界点。"驴皮"在古董商眼里是"欲望"本身，古董商所放弃的是让自己随心所欲的魔杖，也是消耗生命的毒药。作者所设计的"古董商将驴皮送给拉斐尔"的情节隐喻了放纵欲望与克制欲望的对立和个人面临的艰难抉择。每个人都想知道"兑现不切实际的欲望会带来什么后果"这一问题的答案，巴尔扎克用拉斐尔的命运回答了所有人的疑惑。主人公"已经不是单一的个体，也不是部分人的代表，他已经是一种抽象哲理的化身，是作者对人生意义这一哲理的思考、研究的形象反映"①。脱离真实的小说用驴皮的无边魔力与拉斐尔最终的死亡，将"欲望脱离实际者受罚"这一偏哲理性的经典寓言母题呈现于读者面前。巴尔扎克所抨击的不止于"欲望"本身，他针对的是这个纸醉金迷的时代中那些放纵自我的上流社会的人们。"且不说那些如本书的主人翁那样，穷途末路，已经输掉身上最后一枚金币，准备投水自杀的人，世上有许多人，面对金钱和物质享受的诱惑，还不是将名誉、地位、家庭、祖国，甚至自己的生命，全部置之脑后，而敢冒天下之大不韪，不顾道德、法律、舆论的阻力，杀人放火，诈骗盗窃，无所不为，小小一张驴皮，哪里阻止得住他们？"②

寓言母题"欲望脱离实际者受罚"在拉封丹寓言中有对应篇目《青蛙力争同牛一样大》，故事用极为简洁的笔墨将非理性的欲望膨胀与死亡紧密结合，青蛙作为无明显代入特征的意象符码让寓意联想快速发生，场景虚拟、故事虚构、寓意明确。而《驴皮记》首先创造的是一个真实的故事开头，随后用大量篇幅虚构出拉斐尔获得驴皮后的生活。在拉封丹笔下，欲望兑现只用一句带过："瘦弱的傻青蛙/把气一鼓再鼓……"③而在《驴皮记》中，古董商的提醒预示了整个过程的发生："如果您站在旺多姆广场上圆柱的顶端，您想不想从上往下跳？谁能停止生命的进程呢？有人能把死亡分成几次

---

① 李晓嘉：《从拉法埃尔·瓦朗坦的形象看〈驴皮记〉的哲学意义》，《贵州文史丛刊》1998 年第 1 期。
② ［法］巴尔扎克：《驴皮记》，郑永慧译，西安交通大学出版社 2015 年版，第 233 页。
③ La Fontaine, Jean de, *Fables*, Paris: La Pochothèque, 1985, p.33.

吗?"①古董商所预言的无法停止的进程正是拉封丹笔下青蛙的"一鼓再鼓"。尽管夸张的手法部分抑制了小说可能产生的代入感,但由具有浪漫主义色彩的情节引发的联想让作品的隐喻聚焦更为集中。

以夸张阐释的方式表达"欲望脱离现实者受罚"这一寓言母题是有的放矢的设计。对欲望的定性略显枯燥乏味,对欲望一般后果的描述也难以激发读者兴趣。将欲望的膨胀与兑现进行夸张展示,不仅激发了读者对结局的好奇,也能更好地让读者感悟极端情形下的人性变化。《驴皮记》的叙事风格在巴尔扎克的近百部小说中并不多见,却成为巴尔扎克笔下最著名的小说之一。批评家们质疑过《欧也妮·葛朗台》中对葛朗台财富的夸大,但那毕竟在合理范畴之中,"驴皮"作为《驴皮记》一书中的关键物品则不具有真实性,是巴尔扎克谨慎使用的创作手法。"驴皮"的出现将读者从真实带入不真实,但"欲望"引发的同理心又为人们创造出自省的氛围。作为现实主义文学家,巴尔扎克没有被写实文风所束缚,为"欲望"组寓言母题量身设计的半真实、半虚构的故事更显生动,也更能引发读者反思。

文艺复兴后,拉伯雷是第一位通过虚实结合的叙事手法获得文学成功的作家,他的《巨人传》描写了两个身材巨大的父子。第一部的主人公"庞大固埃"出生的时候钻进大动脉,通过横膈膜和肩膀,从左耳朵里钻了出来。他一落地,不像别的婴孩呱呱啼哭,而是大声叫嚷口渴。对人物物理形态的夸张为后来小说烘托人的伟大以及讽刺宗教压抑下的畸形欧洲社会埋下了伏笔。虚构色彩如此浓厚的故事也并非完全与现实脱钩,作者笔下的巨人不是怪物,而是人格健全、知识完善的人,符合文艺复兴后大众对于"人"的审美期待。"人"在拉伯雷笔下第一次以顶天立地的形象出现,庞大固埃的知识学习、在巴黎的见闻,都是智慧、理性的人生经历,他最终成为身心发达、品德高尚的人。故事虽然离奇,但以现实社会为依托,唯一虚构的是巨人本身。这一构思寄托了大众对于重塑人的美好愿景,也是整个故事的关键所在。《驴皮记》与《巨人传》有诸多相似之处。巴尔扎克在该小说中唯一虚构的是具有魔力的驴皮,所有故事均围绕这一具有神秘色彩的情节展开。寓言母题的夸张阐释需要依靠真实故事,只有立足真实,虚构物才能表现出张力,由此形成的寓意才更有说服力。庞大固埃如果是童话故事中的人物,驴皮如果是动物寓言中的道具,那么,两个故事结局就难以产生直抵人心的隐喻效果。

---

① [法]巴尔扎克:《驴皮记》,郑永慧译,西安交通大学出版社2015年版,第27页。

文本中的虚构是词与物之间的"非逻辑联系"①，受众基于文本理解的整体性需要，会理性地处理这些非逻辑联系，使其并入预判的情节框架中，并最终生产出符合期待的意义总结。"驴皮"是什么？它是欲望，但不仅如此，它也是一种规律，更是一种警示。理解"驴皮"之象征，也就能发掘出小说的寓言母题。"驴皮"的出现将故事带离了真实世界，也让我们在放大镜中看到了欲望的危害，通过夸张阐释，巴尔扎克让"欲望的驴皮"伴随寓言母题一并在法国文学中继续传承。

第五节 叙事的整体性与互文性

经典叙事作品大多具有雅俗共赏的特点，主人公形象、故事核心结构都是作品在传承与传播中的重要信息。在本章的研究中，我们发现法国 17 至 19 世纪留下的那些今天被大众所熟悉的经典文学作品都有较为清晰、简明的叙事逻辑，某些叙事结构本身即具有超时间性特征的母题，从拉封丹寓言甚至伊索寓言起，它就已经以文学形式出现。

作品的"易读性"决定了故事能够被接受的程度。"易读性"是"从 X 中得出意义的容易度"②。包括寓言、童话在内的传统叙事作品大多遵循编年顺序展开情节，其文本所提供的故事信息清晰、充分、前后逻辑一致，从中获取的意义也通俗易懂。具有易读性特征的作品更类似寓言，也更易于从中提炼寓言母题。这类文学作品的叙事共性研究可以通过提炼寓言母题的方式开展。20 世纪以来，陆续出现了很多低易读性的叙事作品，读者难以确定其核心叙事结构，这一类文学作品则不太适合于采用寓言母题研究法。

一、叙事地阅读

杰拉德·普林斯（Gerald Prince）在《叙事学：叙事的形式与功能》中提出了"最大阅读""最小阅读""叙事地阅读"等概念。要想实现（实际上无法实现）最大阅读，就要试图问出并回答与文本相关的尽可能多的适切性问题。对于《小红帽》中的一个片段，普林斯提出了十三个适切性问题，而其中

---

① ［美］华莱士·马丁：《当代叙事学》，伍晓明译，中国人民大学出版社 2018 年版，第 197 页。
② ［美］杰拉德·普林斯：《叙事学：叙事的形式与功能》，徐强译，中国人民大学出版社 2013 年版，第 131 页。

一些,诸如"外婆叫什么名字"是无法被回答的,最大阅读通常无法实现,却成为一件有趣味性的探索性任务。最小阅读的实现需要揣摩语言与作者,因为它"要求改述与概括文本(及其组成部分)的外延意义内容的能力"①。最小阅读的实现会有因人而异的结果,尤其是涉及外延意义的部分。普通读者常常完成的是叙事地阅读:"事实上,叙事地读一个文本("为了故事"而读它),意味着提出上述所有具有叙事适切性的问题——总体上会指向情节维度和故事线的问题——并给出答案。"② 每当我们叙事地阅读,总会将阅读体验与感悟与既有的经验与知识进行比对,而最终会发现叙事之间存在着极为广泛的共性。对读者理解故事意义有所期待的作者就是在不断以读者的视角提出并回答适切性问题的方式来完成写作的。叙事地阅读符合大部分读者的阅读习惯,也是叙事创作者在创作中最为关注的问题之一。

当我们忽视与核心情节无关的问题,对文本仅进行叙事地阅读时,我们就在创作者预设的世界中感知创作者的初始意图,理解其创作动机,而这正是寓言阅读中的体验。能够叙事地阅读一部文学作品,不仅仅是因为读者能够恰当地绕开不必要的适切性问题,更是因为叙事结构的某些共性驱使我们向着某个存在于记忆或潜意识中的既定目标前进。在对《伪君子》的阅读中,我们会问出的问题包括:奥尔恭为什么要帮助答尔丢夫?答尔丢夫为何不知恩图报?人与人之间应该遵循怎样的道德规范?奥尔恭帮助答尔丢夫会有什么后果?对于前两个问题的回答帮助我们构建意象符码的"施恩者"与"忘恩者",第三个问题的回答会帮助我们厘清故事的伦理符码,而第四个问题的答案则提供了故事的因果符码。叙事地阅读该作的最终收获和感悟与阅读寓言作品《农夫与蛇》是十分相似的。当我们阅读《驴皮记》时,我们会问的问题包括:拉斐尔的人生境遇如何?拉斐尔是否会使用驴皮?驴皮让拉斐尔得到了什么又失去了什么?拉斐尔最终的结局如何?同样,这些问题的回答会让我们找到叙事寓言性的三个符码,最后我们会获得与阅读《青蛙力争同牛一样大》的相似感悟。经叙事地阅读所提出的问题基本上属于创作者文本设计初始问题场中的问题,回答这些问题是一种与创作者的对话,也是快速形成对一部作品记忆的有效途径。叙事地阅读未必是文学批评家们的兴趣所在,却是大多数文学爱好者的阅读习惯。

---

①② [美]杰拉德·普林斯:《叙事学:叙事的形式与功能》,徐强译,中国人民大学出版社2013年版,第109页。

二、叙事地阅读中的完形心理

从格式塔理论的角度看,叙事地阅读是完形心理特征导致的结果,它将我们引向检验认知体系与生活经验的思维状态之中。叙事地阅读是一种无须培养的自发阅读习惯。以视觉感受为例,当我们看到 a、b、c 三个以若干线条绘出的二维平面图形时,是完形心理引导我们产生它们是三个立方体的感受。具有线性特征的叙事轮廓最终为我们留下了对作品的整体印象,这就像二维线条会让我们产生三维感受一样。

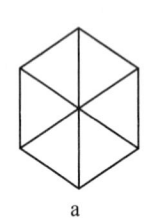

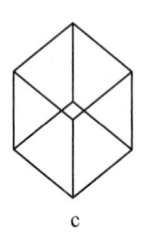

图 7　a、b、c 三个二维平面图形

如果没有过往的经验与知识,我们只会把 a、b、c 看作六边形,而借助经验与既有知识体系,我们会发现它们是不同视角下的大小一样的正方体。对叙事文本作为整体的认知比线条组合要复杂许多,在叙事地阅读过程中,我们会自发比对阅读过的其他作品以及参考既有生活经验或伦理常识,通过完形心理将故事中的叙事关键信息汇聚,构建出能有效表达意义的具有整体性的叙事轮廓。

完形心理还会驱使我们去获取表象中隐藏的意义。当我们看到白纸上无序的线条组合时,我们的关注不会仅仅停留于线条本身,而会倾向于相信这些线条是有意义的组合,推测表达者试图通过图案告诉我们什么。这种努力是自发的,最终通过努力有所发现会令人愉悦,无功而返往往会令人沮丧。愉悦与沮丧是对努力的情感反馈,它属于人的天然心理机能。

图 8 中不规则线条留给我们的印象是一位中年绅士的脸,即便它可能真的只是小孩在纸上的涂鸦。对叙事文学作品的完整性需要也是理性的人对意义本身的需要。《熙德》中的荣誉得失、《安德洛玛克》中的情欲破坏、《伪君子》中的忘恩负义、《包法利夫人》中的女性选择,这些关键表意信息的构建都是文本在适应读者心理过程中发生的。这些作品的叙事都没有寓言故事简单,但我们在主人公众多、人物关

图 8　不规则线条

系复杂的故事中会自发地完成对故事核心情节的建构，并找到与之相适应的核心意义。对作品叙事地阅读是以理解作者创作动机与意图为目的的文本解码任务。完成这一任务属于一种心理需要，正如在上图中所看到的立方体与人脸，我们的认知结构与思维方式决定了我们会自发探索文本叙事的核心结构与相关寓言母题。

三、寓言母题的对话与叙事的互文

寓言母题是叙事地阅读的潜在收获。在戏剧、童话、小说等叙事作品中找到相同或相似的寓言母题反映了叙事文本的构建存在共性，对这种共性的研究也是对文本间对话关系的研究。文本的创新是一种继承性的重构。任何文本都不是孤立存在的，它继承之前的文本，又为后来的文本所用。不同的文本构成一个彼此关联、相互指涉的网络体系。20世纪60年代，朱丽娅·克里斯蒂娃（Julia Kristeva）提出的"互文性"概念进一步阐释了这种文本间的相互关系，而后，罗兰·巴特和雅克·德里达（Jacques Derrida）又分别对这一概念做出了各自的注解。他们的主导思想是基本一致的，即文本间的呼应和联系构成了文本与文本的互动。克里斯蒂娃提出的关于文本动态的"互文性"理论指出，文本始终与其他文本存在着多元动态关系，文本是向文化与社会历史开放的研究对象。不同时代、不同体裁的叙事作品间可能存在很多层级的动态相关性，如果以寓言母题的视角建立叙事作品间的联系，实际上是肯定了作为整体的叙事与叙事之间相互呼应、相互指涉的互文关系。在文本之间完成对话的不仅仅是词句、意义单元或意义群，它也可以是人物特质、故事设计等相对复杂的部分。寓言母题之间存在对话与互文是由寓言思维决定的，肯定叙事设计过程中的一般性规律与叙事接受过程中的完形心理，为展开各个层级的叙事结构对话研究提供了理论依据。

具有相似结构特征的寓言母题是激活文本间动态关系的原动力。不论我们从何种视角切入叙事文学的文本间性研究，作品的核心故事结构都是不能回避的关键信息，这些核心故事结构之间的相似与差异一目了然。当我们聚焦这些凝练的叙事梗概时便会发现，诸如"无所畏惧的勇者臣服于爱情""有信念的人为了荣誉牺牲自我""自私自利之徒恩将仇报"等结构屡见不鲜，而它们在西方古代寓言体裁中几乎都能找到原型。尽管这种叙事文学之间情节的对话性不同于传统"互文性"研究关注的对象，但"文本对话立足于更大的文本网络"的底层逻辑是一致的。当一则故事被认作寓言，它就携带了人类自我反思的基因，而其他文学作品再次借鉴这一叙事模型时，也就是在基因的指引下完成文字细胞的复制繁衍。叙事结构的相似性所反映的是思维方式的相似性,从寓言母题角度所看到的文本间的对话是一种更为广泛的与人类文明、人类社会以及人性相关联的思想和鸣,它不属于语言学的范畴,甚至超出了文学范畴。寓言母题既能成为互文性研究的焦点,也能成为互文性研究的引子。对具有相同或相似寓言母题的叙事作品进行叙事技巧及文体风格的比较研究,能够帮助我们更好地理解叙事文本之间存在的相互依存又相互影响的关系,此类研究具有重要价值。

某些经典寓言母题的良好传承性说明了关于人性、社会规律的反思一直存在且具有相似性。而对这些寓言母题的反复演绎并不会令人倦怠,有时甚至会带给人们更多惊喜。拉封丹并不讳言对伊索寓言的模仿,因为模仿是带有创新的模仿,是适应新的社会环境、适应新的伦理要求的模仿,事实也证明拉封丹为文学界带来了崭新的寓言书写规则,让寓言获得了前所未有的关注。"伪君子"形象的传承不必打上莫里哀的标签,"守财奴"的形象也不需要留下巴尔扎克的痕迹。任何故事都不是孤立存在的,故事的设计是在社会实践的大文本中完成的。有了后来的文学经典形象与经典情节,我们才会更加关心这些形象与情节的源头,才会对这些形象与情节在传承与传播途中发生的变化产生兴趣。每一次对它们的溯源都是对之前文学作品的致敬,都是对社会实践经验与伦理观点的重新审视。

寓言母题的传承与演变遵循着达尔文的进化论。自伊索寓言起,寓言作品不计其数,但能够流传到今天的寓言故事却十分有限。伊索寓言与拉封丹寓言中的诸多篇目早已无人问津,每个时代的读者都在自身的时空环境中检视寓言母题的价值,自发接纳或放弃那些不再被时代需要的母题。寓言母题之所以成为母题是因为其社会适应性,它只有不断与关于人类社会发展、伦理观演变的反思相适应,才能持续传承与传播。不适应时代需要的寓言母题必然逐渐被边缘化甚至消亡。寓言母题的内涵是某种观点的文字表达,它的社会价值决定了它的生命力。广为流传的那些寓言母题总是通过反映新社会现实的文学作品,为自身附上新的时代注解,进而融入新的伦理环境与大众文化。某一类寓言母题的隐匿或消亡从根本上说是大众的选择,是时代的选择。在文学发展的滚滚长河中,有看得见的相互致意的文字灯塔,也有看不见的革故鼎新的汹涌暗流。不同时代的作品通过寓言母题形成了对话,让我们看到了思想的传承,看到了寓言母题自身的生命力及其不断重生的方式。这些寓言母题是人类文明沉淀出的果实,它们每一次通过文学作品的重现都是对人类发展精神需要的再确认。对于这种互文性关系的历时研究超越了文学研究的范畴,研究者将可以通过这些遥相呼应的文字灯塔,描摹出不同领域关于人与世界反思的进化轨迹。

结　语

　　1695年《法兰西学院大词典》中"寓言"一词的释义为："伪装的事物,其杜撰的目的是教育或娱乐。"①在拉封丹寓言问世的时刻,法国权威机构给出的寓言定义并未将其体裁属性明晰化,也没有关于伊索式寓言风格的阐释。生活在这个时代的拉封丹可能也并未意识到寓言即将成为他在后世的文学标签,以及他的《寓言集》将在法国文学中占据一席之地。随着法国贵族文化的日益活跃与法国文化的加速对外扩张,拉封丹寓言带着古代寓言的灵气开始走出法国、走向欧洲与世界。当拉封丹的模仿者与研究者感叹于拉式寓言巧妙地重构了古代寓言故事时,伊索寓言顺势重新回到大众文化与学术界的聚光灯下。尽管我们无法对没有拉封丹的文学世界是否会关注伊索寓言做出判断,但从词典定义来看,在17世纪的法国,作为文学体裁的寓言并未受到太多关注。活跃在大众文化领域的文学作品,都不可避免地对相应体裁的定义产生影响。我们注意到21世纪的《新不列颠百科全书》对"寓言"词条给出的解释为："寓言是一种篇幅短小、有简单情节的幼稚的譬喻形式。"②从该定义中的"简短性、隐喻性、娱乐性"的描述中可以看到伊索式寓言的影子。而在2011年中国出版的《辞海》中,"寓言"的定义是："以散文或韵文形式,讲述带有劝谕和讽刺意味的故事。结构大多短小,主人公多为动物,也可以是人或非生物。主题用意在惩恶扬善,多充满智慧哲理。"③尽管这一定义有比较广阔的适用范围,但"主人公多为动物"的表述更接近于伊索式寓言风格,由此可见这一风格的寓言在中国的影响。尽管我们不能断言拉封丹寓言带来了寓言文学的新生,但从后世拉封丹寓言对欧洲各国产生的影响看,17世纪末寓言发展是一个重要时间点。沿袭古代寓言创作思路的拉封丹是隐喻叙事继往开来的领航者,也许他在寓言历

---

① *Le Grand Dictionnaire de l'Académie française*, 1695, p.256.
② *The New Encyclopaedia Britannica*, volume 23, 15th edition, London: Encyclopaedia Britannica, 2005, pp.101-107.
③ 《辞海》,上海辞书出版社2011年版,第5508页。

史上的地位不如伊索、菲德鲁斯,但他带领寓言文学进入新阶段,其中有其创作风格的原因,也有其对寓言母题更充分诠释的原因。基于这些理由,我们对寓言认知部分的研究,聚焦自伊索起,包括拉封丹在内的几位西方寓言文学大师,而寓言母题与寓言性叙事作品的关联研究则侧重于17世纪后的法国。一方面,从历时的角度全面地解析法国寓言及寓言母题的传承脉络,进而更充分地理解寓言的本质特征;另一方面,有针对性地研究法国经典寓言与其他法国叙事作品间的互文性关系,能让我们获得关于寓言母题传承的更具说服力的结论。

在西方学界,对寓言的认知不可避免地会因为大众熟悉的某些寓言故事而先入为主,这一定程度上限制了关于"寓言究竟是什么"的深入思考,伊索式寓言只是作为概念的寓言的一种具体表达形式。寓言是一种思维方式的产物,它在西方世界的生产具备了与之相关的文化、社会、伦理特性,而在中国的生产也会有相应的特征,但不论如何,它们都应该有着相同或相似的演绎路径。现实地看,在西方文明孕育中的经典寓言能够毫无困难地被其他文明或文化接纳并融入其中,这证明了寓言不是特定文化土壤的产物,而是人类共通的思想财富。今天看来,在文明、文化充分交流的时代,寓言的国别性特征日益弱化,学术界对于寓言是什么的思考更趋向于寓言中蕴藏的基本规律。中国学者陈蒲清试图为"寓言"给出超越其文学特征的定义:"寓言是作者另有寄托的故事。"[1]这实际上应和了庄子"藉外论之"的注解,以这样的方式定义寓言不够精确,却道出了寓言文字表现形式背后的根本性特征。不论对于法国人、英国人或是中国人,以文字形式表达的寓言都是寓言思维的产物,都是指向故事之外意义的"机制化寓指"。

不同文明中的寓言差异性显而易见,寓言家也都有不同的创作风格。尽管寓言故事素材的选择与所述之事的叙事设计具有一定随意性,但从本质上看,这种随意性是受限的。能够以生活经验为背景对文本寓指进行"机制化翻译"是寓言创作者需要考虑的问题,寓指设计要具备引发寓意思考的效用。文本成为寓言的一个必要条件即其可翻译性。不是任何故事都可以通过翻译而析出能与他人分享的寓意共识。今天我们仍然在阅读和传播的那些经典寓言,都具有良好的可翻译性特征。因此,一则故事并不会仅仅因为出现在被命名为《寓言集》的作品集中而成为大众认可的寓言。即便是在欧洲古代经典寓言集中,也散落有无法被阅读者认定为寓言的故事。这些故事无法在传播后被理解、翻译,也无法产生完整寓意,并经由阅读者实现

---

[1] 陈蒲清:《世界寓言通论》,湖南教育出版社1990年版,第9页。

二次传播。同理,我们随意编造的故事很多也无法被定性为寓言。比如,一只羊在吃草的时候因为吃到了有毒的作物而死去,除非在特定的语境下,否则该故事无法被有效翻译。寓言所具备的"机制化翻译"特征反映的是伦理系统内部的一种思想共识。因此,寓言创作中的想象力是受限的,所使用的叙事素材也不是毫无边界的,尽管在这个边界内有足够多的文本设计空间。这种限制性不太容易被具象化描述,但所有的限制性都是寓言思维在叙事设计过程中的内在要求。那些看似随意的故事设计,实际上是在遵循寓言创作基本规则前提下有的放矢的巧妙构思。

经典寓言的传承性与具有完整意义指向的情节组合的重复性在寓言文学领域是显而易见的。能够久远流传的寓言故事数量十分有限,但传播效力却十分惊人。文本只是寓言母题的载体,这一载体会随着表达需要而改变,寓言母题作为传播内核是比较稳固的。从文学发展的角度看,拉封丹寓言的出现让寓言母题的表达方式出现了一次历史性跨越。寓言不必再被打上简明扼要的标签,寓言母题可以在更为复杂的情节设计与文学修辞中实现。经典情节组合的效用不会随着故事与文体的复杂化而被削弱,那些叙事文学的经典留给读者的永远都是由核心故事情节而引发的意义联想。寓言思维发生作用的方式在寓言母题的传承与传播中被反复检验,对一些经典作品中寓言母题传承的研究,既是对寓言与其他叙事文学间对话性的研究,也是对寓言思维在文学中存在普遍性的研究。任何时代、任何形式的叙事作品都会被寓言思维检视,寓言思维在每一次接受叙事信息的过程中,都会不断尝试为其构建核心结构,并辨识其中蕴藏的寓言母题。

那些经历时间洗礼的经典寓言母题都具备两个特性:一是超时间性。寓言故事是创作者的个体表达,但具备传承性与传播性的寓言故事必然是对持续困扰人类生存与生活问题的思考。尽管人类社会的发展在不断解决社会问题中制造了更多的新问题,但很多问题的本质与解决办法已被古人给出答案。能够持续为新的社会问题提供解决方案是寓言母题成为经典的重要原因。在历史长河中,寓言创作有高潮和低谷,但对寓言的需要贯穿任何时代,只不过它未必以寓言体裁的形式出现。戏剧、童话、小说等叙事作品都具有寓言性,其包含的寓言母题让我们不禁联想到那些古老的寓言,这些体裁以文学传播的方式又在更广的范围加深了寓言母题的群众基础,进而巩固了经典寓言母题的超时间性特质。二是适应性。寓言家会创造一个简单且易于进入的虚构世界,所聚焦的寓言母题大多具有开放性,阐释空间狭小的寓言母题往往会被淘汰。传承性好的寓言母题具有前瞻性与抽象性。生活在17世纪的拉封丹并不知道金钱社会即将到来,而他笔下的"金钱"组寓言母题聚焦的是人、财富、幸福三者的关系,这一具有哲理性的思考能适应不同时代、不同文化,并随着货币时代的到来越发受到关注。经典寓言母题的意义外延也能与时俱进。在不断变化发展的社会中,它能够适应新的时代需求,如"荣誉"组寓言母题。"荣誉"概念的内涵在 17 世纪与在其他世纪具有很大差异,为荣誉而牺牲的意义在不同时代也有不同的文化内涵。但以"荣誉"为起因而产生某种后果的母题内核具有延续性,它能以适应新的社会伦理需要的面貌出现。因此,经典寓言母题的良好适应性保证了其超时间性的特质。

不过,任何寓言母题都有其最适合的年代。每个时代的社会矛盾焦点并不相同,面对社会矛盾的伦理反思也不尽相同。"女性"组寓言母题在古代寓言中就已出现,但女性问题在 19 世纪才逐渐被西方社会关注,福楼拜的小说为相关寓言母题找到了最为贴切的人物原型,进而让该组别寓言母题此后获得了更为广泛的关注。高乃依的戏剧属于 17 世纪,巴尔扎克的小说属于 19 世纪,这不是寓言母题所承载的信息,却是它们的文字载体必须反映的现实。每当寓言母题以故事形式被表达,它就必然与对其表述的社会与时代发生关联。文学作品中寓言母题的历时研究不仅仅关注文学作品本身,也应该关注社会经济运行过程中的矛盾发展规律,最适合某个时代的寓言母题应该将具有社会共性的矛盾展现出来。虽然寓言母题的内核是不随时间变化而改变的,但文学作品都有自己的时间痕迹,它们因为时间的记号而显示出与相似作品不同的独特面貌,也因为时代的印记而为后世留下更为厚重的文学价值。《安德洛玛克》写的是古希腊悲剧中的故事,但它是在 17 世纪欧洲宫廷文化中生长的文化之花;《巴黎圣母院》写的是 15 世纪的爱情故事,但它属于对自由与美有强烈渴望的 19 世纪法国。文学的艺术价值可以超越时间,但文学作品的时代特征是它自身不可分割的标记。

对寓言思维、寓言母题概念的阐述难免会受到质疑,跳出寓言来研究叙事文学中的寓言母题也会引来对泛文学研究厌恶者们的非议。我们对叙事文学中故事构思存在广泛共性的思想的坚持,来自对文字表达隐喻特征的肯定。莱考夫从语言的层面向我们论证了人类思维的隐喻性,既然隐喻是表达者的必然诉求,那么讲述一切具有杜撰色彩的故事都应该具有字面以下的隐藏意义。寓言母题相关概念的表述方式可以在文学研究范畴内再讨论或斟酌,但不能否定的是,任何完整的叙事结构之间都可能存在对话性。有时,我们并不确信从小说等叙事作品中找到的基本结构是否为作者的初始意愿,但对于读者,对于叙事的接收者,只要从作品中获取的意义或启发来自这些叙事结构,那么它就是可传承、可传播的,即具备了母题的基本属性。格式塔理论告诉我们,个体的完形心理会不断驱使我们追寻叙事表象背后的意义。当我们看到白纸上杂乱无章的线条组合时,我们的关注不会停止于线条本身,而是倾向于相信这些线条是有意义的组合,表达者试图通过图案告诉我们什么。而任何文字系统的接收者同样在不断寻觅故事的整体性意义。寓言母题无须提前标注,完形心理会反复将叙事结构置于个体经验场中,与其他有意义的叙事记忆进行比对。因此,与其说作者在叙事设计中植入了寓言母题,不如说叙事作品的读者需要寓言母题存在于作品之中。在文学作品的传承与传播中,寓言母题比文体风格更容易激发共鸣,也就更容易经历时间的洗礼,跨越文明的屏障。拉封丹寓言没有创生新的寓言母题,他只是一位优秀的寓言母题传播者。那些经典的法国叙事作品也未必是在拉封丹寓言的启发下完成的,它们只是具备了相似的心理场,从而呼应了拉封丹寓言。简洁的寓言故事让我们看到了隐喻叙事种子的雏形,要在更广阔的叙事文学土壤中才能见证它们生根、发芽、开花、结果的过程。我们相信,寓言母题研究的空间远远大于本书所涉及的范围,也将让我们更好地领略寓言化文学世界的风采。

此外,对于叙事的研究也不应该止步于文字。巴特指出任何材料都适宜于叙事,除文学作品外,还包括绘画、电影、音乐等,叙事承载物可以是口头或书面的有声语言,固定或活动的画面、手势,以及这些材料的有机混合。艺术反映的是具有典型性的社会意识形态,人对于世界的感知无非来自五感,而对艺术的感知主要集中在视觉、听觉领域,在这些领域中,包含了大量可以用叙事方式展现的艺术策略,远不止文学中的文字组合。叙事从根本上说是一种思维结构的有形投影,文学作品是表达形式之一。在文学以外的其他艺术形式中,叙事也广泛存在,尤其是在歌剧、电影、小品等以讲故事的形式来表现思想的作品中。从来源角度看,文学和其他艺术形式都源于生活。其创作都是由人和物引起的,都是人们为了更好地满足自己对主观缺憾的慰藉需求和情感器官的行为需求而创造出的一种文化现象,都是人们在日常生活中进行娱乐、游戏的一种特殊方式,也是人们进行情感交流的一种重要手段。艺术中的叙事寄托着某种创作者未能言明的思想,是一种更委婉的情绪释放。基于表达目的的叙事的广泛存在也是寓言母题的广泛存在。不论是莫里哀笔下的戏剧《唐璜》,还是莫扎特的歌剧《唐璜》,或者是电影《唐璜》,不同表达方式背后的叙事思路是同质的。这一类涉及信仰的寓言母题的艺术作品与寓言故事形成对话,对它们之间相互关系的研究,对我们深入理解寓言母题内涵及不同艺术表达形式所产生的表达效果的差异都颇具价值。

　　当然,文学是艺术生活的主角,艺术的产生往往需要坚实的文学思想作为基础,因此,开启叙事艺术研究的钥匙也只能从文学中寻找。文学中的叙事研究思路可以广泛应用到其他艺术形式的研究中。通过寓言母题的研究方法,我们可以挖掘叙事艺术中的思想内核,并通过与艺术门类相适应的符号类别研究法总结寓言母题的表达方式,最终将看似随性的叙事艺术纳入寓言母题符号系统之中。对艺术领域叙事的深入研究将进一步深化我们对艺术隐喻的理解,以及对人类思维方式与思维结构的认知。从寓言到其他叙事文学,从叙事文学到其他艺术形式,寓言思维都在为具有交流属性的隐喻系统谋划,无处不在的叙事与隐喻让纷繁复杂的艺术世界有了共性研究的基础。对更广泛艺术形式中寓言思维与寓言母题的研究是一场值得期待的探索之旅,期待志同道合者的加入!

参 考 文 献

一、文学作品

(一) 寓言集

[1] Ésope, *Fables*, trans. Emile Chambry, Paris: Les Belles Lettres, 1927.

[2] La Fontaine, Jean de, *Fables*, Paris: La Pochothèque, 1985.

[3] Labriolle, *Fable*, Paris: Encyclopaedia Universalis, 1980.

[4] Phèdre, *Fables*, trans. E. Panckoucke, Paris: Philippe Renouard, 1928.

(二) 戏剧、童话、小说

[1] Babrius, *Fables*, *Babrius et Phèdrus*, trans. Perry, Cambridge (Mass): Loeb Classical Library, 1965.

[2] Balzac, Honoré de, *Eugénie Grandet*, Paris: Alexandre Houssiaux, 1855.

[3] Beaumarchais, Pierre-Augustin Caron de, *Le Mariage de Figaro*, Paris: Laplace, 1876.

[4] Corneille, Pierre, *Le Cid*, Paris: Hachette, 1862.

[5] Flaubert, Gustave, *Madame Bovary*, Paris: Louis Conard, 1910.

[6] Hésiode, *Les travaux et les jours*, trans. Paul Mazon, Paris: SBL, 1928.

[7] Horace, *Épitres*, trans. François Villeneuve, Paris: Les Belles Lettres, 1967.

[8] Horace, *Oeuvres* (t.I Odes et Epodesm, t. II Satires, t. III Epître), trans. F. Villeneuve, Paris: Belles Lettres, 1929 – 1934.

[9] Perrault, Charles, *Contes*, Pairs: Gallimard, 1981.

[10] Racine, Jean, *Andromaque*, Paris: Didot, 1854.

[11] Rousseau, J.J., *Emile*, Livre I, V, Paris: Gallimard, 1969.

[12] [法] 巴尔扎克:《驴皮记》,郑永慧译,西安交通大学出版社2015年版。

[13] [法] 福楼拜:《包法利夫人》,李健吾译,人民文学出版社2003年版。

[14] [法] 高乃依:《高乃依戏剧选》,张秋红、马振骋译,上海译文出版社

1990 年版。

[15]［法］高乃依、拉辛:《高乃依　拉辛戏剧选》,张秋红等译,人民文学出版社 2001 年版。

[16]［法］拉辛:《拉辛戏剧选》,齐放等译,上海译文出版社 1985 年版。

[17]［法］梅里美:《卡门》,李玉民译,北京燕山出版社 2000 年版。

[18]［法］莫里哀:《莫里哀喜剧六种》,李健吾译,上海译文出版社 2008 年版。

[19]［法］帕斯卡尔:《思想录》,何兆武译,中国国际广播出版社 2009 年版。

[20]［英］莎士比亚:《莎士比亚全集》,梁实秋译,内蒙古文化出版社 1995 年版。

二、辞书

[1] *A Glossary of Literary Terms*, Boston: Cengage Learning, 2009.

[2] *Dictionnaire encyclopédique*, Paris: Hachette, 1998.

[3] *Dictionnaire universel*, Paris: Hachette, 2008.

[4] *Le Grand Dictionnaire de l'Académie française*, 1695.

[5] *Le Petit Larousse*, Paris: Larousse, 2016.

[6] *Le Robert Micro*, Paris: Dictionnaires le Robert, 1998.

[7] *The New Encyclopaedia Britannica*, volume 23, 15th edition, London: Encyclopaedia Britannica, 2005.

[8]《辞海》,上海辞书出版社 2011 年版。

[9]［英］罗吉·福勒:《现代西方文学批评术语词典》,袁德成译,四川人民出版社 1987 年版。

三、文学理论、文学批评

[1] Aarne, Antti, *The Types of the Folktale*, trans. Stith Thompson, Helsinki: Suomalainen Tiedeakatemia, 1981.

[2] Adrados, Francisco Rodriguez, *Historia de la fábula greco-latina*, tome I, Madrid: Universidad Complutense, 1979.

[3] Aristote, *Rhétorique (Livre II)*, trans. Médéric Dufour, Paris: Les Belles Lettres, 1960.

[4] Barthes, Roland, *Le degré zéro de l'écriture*, Paris: Editions du Seuil, 1953.

[5] Barthes, Roland, *Poétique du récit*, Paris: Editions du Seuil, 1977.

[6] Bassy, A.-M., *Les fables de La Fontaine: Quatre siècles d'illustration*, Paris: Promodis, 1986.

[7] Batteux, Charles, *Principes de la Littérature*, Genève: Slatkine Reprints, 1967.

[8] Boileau, Nicolas, *Art poétique*, Paris: GF Flammarion, 1969.

[9] Boivin, Jeanne-Marie, Cerquiglini-toulet, Jacqueline and Harf-lancner, Laurence, *Les Fables avant La Fontaine*, Genève: Librairie Droz, 2011.

[10] Brunei, Pierre, "La fable est-elle une 'forme simple'?", *Revue de littérature comparée*, No. 70, 1996.

[11] Brunetière, F., *L'évolution des genres dans l'histoire de la littérature*, Paris: Hachette, 1986.

[12] Collinet, Jean-Pierre, *Le monde littéraire de La Fontaine*, Paris: Slatkine Reprint, 1989.

[13] Gaffiot, F., *Dictionnaire abrégé Latin-Français*, Paris: Hachette, 2001.

[14] Gautheron, Marie, *L'honneur-Image de soi ou don de soi un idéal équivoque*, Paris: Autrement, 1991.

[15] Gomez, César Chaparro and Naudin, Alexandre, "La Fable latine entre exercice scolaire et oeuvre littéraire", *Le Fablier: Revue des Amis de Jean de La Fontaine*, No. 18, 2005.

[16] Gramsci, A., "Osservazioni sul folklore (1931 – 1935)", in *Leteraturae vita nazionale*, Torino: Einaudi, 1950.

[17] Greimas, Algirdas Julien, *Sémantique structurale*, Paris: Presses Universitaires de France, 1986.

[18] Hippolyte, Taine, *La Fable et ses fables*, Lausanne: L'Age d'Homme, 1970.

[19] Ingram, Bywater, *Aristotle on the Art of Potry*, Oxford: Oxford at the Clarendon Press, 1920.

[20] Jolles, André, *Formes simples*, trans. Antoine Marie Buguet, Paris: Editions du Seuil, 1972.

[21] Lagarde, André and Michaud, Laurent, *Texte et Littérature—XVIIe siècle*, Paris: Bordas, 1985.

[22] Lessing, Gotthold-Ephraïm, *Fables et dissertations sur la nature de la fable*, trans. Antelmy, Paris: Vincent et Pankouke, 1764.

[23] Mesnard, Jean, *Précis de la littérature française*, Paris: PUF, 1990.
[24] Népote-Desmarrés, Fanny, *La Fontaine, Fables*, Paris: PUF, 1999.
[25] Nøjgaard, Morten, *La Fable antique* (*Tome I*), København: Nyt Nordisk Forlag Arnold Busck, 1964.
[26] Nøjgaard, Morten, *La Fable antique* (*Tome II*), København: Nyt Nordisk Forlag Arnold Busck, 1967.
[27] Propp, Vladimir, *Morphologie du conte*, Paris: Editions du Seuil, 1965.
[28] Quintilien, *Institution oratoire* (*Tome V*), trans. Jean Cousin, Paris: Les Belles Lettres, 1978.
[29] Schaeffer, J.-M., "Aesopus auctor inventus", *Poétique*, No. 63, 1985.
[30] Simon, Claude, *Discours de Stockholm*, Paris: Minuit, 1986.
[31] Thompson, Stith, *Motif-Index of Folk-Literature: A Classification of Narrative Elements in Folktales, Ballads, Myths, Fables, Mediaeval Romances, Exempla, Fabliaux, Jest-books and Local Legends*, Rev. ed., Bloomington and Indianapolis: Indiana University Press, 1955–1957.
[32] Tilliette, J. Y., *L'exemplum rhétorique: questions de définition*, Paris: Nouvelles Perspectives, 1968.
[33] Yves, Naquet-Radiguet Jean-François, Blanc-Déal, "Vive la fable!", *Le Fablier: Revue des Amis de Jean de La Fontaine*, No. 26, 2015.
[34] [美] 埃里希·弗洛姆:《被遗忘的语言》,郭乙瑶等译,国际文化出版公司 2007 年版。
[35] [法] 爱弥尔·涂尔干:《道德教育》,陈光金、沈杰、朱谐汉译,上海人民出版社 2006 年版。
[36] [英] 爱·摩·福斯特:《小说面面观》,苏炳文译,花城出版社 1984 年版。
[37] 陈鼓应:《庄子今注今译(下)》,中华书局 1983 年版。
[38] 陈建宪:《神话解读——母题分析方法探索》,湖北教育出版社 1997 年版。
[39] 陈蒲清:《世界寓言通论》,湖南教育出版社 1990 年版。
[40] 陈望道:《修辞学发凡》,复旦大学出版社 2016 年版。
[41] 陈振尧:《法国文学》,外语教学与研究出版社 2000 年版。
[42] [法] 茨维坦·托多洛夫:《批评的批评——教育小说》,王东亮、王晨阳译,生活·读书·新知三联书店 2002 年版。
[43] [法] 丹纳:《艺术哲学》,傅雷译,江苏人民出版社 2016 年版。

[44] 邓启耀：《中国神话的思维结构》，重庆出版社 2004 年版。
[45] 邓斯博：《拉辛对古典主义戏剧的继承与超越》，《法国研究》2009 年第 3 期。
[46] 段宝林：《西方古典作家谈文艺创作》，春风文艺出版社 1980 年版。
[47] 高海：《神话隐喻下的文学阐释与审美乌托邦——诺思洛普·弗莱理论及其对中国文艺批评的启示》，《中国文艺评论》2023 年第 5 期。
[48] 公木：《先秦寓言概论》，齐鲁书社 1984 年版。
[49] 郭庆藩：《庄子集释》，中华书局 2013 年版。
[50] 胡怀琛：《中国寓言研究》，商务印书馆 1930 年版。
[51] 胡适：《胡适古典文学研究论集》，上海古籍出版社 1988 年版。
[52] ［美］华莱士·马丁：《当代叙事学》，伍晓明译，中国人民大学出版社 2018 年版。
[53] ［美］杰拉德·普林斯：《叙事学：叙事的形式与功能》，徐强译，中国人民大学出版社 2013 年版。
[54] ［美］库尔特·考夫卡：《格式塔心理学原理》，李维译，北京大学出版社 2010 年版。
[55] 乐黛云：《中西比较文学教程》，高等教育出版社 1988 年版。
[56] 李建华：《驱善避恶论——道德价值的逆向研究》，北京大学出版社 2013 年版。
[57] 李健吾：《福楼拜评传》，湖南人民出版社 1981 年版。
[58] 李巍：《试论母题在数量上的有限和无限》，《广东技术师范学院学报》2014 年第 8 期。
[59] 李晓嘉：《从拉法埃尔·瓦朗坦的形象看〈驴皮记〉的哲学意义》，《贵州文史丛刊》1998 年第 1 期。
[60] 李衍华：《逻辑·语法·修辞》，北京大学出版社 2011 年版。
[61] 李雁劼：《爱玛艺术情结透视——包法利夫人悲剧再探》，《西安外国语学院学报》2006 年第 2 期。
[62] 刘大为：《比喻、近喻与自喻——辞格的认知性研究》，学林出版社 2016 年版。
[63] 刘魁立、马昌仪、程蔷：《神话新论》，上海文艺出版社 1987 年版。
[64] 刘熙载：《艺概》，中华书局 2009 年版。
[65] 刘宇红、刘燕：《寓言的隐喻特异性与寓言类隐喻的解读困惑》，《语言教育》2014 年第 1 期。
[66] 龙文佩、庄海骅编：《德莱塞评论集》，上海译文出版社 1989 年版。

［67］罗良清：《西方寓言文体和理论及其现代转型》，中国社会科学出版社2015年版。

［68］罗念生：《论古希腊戏剧》，中国戏剧出版社1985年版。

［69］吕德申：《马克思主义文论选》，高等教育出版社1992年版。

［70］吕微：《母题：他者的言说方式》，《民间文化论坛》2007年第1期。

［71］聂珍钊：《文学伦理学批评导论》，北京大学出版社2014年版。

［72］［美］乔治·莱考夫：《我们赖以生存的隐喻》，何文忠译，浙江大学出版社2015年版。

［73］邱紫华：《高乃依的悲剧美学思想》，《华中师范大学学报》2002年第4期。

［74］［美］斯蒂·汤普森：《世界民间故事分类学》，郑海等译，上海文艺出版社1991年版。

［75］［法］司汤达：《拉辛与莎士比亚》，王道乾译，上海人民出版社2006年版。

［76］王红莉：《希腊神话中"主母反告"母题的延伸及主题变异——比较欧里庇得斯、拉辛和茨维塔耶娃的悲剧》，《陕西教育学院学报》2005年第4期。

［77］王焕镳：《先秦寓言研究》，古典文学出版社1957年版。

［78］王佳：《拉封丹寓言复调叙事中的阶级立场研究》，《外国语文研究》2019年第4期。

［79］王佳：《拉封丹〈寓言集〉与中国寓言——寓意及文体研究》，山东大学出版社2012年版。

［80］［意］维柯：《新科学》（上册），朱光潜译，商务印书馆1997年版。

［81］吴雪威：《通过梅里美的〈卡门〉再度体味比才的〈卡门〉》，《内蒙古民族大学学报（社会科学版）》2012年第2期。

［82］徐锴：《说文解字系传》，中华书局1987年版。

［83］徐宗良主编：《心理学概论》，上海医科大学出版社1997年版。

［84］许慎：《说文解字》（注音版），岳麓书社2006年版。

［85］［古希腊］亚里士多德、［古罗马］贺拉斯：《诗学·诗艺》，罗念生、杨周翰译，人民文学出版社1962年版。

［86］袁素华：《论古典主义的理性——兼比较高乃依与拉辛创作中的理性倾向》，《广东教育学院学报》1998年第3期。

［87］袁演：《先秦两汉寓言叙事研究》，江西人民出版社2019年版。

［88］章红：《儿童文学观演变之评述》，《学前教育研究》1996年第4期。

[89] 张寅德:《叙述学研究》,中国社会科学出版社 1989 年版。
[90] 郑克鲁:《法国文学史教程》,北京大学出版社 2008 年版。
[91] 郑克鲁:《古典主义悲剧思想艺术的新高度——拉辛悲剧论》,《上海师范大学学报(哲学社会科学版)》2000 年第 3 期。